女仆的女儿

Barbara Mutch

The Housemaid's Daughter

〔南非〕芭芭拉·马奇 著

王文捷 译

译林出版社 | 凤凰阿歌特 hachettephoenix

图书在版编目（CIP）数据

女仆的女儿 /（南非）马奇（Mutch,B.）著 ；王文捷译.—南京：译林出版社，2014.1
书名原文：The housemaid's daughter
ISBN 978-7-5447-4500-0

Ⅰ.①女… Ⅱ.①马… ②王… Ⅲ.①长篇小说-南非-现代 Ⅳ.①I470.45

中国版本图书馆CIP数据核字（2013）第234209号

The Housemaid's Daughter by Barbara Mutch

First published in 2012 by Headline Review, an imprint of Headline Publishing Group, an Hachette UK Company

著作权合同登记号 图字：10-2012-107号

书　　名	女仆的女儿
作　　者	〔南非〕芭芭拉·马奇
译　　者	王文捷
责任编辑	王振华
特约编辑	钱　丽
原文出版	Headline Review，2012
出版发行	凤凰出版传媒股份有限公司 译林出版社 凤凰阿歇特文化发展（北京）有限公司
出版社地址	南京市湖南路1号，邮编：210009
电子邮箱	yilin@yilin.com info@hachette-phoenix.com
出版社网址	http://www.yilin.com http://www.hachette-phoenix.com
印　　刷	北京鹏润伟业印刷有限公司
开　　本	889×1270毫米　1/32
印　　张	11
字　　数	245千
版　　次	2014年1月第1版　2014年1月第1次印刷
书　　号	ISBN 978-7-5447-4500-0
定　　价	35.00元

译林版图书若有印装错误可向承印厂调换

序 幕

爱尔兰, 1919

今天我将启程去非洲。

穿过前门, 我沿着青石板路一径走去。海鸥在班诺克的悬崖上尖叫哀鸣, 我心爱的妹妹在哭泣。妈妈身着只在参加洗礼仪式和婚礼时才穿的那套棕色裙装, 别开面孔不看我。登上马车时, 我告诉自己, 要记住这一切。

记住这一切: 盘旋飞翔的海鸥, 海湾岩石上激起的层层浪花, 父亲发红龟裂的手, 不耐烦的亚蒙, 泥炭土的气息, 袅袅炊烟和那飘香的紫丁……

让我将这一切, 都牢记于心。

第一章

我本不该出生在克莱德克公馆里，本就不是那条命。

我妈弥莉安那会儿待在花园的仆人小屋后面，正午的骄阳下，一个人在稀疏的荆棘树荫下低低呻吟。夫人带着一双儿女从学校回到家便去找她。

等夫人见到她时，已经来不及送医院了。

爱德华老爷在家，他正在书房看文件，夫人要他赶紧去把家庭医生请来。医生的诊所在教堂大街上，那会儿正是午饭时间，威尔默特医生饭没吃完就赶了过来。夫人把孩子们——罗斯小姐和菲尔少爷从窄小的仆人小屋哄走，一路扶着我妈到了正屋。她抬手为我妈抹去额头的汗水的那块手绢，正是我妈前天给她熨好的。

医生来了之后，老爷回到了自己的书房。

没多久，我就呱呱坠地。

那年是1930年。

妈妈以夫人妹妹的名字——艾达来为我命名，她远在大洋彼岸一个叫爱尔兰的地方。

能诞生在克莱德克公馆是我要用一生去感念的。从某种程度上说，我觉得自己是公馆的一部分，而我妈弥莉安却从未存此念想。公馆里那些窄小的楼梯遍布我的足迹；黄铜的门把熟知我的触摸；稀疏的荆棘树和那片杏树林呵护着我，年复一年，我与它们同生同长，也因此与它们有了小小的羁绊。因此，当失去克莱德克公馆时，我发现自己再也读不懂这个世界。

克莱德克位于卡鲁地区，从青山矗立的海岸一直向内陆腹地纵深而行，你就会来到南非这片半沙漠的广袤高原。这里是通向约翰内斯堡的必经要道，是一片能让你挖出金子、一夜暴富的荒芜之地。那时的我对此当然一无所知，克莱德克公馆这栋方方正正、红顶白墙的两层楼房就是我全部的世界。它坐落在一个被多岩石丘陵环抱的小镇里，终年少雨，褐色的尘土到处飞扬。我知道的唯一水源储藏在格鲁特维斯——大鱼河。公馆外有条水沟，它把河水引到花园，灌溉那里的花花草草。镇子外是一望无际的卡鲁矮树丛，它们不过一个孩子的身量那么高，却能深深扎根在干涸的土地上。干枯的芦荟杆上开着橙色的花，鹤立其中，犹如一束束的火焰。这个地方也有树，比如蓝桉、合欢树之类的，不过它们只长在花园或大鱼河岸边，只有在这些地方，它们的根才能吸收到水分。

偶尔真下起雨来，敲打在铁皮屋顶上的雨声大得让罗斯小姐和菲尔小少爷不停地尖叫。我妈和我住的地方——是距离花园最远处的仆人小屋，不过我们的铁皮屋顶是灰色的，屋旁就是荆棘树。延伸在屋顶上的枝丫将雨声化成了轻轻的滴答声。我倒不会冲着大雨尖叫，我会站在小屋门口细听雨声，眺望栅栏外那无际的草原。如果我妈没有盯着，我就偷偷伸出一只脚丫踩到硬邦邦的地面上，雨水在那上面划出一道道小水流，流过脚趾，汇成小水窝，最后不情不愿地渗入到土地中。

克莱德克公馆就建在敦德斯大街上，位于大鱼河与集市广场之间。敦德斯大街的另外半截叫波利街。我搞不清为什么一条路得有两个名字，我妈说那是为了让先人们公平地得到应有的纪念。不管是什么，反正就这么着了。这条有两个名字的路与摄政街交汇，之后就湮没于城镇之中，了无踪迹。

克莱德克公馆有条木结构门廊，它几乎绕整个宅子一圈，里面摆放着贝壳椅。门廊只在厨房这块断开，到洗衣房那边又重新接上。我妈说还好是这样，否则我们这些人就只会整日里逍遥自在了，哪里还顾得上洗衣做饭熨烫。

虽然我超想坐到那些椅子上享受一下，可我妈严令禁止。她说那是家里人专享的。“可我也是这家里的一员呀！”抚摸着椅子上的木头纹理，我满怀憧憬地回应。“嘘，你这孩子！”妈妈低斥道，让我好好擦拭椅子。妈妈大部分时间和我说英语，除非她真的恼了我，或者在夜里给我唱小曲时：*Thulathu'thulabhabha*……

安静，安静，小宝宝……

我对那些椅子倒不是很在意。楼上有一处我偷偷看风景的好地方，远比门廊要美得多。早晨，小主人们去了学校，我便开始打扫楼上的房间。趁这时，我便溜进菲尔少爷的房间，爬上他的玩具箱，朝窗外远眺。

就在这，整个克莱德克——我觉得，也许应该是整个卡鲁，都在金色的晨光下慢慢呈现于眼前，那景象就像老爷曾在书房台灯下给菲尔小少爷展开的那幅地图。如果稍眯下眼，就能忽略掉窗框，想象自己飞掠过城里那些宽阔的街道，越过比圣彼得教堂还要高的卡尔文教堂的尖顶，翱翔在扎根于大鱼河边的那片棕色丛林之上；穿越盘绕在矮树林上的尘幕，掠过反射着晨光的崇山峻岭；最后，飞翔到沙漠的尽头，到达森林葱郁的高山之巅。我无法在脑海里描绘出那样的高山，特别是在大地都被冻得硬邦邦的寒冷时节里。可大家都说得神乎其神，仿佛确有其事。

我每天站在那儿，伸长脖子往外看。在这个神奇的时刻，我仿佛拥有整个城市，整个卡鲁。站在这里从窗口往外看，这片土地只属于我一个人。

就像克莱德克公馆属于我一样。

也许夫人对她的家乡，那个叫爱尔兰的地方也怀有同样的想念吧。她也时常眺望窗外，思绪越过蓝桉树林、大鱼河，还有干旱季节里烟尘滚滚、车水马龙的集市广场，似乎在追寻着什么。

父母并不反对我来非洲。事实上，他们巴不得如此。他们当然不会明着说，我也不提——他们把我的房间租出去得来的钱比我从薪水里拿出来给他们的要多得多。亚蒙需要靴子，我传给艾达的那件绿色大衣也太旧了。我再待下去，家里就揭不开锅了。

我何尝不巴望着离开，但心里又充满恐惧。因为我清楚，一旦走出这一步，就再也无法回头。那是个需要用一生去实践的承诺。虽然通过书信还能与家人亲友传递信息，可我再也不能看到他们亲切的脸，再也听不到他们爱尔兰式的笑声。这就是移民！

隔壁的蒲麦尔太太很嫉妒我妈和我。她说我家夫人对我们好，不像她家女主人，时刻都盯着厨房里砂糖罐的刻度。如果被她的女主人怀疑口袋里塞满了偷来的东西，还得翻开口袋给她检查。

“唉！”蒲麦尔太太深深地叹了口气，摇摇摆摆地回自己的小屋去了。白布头巾歪着，翻露出来的围裙口袋一路呼啦作响，原本口袋里的饼干呀、借来的物什呀，此刻都落在了她女主人的垃圾桶里。蒲麦尔太太做的饼干她主人家一点儿也不喜欢。我一直不知道她家女主人姓甚名谁，光称呼她为“夫人”。像大多数的女主人那样，她们就只是“夫人”。

除了被称为夫人，我们家女主人名字叫凯瑟琳，她曾在自己手掌里写给我看——凯瑟琳·哈林顿·尼莫太太。不过，她没说她的名字为什么这么长。凯瑟琳夫人个子高挑，为人温和，棕发碧眼。白日里，她总把头发在脑后盘成一个圆发髻。我曾有一次见她散下头发，那散开的秀发如轻烟一般。她穿着灰蓝色的睡袍坐在梳妆台前，在她专门的本子上写着什么。妈妈派我过来叫她，因为那会儿菲利普小少爷在他的浴室里吐了。

“艾达！”夫人忽地站起身来，睡袍边上的绣花边扫到地板上。她问:“怎么了？”

“菲尔少爷吐了，”我站在走廊里回答，“妈妈说让您过去。”

夫人是位好母亲，她不单只对罗斯小姐和菲尔少爷好。虽然那会儿小姐总是和她顶嘴，不过那时的小姐又看谁顺眼呢？“那么犟！”夫人对着老爷叹气，用了一个我听不懂，但却可以猜得到意思的字眼，“我们该怎么办才好？”

夫人对我也很好，她会让我坐在她身旁门廊的椅子上；或者在弹琴时，让我坐在她身边。虽然我妈对此皱眉，但夫人让我觉得那就是我的椅子，她甚至让我感到自己也是她的孩子。

爱德华老爷倒不会让我有这样的感觉。因为我从来没有过父亲，所以心里还是有小小的遗憾。在很长一段时间里，我以为只有白人孩子才有父亲，而黑人没有父亲也能生出孩子来。

我的母亲弥莉安十八岁就离开了伊丽莎白港附近的卡瓦扎科勒乡，到克莱德克公馆来为爱德华老爷工作。他那会儿刚买下这所房子，正等着大洋彼岸的夫人到来。听说，为了给自己未来的新娘买下克莱德克公馆，老爷拿出了自己积攒多年的储蓄。可老爷从未踏足夫人的化妆间，就连她的卧室也要过很长时间才去一下。我敢说，自己每天早上整理的那张床上就只有夫人睡过的痕迹。我对此满怀讶异，结了婚的人不都是总想在一起的吗？特别是攒了那么久的钱，买下这样一栋房子。我没问妈妈这是怎么回事，她自己没丈夫，问她这样的问题显得很不公平。不过，没丈夫也没什么不寻常的，像我妈这样的情况很多。比如我们隔壁的蒲麦尔夫人，虽然和她有关系的男人不少，不过毕竟不是丈夫，总是不能长久依靠的。

每回问起妈妈早年的生活——就是早到可能有丈夫之前，她总说自己是和这宅子一起被主人家买来的。我不知道这话是真是假，毕竟，人怎么可能像这房子一样买卖呢，即便是在那个年代。但这也说不准——也许这就是为什么即便隔壁的蒲麦尔太太偷吃再多的糖，生活再不检点，她的女主人也只能留着她。

不过有一点是毋庸置疑的，那就是妈妈会在克莱德克公馆干一辈子，直到有一天她擦拭银器时倒在厨房的桌子边，就此终了。

我也想一辈子待在克莱德克公馆。我不愿生活在波利街那头，湮没在黑人区那样的地方。我想在这个自己出生的地方生活、终老。克莱德克公馆应该是我的归宿吧？

我想象的结局应该是在花园里的那棵刺桐树下，擦拭着银器，听着翠鸟在绚烂的红花中歌唱，透过摇曳的树叶，看晴空湛蓝。

第二章

我的家乡爱尔兰与班诺克村的距离比一个半球还要远。虽然我对这镇子里的人、对他们的过往一无所知，他们对我也完全陌生，可我却对他们抱有一种奇特的同情心。我不断告诫自己，无论身处何方，家和爱都是转瞬即逝的烟云。当这些东西还在我们手上的时候，一定要珍惜呵护；一旦他们离去，我们还可以珍藏那份记忆。

所以我全心地拥抱这里的新生活、新朋友。

我希望，不用太久，我们就不会对彼此感到陌生。

我妈弥莉安没上过学，我跟她一样。蒲麦尔太太也没上过学。在大鱼河对岸的洛克坎普有一所规模不大的学校，那是专门为当地的铁路工子女办的学校。我妈说那里的孩子又脏又野。我们这边的城区里有个大点的学校，在波利街那头，叫圣詹姆斯小学，是卡拉塔开办的。学校里有运动场和唱诗班。学校和镇子不在一个方向，它朝着草原这边。我妈说这所学校要严格的多，是所好学校，可要我自个儿去那里上学就远了些。

我们一般不太去大鱼河对岸。只是每逢周四下午，妈妈放假时，我们会过去拜访妈妈的姐姐，我的姨妈。“人真多呀！”随人潮一起在桥上挤时，妈妈会低喘着说，“跟紧我，孩子！”大概这番景象会让她想起她在老家的那些日子。

姨妈住在一间没门的泥糊棚屋里，靠洗衣为生。衣服得到河边去洗。每次她转回家去拿另一桶衣服来洗时，那些坏蛋就会把她晾晒在河边矮树丛上的衣服偷走。谈到学校的事，姨妈也同意我妈的看法，认为洛克坎普的那所学校去不得。她说那里的环境就跟这河岸上的生活环境一样糟。

夫人和老爷也讨论了我上学的事情。

“爱德华，”有一天，我正在厨房帮我妈拿熨斗，走出来时无意中听到夫人的声音，“我们不能忽略了这事，我们有责任。镇子里学校的情况不是很好，要不就上拉弗德尔教会学校？”

“这事到头来只会是麻烦，事关前程呀，或者其他什么乱七八糟的事情！”爱德华老爷边翻着报纸边说，“不过，如果你非要管就去看看吧。今晚你愿意给我弹一段贝多芬的曲子吗？”

我不清楚老爷担心的这些“到头来的麻烦”是什么。不过，如果要去教会学校就意味着要离开公馆，离开我妈。可她渐渐上年纪了，像一只上了年岁的鸟，需要我这只慢慢长大的雏鸟帮忙。说到大小的问题，我觉得生活还蛮奇妙的，这或许就是生活原本的样子。你从一个小婴儿长成高大健壮的成年人；随着年岁渐长你又慢慢地萎缩，直到上帝觉得他可以将你送离这个世界，让你回到你的祖宗那里。

“我很感激，夫人。”当上学这个事情又被提出来时，弥莉安对夫人说，“可拉弗德尔教会学校太远，艾达会觉得孤单的。”

我估摸着，离开家去上学的滋味肯定和离开家乡到非洲来是一样难受。这两者都意味着你要离开家人，再也不能见到他们了。我可不想像夫人那样失去自己的家人。有天晚上，夫人和老爷在厅里说话时我躲在门后偷听。我透过门缝看进屋里，老爷正在看文件，而夫人在一旁摇着头。她脖子上挂着的绿宝石在台灯的照射下闪着亮光。她已经换下了白天里穿的宽松低腰裙，那些奶白色的衣裙能应对白天的炎热。此刻，她换上的是一件与胸针相配的灰绿色合身裙装。

“我想让她去镇子里的小学念书，可校长根本不愿听我说。”她对老爷说。她脖子上宝石反射的光又闪了我的眼睛。我搞不清“不愿听人说”是怎么一个情形，不过，这应该和耳朵聋半点儿不沾边。

“为什么一碰到这种事，大家就都这么不开通，爱德华？”

“这道理很简单，亲爱的！”老爷手里拿着报纸，皱着眉说，“如果你为一个人行了方便，其他人也会提同样的要求。”

“这难道有什么错吗？”

老爷没吱声，翻过一张报纸，他那黑发中分的脑袋隐没在报纸里看不见了。我听不懂他的意思，也听不懂夫人的话。不过，我倒不觉得夫人同意他的说法。或许，她不明白老爷说的那些麻烦是什么，那是些我也弄不清楚的麻烦。我可不想给夫人和老爷招惹什么麻烦，如果去上学意味着麻烦，那我就不该去了。

我看见她站起身子，往窗外看了好一会儿，然后走到钢琴旁。每当夫人和老爷之间无话可说时，她总是走到钢琴边上。有时，她会直接弹琴，有时会僵坐在琴凳上，看着琴键一直发呆。

“艾达！”妈妈低叱，将我一把拖走，“在门外偷听的坏女孩会被托克洛希精灵带走！”我赶紧跑回自己的房间躺下，蒙着眼睛，希望不会看到精灵爬上我的床，将我投入地狱，可精灵一直没有出现。夫人弹起了贝多芬的《月光奏鸣曲》，我从她指尖里流出的音符里听得出，她心不在焉。

“那孩子在这里就能学会一切她需要的东西，夫人！”第二天，我妈在夫人的针线盒里给菲尔少爷找松紧带的时候，她非常肯定地对夫人这样说。那天晚上，妈妈上床后和我谈了一次话。她说，如果我偷听就对不起夫人的一片好意。她还说，她不打算拿我上学这件事情让老爷、夫人烦心。

夫人正在给菲尔少爷缝补袜子。小少爷菲尔总是有很多东西需要缝缝补补。他一出门不是把短裤扯破，就是搞丢一枚纽扣。妈妈跟我讲，男孩子都这样，他们都会弄破自己的衣服。这没什么大不了的，我们都宠爱他。跟一天到晚怒气冲冲的罗斯小姐比，他算是很开朗阳光的了。

“我们再看看吧，我还没有就此放弃希望。你没有机会上学，亲爱的弥莉安，但艾达该有这样的机会。”

但我再也没踏足过学校。

之后，在老爷去工作，小姐和少爷都在各忙各的时候，夫人开始在家里的餐桌旁教我学习字母。虽然我不清楚为什么老爷在家的时候她从不教我，但我就这样开始了学习。每每听到老爷的脚步声在过道上响起，我们总是快手快脚地把学习的东西收拾起来。而我妈弥莉安和隔壁的蒲麦尔夫人都拍手说我真是幸运极了，能接受她们说的那个什么“教育”。

渐渐地，我就能读夫人放在她化妆间里的那个本子了。本子就放在梳妆台上，摆在她的银质发刷和粉盒旁，我每天都要擦拭。没有其他什么人——无论是老爷，还是小姐和少爷，翻过这个本子。我这样说是因为我可以从它在桌面上留下的压印看出来，如果我或者夫人以外的其他人动过它，我可以从桌面上留下的粉痕或灰痕上看出一二。每天清早，明亮的阳光都会透过窗户照到夫人的梳妆台上，我总会在这时看个清楚。我很小心地把本子翻回到夫人刚写过的那个地方，这样她就不会知道我翻看过。

本子上经常会有些我看不懂的句子，而我会整天琢磨它们的意思，边干活边琢磨。有时过了很久，我会突然悟出以前读过的那些字字句句里所蕴藏的深意。音符，我后来发现，也像文字一样：一个个单独弹奏它们时传递出来的是一种情感，而串在一起时又是另一番天地。

我觉得夫人并不知道我私下里看她的本子，不过说不定她也知道。这也许就是她多年后离家去约翰内斯堡时不带走那本子的原因，为了把它留给我？可不管怎么说，没有了夫人和孩子们的克莱德克公馆是那么的空寂，狭窄的楼梯上回响着的只有我和老爷的脚步声。

学会字母后，每次去镇上的邮局帮夫人投寄她写回爱尔兰的信时，我开始学着拼商店门口的那些字。每次，我都找些新的字来认，有时在橱窗前待太久，店家就会出来把我轰走。

后来学乖了，我会慢慢沿着邮局所在的阿德莱街一路走过去，避开各式驴车和骑在高头大马上的绅士们，躲过狂吠的恶狗，穿过灰尘滚滚的大马路，我会再沿着马路的另一边慢慢走回来，这样所有的字就都会被我一网打尽。夫人好像没注意到我去寄信的时间长了那么一点，所以我就绕集市广场那边的卡鲁花园回去。花园那边有些木长凳，我可以在那上面坐坐：仰望头顶的棕榈树，看看方形花坛里殷红的芦荟花；或者一边让太阳温暖我的一双赤脚，一边复习自己刚才看过的字词。然后，我会沿着教堂大街往回走，那是一条和阿德莱街一样喧闹的大马路，等走到大鱼河边，那里便没有了商店，也没有了各式招牌。

我用这法子最先学会的词汇包括："奥斯丁药品店"、"怀特与保顿文具专营"、"卡波特鞋店，让您更舒适"，还有"安斯特时装店，女士的首选”。在“巴格和寇”商店外总是放着一张长桌，上面摆满了各式布匹，它的招牌上写的是“……一卷”，我一直弄不懂前面那些字是什么——我在好些地方见过，不过那上面的字母我都不认得，所以我想它们一定是一种我还没学过的语言。夫人的本子里从来没出现过这些我搞不懂的字。我很想问她这些字是什么意思，可我又不想那么不识趣，毕竟夫人在餐桌上，还有在她梳妆台上的那个本子已经教会了我这么多。

于是，我便去问罗斯小姐和菲尔小少爷。

“我没时间跟你解释。”罗斯小姐在镜子前用发刷梳着自己的金发，侧过脸来对我说，“你又没钱，说不定都不需要学数数。”

“哦，这些是数字，艾达！”菲尔少爷边说，边拿过一支笔头被他啃得秃秃的铅笔，在纸上画了些古怪的形状。“它们会告诉你数量，某样东西你有多少。等会儿我打完了板球再跟你细说，这个你先拿着，自己试试。”他在我身边站了一会儿，纠正我拿笔的姿势，“就这样，对了！”说完人就跑开了。下楼时，板球袋把楼梯扶手撞得砰砰作响。

“小声点，菲利普！”楼下传来老爷的声音。

不过学会这些数字前，我还有夫人梳妆台上的那个本子。本子的面是深红色的天鹅绒，上面有一条红色的缎带，在中间系成一个蝴蝶结。我轻抚那软软的天鹅绒和缎带，把脸贴在上面。夫人经常不系那根缎带，就让它散开在一旁。我从来没有成心要看夫人在里面写了什么，只是有一天，夫人没有合上本子，我擦拭时又不得不把它拿开，这才看了一眼。这跟蒲麦尔太太偷她主人的东西不一样，我从没有从夫人这里偷走任何东西，毕竟，这不是糖、饼干或者珠宝之类的东西。

开始，我是认本子上写着的字母。那些用黑墨水写出的斜体字母一笔一画，深浅不一，个个都是那么漂亮。

“明天我将启程去非洲……”

试了好几次，我开始一个字一个字地读。

“明天、我、启程……”

“启程”？那是什么意思。

之后，我把这些字连在一起形成了句子，它们让我听到了夫人在这个本子里倾诉的心声，有些是她平时都不会诉说的。

“订婚五年，爱德华在克莱德克，我在爱尔兰。欧康纳神父说，婚姻是实践信仰的一步。当然，我还爱着他。每个人都说我们是天造地设的一对。”

这本子，就这样成了我和夫人秘密对话的桥梁。

第三章

暑气逼人、苍蝇乱舞的夏季终于过去了。克莱德克公馆花园里的橙树挂了果，鹤望兰结出一束束硕大的花箭。芦苇随风摇曳，经过芦苇丛一旦吸进花絮会让人咳个半死。甲虫们不知躲在树篱笆的什么地方聒噪不休，脖子上长了一圈黑毛的黄鹂鸟在花园各处彼此吆喝不停。镇子里，位于阿德莱路的新银行建好开张了，大家都蜂拥着去看热闹。女士们都穿着需要小心打理的卷边长礼服；绅士们衣冠楚楚，挂着老爷常带的那种怀表；年轻的小姐们都穿着轻烟般的纱裙；而少爷们则都是短裤长袜打扮，头上戴着帽子。虽然一开始菲尔少爷把我往前面拉，但像我和妈妈这样身份的人只能站在人群后面张望。

“看呀，艾达——那是父亲！”他跳起来大叫，伸手指着前面台阶上站着的老爷。他正和其他先生们一起站在一块写着“银行”的牌子下边，我还认不全那牌子上的其他字。“他看起来像不像个大人物？”老爷身着他最好的一套西装，里面搭配的是妈妈昨天仔细浆洗过的衬衫，他看起来的确器宇轩昂。

"银行是干什么的？"我拉了一下菲尔少爷的衣袖问。几个白人孩子在一旁叽叽咕咕地笑。

"什么？"他向前伸长脖子想要看得更清楚些。

"银行，"不想让其他人听到我说的话，我用手掩着在他耳边问，"那是干什么的？"

"就是让你存钱的地方呀！"他应了一句，然后大叫，"爸爸！爸爸！"他不断跳起身子，挥着手想要引起老爷的注意。周围的孩子都瞪着他，他蹦蹦跳跳带起的阵阵尘土让女孩们都伸手捂住了鼻子。老爷不耐烦地朝这边看了一眼，又转过身去面对那个正拿着剪刀剪去银行门前那段红绸的先生。我估摸着小少爷这会儿不该打扰老爷，不过他做事从来不多想后果——就好比一吃起杏子来就放开肚皮吃，根本不想吃多了会肚子痛。这方面，罗斯小姐和他就很不一样，如果她真想要什么，那她多半会一直不吭声，私下里察言观色，直到逮着机会，在老爷夫人都无法回绝的时候才会出击。

罗斯不是个很好相处的孩子。大概是因为菲尔那孩子太好带了，打小他就是个好脾气的娃娃。罗斯则相反，好像跟谁都过不去，尤其是和我这个当妈的。

艾达的举止表现和她这种执拗的脾气比起来简直是一个天上一个地下。艾达身上既有弥莉安的那种从容不迫，又有一种特别讨喜的乖巧。

或许错在我自己，没有能力做一个称职的母亲？我所有的努力到了罗斯那里都会碰壁，好像没有什么能取悦她。

提醒自己：

给小艾达找些简易读物。不管爱德华有何异议，我坚持要让孩子有读写能力。也许学校的图书馆能帮得上忙，我只说是给自己教的一个学生用就好。

新银行我是不能进去的。透过窗户，可以看得到里面的大吊扇，土黄色的桌子上摆着些牌子，虽然不知道是什么意思，不过我读得出这些字：“咨询”，还有“经理”。蒲麦尔太太的表妹可以进银行，因为她每天早上得给地板上光打蜡。她把茶点台上剩下的糖拿回来给蒲麦尔太太。人们光顾银行，把自己的钱交给他们打点，这就是菲尔少爷那些话的意思。可我妈说把钱放在床底的鞋盒里要保险得多，至少她看得到。

那年夏天，我多数时候都在忙着洗衣打扫，没多余的时间读书。我边拿抹布在梳妆台周围慢慢抹着，边眼巴巴地看着夫人的本子，而这时，我妈就会吆喝着，要我赶紧去收晾在晒衣绳上的衣服。

寒风瑟瑟的冬天过去了。冷风从深山里刮来，那些即便站在菲尔少爷的玩具箱顶上我也看不到的山。有时，我觉得自己能看到远处的一道白雾，仿佛童话故事中蛋糕上的糖霜，可连我自己也不确定那是不是脑海里的海市蜃楼。我总是渴望能见识视野所不能及之处。

“屋顶那里看风景更好。”我趁干活的时候探身窗外看风景，有一天这一幕刚好被菲尔少爷看到了，他便如此笑道。

“对不起，少爷。”我慌忙爬下来，胡乱抓过自己的抹布，“我这就干活。”

“等会儿，等会儿，艾达！”他抓住我的手臂，“你在看什么？”

“那些山呀！”我朝着草原那边一指，“那儿有积雪的地方。你见过雪吗？”我是绝对不敢问罗斯小姐这个问题的，而夫人那里我也不会去叨扰。

“见过一次。”少爷咧嘴一笑，脱下身上的校服。我发现有颗扣子掉了下来。“看起来就像湿嗒嗒的棉絮，你可以把雪团成球扔出去。雪球！”他做了个滚球的姿势，手臂一挥，头发垂落到了额头上。菲尔少爷对我从来都是有问必答，不会像罗斯小姐那样取笑我。他自己也爬到玩具箱上，又做了一次投球的动作。他还让我看他的手指能触到天花板。他告诉我，他常做这个动作看看自己有多高，还说，说不定有一天他的脑袋都能够到天花板。

那年冬天，菲尔少爷见过的雪带来刺骨的冷风。我去阿德莱街的邮局帮夫人给她在大洋那边的妹妹寄信，身上的衣服根本挡不住寒冷，脸被冻木了。不知道夫人信里写的是不是跟她本子里写的一样，夫人是否会在她的信里吐露些心事，就跟她往常在本子里倾诉心事一样。

裹着夫人的旧大衣，我急匆匆地赶路。天太冷我也没心思去看商店的新招牌，或是去报馆外认字。回到克莱德克公馆，我和妈妈一起做了南瓜汤，烤了鸡，鸡肚子里塞满了去年晒的杏干，我们还做了菲尔小少爷喜欢的海绵布丁。“再来些，求你了，弥莉安。”吃完满满一盘子的布丁后他就会说，“这是我吃过的，最棒的海绵布丁。”

过完这个冬天我才意识到，有件事我和夫人是相似的：我们都会将心事深藏。唯一的区别是她喜欢把话写在本子里、寄出去的信中，而我则把自己的心思永远埋起来。因为，我虽然能读，却还不会写。

第四章

罗斯小姐上钢琴课了。

不过她去的不是洛克兰德斯学校，那所因为怕惹麻烦我最后没去成的学校；她也不是跟着夫人学，而是请了位戴眼镜的女老师，每个星期来一次给罗斯小姐上课。

“手指弓起来，罗斯。”她对小姐说，“弓起来，起来，起来！”

我那时每天都要清洁钢琴，所以能看到小姐上课的情形。我看见那本有黑白琴键图片的书，那些琴键都是用夫人教我的那些字母命名的，只不过他们没有用完所有字母。我也不知道为什么会没用完。

所以，我知道要弹哪个音时小姐的手指该放在哪个键上。

有时碰到我在打扫房间，她又刚好弹错时，我就告诉她该弹哪个键。

“自以为是的家伙！”小姐对我吐舌头，然后把自己长长的金发捋到脑后。罗斯小姐知道自己长得美，总是爱成天站在自己房间的镜子前左顾右盼、自我陶醉。夫人有一双柔和的绿眼，罗斯小姐的眼睛却是深蓝色的，像屋顶石板的颜色，也像入夜时卡鲁的天空。蒲麦尔太太不太理会罗斯小姐，因为小姐在街上见到她时从不打招呼。我妈弥莉安说小姐以后“会改掉的”。小姐嘛，丢掉她那些衣服倒是很快的，因为她总买新的。不过人要怎么改掉粗鲁无礼，这我就不知道了。

不过有一点我很肯定：罗斯小姐压根儿不喜欢音乐。

“我恨钢琴！”每次下课，夫人和戴眼镜的老师在前门那低声交谈时，她就会冲着老师的背影咬牙切齿，“弓指，弓指——讨厌死了！”

这让夫人很难过，她自己在大洋那端从小就弹琴。爱德华老爷搬进克莱德克公馆时买的第一批物件里就有钢琴，摆在那儿，专候女主人的到来。

“这钢琴产自莱比锡，艾达，那个地方在一个叫德国的国家里。”我第一次揽下清洁钢琴的活时夫人这样对我说。“你看，”她指着琴上那些烫金的字母，“这是商标——齐墨尔曼。我们还没遇到过多少带字母a和z的字，对吗？”

“只有‘斑马’里有，夫人。这琴是怎么运到这来的呢？”

“大海轮，亲爱的，像我一样，这琴也是乘大海轮来的。爱德华老爷真好，专门给我买了这架琴。”

她抬起头看向窗外，往大鱼河那边眺望。

“我还爱爱德华吗？”

“还能那样充满激情地为他弹奏吗，就像为自己弹奏时那样？他还需要我的激情吗？”

我全部的世界就是克莱德克公馆、满是尘灰的卡鲁、布满岩石的小山包和那条流动和缓的河。那个一望无际的海、海那边的天地于我而言都是个谜。而对河对岸姨妈住的那片荒蛮之地，我妈常带我去的布利街，我对那里熙熙攘攘的街市反而知道得更多。

我想象不出大海轮是个什么样。在那片遥远的地方生活着的人们显然都聪明得不得了，能做钢琴、造大船，那些东西都是我们这边的人不会做的。

“你会不会有一天也要漂洋过海？”有一天我这样问菲尔少爷，他正在楼上关着房门做功课，罗斯小姐在楼下与她的钢琴苦斗。

“可能吧。”少爷回答，然后若有所思地问，“你是想去的，对吧？我知道你喜欢新鲜的地方，所以一天到晚爬到我的玩具箱上往外看。”

“那你呢？”

“我觉得我也一样。”少爷这么说着，从本子上抬起头，扫了立在门边的板球棒和板球一眼。

他眼睛一亮，“你听我说，终有一天我们会一起去的。去爱尔兰，看我小姨妈艾达，就是跟你同名的那位！”他大大咧咧地往后靠在椅子上。

我咯咯地笑了起来。我的傻少爷，那样的事怎会轮到我这样的女孩。

“就算这样。”他呼地伸出双手，作势要把整个房间，还有窗外的卡鲁大平原都囊括于怀中，身下的椅子都摇晃了几下。“又有什么地方比这里更好呢？”

***

夫人每天早上送孩子们上学前做的第一件事就是练一个小时的琴，整个公馆都会在她的琴声中醒来。只有周末例外，她和老爷在周末都会起得晚些。应老爷或到访客人们的请求，她有时也会在晚上弹奏。我慢慢地搞清了她在不同的时间为不同的人都在弹奏些什么曲子。

早晨她会练音阶与和弦。流畅的音阶如风一般在琴键上流转，激越的和弦却如冰雹落在铁皮屋顶上那般清脆。蒲麦尔太太曾说，每天清晨她都能听到夫人弹奏的音阶如山泉一般从花园一直流淌到她隔壁的小屋里。

到了下午，等孩子们做完功课，菲尔少爷变得不安分的时候，夫人就会给他弹进行曲，让他像个士兵一般踏步前进。或者，为罗斯小姐弹些让人禁不住要踏脚合拍的舞曲来鼓励她多做练习。

到了晚上，等小姐和少爷都上了床，夫人就会弹些舒缓的曲子。那曲调会抚慰你的心田，到了第二天你忙得脚不沾地的时候，还会回响在你脑海里。我曾偷溜出妈妈的房间——那时我们还住在主屋里，轻手轻脚地溜到通向门厅的走廊聆听。那里很黑，我好怕妖怪会来。

有客人来时，夫人就会穿上墨绿的绸缎礼服，弹奏像华尔兹这样轻快的乐曲，客人们还会时不时地一起吟唱。夫人喜欢家乡的歌曲，兴致来了她也会自己唱上一曲，或者与声音美妙的客人一起合唱，像《带我归家，凯瑟琳》，那是老爷最喜欢的。不过，他最喜欢的是在无人的时候听夫人弹奏它的曲调。老爷总喜欢独占夫人，他不想和别人分享。可夫人倒是喜欢和人分享，分享她的陪伴，还有她的音乐。

“这就是我的未来！”在打扫时，我曾经匆匆地读到这段文字。

“爱德华，我已经有五年未曾谋面，未曾碰触的那个男子；克莱德克，非洲边上的一个小镇。这将是我未来的家，我要在这里建立自己的家庭，发现新的音乐。”

这个“未来”是什么？人们谈起它时总是那么忧心忡忡。难道那是个你得付出才能得到的东西？就像老爷付钱买钢琴那样？或者那是夫人从爱尔兰带来的物件？

有一天我问了菲尔少爷这个问题，他回答说那是等长大了自然就会得到的东西，所以现在还不需要去关心。罗斯小姐说未来是我压根儿不用指望的东西，除非我能去上学，就这么回事。

夫人弹琴的时候，老爷总是笔直地站在钢琴边对客人微笑。如果他觉得夫人不用再弹下去了，他就会掏出怀表看一眼。我记得，在小时候，克莱德克公馆从来都是热热闹闹的。

有一天，夫人碰巧逮到我在纠正罗斯小姐的弹奏。

“罗斯，亲爱的，这样弹好极了！”她无比欣喜，满手都是面粉就快步走进了门厅，看到是我的手指停在琴键上时，她停下了脚步。罗斯小姐甩了下头发，不耐烦地翻着她的乐谱。

“抱歉，夫人，我这就走。”说完，我跑出了房间往洗衣房冲去，妈妈正在那儿奋力地刷着老爷衣服的领子。罗斯小姐可不喜欢在夫人面前露了馅。

“你跑什么呀，孩子？”我妈以为我又干了什么坏事。

“艾达。”夫人疾步走进来，看到我躲在妈妈的裙子后边。该不是小姐向夫人告了状吧？“艾达，”她蹲下身子，和我对视，就像她第一次教我读那些字母时一样，“你愿意学弹琴吗？”

第五章

今天我发现艾达在纠正罗斯弹奏上的错误，之前也有过这样的情况。罗斯很生气，不过我假装不知道。我想起第一次鼓励那孩子坐在我旁边看我弹琴的情景。她有些局促不安，可伸出一个手指去触碰琴键后，她扬起的脸上充满了震撼，那神情让我几乎屏住了呼吸。

我开始学弹琴时，一场人们称之为“战争”的祸事正在蔓延。

从那一首首的歌词里，我了解了不少英国才有的东西，就像树林和五朔节花柱；还有，他们那里的草总是绿茵茵的，一点也不像我们这儿的一片枯黄。《到绿色的树林去》成了我心爱的曲子，还有《精灵之舞》。

聆听夫人讲那些伟大音乐家的故事让我窥见部分历史，跟随他们追寻新灵感的道路让我得知他们足迹所到之处的地理风貌。我没想到的是，学钢琴不仅让手指得到锤炼，它更向我展示了一个克莱德克公馆以外的世界。手指第一次触到象牙琴键，我就知道音乐会愉悦我的身心，让我没料到的是它也能让我的心智飞翔。

钢琴不仅让我识得数字，我还学会了数拍子，从一数到八。现在我终于明白了以往镇子里那些店面招牌上的数字是什么含义。

夫人和我一起练琴时压根就不会有争吵。

我紧挨着她坐在琴凳上，她身着柔软的奶色长裙。她的手在我身体两边做示范，于是我开始学着她的样子想象那个音乐的世界，虽然我很少能想见到夫人曾给我描绘的那些景象。

“一阵潮涌，海鸥孤鸣，延绵不息的海浪一个接着一个地翻涌，就像巴赫的多声部乐曲……”她的手在琴键上舞动，和不断流淌出的乐曲融合、交织在一起。

“海面上真正的潮涌听起来是什么样的？”

“啊，如果你能亲耳听到就好了，艾达。”她一脸宠爱地对我微笑，仿佛那海潮声此刻就在她耳边回响，“越过班诺克崖，流进平静的海湾，这是格里格……”她舞动的手指弹奏出钢琴协奏曲的开场和声。

我点头。她的手指停了下来，视线看向窗外暑热中浑浊平静的大雨河。

“一个小调，”她重新看向钢琴，“落在E调上——还记得吗？”

我马上听出自己弹出了拔高的调子，汇入她那如瀑布般翻滚奔腾的琴声之中。

战争开始之后，我们这里发生了一件奇怪的事。有一天，太阳消失不见了。土黄色的山包一下变成了绛紫色，花园里的鸟都不再鸣叫——连那些黄鹂都噤了声。一个叫司马茨将军的人造访了克莱德克，视察白昼忽然变成黑夜的怪事。我常听人们提起这个名字，他一直提醒杰里要控制海上航线。人们聚在集市广场的市政厅前听他演讲。欢迎他的红蓝色横幅飘扬在市政厅大楼前，天空渐渐暗下来时，教堂大街两边的人群一直在对他欢呼。

“那不过是日食，艾达，”去听将军讲话的路上，夫人对我说，“没什么可怕的。”

她解释说是月亮挡住了太阳，这样的现象时有发生。罗斯小姐说人人都知道日食是怎么回事。菲尔少爷离家去训练了，所以我没法问他的看法。妈妈回小屋去躺着了，我偷偷溜到楼上，想从玩具箱那儿眺望集市广场的景象。往窗外看，日光此时正渐渐地从远处的卡鲁高原上消失，远处隐隐传来掌声。保不准司马茨将军能动用他的神通换回消失的阳光？

干旱的卡鲁高原有时也会变得黑暗，而这里有克莱德克公馆，有我妈妈、夫人、老爷和罗斯小姐，还有即将开赴战场的菲尔少爷。不祥的鹭鸟每天都在血色的残阳中拍翅低掠而过，隔壁的蒲麦尔太太不断地唠叨抱怨因为打仗而多出来的活计。

如今，除了偶尔落在荆棘树下铁皮屋顶上的雨声，我的生活里还多了莫扎特、肖邦和贝多芬的乐曲声——钢琴能弹奏出的曲子远比我会的要多得多，就像克莱德克公馆外的世界比我能想象的要更丰富一样。当然，这世上还有战争，不过我们也有许多的音乐让你忘掉它。

渐渐地，我把弥莉安和艾达当成了自己的家人。

大家抱怨酷热难耐、蚊虫叮咬和不安分的本地人，可没人提醒我要注意这件事情。没人提醒我千万不要滋生出这样的念头：与自己的黑人管家及她的女儿为伴。

我猜爱德华对我的这种态度有些许不安，不过我对自己两个孩子的关爱让他也无可抱怨。我全身心地抚育菲尔和罗斯，特别是罗斯，与她有关的每一件事我都特别的关心，给予她鼓励。相信用不了多久，我们就会找到真正让她感兴趣的东西。

第六章

克莱德克的街道上出现了不少像菲尔少爷那样的年轻人，戎装笔挺，军帽上别着徽章。他们列队行进时，军靴踏在黄土上的节奏犹如我正学的音符断奏。像老爷那般年纪大点的人不用去走队列，他们都到卡鲁公园对面的市政厅开会，我以前常坐在那里的棕榈树下。老爷他们在市政厅里没完没了地讨论一个叫“北上”的地方。

有一天夫人让我去给老爷带个信，我就在会议厅后面等着他。克莱德克所有的大人物——或者该说是整个卡鲁地区——他们都围坐在会议桌旁，大声嚷嚷，还不时地用手拍打桌子，就像我们在家做面包时那般用力。这里面有个人胸前挂着金色的绶带，其他还有好些留了长胡子。他们压根没注意我，所以我就在那里听他们说话。我常常都会听到一些人们不希望我听到的东西。

“为什么要我们的孩子们去作战而他们不去？”我听到有个人大声说道。

“把他们都关进监狱，”另一位说，“这是叛国！”

我不知道“叛国”是什么意思，不过那一定是再糟糕不过的事情，因为只有在杀了人或严重伤人的情况下，一个人才会被抓到监狱里被永远地关起来。在布利街那头就有个监狱，我估摸着这也是妈妈不让我去那个区的圣詹姆斯学校上学的原因之一。监狱嘛，妈妈曾经说过，可不仅仅是用来关坏人的，你要是不小心惹了祸，监狱就会来找你的麻烦。

“什么事，艾达？”老爷朝我走来。我注意到他穿的衬衫领子有点塌。因为打仗，给衣服上浆用的淀粉也很难搞到了。我把条子递给他，他看完后伸手捋了一把自己日渐稀薄的头发，把条子攥成一团，额头上冒出细密的汗珠。

“跟夫人说我尽快回去。”他说完也没看我一眼，转身快步回到那群吵吵嚷嚷的人当中去了。就在那天，我们收到了菲尔少爷将赴战场作战的消息。

刚开始那会儿，少爷不过是穿上军装去练练队列和齐步走，他小时候就常伴着夫人的琴声在家里齐步走。他们在外面开阔地练完一天的队列后，晚上就可以回家吃饭，第二天一早又在夫人的琴声中去训练。我为他感到无比的骄傲，总是万分细心地打理他的咔叽衬衫。那时，他甚至还能和那些一起受训的年轻人们打板球，烟尘滚滚的队列场把他白色的板球服弄得脏兮兮的，得让我费好大的工夫来清理干净，他也总为这跟我道歉。

“上了战场你们都要做些什么？”有一天少爷回来得早，躺在草地上透过刺桐的叶子望着天，我边晒衣服边问他，“那儿是不是很艰苦？”

他用手撑起身子坐了起来，定定地看着我。从小时候教我数字起，菲尔少爷和我一向交流顺畅。他是我的朋友，我的第一个朋友。“现在还没什么，”他停了一会儿，“可一旦上了前线作战，那就会很艰苦。”

我边夹上一个枕套边琢磨这事。“你会害怕吗？”

他朝公馆那边望去。夫人正和她的朋友们一起喝茶，我妈在洗衣房里忙着，隐隐约约的舞曲声从罗斯小姐房间敞着的窗口传出来。

“我希望不会，我——”他捡起一片树叶，开始顺着叶子的脉络把它一点点的撕碎。金色的头发垂落到额头上。“我不想害怕——不过如果我真的怕呢？”

我们俩沉默了一阵。他的衣服袖子卷着，手臂上的肌肉自参加军训以来变得强壮。亲爱的菲尔少爷做什么都是那样的投入，总是冲在最前，竭尽全力。我相信他也一定会是个好战士。

“我一点儿不想怕托科洛希精灵 。”我放下手里的衣服，走过去跪在他身旁。“可这是上帝的旨意，他要用这种方式来让我学会勇敢——”

他停住了手里的动作，定定地看着我。

“可战争意味着杀戮，艾达，杀戮——”他低低地重复了一遍，“不是什么幽灵恶魔！上帝要用这来教会我们勇敢吗？”

菲尔少爷的眼睛是极浅的蓝，比罗斯小姐的铁灰蓝要浅得多，它们比天空还要明亮，像一泓清透的水让你能一眼望到底。此刻，这双明亮的眼正探询着我，我却无法对答。

他捡起另一片叶子，继续将它扯成碎片。

我站起身，继续晾晒洗衣篮里的衣服。沉默在我们之间蔓延。我该怎么安慰他？我该帮他一把，就像过去他帮我那样，可我对战争一无所知。这时，另一个念头接踵而来，挥之不去：虽然菲尔少爷身强体壮、人又好，可他可能并不适合成为一名士兵？

如果他问夫人这个问题，她又会怎么回答？她化妆间的那个本子里有关于上帝和战争的解说吗？

“我会为你祈祷的，先生！”我把手里的湿衣服紧紧地攥在胸前，感觉那穿透全身的凉意，希望我的祈祷能帮上他。“夫人和老爷也会为你祈祷的。”

他嘴角一弯朝我微微一笑，接着扔掉手里的树叶，跳起身来，大步走进了公馆。

菲尔少爷去训练时，我妈弥莉安和我在厨房这块极力省吃俭用，夫人回收了不少蛋糕模。她还给士兵们织袜子，她担心这些年轻人在船上会冻着。船——我从未见过这种奇怪的机器，可看起来打仗少不了它，要把钢琴从海对岸运过来也得靠它。镇子的广场上集会不断，大人物来呼吁大家“支持我们的子弟打垮敌人”。

打仗时，我看到有些混血儿也穿上了军装，他们的肤色比我和妈妈的要浅些。他们住在黑人区的一隅，那地方我从来没去过。它在大鱼河上的一块冲积地附近，在枯水期可以从水浅的地方蹚过去到达那儿。那些士兵对身上的咔叽军服自豪无比，他们在集市广场边上练兵，踢腿迈步时扬起的尘土把脚上的新鞋都弄脏了。他们集合在市政厅前接受检阅，接着列队走过教堂大街，过铁桥，然后前往火车站，从那儿直接开赴战场。一个帅小伙踏步走过我们跟前时对我眨了下眼，妈妈赶紧把我从人群前面往回拉。“不要脸，”她低声骂道，“不就是套了身跟白人一样的皮嘛。”

整个镇子里的人都出动来欢送他们，大家手里挥动着小旗子。

士兵中没有像我和妈这样的黑人，他们大都待在布利街那边拥挤不堪的黑人街区里，也有些在农场工作。我不清楚他们为什么不去打仗。妈妈说因为没人要求他们去，这多少也是因为他们拿了枪就让人不放心的缘故。

有小部分白人不愿去打仗，他们被抓进了监狱。这是有天晚上我在门廊那儿听来的。那天夫人弹完琴，老爷俯身在钢琴边和她说话。他志得意满地说，他们活该在监狱里烂掉。

我一下子想起了市政厅里的那个会议，人们叫嚷着叛国什么的；还有妈妈对监狱的畏惧，虽然你没做什么伤天害理的事，监狱也会找你的麻烦。

不过我也没弄明白人怎么会烂掉。不是只有像杏子这样的水果，从树上落到地面时才会烂掉吗，人怎么会？可能是因为害怕所以他们才不愿去打仗吧，可之前菲尔少爷也说过他会恐惧呀。

“他们看不到为英国而战的理由。”夫人为这些不愿去作战的人感到伤心，老爷拍了拍她的肩膀。自从开始打仗以来，他比平时更多地碰触夫人；夫人则比之前更少去碰她的钢琴了。这大抵是因为战争会让你比和平时期更珍惜身边的人和事，若放在平时，人们也不会觉得缺了什么吧？

我对那些没有被征用的黑人充满好奇。如果他们能得到信任拿起枪，那不就可以代替那些不愿去打仗的白人了吗？这样一来也不会有人要被关到监狱里了。我很想和夫人谈谈这个想法，可妈妈说我没资格去跟夫人老爷说这样的事情。

我搞不清的还有正在交战的各方是怎么回事，尤其是我记得夫人说我们的钢琴是德国造的。这不就意味着那些给我们造了钢琴的聪明人现在变成了我们的敌人？在我看来，这才是战争最可怕的地方：朋友，有朝一日会变成敌人。

第七章

“艾达！”

我抬头环视了一下四周，在教堂大街上还从来没有人这样喊过我。只有白人能在镇子的街道上叫喊嚷嚷，黑人们只能在姨妈他们住的黑人街区吆喝。姨妈就曾经鄙夷地说过，我们和白人的世界不仅仅是隔着一条肮脏的街，而是在对立的山头各自为营。

“艾达！”穿着咔叽军装的菲尔少爷让开一辆小跑的马车，穿过碎石路，走了过来，“你在这儿干嘛？”

“去给夫人寄信，先生。”我把有夫人漂亮笔迹的信封递给他看。我出门时把信收在口袋里，不让一路上的灰尘，或者我手上的汗水污损了它。那是夫人写给她妹妹艾达的信，我的名字就是随着她起的。我盼着自己能给她写信，问问她在爱尔兰的情况。那里是不是没这么多的灰尘；那里的河川，从山峰飞流至大海时是否像格里格的音乐那么激越。

“我这就要开拔了。”菲尔少爷说。他像个士兵那样笔挺地站在那里，双脚微分。

我抬头看向他，他浅色的双眼此刻正盯着路面，马车走过时卷起一阵黄色的尘土。他只是将手掌张了张，然后又贴回到自己的军裤两边。

“您要开拔到哪儿呢，先生？是去保卫夫人的祖国，是去爱尔兰吗？”

听到这儿，他笑了，可并不开心。“噢，不是的，艾达，爱尔兰并没有战争。我可能被派驻到北部，到北非去。跟我来。”

他抬脚往前走去，我不知道自己该不该跟着，他转身看了我一眼。在克莱德克公馆，我可以和少爷一起走。可这是大街上，当着那么多的白人，那可是另一回事。我搞不清这里面有什么不一样，肤色差异问题那时候跟法律还没关系，也没告示牌说明哪些设施是白人专用，可我那时就已经意识到差别。即便就我一个人在商店里看那些招牌，如果待的时间过长，店主们也会将我哄走。教堂大街的两边种着挺拔的胡椒树，教堂塔尖高耸入云，那里不是我这种人该待的地方。和一位身着军服的少爷走在教堂大街上，当然也不合我的身份。

就这么一会儿的工夫，已经开始有人注意我们了。

一位身着粉色褶皱外衫、暗色裙子的女士正从N.C罗杰斯百货店里出来，手里打着扇子。她瞧了瞧少爷，又上下打量我一番，然后转回去盯着少爷看。

“哎，”她转过去背对着我说，“原来是菲利普·哈林顿呀，凯瑟琳和爱德华的儿子，你看起来好精神！”

菲尔少爷从我身上移开视线，走过去和她礼貌地握手。

“我知道，”她压低声音，“你们就要开拔了吧？”

“我还不清楚，夫人。”菲尔少爷的声音很平静，可我知道这里面隐藏着恐惧。我在克莱德克公馆的花园里听到过这恐惧，也在那儿的阳光下见到过他因备战而变得强健的肌肉。这一刻，我有点恨那位从商店里出来的女士，恨她让菲尔少爷意识到不仅是他自己，很快就会有其他的人知道，他是不是个胆小鬼。

我站在他们身后等着。菲尔少爷的双眼清澈如水，他的视线越过那位女士肩膀对上了我的眼。店里走出来几个人，他们朝绑在附近的一匹马走过去，那匹马脖子上挂了一只燕麦口袋。

“先生，”在那群人吵吵嚷嚷的议论声中，我朝少爷叫了一声，“我得去给夫人寄信。”

那位女士转过身来，对我的打扰相当不满，双唇紧抿。

“谢谢，艾达。”菲尔少爷碰碰帽檐给那位夫人敬了个礼。“请您原谅，很高兴见到您。艾达，”他转向我，“我们还得去看看父亲的包裹到了没有。”

轻点了下头，他沿着街道朝集市广场走去。我不再看那位女士，急忙跟上他，和他保持一段距离。走到卡鲁花园，他在胡椒树斑驳的树荫下等我。穿过广场，市政厅前车水马龙，阵阵热浪扑面而来，菲尔少爷伸手抹了抹额头。

“你会成为一个好战士的，先生！”我看了下周围没人注意，伸过手去碰了碰他的胳膊，“我知道你一定会的。”

在战争刚打响的那些日子里，菲尔少爷还在附近的军营受训。晚上，夫人和老爷会聚在收音机前，听一个叫丘吉尔的先生讲话，他的声音很是低沉。丘吉尔先生看起来比那个司马茨将军要有分量得多。有时听了他的讲话，夫人会落泪，老爷攥紧了手在屋子里走来走去，他的外套扔在椅子上，平时服帖的头发也显得蓬乱。收音机里讲的是一个叫伦敦的地方，遭炸弹轰炸着了火，那里离夫人的家爱尔兰一定很近，要不然她不会那么忧心忡忡。他们还谈到飞机，飞机上的武器也会吐出火龙，让大海轮在汪洋中遭受没顶之灾。那都是我还无法想象的东西，无边的大海上能漂浮航行的大船。罗斯小姐听到这些会跑回楼上自己的房间，哭着说她烦透了这场战争，为什么一切不能回到从前。

“什么时候才是尽头呀，”夫人低语，“那么多年轻人丢了性命。艾达——”她提高音量，看向走廊这边。“来给我们弹首曲子。”

这种时候我会选择弹些舒缓的夜曲，或者弹些像肖邦《雨滴》那样的前奏曲，让这些简单的音符抚平大家的焦虑和不安。于是，老爷就会重新拿起报纸看，把灰色的头发抚平顺；夫人会在灯下黯然独坐，手在腿上紧攥着，我头一次看到她没有跟上音乐。

菲尔接到命令了。

我们试图振作起来。

弥莉安做了他最喜欢的果酱海绵蛋糕，艾达弹了进行曲，连罗斯都变得有礼貌了。可我和爱德华对第一次世界大战记忆尤深，这记忆当然让我们高兴不起来。

艾达已经把他的军服仔细打理过，她希望菲尔出发的时候一切都毫无纰漏。

丘吉尔先生把少爷派遣到“北边”去了。那里没有大海，也没有大战舰，那里只有比我们卡鲁还要广袤、还要干旱的沙漠。

我请求到车站去为菲尔少爷送行。车站在大鱼河那边，在远离姨妈她们那个黑人社区的一片高地上。我妈后来说我没资格提这样的请求，可我向夫人提的时候她正在厨房里忙，她还没来得及制止，这事就办成了。

“哦，艾达，”夫人瞥了一眼坐在对面看报纸的老爷，“你当然可以去。”

车站里一副熙熙攘攘的景象。年轻人背着军用背包高声谈笑，彼此相互打趣。一辆深红色的火车停在一边，还没出发，那些车厢就已经布满灰尘。空气中突然传来一声巨响，火车的机车头喷出一股白色蒸汽，站台上那些衣着整齐的女士都背过脸去。戴着帽子、身着蓝色制服的乘务员在月台上走来走去。看到了不知从哪里发出的信号，他用力吹响了哨子，让站台上兴奋的士兵都赶紧上车。

“亲爱的，”夫人拥抱着已然人高马大的菲尔少爷，“早点回来！”然后退到一边，双手紧紧地攥在一起。

“菲尔，”虽然有不少父亲都在拥抱他们的儿子，可老爷只向少爷伸出了他的手，“保持冷静，儿子。罗斯——”他飞快地转过身去找罗斯小姐，她正跟旁边一个年轻人眉来眼去，“过来，来道个别吧。”

罗斯小姐朝少爷奔了过来，然后又飞快地离开去找她同学。我站在老爷身后稍远的地方等着，我是站台上唯一一个和白人家庭站在一起的黑人。火车站的门就在身后，我完全可以溜出去，不会有人注意到我，我可以跟他们说我回家帮妈妈准备茶点去了。但能成为人群中的一员让人感觉真的很好，即便我只是个局外人。笑声和哭声在四周此起彼伏，我真想知道战争究竟是什么，能让人们像这样又笑又哭。或许泪水总是隐藏在笑声背后的吧，只有在人们说再见的那一刻，它才会展露真颜。

三位手拿军号的士兵列队站在车厢前，他们吹了一小段曲子——夫人后来告诉我那叫号角——让人们振奋精神。“艾达？”菲尔少爷在找我，我走过去站在了他面前。

“我会想念你的，先生！”我提高音量想让他听到。我向他伸出了自己的手，“祝你好运，先生！”

之后，菲尔少爷做了件奇怪的事情。他张开双臂，俯身拥抱了我。我感觉他的脸颊紧贴着我，胡茬有些扎人。然后，他扛着他的包，转身便走了，几步就踏进了车厢。

我察觉到夫人把手搭在我的肩膀上。我偷看了老爷一眼，他眉头紧皱，注视着车上的菲尔少爷。

“上车了！”乘务员大声叫唤，又吹起了口哨。

号兵们把军号夹在胳膊下，抓起自己的包冲上了火车。一阵烟雾中，火车开始缓缓向前。这时站台上所有的人都在向自己的孩子们欢呼，士兵们从窗口处探出身体，拍打着车厢，合唱一首我在克莱德克公馆的收音机里听过的歌。

不知何时，不知何地，我们会重逢……

转脸过去避开火车气雾的女士们这会儿又都看了过来，她们用蕾丝手绢抹着眼睛，戴了手套的手在不停地挥动。火车发出一阵刺耳的汽笛声，比乘务员的哨声还要尖锐。旁边的一群孩子伸手捂住了耳朵，蓝灰色的鸽子也从车站屋顶下的横梁上振翅飞走了。

我转身过去看了看老爷，想知道他是否会伤心，因为他没有像其他父亲那样拥抱自己的儿子，此刻只能眼睁睁地看着拥挤的火车把菲尔少爷带向丘吉尔先生指向的战场。我发现老爷正盯着我看。

我没有父亲。

嗯，这个说法也许不准确，应该是我从来没有见过自己的父亲。他一定待在什么地方——自己的家或者已经和祖先一起入土为安，可我对他一无所知。我妈从来不谈他，对我而言他是个符号一样的存在。夫人老爷也从不会提到他。至于少爷和小姐，他们有父亲，所以也从不觉得我没有父亲是件奇怪的事。

菲尔少爷离开那天让我又想起了父亲这回事。夫人就像是我的第二个母亲，不过老爷从来都事务繁忙，没工夫像父亲一样关照我。我从不指望他的关注，他也不大理会我。我不觉得他讨厌我，只是，我完全不在他的视线之内。

除了今天。

在人声鼎沸的站台上，他落在我身上的视线犹如他落在少爷和小姐身上那般专注，但却没有那种慈爱。他的眼光毫无怜惜，满是惊愕。

第八章

“我父亲是谁？”在弄明白要生个孩子就得有个父亲的事实后，我曾这样问过我的母亲。

“就是个我曾经认识的男人。”妈妈回答，转过身去不让我看见她的脸。

“你和他结婚了吗，像老爷和夫人那样结婚了吗？”

“你生下来之前他就走了。”

我把毯子往上拉了拉，然后瞪着她。晚上上床睡觉的时候，我会开始和妈妈聊天。那会儿夫人已经弹完了琴，整个公馆都静了下来，只有从白日的酷热中渐渐凉了下来的铁皮屋顶在头顶发出嘎吱嘎吱的声响。妈妈常坐在窗边的椅子上钩编东西，脚上穿着拖鞋，头发也从发髻里解放了出来，肩膀上围着一条自己做的蓝色披肩。在钩针划过毛线有节奏的声响中，在屋顶的嘎吱声中，在刺桐树上夜栖的猫头鹰的叫声中，我渐渐地睡去。

“老爷绝不会在菲尔少爷和罗斯小姐出生的时候离开，”谈到素未谋面的父亲，我下定决心问下去，“为什么我的父亲要走掉？”

我妈很少真的和我置气，特别是在劳碌了一天筋疲力尽的时候，可那回她真的火了。她把手里编织的东西扔到一边，过来站在我跟前，好像要跟我说一个不能外传的秘密似的。“宝贝！”她咬牙低吼道，“我不想谈这些事情。你在这里有最好的成长环境，你不需要一个一去不回头的父亲！感谢上帝吧，去睡你的觉！”

可我还是睡不着。我看着她从地上捡起披肩，重新开始钩手里的东西。她从不轻易对人推心置腹，她的忠心属于夫人、老爷和他们的孩子，到底是怎样的男人赢得了她的爱？当然得是个善良的好人，到底是谁许诺要娶她呢？我知道妈妈瞧不上蒲麦尔太太和她那些不靠谱的入幕之宾，她绝不会委身于一个没打算留下来的男人。所以，一个她看得上的男人，一个打算与她相守相知的男人应该会是个好父亲，我真的希望了解这样的父亲。

可去哪儿了解，在克莱德克还是在卡鲁，抑或是满世界里去找寻？在我的认知里，没多少黑人家庭是能生活在一起的。我估摸着这是因为黑人男女工作的地方不同。男人们要去掘金，所以一般都到约翰内斯堡那般远的地方去；而女人们一般都像我和我妈一样在白人的家庭里帮佣。难道说，男人们都喜欢多妻多子，这样才能确保老来安乐？因此，老跟其中一个老婆待在一起对其他的老婆们就会非常不人道？

就我妈这种情况来看，那男人不和我们在一起的其他可能性也许包括：他是个欺骗人的家伙，不受人敬重；他并非到了很远的地方去干活糊口，而是个口是心非，诓骗我妈以为他是个好人的坏蛋；他也不是老婆孩子多得无法分身，而是个在跟我妈谈婚论嫁，需要担起责任时跑掉的胆小鬼，一个永远不知道自己有个女儿的男人。

从那以后，我再也不提我父亲，或父亲这个话题。可在菲尔少爷离开的那天，我确实很想谈谈父亲。

我很想知道什么事情会让父亲们恼火，想知道为什么老爷那天那样看我。我一直没开口，所以妈妈也不清楚自那天起，有什么东西已在我心里滋生起来。

第九章

我十五岁那年，战争结束了，和平终于到来。之前，我们有过短暂的和平——那时去给夫人寄信，我记得自己在报刊局外的标语上见过那样的提法。可没多久，人们还没时间适应，大战就来临了。

“不打仗的时候就会一直是和平吗？”有一天给罗斯小姐叠衣服的时我问。

她正在收拾铺在床上的一堆围巾——鲜艳的、薄的、料子光滑的，这些料子柔软无比，我和妈妈从未洗过这样好的东西。听了我的话，她抬起头来。

“别傻了，艾达，”她叱责，“当然是和平了，不然还有什么？”她动手把围巾拿起来，在针织套头衫或裙子前比划，然后又一一地把围巾围到脖子上，在镜子前面反复打量自己。

“可还是存在杀戮呀，”我说，“我听老爷是这么说的。”

“这世界不是这里打打杀杀，就是那里刀光剑影。这些都与我无关，我也看不出这与你有多大干系。”她拿起一件浅蓝色的羊毛开衫，“我觉得这件蓝白点的比那件净色的更讨喜些。”

“我不过就是想弄明白和平和战争有什么不同。”我回答。这一点非常重要，战争改变了克莱德克公馆，它让我们缺衣少食，少了欢笑，还少了菲尔少爷。我要做好准备，迎接下次可能出现的敌人。可罗斯小姐沉浸在自己的世界中，压根儿不知道我在说什么。

菲尔少爷回家前，我妈和夫人关上门不知在厨房里谈些什么。我那会儿在擦餐桌，很想知道她们俩谈些什么，可惜厨房的门太厚，我什么也听不到。罗斯小姐从镇子里购物回来，她在安斯特依时装店买了条新裙子。

“快看，艾达！”她穿上新裙子转了个圈，金黄的头发飞扬起来。裙子是天空般的蓝色，白色的领子上有蓝色的绣花。这是我见过的最美的裙子。

在克莱德克，我用不上毛皮套筒，也用不上真丝礼帽。爱德华说那里的女士们衣着都很实际。妈妈对国外的情况略知一二，因为她的哥哥提摩西待在印度。她说最要紧的事情是保护好自己的肌肤。事实上，提姆舅舅在信中提到的是：不要和本地人发生争执，这是自爆短处的行为！

所以，我还满伤心的，因为我喜欢那顶丝绸礼帽，虽然它已经旧了。我只能把它和毛皮套筒都留在爱尔兰，就带了三顶素色的帽子和一把洋伞。妈妈说，她觉得有点寒酸了——南非毕竟不是印度。

我不知道丝绸是什么，印度在什么地方，不过罗斯小姐的裙子应该不逊色于任何帽子。

“夫人和我妈一直待在厨房里谈话，”罗斯小姐裙子翻飞时，我告诉她，“她们都没做饭。”

“傻艾达！她们说说话有什么奇怪的，这可是我为约翰内斯堡之行准备的裙子。店里的人说现在打完仗了，女孩们都会穿这样的裙子！”

“我想她们可能在谈菲尔少爷的事。”

“你给我熨好衬裙了吗？求求你了，艾达。”她探过身子，笑容可掬，“我会给你买薄荷清凉油的！”

“罗斯，”老爷突然从书房里出来，“艾达没空整天跟在你后面转。你该自己熨点自己的东西。”

“可恶透顶的爸爸，”罗斯小姐边说边挽起老爷的胳膊，“你喜欢我的裙子吗？”

老爷露出了宠溺的微笑，掏出挂在西装背心里的怀表。他根本无法拒绝罗斯小姐。没多少人能拒绝她，特别是男人们。

“菲尔少爷什么时候能回来呢，先生？”我大着胆子问。

我很少会直接跟老爷说话，他也很少正眼看我。唯有一次，就是在火车站送少爷那回。老爷的脸上总有些东西让人感觉瘆得慌——浅色双眼上有一对灰色眉毛，不苟言笑，严厉的双唇只有面对夫人和小姐时才会难得地柔和起来。听我弹琴时他也会放松下来，他不知道我会偷偷打量他。

罗斯小姐在镜子前端详自己，今天我刚好擦拭过它。老爷突然转过身来低头看我，除了严厉，他的脸上还有一种我从来没见过的奇怪表情。我突然意识到，战前在花园里，我曾在少爷的脸上见过同样的表情。那会儿，他怀疑自己是否会勇敢地去战斗。自己心爱的儿子要回家了，有什么东西能让老爷感到不安呢？

“快了，艾达。”他拍了拍我的肩膀，神色平静地说。他以前从来没碰过我，是不是这会儿的小姐让他走了神？

“快了。”

菲尔少爷第二天回到家，他们把他抬到楼上他的房间。我能看到的只有他露在毯子外的脸，那张脸与他上战场前的样子完全不同。夫人跟我说少爷很累，需要大量的睡眠。这我能明白，毕竟，丘吉尔先生要求他所有的士兵们作战勇猛。在圣彼得教堂，人们为没能再回到克莱德克的战士举行了一场弥撒。夫人和老爷都参加了这个活动，感谢上帝保佑少爷，让他能平安回家。从克莱德克去参军作战的大部分士兵都牺牲了，他们不是被埋在了北边的大沙漠，就是丧命于一个叫意大利的国家。据说那里跟我们这儿一样炎热，门德尔松在那个国度还创作了一种新的交响乐。

“可为什么，”一个星期过去了，菲尔少爷还是躺在床上，我在我们的房间里问妈妈，“其他活着回来的士兵能在镇子里到处逛，难道他们没有像菲尔少爷那样拼命地去打仗吗？”

妈妈放下手里的编织活计，抬头看我。她正给教堂钩茶杯的保温套和短袜，他们那儿总是缺这些东西。

“菲尔少爷受伤了，艾达。”她把手里东西放到一边。

“那我干嘛不能和你一块照顾他，妈妈？”

我妈笑了一下，我看得出里面藏着苦楚。“少爷的伤，有些是伤到了心里，孩子。”

“那些绷带下面的伤吗？”

“比那些要深得多，有些伤口是不见血的。”

我愣愣地盯着她，她又拿起了编织的活计。猫头鹰在窗外的刺桐树上鸣叫。我不知道少爷还能否听见猫头鹰的叫声，不知道那些伤是否会将声音从他的世界中带走。

***

菲尔少爷回家没多久，罗斯小姐就离家前往约翰内斯堡。虽然她看起来满心欢喜，但我不知道她去那里的目的是什么。她说那里的前程会更好。我记起夫人在本子里提到过前程，那时她即将从爱尔兰启程到克莱德克。显然，前程是有钱人生活中必须的东西。我真希望自己能见识些已经找到了前程的人，那样就可以问问这东西到底有什么特别之处。

“祝我好运吧！”那天，罗斯小姐透过车窗对我大喊，那车子要将她送到火车站。战后，我们这里汽车越来越多，马车倒是愈发少见。小姐坐在车里非常开心地挥动着蕾丝手帕。她身上穿的正是那天买的蓝色裙子，口红是在阿斯顿化妆品店买的。她不要老爷夫人去车站送行，“太兴师动众”，她笑得那么开心。也许她是不想让父母想起送弟弟去打仗那一幕吧，不过我觉着不太像，小姐没那么多心思。我觉得她只是想尽量少耽搁，快些离开罢了。

老爷低头看了看自己的鞋子，那天早上我把它们擦得锃亮。他用一只手挡住刺眼的阳光，看着车里的罗斯小姐。风把夫人奶白色的裙子吹得紧贴在腿上，菲尔少爷还躺在楼上的房间里。

“万事小心，亲爱的！每周给我们写信！”夫人给了小姐一个飞吻，然后抚着颈边的胸针。

“凯瑟琳·摩尔前往联合堡，蒸汽轮船前往沃尔莫堡，南安普敦”——贴在我行李箱上的标签写着这些地名。先乘火车，然后坐船到英格兰，再乘火车到南安普敦，然后是沃尔莫堡。我还从来没去过比班诺克更远的地方。

“好了，艾达，”我们关上花园门时，夫人擤了擤鼻子，然后沿路走回主屋里，“你现在成了家里唯一的女儿了。”

“那就让我帮您照顾菲尔少爷吧。”老爷挺着腰杆走上台阶，走进了屋子。“就像个女儿那样尽本分。”夫人在过道停下脚步，弯腰掐掉了一朵枯萎的玫瑰。后来，我和妈妈说了这件事，她听了非常生气。可她知我知，夫人自己亦清楚——罗斯小姐是帮不上忙的，她从来没有做过夫人想要的女儿。

“也许你能成，艾达！”夫人直起身子说。她的双眼看起来有些红，就像迎着从雪山上刮来的风，它会刺痛你的脸。我还没见过雪——它们只出现在高不可攀的山顶，离卡鲁起码有两小时的路程。可那里的雪会在夜间给我们带来霜冻，早起去取奶时，地上的霜会让光着脚的我踩得咔咔作响。

就这样，我担起了那原属于女儿的本分。

***

“你还记得我生病的那天晚上吗，艾达？”菲尔少爷把他消瘦的脸转向我。

“记得呀，”我回答，“你那天狂吃从院子里摘回来的杏子。”

他轻轻一笑又缩回被子里。他的胳膊再也不像我记忆中的那般黝黑强壮，骨头被皮包着，就像湿床单下的晾衣绳。他起身去浴室时，步履神态像个垂暮老人。等他回到卧室俯身上床时，睡衣下凸起的脊梁骨让人伤心。

“你想要坐一会儿吗，菲尔少爷？要不，我给你拉开窗帘？今天天气可好了，你可以看看窗外的云……”

“不，不，”他把头埋到枕头里，“光线太刺眼。”

“那棵老杏树还结果子呢。”过了一会儿我对他说，“打仗那会儿，你有见过杏树吗？”

少爷两眼紧盯着我，那双眼，一如当天在花园里跟我说他可能会胆怯时那般明亮，透亮得如晴空一般。接着，他哭了起来，双肩在法兰绒的睡衣下耸动着。那睡衣我和妈妈每天都给他洗换，就怕他夜里汗湿了。

“真抱歉，先生，”我竭力克制自己不跟着哭，“抱歉让您心烦了。”

他没有像小时候那样一哭就转过身去。他躺在床上，面对着我，让泪水毫无掩饰地顺着脸颊滑落，双肩还在颤抖。他哭声不大，或许战争让士兵们学会了静静地哭。

我不知道该怎么办，只能握着他的一只手，他把另一只手也搁在了上头。

“为我弹会儿琴，艾达，”他喃喃地说，“弹些让人高兴的。”

我按他说的去做了。把他房间的门敞开，我到楼下弹奏些欢快的曲子，想让快乐掩去他的哭声。华尔兹，那是战前家里宴客时夫人常弹的曲目，又或是弹些轻快起伏的波兰舞曲。这时，夫人就会静静地走进来，用她的双眼传达谢意，老爷也会打开书房的门一起欣赏。

* * *

我想要知道这个“北方”的事情，那是丘吉尔先生把菲尔少爷送去打仗的地方。我想知道把菲尔少爷伤得那么深的“北方”究竟是个什么样的地方。或许这样，我就能知道战争究竟为何物了。

对我而言，那个地方是个陌生的所在，所以我想了解它。这有什么不对吗，对从未涉足的地方充满渴望有错吗，即使这地方让我们充满痛苦和悲伤？

克莱德克就是我所有的天地，目力所及之处不过就是站在菲尔少爷玩具箱上看到的卡鲁。眺望大草原，我常好奇那些土黄的山丘后，那远方的雪山边有个什么样的世界。书和音乐只能把你带到这么远的地方，而取自真实生活的语言则能让人去到更远的地方。夫人写在本子上的那些话语将我带向遥远的爱尔兰，带我去领略那沿着悬崖飞流直下的蓝色激流，那份激越犹如格来格的音乐……

开始我什么也没问，只是静静地照顾少爷。帮他剪短那曾经光泽耀眼的头发；在他懒得动手时为他刮脸；在他入睡时握紧他的手；或者坐在他床铺对面的椅子上看他安睡，让他醒来时不会孤单。

慢慢地，少爷开始触及这个话题。我从他的描述里开始去发现那片沙漠。与那里的茫茫沙海相比，卡鲁这片苟且残存的矮灌木丛显得是那样的茂盛。在他的描述里，撒哈拉是一个只会让人绝望放弃的地狱，即便是一株沙棘都不会有生存的斗志。褐色的沙丘毫无生命的迹象，它们比我们这里的山丘还要高，连绵不断，覆盖了整个大地。这些沙丘了无生迹，是因为它们会不断地游移。告诉我时，菲尔少爷的脸上显出一种急切。

整个沙丘居然都会移动。"这怎么可能？"我低叹，在昏暗的卧室里注视着他，为了不刺伤他的眼睛，卧室总保持这样的幽暗。

"为什么，艾达，因为风。"他耐心地解说，一如他过去为我答疑解惑时那般温和。"风会削平它们的顶部，你知道吗，也会从旁将沙丘吹散。风将沙子吹到另一个地方，它们又堆积成新的形状。"

他面露苦楚，我不知道是不是因为讲了太多话让他伤痛复发。长时间以来，他第一次这么有精神，可如果这会让他更痛苦那就太不应该了。自那次在杏树下流过眼泪后，我就变得小心翼翼，不去问太多的问题。我愿意等到落日洒下余晖，我们并肩坐着闲聊时；或者等到早晨忙完手里的家务活，给他送去一杯茶时，再听他诉说心声。有时，他会像今天那样尽情倾诉；有时，他会一连几天都一声不吭。对我而言，这就是菲尔少爷最大的改变了。笑声不再，热情不再，他身上年轻人的冲劲已消失殆尽，连他上战场前述说的那种恐惧，也不见了踪影，剩下的只是一具行尸走肉，如同他描述的沙漠一般干涸荒芜。

"那地方有种奇怪的美。"我有次大着胆子又问了个问题，于是，他便这般描述他曾经战斗过的沙漠，"可它又是那样残酷，艾达。"他样子怪怪地盯着自己搁在床单上愈发不安的手指，它们仿佛压根不受控制，如同沙漠里的沙，无法掌控那任意将它们吹散的风。

“那它美在哪儿？”

那里的夕阳是否会将沙丘染紫？那里傍晚的天空是否比克莱德克的夜空还要绚烂？还是说那美丽本就来自它的荒凉，来自那能将大地重塑的风沙？

“那片土地上无形可塑。”菲尔少爷仿佛又回到了那残酷的人间地狱，“飞蝇叮咬你的脸，在头顶嗡嗡乱飞；风沙刺痛你的眼，让你的喉咙干裂出血。”他抬起一只颤抖的手覆上自己的喉咙，仿佛那干渴仍在，让他无法呼吸。“只有半杯水可供洗漱，想把自己弄干净压根不可能。白天人会被烤成炸薯片，太阳一下山又会被冻僵。”

“分配给你们的那些水，先生，从哪来的呢？”那样一个地方，根本不可能有半滴水吧，估计也不会有像大鱼河那样的水源可解近渴。

“他们是用卡车运来的，”这么长时间以来，那双浅蓝的眼睛里首次有了笑意，“好几里地以外有河，或者有绿洲的地方。”

“绿洲？”

“沙漠中的泉水，”他抬起身子靠在枕头上，“那是地下水涌出地表形成的。”

“你见过这样的地方？”

“见过。”他把头又枕回到枕头上，抬起一只瘦弱的手臂挡住自己的脸。他的头发已经没有了往日的卷曲，毫无生气地平贴在脑门上，挡着眼睛，他接着说：“我受伤那会儿，那地方还有棕榈树，有树荫。”

“跟我们这儿的一样吗，就是集市广场卡鲁公园里的那种？”我突然打断他，那样遥远的地方居然也有我知道的东西存在，这种可能性让我备感兴奋。让我享受过阴凉的树木居然也生长在世界的另一端，这让我感觉自己好像也触碰到了战争的一角。

“对，”他把手臂抬起，“就是那种树。”

我注视着他。学会了来自大洋那端的音乐，我能感悟到在指尖下跃动的音符，而在无知无觉之中，集市广场的那片树荫，成了我与菲尔少爷共享的一片阴凉。

“最让人无法忘怀的却是沙子，”他搓了搓手指，好像那上面还残留着沙子的痕迹。“很可笑，对吧？”他喃喃低语，“忘不掉在沙漠里，流动的是沙子……”

屋子里悄然一片。夫人在学校里上课，妈妈在楼下休息，老爷去了市政厅。我已经摘好了菜，备好了牛排和腰果馅饼，该熨烫的衣物也弄好了。我停了好一会儿，然后问他：“你是怎么受伤的，先生？”

他瞥了我一眼，浅蓝色的眼睛突然变得专注起来，就像给他刮胡子时那样，定定地盯着我的脸。

“我想知道些打仗的事情。”

他紧盯着我，犹豫了一下，“这里没什么好羡慕崇拜的，艾达。”

“我还是想知道。”

从远处的车站传来轨道转轨的声响，低回如一个拉长的全音符，粗哑如钩针拉线时的摩擦。这声音将我带回到当日车站那充满欢笑和泪雨的站台，军号嘹亮，还有菲尔少爷的拥抱带来的那一丝温暖。少爷的微笑带着伤感，他对我轻轻点了点头，许是也想起了当日的景象。对我的想法，他也许心知肚明，问这些事情不是我好奇多言，这一切都是为了他。把压在心底里的东西说出来了，说不定他就会学着遗忘。

“我们遭了伏击，”停了一会儿，他开始诉说，“这意思是被你的敌人逮着了，出其不意地。”

“怎么会这样，先生？”

“不要叫我先生！”他不安地挪了挪身子，低头看着自己青筋暴露的细瘦手腕。我继续自己的提问，在一屋子的阴暗中等候他的回答。我知道在战场上男人们互相厮杀，可应该不会是这番情形。只有动物才会用伏击的法子，就像草原上的狮子会伏击羚羊，因为那就是它们的食物。难道战争还会让人也像这样，伺机等候，如对待猎物那样彼此搏杀撕咬?

“他们有装备了重机枪的坦克，”他接着诉说那些深埋在记忆中的细节，“我们手上只有步枪。他们横行自如，我们却只能被钉死在狭窄的战壕里——就是在地上挖出来的沟，艾达，不过一尺来深。我们被压得死死的，我们也没法挖得再深些，沙子下面是坚硬的岩石。”他用手紧紧地捂住了双耳。

这一刻我意识到，战争能让战士们回想的不仅是那一幕幕无声的画面，伴随着那些画面的还有声音和情感。我想房间里那紧闭的窗帘就是菲尔少爷对那个世界的阻隔，他蜷缩在房间的暗影里，那窗帘就是一道屏障，隔绝记忆中在头顶上呼啸而过的子弹，剔掉指甲缝中的沙土，忘掉自己拼死命想要把战壕挖得更深……

“还有炮弹，击中目标前一路呼啸。”双手捂着耳朵，他呐呐地诉说，仿佛炮弹下一刻就会落到他的头上。我俯身过去才能听清他在说些什么。“你会听到它们一路呼啸而来，啸声如小提琴的高音那般尖锐。快如闪电，来不及藏身它们就已经爆炸，炸飞沙尘，还有血肉——”

声音戛然而止，他双臂紧紧地抱着自己细瘦的身躯，整个人缩成一团。他仿佛又一次陷入迷茫，疑惑自己怎么会在经历了枪林弹雨的洗礼之后还能完好无损。我伸出手碰了碰他的肩，隔着棉布睡衣仍能感到他瘦骨嶙峋。

“他们还是会在我眼前出现，艾达——”他紧抓着我的手，紧盯着我的双眼里闪着狂热，“本、弗兰克，还有我的长官——”

“我会为他们祈祷的，先生。”我竭力想要让被他紧攥着的手不再颤抖，“上帝会让他们安息，我知道他一定会的。”他定定地盯着我，可我不知道他看到的究竟是什么。

“这场战役有什么名字没有，先生？”我想让他继续说下去。这还不够，他应该多说些，把那些黑暗的记忆全部清扫出来。我知道那些战役都是有名字的，我听说过滑铁卢，还有些难懂的法国地名。那些地方都打过仗，也死了不少人，不过那些修罗场是在泥土中，而非黄沙里。

“西迪蓝泽，”他声音有些疲惫，双手无力地搁在被子上，“那个地方叫西迪蓝泽。”我本想再问他些事情，可我没有问出口。我很想问他，那些战斗是否让他对打仗存有的恐惧不复存在，还是说，恐惧正是一切事情的根源？除了敌人，是不是还有恐惧，将他狠狠击倒。子弹穿过他的胸膛，给他留下的伤痕虽已不再流血，却让他片刻难安。

我很想问他，可却从未开口。

* * *

不知不觉又是一季。菲尔少爷还是待在自己的房间不出来，内心的伤痛、残酷的撒哈拉给他留下的痛苦记忆让他寝食难安，辗转反侧。那片沙漠的酷热经常会在深夜来袭，让他在睡梦中大汗淋漓，甚至尖叫。仿佛火上浇油一般，一场大旱降临卡鲁，干风肆虐草原，让少爷指尖龟裂，嗓子又感受到了那熟悉的干痛。

“为什么就不能放过我？”他沮丧地低吟。我把湿绒布搁在他额头上，用柠檬冰水给他润嗓子。

丘陵间的大地干裂出了一条条口子，镇子水库里的水在干旱中被蒸发，原来的水位线在四周留下了一圈明显的痕迹——就像没洗干净的浴盆上留下的一圈污渍。大鱼河的河水变成了涓涓细流，姨妈的洗衣生意都不好做了。镇子的花园里，狗儿们都在蓝桉树树荫下喘气散热。家里的杏树上落下的都是些干瘪的果实。水都得省着用，妈妈和我只能用桶接了水来洗澡。每天，我在菲尔少爷昏暗的卧室里给他读书时，都能听到教堂大街上传来的牲口嘶鸣声。现在连卡鲁丛林都干死了，农民们不得不把牲口宰掉。该死的灰尘吹进了克莱德克公馆，把挂在风扇后的窗帘都弄脏了。为了让房子里有一点风，我们只好一整天都开着电扇。我把帘子一块一块地拆下来，用最省水的方法把它们洗干净，晾到外面的晒衣绳上，祈祷灰尘不会落在上面。原来房子前面的水沟还能把浑黄的河水引到花园里，可现在那里面一丝动静也没有。周围唯一有点水湿的地方，大概就剩下洗衣房的水龙头里流出的那点细细的水流了。做完清洗的活儿，我就把自己的脖子伸到龙头下，感受丝丝凉意流过我的脸颊，渗进头发里。

干旱一直陪伴着我们，直到有一天我听到了草蜢的声音。只有在大雨到来前，它们才会发出这样的声音。那天，妈妈告诉夫人，草蜈蚣预感到了大雨将至，因为它们都蜷成团，看起来像是墙上的一个个小圈圈。

“它们怎么知道，弥莉安？”夫人好奇地问，小心翼翼地把一个小虫弄到花园里。

“它们当然知道，夫人。它们比我们知道得要早。”

大雨如期而至。妈妈和我站在门口台阶上看着乌云密布的天空，一声炸雷之后，先是银色的冰雹以雷霆之势倾泻而下，敲打着屋顶发出可怕的声响。它们把夫人种的几棵已经干枯的灌木压垮，倒在了坚硬的石板地面上。我伸出一只脚丫，感受着脚趾间的冰凉。声势浩大的冰雹过后是细润的雨声。雨水灌满了水池、镇子的水库和大鱼河，我知道我们得救了。就连菲尔少爷也支起身子看向窗外，讶异地发现合欢树被雨水冲刷得枝叶低垂。我想，这场大雨也会将他心中那片干涸的沙漠多少冲走一些吧。

* * *

克莱德克公馆的夜特别难捱。白天里折磨菲尔少爷的是沙漠、干渴和夺命枪炮声的记忆。到了夜里，曾经的战友们会造访他的梦境，呼唤他的救援。

“沙格，沙格！”梦靥中的他把床单揪成团，不断地叫喊。“这边！”

听到第一声叫唤我就跑上了楼，用湿布给他抹去额头上的汗。

“火力增援，侧翼，侧翼！”

“嘘，先生，”我对他说，“仗已经打完了。”

他干枯的手撕扯着被单，头在枕头上扭来扭去，战场的喧嚣让他的眼睑不断地颤动。

“本，坚持住，我来救你！”

“嘘，少爷，嘘。”

“没有弹药了，没有弹药了，爸爸，爸爸？”

有时，我只能把他抱在怀里给他哼唱摇篮曲，让他平静下来，像小时候妈妈给我唱的那样，*Thula thu* …… 然后，慢慢地，他僵硬的胳膊放松下来，恐怖狰狞的表情也从他的脸上褪去。

有时夫人比我要早到一步，我们就会一起抱着他安抚。夫人的眼里闪着泪光，头发如云一般散落在脸旁，双手颤抖。

“什么时候才是个头，艾达？”她低语，仿佛又回到战火纷飞的那些日子，那时她也这样和老爷低语。“什么时候才是头？”

即便菲尔少爷呼唤，老爷也从不过来安慰他。或许他觉得这是女人的事，不过他会站在少爷的房门口。有一次，我抬头发现他就站在那儿。因为黑，不容易看到，可他却是实实在在地站在那里，穿着睡袍和拖鞋，看着我怀抱菲尔少爷，任他的头在我肩膀上不安地扭动。他那副表情并非为自己的儿子痛心，更不是对我的照看怀有感激。那神态让我想起菲尔少爷离家那天，在拥挤的火车站台上，他看着我的那种目光。那一刻，我还沉浸在少爷的拥抱给我带来的温暖中，老爷的脸上是一副不安的表情。此时，在黑夜之中，轮到我抱着少爷时，那种不安固化成了不满。感觉到了我的视线，老爷转身离开。

“艾达，”菲尔少爷眼神闪烁，视线从走廊那里滑到我的脸上，“你是个天使吗？”

“我不是，先生。”我边回答边抽身起来，把他的头放到枕头上，将他额头上的头发捋到脑后，“现在，睡吧。”

* * *

克莱德克公馆之外，生活还在继续。

随着旱情的缓解，人们现在都想要回到镇子去，车站那里因此新建了一个候车室。火车的班次也急剧增加，我觉着耳边的火车汽笛和并轨声从早到晚都没停过。火车把大量的人群送到河对岸去修要直通约翰内斯堡的铁路和公路，那里的地下有金子可挖，有指日可待的财富。这样，送衣物来洗的人就多了，阿姨的洗衣生意日渐兴旺起来。

紧接着我们这儿就有了快速发展这么个说法，这一切全赖从羊身上剪下的羊毛制成的羊毛制品让人们发了财。不过布利街那端的黑人街区却传来了不满的声音，因为这发展既没有让路修到那边的街区，也没让电接通到那些个小门小户，更别提铺设像白人社区这边的排污管道了。

这种兴旺的景象刚开始没多久，一种叫白喉的疾病降临到了卡鲁地区。它侵袭的人群不分贵贱，一旦染病，你的喉咙变白，无法吞咽，然后就命丧黄泉。我担心菲尔少爷这种虚弱的状态会很容易被传染上，所以外面白喉肆虐的时候，我很庆幸他总待在自己房间里。有些人说这病是干旱所致，也有人说是那场结束了干旱的大雨带来了瘟神。而我妈弥莉安却说，生死向来无常，不可预知。生死有命，富贵在天——这跟什么天气状况之类的东西根本不沾边。

我对自己说克莱福德公馆是不会倒下的，我用油打磨楼梯的扶手，用肥皂水刷洗在大旱中变脏了的门阶。无论是疾病还是战争，都无法撼动这里厚实的高墙，动摇深埋在卡鲁褐色土地里的根基。而此刻——我停下手里活仔细地倾听，罗斯小姐走了，菲尔少爷躺在楼上的黑暗里，走廊和过道不复往日的热闹。我这下明白了，坚固的石头和地基，能遮风挡雨的屋檐，这些都还构不成完整的家，还需有声音和活力，才能让家充满生机。我想，这家里只有我和夫人意识到这一点。

所以，干活的时候我总是哼着歌——《我们会重逢》，夫人每天早晨都会弹一个小时的琴，让音乐引领充满希望的一天。音乐又像以前那样在屋子里流动，虽然为了菲尔少爷，乐曲已不复往日般激越。我们自己不弹也不唱时，夫人就会刻意地让收音机一直开着。

老爷对我们刻意要填满空旷倒是毫不在意。经历了夜半时分的哭喊后，他也许希望白天里能安静些。他又恢复了以往的工作，开始在书房里看文件。最近，他还经常到新修在公馆旁的车库里捣腾他新买的车子。那辆黑色的车有两只大车灯，天黑时候的那个亮，简直就跟夜里动物的眼睛那般瘆人。老爷现在都开车去市政厅开会，所以夫人夜里常常是独自一人，陪伴她的只有铁皮屋顶的响声。等到老爷回来的时候，时间又已经太晚，她不能再像以往那样为他弹琴。不过，这对他而言好像也变得可有可无了。

老爷现在很少像战时那样经常地抚摸夫人。我妈说，那是因为老爷心里压着很多事，特别是菲尔少爷的病，所以也没了这番心思。

我还在阅读夫人梳妆台上的日记。

信件成了维系我们婚约的保障。婚礼那天我们会在凯普镇见面吗，我们能重续彼此间的情谊吗？

爱德华说我文笔不错。我知道自己这方面还行，谈些班诺克镇的逸闻趣事，闲言碎语，聊聊他还有些印象的人。可靠些不相干的人和事来维系这样一份情感是不是个错误，用些泛泛之谈来回避彼此内心的思量？

如果，我们真正面对彼此之时，这些话题，无论是哪种都已枯竭，那该如何是好？

我们是不是得找些无需事先拟好的话题，那些无需深思熟虑的安全话题？

菲尔少爷每天都待在楼上自己的卧室里，甚至一日三餐也在那里用。妈妈给他做最喜欢的海绵布丁，可他都没什么胃口。老爷一般会在早上开始处理公事前来看他一眼，站在门口边调整自己的背心，边问少爷今天感觉如何。

做完早上的清洁，我脱下汗湿的罩衫，换上干净的衣服就到楼上去给菲尔少爷念书，因为他的眼睛已经不好用了。上战场那会儿他是眼清目明的，可现下太平了，他却看不清了。我给他念的都是些夫人选的书，我对这些书基本上是一知半解，可菲尔少爷爱听。他时不时地像以前那样握住我的手，把它贴到自己瘦削的脸颊上，给我解释那些我弄不懂的东西，就像以前给我解释什么是战争，西迪蓝泽那个地方在哪里一样。不过，我们读的那些书和战争没一点关系，因为夫人不想他想起那些人和事。钢琴让我的生活焕然一新，而那些书则让菲尔少爷获益良多，让他神游于一个不同的世界。

“我们每个人身上多少都有些皮普的影子。”有一天读到一本叫《远大前程》的书，他喃喃自语，“你不觉得吗，艾达？狄更斯让我们为皮普的命运担忧，也让我们回过头来审视自己。”

“你有皮普的哪些特质呢，先生？”

他有点讶异地看向我，我坐在椅子上，腿上放着打开的书本，他半晌没有说话。这会儿太阳西下，从低垂的窗帘透进来的一丝丝光线也变得黯淡了，房间里回响着的只有我们的声音。

“艾达，”他低叹，一字一顿地叫着我的名字，“你已经了解——”

可我真的不懂。他一定是读出了我眼里的疑惑，因为他移开视线，蒙住了双眼，仿佛我的无知无觉沉重得让他无法承受。这是唯一一次让我们都觉得难挨的时刻，其他大部分时候我们都相处融洽。就像我们的童年岁月里，他教过我数字，解释过银行的用途，还让我明白未来需要漫长的等待。夫人说，我是唯一能让少爷忘记伤痛的解语花；老爷对我没有只言片语，有时我看到他边摇头边对夫人低低地说着什么，我知道一定跟我照顾菲尔少爷有关。我知道夫人对他那些话不以为然，因为她通常都会转身走开，我不知道自己的行为有什么不合常理的地方。兴许让他不满的不仅仅是少爷曾经当着一群白人拥抱过我，也不是我曾把他抱在怀里安抚；我想最主要的问题是少爷把我当家里人看待，他会碰触我的手，听到我说的那些话会发出会心的微笑。也许，这才是真正招致老爷不满的地方。

少爷养病的这些日子里，克莱德克公馆了无人气，镇子又动荡不安，可罗斯小姐一次也没有回家探望。她只是从约翰内斯堡寄了些明信片回来，上面印着的都是些城里的高楼大厦。

第十章

十七岁的我过着一切以菲尔少爷为中心的生活。我现在几乎是足不出户，家里的园丁代替我帮夫人去阿德勒街的邮局寄越洋信。我已经利用一切机会认识了那些有用的字，商店招牌上的那些字全都会读。我还学会了写字，比起萨科语——我妈妈的母语，我对英语的掌握要好得多。

我与现在的克莱德克镇已经完全脱节。我认识的几个年轻女孩，家里不是像我妈或蒲麦尔太太那样做女仆的，就是在银行这些地方做杂役的，她们都结婚生子了。成家后的她们有的搬到了镇里，有的像我和我妈那样住在主人家的仆人小屋里，家里的男人都外出打工。菲尔少爷沉睡的时候，我时不时地像小时候那样站到他的玩具箱上，眺望镇子里的世界。我会不时地看到那些女孩背着孩子走在大街上，神情疲惫又自豪。现在没几个年轻男人剩下给我了，蒲麦尔太太曾摇着头对我妈叨咕，得赶紧给我找个男人，趁着现在看着还如花似玉，过不了几年就变残花败柳了。自己是不是像她说的那样如花似玉我说不准，在我看来，如花似玉指的是像罗斯小姐那样的美人，金色的头发、冰蓝的大眼，还有一副令男人们神魂颠倒的嗓音。

我的头发又黑又卷，虽然妈妈经常很欣赏地说我有双好看的眼睛，我可不认为光一双眼睛就够得上美人的标准。对蒲麦尔太太的担心，我妈回应说我这会儿得照顾卧病在床的少爷，没工夫花前月下。对此，我一点儿也不觉得沮丧，能照顾菲尔少爷是种荣耀。对少爷、夫人、老爷，还有妈妈的爱是我生命的全部意义。当然，还有克莱德克公馆——夫人说过，我是这家的女儿，这里还有让我生命充满欢乐的钢琴。

有一天，医生开着他那辆簇新的小车来到公馆，菲尔少爷在睡觉，我坐在一旁陪护。睡醒时，如果我不在一旁，他常常会惊恐不安。房间昏暗，只有一线阳光透过窗帘的缝隙落在房间的地板上。威尔默特医生看了看夫人和老爷，视线落到我身上，然后又转回到他们那里。

“有什么话当着艾达的面说没关系，医生。”夫人把手放到我的肩上，低声对他说，“艾达为我们照顾菲尔很长时间了。”

医生有一张表情严肃的脸，有点像老爷。我妈说就是他，在克莱德克公馆里把我接生到这世界来。

“我们不该期望……”他一脸不赞成地看着我。也许他忘了，我，也是克莱德克公馆的一部分?

“艾达让菲利普有了活下去的勇气。”医生的身后传来老爷平静的声音。

没人再出声说些什么，我感到脸上涌起一阵自己从未感受过的热辣。

“很好。”他伸手抓住少爷的手腕，对着自己的手表看时间。

我滑下床铺，走过去站在立柜旁。微风轻舞着窗帘，投射在地板上的光线变化莫测，菲尔少爷这时也清醒了。

“早上好，菲利普。今天觉得怎么样？”

菲尔少爷看了他们一会儿，然后痛苦地扭过自己的脖子，朝我这边看。

“我要听一下心音。”医生大声说。他解开少爷睡衣的纽扣，把一个圆形的、金属做的东西放到少爷的心口上，连着管子的那端扣在他自己的耳朵上。“深呼吸。”

菲尔少爷吸了一口气，单薄的胸部一起一伏，睡衣下的肋骨形状很明显。房间里大家都很安静。一只狗在外边叫，我妈在厨房里呵斥了几句。

“心音很清晰。”医生拉下耳朵上的听管。“伤口呢，”他把睡衣又往上撩了一点，手指探查着那道红色的疤痕，“也痊愈了。”

医生坐在床边，低头看着自己的手。

“我能为你做的就这些了，年轻人。身体机能这方面，你都是好好的，其他的……”他停下来，抬头看向夫人和老爷，“只能靠你自己。”

没人回话。

“谢谢你，医生。”夫人打破了沉寂。

一只苍蝇在窗帘间嗡嗡地挣扎，飞出来后停落在地板上。医生打开包，把那个连着管子的圆形东西放了进去。老爷佝偻着背，转身出去了。夫人的手背在身后，双手紧紧地攥着，指关节都发白了。经年累月地弹琴让她的手指非常有力，她可以拧开我们谁都没办法开的果酱瓶盖子。一阵清新干爽的风吹起窗帘，给昏暗的卧室送来了外面世界的喧嚣——车站正午出发的火车拉响了尖锐的汽笛，厨房里散发着妈妈炖煮的羊肉香，隔壁的蒲麦尔太太和她的女主人说话声一阵高过一阵。

“你什么都不懂！”菲尔少爷高声尖叫。他身子往后挪了一下在床上坐起来，被子滑到他穿着睡裤的瘦腿上，看上去就像是荆棘树上的枝条。“你从未见我所见！”他用颤抖的双手蒙着自己的脸，仿佛要将那些枪炮、鲜血和黄沙隔绝于视线之外。我本想上前去，可医生对我摇摇头，然后转过身去。

“站起来，年轻人，”他低沉的声音在回响，“去找份工作！”他朝老爷瞥了一眼。“去自食其力！那些鬼魂都不会再来烦你。”

“可是……”我惊慌不安地看着夫人和老爷，可老爷坚定地朝我摇了摇头。战场上没有鬼魂！菲尔少爷那天在晒衣绳旁谈到恐惧时就这样说过。再说了，人要怎么跟鬼魂斗，那都是些先人，说不定有些还是像海怪那样的恶神。

“我送您出去，医生。”老爷简短地说完，朝着哭泣的菲尔少爷严厉地瞪了一眼。

“噢，菲尔！”夫人跪在床边，把他抱在怀里，就像小时侯他吃了太多杏子，到了夜里闹肚子那次一样。他浅金色的头发滑落到了夫人的手臂上，他的头发近来已经染上了几缕灰白。外面马路上的狗又狂吠起来，我听到妈妈的脚步声，她走出去看了看动静。“亲爱的菲尔，学着遗忘吧，我们太需要你，你现在就是我们的一切了。”

老爷站在门口，皱了皱眉头，朝我比划了个离开的手势。我跟着他和医生走出了房间，现在显然不是忤逆老爷，或者追问鬼魂的时候。菲尔少爷需要用哭泣来发泄一下，而夫人也需要陪在他身边。也许，他们俩都需要老爷在那儿陪着，可像老爷那样的成年男子是不哭的，他们只会站在门口看。我妈说过男人们对眼泪没什么耐心。

虽然有夫人的眼泪，老爷的没耐心，还有关于鬼魂的所有疑问，我发现自己反倒充满了希望。毕竟医生说菲尔少爷他已经痊愈，他还让少爷站起身来，我相信他能做到这一切。到那时，已经恢复平和的世界会张开双臂欢迎他的回归，那些关于战场和撒哈拉的残酷记忆也会随之消散，他在战场上倒下了的战友们会得到安息，这样少爷也就能夜夜安睡。然后，他就能去找份工作——指不定就在老爷的办公室里抄抄写写，要不就是在银行里工作。我妈还是把她的钱藏在床底的鞋盒里，所以到现在我都还没去过银行。

这当然意味着菲尔少爷得完全康复，我对此相当笃定。于是，我跑下楼梯，冲进厨房拥抱了正在炖羊肉的妈妈，告诉她菲尔少爷就快要恢复，很快能起床的消息。然后，我去弹奏了一段轻快的诙谐曲，表达心中这份有十二万分把握的期盼。

* * *

医生来访的第二天，我就把菲尔少爷以前穿的那些衣服拿出来摊在椅子上。这些衣服较少爷现在的身量大了些，可质量还是很好的，虽然已经很长时间没人穿过了。

“今天天气很好，先生，”我稍稍拉开了一点窗帘，“太阳不会很刺眼。”

他穿好了衣服，摸索着下楼——紧紧地扶着楼梯扶手，和他直冲而下的少年时代相比，显得是那么的犹豫。他摇摇晃晃地站在厨房里，妈妈为他鼓掌，夫人双眼含泪微笑地看着他重新站了起来。

他先到花园里走了一圈，看起来显得疑虑重重，就像从来没见过这个地方。无论是栅栏上金龟子的嗡嗡声，还是树上黄鹂鸟的鸣叫都让他心神不定。沙漠仿佛已经掩埋了他对脚下烂漫花草的记忆，子弹的呼啸成了他脑海里唯一的声响。

“这个地方一直都这样吗，艾达？”他问。他不时地伸手抓着我的胳膊来保持平衡，高大的身躯佝偻着仿佛要护着体内的伤。“这般美好？”

“是呀，先生。即便在大干旱的那些日子里也是这样美。”

他浅浅一笑，伸手摘了片叶子，沿着叶子的脉络揉搓。

“我们可以一路逛到镇子里，先生，”我迫不及待地想巩固他这种状态，“现在路都铺好了，一点儿灰尘也没有。”

菲尔少爷第一次出游，那天阿德勒街上车水马龙。如果说我们家的花园让他吃惊，那镇子给他带来的冲击更甚。自他离家去打仗后，镇子里的变化很大。现在路上汽车比马车还要多，这些车一路按着喇叭，轰着油门穿街而过，发动机的轰鸣声总把行人吓得心惊肉跳。

“艾达！”菲尔少爷紧捂着自己的耳朵低喘，“不，不——”

“来，先生，我们到个安静点的地方去，”我急忙安慰他。他看起来双脚都不怎么利索了，我赶紧搀着他的手臂。“我们去看看大桥——就在大鱼河上。”

我们走了条小路去铁桥。一路上我不再说什么，想让他耳根清净一会儿。我悟过来了，那些轰鸣的汽车，就像是战场上的爆炸。可如果他无法面对世界和这里面的喧嚣，他又如何能再次发现它的美好？如果总让自己房间的窗帘紧闭，他又如何能看到正午的阳光下，卡鲁大草原上的闪闪金光？如何能看到一丛丛橙色的芦荟花，摇曳着像灌木林中的点点烛光？

我们挽着手一路前行，步调一致。从一个看不见的后花园里传来孩子们玩乐的声音，紫色的九重葛在花园门旁的栅栏上怒放，我摘了一朵递给少爷。他细细地打量着那薄如纸片的花瓣，仿佛那是件稀罕的珠宝，然后抬头对我微笑。我突然想起他穿上军装后，我在城里第一次遇见他的情景。我那会儿可拿不准，像我这样的黑人女孩和一个白人男孩走在一起是否合适，我于是选择跟在他的身后。可路上和他寒暄的那位白人女士的不满，依旧如针尖钉在我的背后。

眼下，我漫步在他的身旁，和他手挽着手。

许是我向天借了胆才蠢得以为自己能这样行事，还从未有谁敢在光天化日之下如此胆大包天。身边走过的白人们都窃窃私语，可我不在乎。菲尔少爷能觉着好比天底下什么都重要，夫人会理解我的。我知道有些擦身而过的人认识少爷，他们对他能恢复过来该是感到不可思议。可即便如此，因为我的存在，他们竟然都掉转视线一言不发地走掉，就像那晚，老爷看到我安抚他儿子时那样。

可我心中只有喜悦：为菲尔少爷走出了这一步，为他能从此拂过创伤而不再滴血，为自己能尽一份微薄之力，给予他一些微不足道的帮助。再往前，河岸边有个斜坡，下去就是大河，像我阿姨那样的妇女在远处的岩石上洗衣服。燕子斜掠过岸边的浅滩，藏蓝色的身影划过棕黄的水面，一路向上游飞去。

"我爱你，艾达。"菲尔少爷喃喃道。他身子斜靠在一棵树干上，浅蓝色的眼睛注视着我。他细瘦的双手紧紧地攥在一起，医生宣布他已经痊愈那天，夫人的手也是这样紧攥着。"我会永远都爱你！"

"我明白，先生。"我打断了他，感激之情让我的声音哽咽，"你是我亲爱的家人。"

可我根本没明白他的意思。等到我后来真正醒悟时，一切都为时太晚。

我还能报答艾达所付出的一切吗？

爱德华以他少见的直率说过，因为艾达，菲尔才活了下来。他说得对！

艾达在菲尔身上倾注了所有的爱心、耐心和温暖，让他开始相信自己能重新好起来。

在我的认知里，家人的构成并非是一成不变的，他们都是些来来去去的个体。他们遵循自己的命运，各自走各自的道路。大家或者走到一起，凝聚成一个核心，又或者劳燕分飞而去。艾达找到了她的位置，我们周围这些人都因此而大获裨益。可这高墙之内发生的一切却不能为外面的世界所容。

我必须承认，自己把艾达当成女儿来爱。我是多么希望罗斯就是这样的一个女儿。

第十一章

菲尔少爷走的那天是星期一，我当时没有陪着他。我那会儿在楼下的花园里晾衣服，潮湿的衣服袖子在风中飒飒翻飞贴上手臂，我能嗅到从花棚那边飘来的茉莉花香。栅栏那边传来蒲麦尔太太的声音，女主人不在家，她和一个朋友在小屋里聊得正欢。

楼上，菲尔少爷还是躺在那充满了药味和地板清洁剂气味的黑暗里，不同的是现在我们有了盼头。我们一起出去了好几趟，少爷下楼来吃饭的次数也比往常多了。夫人和老爷正讨论说要带他出去度假，大概要去看罗斯小姐吧。

正要俯身拿起一件衣服和几个夹子时，我突然听到一声巨响，紧接着一声尖叫传来。一转身，我就看到夫人冲出了厨房，扑倒在地面的一个身躯上——那是菲尔少爷。我妈弥莉安跑了出来，拉住我的手把我拽回了我们的房间，她抚了抚我的脸，然后又冲了出去。蒲麦尔太太从栅栏那边挤了过来。我听到了汽车轮胎刮擦地面的声音，医生和老爷焦急的叫喊声，还有夫人不停的抽泣声。妈妈出去之前给我拉上了窗帘，我就静静地站在帘子后等着。

过了好一会儿，妈妈才回到房间里。窗帘密密地拉着，房间里很闷热，我的脖子上直冒汗，双眼刺痛。

外面车来车往，人声起伏，花园的一端又传来黄鹂的叫声，倒与往日无异。我想要偷偷看一下外面发生的事，就像小时候偷看夫人和老爷在客厅里谈话，偷听夫人弹钢琴。可现下的情形有些不同，我不想在这样的时候忤逆妈妈，所以只能坐在床上，在心里哭泣，为什么菲尔少爷会站在窗边？为什么他要把身子探出窗外？我就在下面的花园里，他为什么不叫我？我怎么会蠢得那么离谱，以为他正一步一步地好起来……

“艾达。”第二天夫人叫住了我，她绿色的眼眸看起来比罗斯小姐离开那天更空洞，“艾达，到了教堂你和我们坐在一起。”

“是，夫人。”我想让自己的声音平稳些，可天知道那有多难。那天之后，妈妈身体一直不舒服，我想守着她，可菲尔少爷要上路去往天国，我得陪着夫人和老爷，特别是在罗斯小姐不能回来参加送别的时候。

葬礼在圣彼得教堂举行。那是位于布利街的白色石头教堂，每个周日的早晨，它的钟声都会响彻整个克莱德克镇。我之前去过圣彼得，当然，不是教堂的正门。那时，孩子们去上主日学校的时候，我就坐在教堂的后面，倾听那里面传来的管风琴声，这是教堂最让我喜欢的东西。

夫人给了我裙子、罩衫和相配的鞋子，让我换下仆人的制服。我暗自思忖，这一定是因为我要跟家里人坐在一起的缘故。手指抚过那精细的料子，划过那双崭新的鞋，我还从来没有穿过这样的服饰。夫人和菲尔少爷把我当成克莱德克公馆的一分子，所以，在上帝要带走菲尔少爷的时刻，我一定要打扮体面，这大约就是夫人给我这套衣服的原因吧。当我把这个想法告诉妈妈时，她对我说，要记得，长廊里的那些座椅只有夫人、老爷和他们的孩子能坐，即便我们深爱的少爷去世了也无法改变这个事实。

菲尔少爷的葬礼在一个寒冷的晴天举行。天空比罗斯小姐的眼眸还要湛蓝，周围的山坡看起来离我们更近了些，坡顶的岩石闪闪发亮，就像是守卫教堂的勇士。我穿着那套新衣跟在夫人老爷的身后，走向教堂的正前方。人们都在窃窃私语。管风琴弹奏出和缓的勃拉姆斯，那是夫人和我一起为葬礼选的曲子。能够在长凳上坐下来让我舒了口气，这样自己就不会太显眼。夫人和老爷一动不动地端坐在那里，我不知道他们是怎么做到的。我很伤心，恨不得即刻离开这里，可我不能。

“让我们一起为您的信徒菲利普祈祷！”神父双手交叉紧贴在他雪白平整的袍子上，低下头对大家说。

我试图让自己想些别的事情。蒲麦尔太太的侄女给神父家帮佣，该是她给神父熨的袍子。蒲麦尔太太头戴她的周日礼帽，挽着一个闪闪发亮的大包站在教堂的后面。她是非常喜欢菲尔少爷的，因为他比罗斯小姐有教养。她还说我家老爷夫人怪可怜的，菲尔少爷就那样去了，他俩不该受这样的罪。我不太明白蒲麦尔太太的话，我问妈妈时，她对我说上帝以他认为合适的方式带走了年轻的菲尔少爷，我们不该对逝者说三道四。

“安息吧，红尘纷扰从此落定。”

身后的人们低低祈祷。

坐在夫人老爷的身边，身处教堂的前排让我浑身不自在。夫人和老爷的一些朋友对此很不以为然，我能感受到他们落在我身上的眼光。和菲尔少爷在镇里一起散步时，他们都不屑看我一眼。如今少爷走了，他们倒盯着我不放了，或者他看不过的是我这身衣裙，也许仆人制服才是我的本分。

“让我们祈祷吧。“

低垂至鼻尖的黑色面纱下，夫人在颤抖。她的礼服也是鸦黑色，那种沉重与往日那些由我经手烫洗的可爱衣裙完全不同，她长长的手指被裹在黑色的手套里。老爷一身黑色礼服，打着黑色领带，端坐在那里一动不动。我不清楚他是否乐意让我坐在一旁，我想他多半是不愿意的，答应让我来不过是出于对夫人的爱。我希望他能好好安慰她，就像在打仗的那些日子里一样，可他却没有。

“让我们为他的家人祈祷，苦难让他们更加齐心：凯瑟琳、爱德华，还有罗斯。”

“阿门！”身后的人们低低地唱喏。

那我呢？我在心底大声质问，手指紧紧地攥着叠放在我腿上的黑色外套，是妈妈的那件旧礼服。也请为我祈祷吧！我爱年轻的菲尔少爷，他是我的兄弟。我一出生就住在克莱德克公馆，不是镇子里那些乱七八糟的街头巷尾，难道我现在还没有资格做这个家里的一员吗？夫人伸过手来，用戴着手套的手紧紧地握着我的手臂，她知道我在纠结神父没有说出口的东西。

我们齐唱《与主同行》，管风琴的曲调如泣如诉，教堂周围的石墙都颤栗着向我涌来。夫人没法唱，老爷也张不了口，我努力地唱出声来，可声音是那么空洞。最后我能做的就是倾听，想象菲尔少爷的灵魂合着乐曲，慢慢地、毫不迟疑地随圣父飞升而去。这时，泪水再也止不住，泉涌一般，滑落我的脸庞。夫人和老爷一直是那样的无畏和庄严，我为自己感到羞愧，可泪水就是无法止住。我努力让自己不要发出任何的声音，像菲尔少爷那样无声地哭；像战场上的士兵那样落泪无声，绝不让一丝一毫的动静把自己暴露给敌人。

夫人伸出手臂紧搂着我的肩膀。我听得到身后的窃窃私语，他们也猜我在无声地哭泣，他们疑惑的是一个像我这样的女仆，怎么会为家里的少爷哭得如此伤心。

后来，来悼念的人们过来和夫人老爷握手。他们有些是菲尔少爷的战友，带着妻子儿女来参加葬礼。他们和老爷握手，亲吻夫人的脸颊，抹去脸上的泪水。没人和我说一句话。我用手绢擦了擦脸，和蒲麦尔太太一起站在墓地中。我注意到人们盯着我的新衣裙，然后相互交换眼神。我突然清醒了，不管我多么希望成为这个家庭里的一员，但那不过是在克莱德克公馆的高墙里做的一个梦。

家里还有很多活儿等着做，我跑回去了。我得回去生火烧水，备好茶点招待参加葬礼的人们，新烤好的松饼加上夫人自制的杏子酱。妈妈不舒服帮不了忙，所以去教堂前我就在面粉里放好了黄油，现在加上鸡蛋就可以和面团了。跑过教堂大街，那些认得的和不认得的商店招牌从我身边掠过。山里刮来的风是那么冷，我的眼里又一次涌出了泪水。新鞋太硌脚，我脱下它们，光着脚朝家里跑去。

过了好一会儿，夫人和老爷才与那些宾客握完手。做好的松饼摆在架子上，表皮松脆，正是夫人喜欢的。我在餐厅里摆上了骨瓷茶具和亚麻餐巾，切好了从园子里摘来的新鲜柠檬，让不喜欢加糖的客人享用。我能把一切打理得妥妥帖帖，而我的双眼却因为眼泪无法看清一切。

趁着宾客们握手寒暄，享用茶点的当儿，我上楼去了菲尔少爷的房间。静静地站在房间的中央，那里曾有一缕阳光透窗而来，我感觉他又一次走近我的身旁。

第十二章

我已经好些天没有动笔写东西了。

给爱尔兰那边写回信已经榨干了我最后一点力气。神父不断地告诫我们不要自责，可我无法不自责。

罗斯拒不现身是说不过去的。

现在，我身兼儿子和女儿的双重角色。老爷当然不会对我有这种期待，他又恢复以往对我的漠视；可夫人需要我，她独自走在空空如也的大房子里，头微侧着，仿佛在倾听罗斯小姐收音机里传出的舞曲，菲尔少爷冲下楼梯时发出的脚步声。我每天为她弹琴。不弹肖邦的《雨滴》，我只弹些欢快的乐曲，那样的音符能解开我的心结。像夫人一样，我也变得心灰意冷。菲尔少爷的死掏空了这颗心，我本以为他有了活下去的勇气。

我不再涉足那些让我伤感的地方。那些和我一般大的姑娘们都已结婚生子，现在的我再也没有希望去期待那样的生活了。菲尔少爷走了，再也没有什么事情能引起我们的兴趣。连妈妈对洗烫这些活计都失去了以往的热情，果酱海绵布丁再也没有出现在我们的饭桌上。

“我做不来，孩子。”她包着白布头巾的脑袋低垂着，细瘦的双臂撑在厨房的桌子上，“上帝，请让他安息吧，我做不来呀。”

钢琴拯救了夫人，也拯救了我。

夫人继续前往洛克兰茨学校执教，虽然我曾听到老爷说她根本没有必要这样做。

“我必须去，爱德华。”某个晚上他们相对而坐时，夫人带着些执拗低低地回应。像菲尔少爷那样，她搁在腿上的手不安地握在一起，老爷则埋头读报。夫人的晚装现在都换成了灰色，很少穿绿色；她在领口别了一个少爷曾佩戴在制服领口处的徽章。“教书让我有个寄托……”她伸出一只手抚上额头，站起身走到钢琴边，轻敲几个琴键，然后又坐回到椅子上，捧起那本从图书馆借回来的书，她好像一直都没看完。

对夫人而言，在学校里弹琴是一剂良药，可在家里弹却是另一回事——面对那些曾回响着罗斯小姐和菲尔少爷声音的房间和走道，对她来说是件艰难的事。所以，她把在克莱德克公馆弹琴的事都交给了我，让乐曲声每天从公馆里流淌而出，飘到隔壁蒲麦尔太太的小屋里。

“你是个好姑娘。”有一天在街上遇到蒲麦尔太太时，她这样对我说。为了给夫人解忧，我又重拾老本行，到镇里去寄信和取包裹。“你也很聪明。”打量着我外出时穿的衣裙，她点头赞许。“你家夫人还好有了你，摊上罗斯小姐这么个女儿。”蒲麦尔太太轻嗤道，把夹在下巴下面的褐色纸包拿了下来，那里面装满了从银行拿的糖。“那个罗斯小姐该无地自容才是！”

“就因为没回家吗？”

“当然是因为没回家了。”蒲麦尔太太低声地说道，往四周瞄了一眼，看看有没有人偷听，“你家夫人老爷在哀悼伤心，她倒好，在约翰内斯堡寻欢作乐干丑事，不要脸！”她唾弃。她用了我们非洲人说的“丑事”这个词，我知道这是大逆不道的意思。

“所以说呀，你得弹琴，艾达！”她果决地说，“为了你家夫人老爷，还有你妈。这样，那房子里才会有些人气！”

我也这样做了。每天早晨，我弹奏的音阶练习曲穿透高墙，飘荡到花园里；每个夜晚，老爷读报，夫人在一旁假装读书，而妈妈坐在窗边编织东西，我弹奏的诙谐曲欢快地驱走笼罩在他们中间的沉沉暮霭。先前我对音符已有所领悟，不同的音阶顺序和音长能传递不同的情感，可现在我意识到，音符以我闻所未闻的方式作用于每个不同的人。回响在寂静中的曲调，让夫人搁在腿上的手平伏了下来。

有一次，那个曾来给菲尔少爷看过病的医生来探望夫人和老爷，见是我而非夫人在弹奏时，他大吃一惊。

“艾达天赋非凡，”我正想溜走时，夫人慈爱地拍了拍我的手臂，“比我学校里那些学生都要强。”她边说边扫了老爷一眼。我突然想起来，因为怕麻烦，老爷并不热衷让我去学校那回事。

“你们俩怎样？”离开时我听到医生问。我心知无论夫人怎么回答，那都不是她的真心话。虽然现在她又穿起了白色的日装，昭示自己重回正常的生活，可那隐藏于内心的真相却是不堪现于人前，不能诉诸言辞，不能付诸于笔墨的。连在那些寄往大洋彼岸的信件中，她亦不忍提及。真相只能从此埋在心里，融化于她将背负终身的爱恨得失之中。

至于我自己呢？

我妈妈弥莉安的身体这些日子每况愈下，她只好把自己手头的活计交给我。我现在每天从早忙到晚，弹琴，打扫，到镇子里去采购日常用品和寄信，这些忙碌都没什么，而且很快就印证了菲尔少爷曾跟我说过的话——那些逝去的亡灵从不会真正离去。无论我去到那里，都能感觉到菲尔少爷在我身旁相伴。他在我耳边窃窃私语，那双浅蓝的眼睛看着我在屋子里打扫和擦拭物件。有时，我甚至觉得他就在花园的合欢树下，瘦弱的他身穿制服，一脸苍白地站在那里。“来吧，”他伸出手说，“我们去散个步吧，走到大鱼河那边去……”

一旦闲下来，耳边少爷的低语就会变得清晰可闻，他的视线如影随形。还好手头的活计多，我没有时间哭泣。相反，我要努力记住那些最美好的时光——年少的菲尔少爷在克莱德克公馆里跑跑跳跳，记住在火车站拥抱我的那个身材颀长的战士。在我不解世事的时候，他曾教给我数字的奥秘，跟我谈撒哈拉、银行和板球，还有什么是战争。他让我知晓的还有那些无需用言语解释的东西——无论世界怎么变化都不会泯灭的真诚和善良。

我感谢上帝给予我的恩赐，让我与菲尔少爷在这尘世间相识，虽然这份际遇让我饱尝折磨和心痛。心痛是因为有些事情我还想不通，有些事情让我烦忧不已，这些事也许只有教堂里的神父才能说得清，道得明。

我主圣父所欲何为？

我主何以要将未至盛年的少爷带走？他前面还有那么漫长的人生道路，为何选在这时将他带走？

第十三章

罗斯小姐在约翰内斯堡惹了麻烦，这恐怕才是她没有回家参加弟弟葬礼的真正原因。

具体什么麻烦我不清楚，不过肯定是件棘手的事情。我妈说可能和一个年轻男人有什么牵扯，还好没有出怀孕这种女孩子们常惹出的麻烦。这让我想起老爷在我去上学这件事上担心的那种麻烦，我还动了番脑筋去想这二者有何关联。

我想这或许与离家在外有些关系吧。教会学校和约翰内斯堡都远离克莱德克公馆，那种离家在外的孤独会让罗斯小姐或者我，想要去寻求另一个人的温暖慰藉，即便这个人不是自己名正言顺的丈夫，尽管这样做大逆不道。

隔壁的蒲麦尔太太说，没孩子并不意味着没怀上过。在约翰内斯堡这种遍地都是金子的地方，有钱能使鬼推磨，如果不想要，姑娘们也有法子让医生们帮忙打掉孩子。妈妈不让我多听蒲麦尔太太的闲言碎语，把我从栅栏那边打发走开。我那位在河对岸镇子里洗衣服的姨妈边搓着衣服边摇头，感叹罗斯小姐真是不懂事，让自个儿的家庭蒙羞，尤其是菲尔少爷都这样去了，愿主保佑他安息。

之前有一番让人忧心的电话沟通，夫人和老爷都是压低了声音商谈。夫人浑身发抖，老爷眉头紧锁，双唇紧闭。之后，他俩对小姐的事几乎是闭口不谈，好像都不当她是自己的孩子，仿佛上帝带走了她，就像他带走了死去的菲尔少爷。我知道这对夫人而言是个多大的打击，她老是埋头给自己在爱尔兰的妹妹写信，有一次我还看到她在化妆室里对着日记本低泣。

“我能为你做点什么，夫人？”我朝她伸出手，不过没有碰触她，“是罗斯小姐的事情吗？”

夫人坐直身子去拿自己的蕾丝手帕，“那倔丫头，”她想抹去泪水，“我真的是——”

我在夫人给我买的字典里查到了“倔”这个字，是很执拗的意思，我觉得这个形容小姐真是再恰当不过了。她向来我行我素，从不关心别人想些什么。

我觉得伤心的是，在夫人和老爷的交谈中，在他们想竭力将小姐惹的祸抛到脑后时，他俩从来不提菲尔少爷。和我不同的是，对少爷的追思不会给他们带来任何安慰。可我忘不了菲尔少爷的笑，他浅蓝的眼眸，他弄丢的衣服扣子，还有他教我数字的模样；我也忘不掉他上战场前一身戎装的帅气模样，这些记忆让我不再哭泣。如果离开人世的是自己的孩子，回忆与其说是安慰还不如说是折磨吧。也许，发生在自己孩子身上的不幸就像噩梦，你能做的只有忘掉一切，不管是美好还是不幸，这看起来就是夫人和老爷的行事之道。他们私下里或许会谈，可他们在过去的那些相处方式已经不复存在，夫人形单影只地坐在那里，手不时地抚摸领口上别着的那枚徽章。

我从门缝里看到这一切，心被这种静谧刺痛。夫人要不埋首于手里的针线活儿，要不就是给爱尔兰那边写信，要不就是看那本从图书馆里借来的书；老爷照样忙于读他的《中部新闻报》，灯光静静地撒落在他们的背上。如果我忙着做饭，夫人偶尔也会弹一两首曲子，只是她的手指已不再如以往那样充满激情。她弹出的音符像是在鞭挞和惩罚自己的手指，因为它们拯救不回菲尔少爷，挽救不了惹祸的罗斯小姐。

又过了一季，罗斯小姐回家度了个短暂的假，那是穿着蓝裙、描着红唇的她离开后第一次回家。她还是那么漂亮，或者应该说成熟了的她更漂亮了。她是坐火车回来的，穿一袭黄色窄腰大摆裙，裙裾长到脚面。克莱德克还从未有人见过这种款式的裙装，她穿得那么好看，走到哪里都被人们的目光所追逐。

"难道不会皱吗？"夫人摸着那柔软的料子问。

"艾达可以帮我烫呀！"我正给大家端茶，罗斯小姐瞥了我一眼，"你还管熨烫衣服的，对吧，艾达？"

"当然了，罗斯小姐，"我回答，"家里的东西都是我熨烫。"

约翰内斯堡的生活并未给这位大小姐带来任何改变。"不要放在床上，放到柜子里，艾达！"我把一摞刚洗好的衣服送进她卧室，她还是和从前一样颐指气使。坐在梳妆台前扑粉的她转过身来上下打量了我一圈，看到我穿的不是女仆的制服，而是夫人鼓励我穿的裙子，她于是说道："你倒是长开了，就一个黑丫头而言算得上漂亮了。"

我看了一眼镜子里的自己——圆脸蛋，皮肤光滑，不是不漂亮，可罗斯小姐的话和蒲麦尔太太的不同，里面没有半分夸赞之意。显然，她以为我还是那个穿着女仆罩衫的丫头，我这浑身上下但凡有点好东西都意味着夫人把我当成家人，而不是个仆人。

很快就有几个年轻的农场主和一个年纪大一点的镇议员来造访在家度假的罗斯小姐，她要不去跳舞，要不就乘坐他们的汽车到附近的农场去玩。我搞不清她去那些地方干什么，她对动物呀草场呀这些东西向来毫无兴趣。我妈和蒲麦尔太太都是一脸的不赞成。

“对在省城里惹了麻烦还半点羞耻之心也没有，”栅栏那边的蒲麦尔太太颇为不齿，“还是那样没规矩。”

“夜夜笙歌，就是不知道陪陪夫人和老爷。”妈妈摇头。

这是事实。罗斯小姐几乎没怎么花时间和自己的父母在一起，好像都忘了自己是他们这世上仅剩的孩子，忘了自己还有做女儿的责任。

可我看得出，夫人还是满怀希望。在晚间，她又开始和老爷交谈。

“她可以重新开始，”夫人说，“她需要有人不断地给她影响。”

“罗斯永远不会在这里安顿下来，”老爷气恼地翻着报纸低声回答，“只要还看得到点希望，都别指望她。”

可夫人不愿放弃希望，她起身弹了一首斯特劳斯的华尔兹，几段欢快的波尔卡舞曲。留心倾听，就知道她希望能看到小姐带回她的朋友，带回一个体面的婚姻。

可到底还是没有婚讯传来。我妈说罗斯小姐赶不上趟了，战后所有的好男人都有主了。蒲麦尔太太倒说有几个人向小姐求了婚，她没有透露消息是哪里来的，指不定就是那个在银行工作给她搞糖的堂妹。可到最后，罗斯小姐都拒绝了那些人，希望能钓上年纪大些的那个镇议员。可那个议员之前却与一个名声在外的寡妇有了暧昧，那寡妇是塔克斯坦德地区一个大农场的继承人。

夫人和老爷对这些事只字未提，可秋天一到，他们就把她送上了火车，挥手作别身穿合欢花色裙装的女儿。

“我很快就过去和你会合！”机车启动散发出阵阵蒸汽，夫人扶着头上的帽子大声地对小姐说。罗斯小姐身子探出车窗和她挥手。

“太好了！”小姐回答，她的身子缩回了车厢里。火车慢慢开出了站台。

第十四章

妈妈在擦拭银器的时候去世了。医生说死因是她心脏不好，即便能检查发现心脏问题，她也活不了多久。夫人很伤心，以为我妈去世是因为家务繁重的缘故。可老爷说她这是瞎想，因为我已经接手了大部分家务。可夫人还是止不住整日眼泪涟涟，我猜想她那么伤心是因为她失去了一位自踏上这片土地以来就朝夕相伴的人吧。妈妈也许不知道，她与夫人是相伴最久的朋友。

我将对罗斯的失望抛到了脑后。

可现在弥莉安离我们而去了……

我无法——至今仍无法——让自己将任何与菲尔有关的思绪付诸笔墨。有时艾达那绝妙的弹奏让我心潮起伏，我只能到镇里去走走，或者到花园里去做些事来平息自己的心情。

弥莉安了解我的状况，知道我背负的情绪。她从不多言，只在一旁守候：忠心耿耿，小心周到。用这样的字眼来描述一个人显得有些苍白无力，也许，只有艾达能算得上是她这一生创造的奇迹吧。

来看诊的那位医生曾把我迎接到这个世界，他也给菲尔少爷看病，这次他把手放在我肩膀上，对我比以往要和颜悦色。老爷也有同样的举动。医生俯身看着我母亲瘦弱的身体，手指轻抚过她的脸，合上了她的眼睛。他把夫人给他的一张白布盖在了妈妈的脸上。妈妈就这样去了，我祈祷天堂之中，她能遇到菲尔少爷，如我一般一路相伴在他身边。

夫人把我紧搂在她怀里。她的脸庞湿润，身上有淡淡的花香，不是我们花园那种强烈的香味，那味道要清淡得多，大概像是大洋彼岸那边的花香，那些出现在我弹奏过的歌曲中的花：紫丁、迎春……

夫人没有参加妈妈的葬礼，因为卡瓦扎克勒那地方不适合像夫人这样一位女士，老爷说什么也不会答应她在那种地方现身的。

“我不允许，凯瑟琳，”我在走廊的门缝里听到他的声音，“那里不安全。你要记住，亲爱的，像这样的场合，他们那些人有自己的习俗和做法。”

“可艾达对那些也一无所知呀，”夫人低低地打断他，“天知道，她接受的是我们的习俗和信仰。”她停了一会儿又接着说：“难道我们鼓励她接受这些不对吗？”

我透过门缝往里看，这又是一个我闹不清夫人意思的场合，就像那时她说学校的人都耳不聪，目不明。菲尔少爷后来又跟我解释说，这是表述有些事情永远不会被接受的一种方式。那时，我压在心底没说出来的是，让我跟他、罗斯小姐一道去上学才是不会被接受的事。

夫人走到老爷身旁坐下，她极少坐在他身边，通常都会选择坐他对面的椅子。她发间的玳瑁梳反射出屋里的灯光。为了少爷，她现在都穿灰色的衣服，也许这会儿还因为妈妈的离去。我没法从自己的服饰上去表现自己对亲人的悼念，因为我只有一件妈妈穿过的黑礼服。

“我很为她担心，爱德华。”夫人又接着说道。搁在腿上的双手就像她提到菲尔少爷时那样紧握在一起，“你说她该如何应对？”

“不是还有其他亲戚嘛，”爱德华老爷边说边拿起了报纸，“总会有些的，再说，费用都是我们掏。”

葬在河岸这边的克莱德克非妈妈所愿，她想要的是和自己的祖先葬在一起。我穿上她那件黑色礼服，把身份证明文件牢牢地夹在衣服内袋里，先是搭乘火车，然后是驴车，带着她的棺木回到了卡瓦扎克勒。夫人把从花园里采摘的粉色玫瑰交到我手上，让我把它们放在妈妈的墓前。

我在克莱德克上火车时天还没亮，坐在车厢的后面，身旁是妈妈的棺木。铁轨上的寒霜与机车蒸汽缭绕在一起，直到太阳出来才驱走这片烟雾。我第一次坐火车，两眼紧盯着窗外，心里盼着妈妈能从身旁的这个大盒子里坐起来，看看此刻我们眼前那如波浪般起伏的金色大草原。我得在中途换车，两个同路的老人见我独自搬动棺木就搭了把手，帮我搬下车，抬到另一辆火车上。

没人与我同行。姨妈付不起车费，不过她说会在本地的露天教堂为妈妈祈祷。虽然老爷出钱安置，但在卡瓦扎克勒也没听说妈妈有什么亲人来参加葬礼。我以前没来过这地方，不过看起来，比姨妈住的那片街区包括布利街后面的那片黑人街区都要大。这里有好几千人，都住在一排排的小房子或那些拥挤的泥草屋子里。虽然这里比克莱德克雨水多，但周围却没什么树。整个卡瓦扎克勒从早到晚都笼罩在炊烟里。

我穿过那些狭窄肮脏的街道，陌生人的吆喝、狗群的吠叫，还有那仿佛望不到边的一排排泥草屋都叫我恐惧不已。我心里牵挂着仍然停放在车站里的灵柩。最终，我找到了妈妈小时候去做礼拜的那个教堂。

“对不起，先生。”我疲惫地倚靠在一扇门边，那上面写着“礼拜堂，入内请敲门”。“我妈妈去世了，她希望能和她的祖先一样，埋在您教堂的墓园里。”

神父抬起头，打量了一番穿着妈妈那件黑色礼服的我。

“你打哪儿来的？”

“我是今天坐火车从克莱德克赶过来的，先生，带着我妈的棺木。”

开始神父说自己没空帮我这个忙，后来又说在他的教区里没有我们这个姓的人。等我提出愿意给他些钱，他才答应给妈妈下葬。我手里的钱是老爷给的，我得精打细算。我用这些钱买了棺材，支付了火车车费，还有雇驴车来往车站、教堂和墓地的费用。也许我此生都难以报答老爷的好意，不过我要把剩下的钱还回去，感谢他的一片心意。

神父穿了一身皱巴巴的白袍坐在车夫旁边，怎么都没人为他熨烫一下？我蹲在车后，紧紧地拽着棺材，防止它滑下车去。我们走了好长一段才到达墓地，我很心疼棺木里的妈妈被这么束缚着。我手里紧紧攥着夫人给我的那束玫瑰，透过神父、车夫的背影，眺望远方。在我们遥远的前方，应该就是那与天空一般湛蓝的大海，我在书本里读到过那些在大海上航行的船只，我渴望能看到那些能把钢琴运到我们克莱德克公馆的大海船。可现在眼前只有一马平川的土地和一望无边的城镇，有谁还能看到比天边更远的地方？

和菲尔少爷下葬的地方不同，这里的墓地连根草都没有，大风扬起地面的沙石打在我的脸上。可我坚信，主绝不会因为一个寒酸的葬礼而少了对其子民的眷顾怜惜。那些在雄浑的管风琴乐曲中葬于教堂、受万人追悼的死者不比葬身于此的人更金贵。妈妈一生温和待人，认真侍奉他人，我相信，上帝一定会对她喜爱有加。

这里当然不会有菲尔少爷葬礼上的那些仪式，但在那个即将停放灵柩的大坑旁，神父和我一起吟唱了《与主同行》。我将夫人的玫瑰摆在了妈妈的坟墓上，娇美的花儿静静地躺在碎沙土上。仿佛能将脸都割破的风，一定也能将我们的声音带到我主所在的天堂吧——希望菲尔少爷此刻也在聆听。我多给了些钱，神父答应帮着在墓前立个碑，写上妈妈的名字，这样，我再来看妈妈时就能找到她。虽然他答应了，可在离开前，我还是努力记住妈妈坟墓的位置。它和一间有铁皮屋顶的小屋平行，那屋子和我们在克莱德克住的小屋很像，不过屋子旁没有荆棘树，只有几株攀爬在栅栏上的凌霄花。妈妈坟茔的另一侧是一个高高的路灯，比我以前见过的路灯都要高，虽然现下是白天，可橘红色的灯还亮着。这两个方向的交汇处就是妈妈的墓。我身后一条与墓地平行的土路上，一群孩子在踢球，他们那充满生气的笑闹声伴着妈妈的灵魂飘散在空中。

我回到车站时，当天的最后一班火车已经开走了，我只好在车站的一条长凳上度过长夜。我紧紧护着口袋里剩下的钱，不去理会站台昏暗的灯光下那些醉汉的叫闹，直至第一班火车出现在灰蒙蒙的晨曦之中。天开始下雨，其他乘客从铁道线旁会聚过来，偌大的城镇消失在一片迷雾之中。拖着僵硬的身子，我上车回家。

第十五章

我想念夫人，所以每天都去读她的日记。她明知要离开一段时间，不知为何却把日记留在梳妆台上，这么重要的东西夫人一般都不会这样丢三落四。去了约翰内斯堡，她会写些什么呢？

上船后遇到的人很有意思，特别是桑德斯上校，他此行是重返在印度的部队。维特斯伯恩太太与我同住一个船舱，她真是令人着迷，而上校则对我神魂颠倒。

订婚五年来我都待在爱尔兰，而就在我踏上去非洲与爱德华结婚的路途中，一位爱慕者却横空出世，这是怎样的际遇。我自然是觉得受宠若惊，不过，我没有给他任何鼓励，而他的一举一动也都与其身份相符。

为了要让克莱德克公馆有些生气，每天晚上收拾完厨房我都会弹琴，这应该是夫人希望的。我不用开灯，只需轻巧地滑坐到放置钢琴的凹室处，就可以开始。开始时，屋子里还有些日光，如轻缎般带紫的光线，与落入菲尔少爷卧室的那缕艳阳完全不同。慢慢地，夕阳渐逝，一片漆黑中，我为自己、为夫人、为永驻我心的菲尔少爷倾心弹奏。

有时，老爷在书房里给在约翰内斯堡照看罗斯小姐的夫人写信，他会把门敞开听我的琴声；有时，他就坐在客厅里埋头看报纸，可我注意到他根本不翻页，而他身边的那盏灯通常是不开的。也许，他也在享受黑暗吧。我知道他经常要夫人弹肖邦，于是我就弹肖邦的曲子，希望能在夫人离家之时给他带来慰藉。我也弹德彪西，那流畅细腻的曲调能绕梁三日。

曲终之时，他往往会对我说："谢谢，艾达。"看得出这话颇难出口，有时还没开口他就会先咳嗽几声。

我合上琴盖回答："晚安，老爷。"好长一段时间，这就是我们间的相处模式。

我也是在为他弹奏，为了彼此存在的那份孤独而弹奏。

这么些年之后再去回望这段经历，我领悟到是孤独感让一切发生。不同于菲尔少爷那种无羁的孤寂——那种战友死去后再也无法心安的状态，这种孤独仿如一道若有若无的暗影相伴在你左右。夫人深谙它带来的后果，也许这正是她决定要到约翰内斯堡去陪伴罗斯小姐的原因。驱走小姐身边的孤独，让她不再陷入任何困境。可孤独这东西，即便此刻驱走了，它又会另觅栖身之处，从一个人身上卸下的麻烦当然也会转嫁到别人头上。

晚饭我给老爷做了羊排配土豆和青豆，他孤零零地坐在餐厅饭桌的主位上用餐，我自己在厨房里解决。吃完饭，我洗好餐盘，将它们擦干，然后把擦巾晾晒在外面的绳子上。那一晚，卡鲁大草原又笼罩在那种奇妙、温暖的光幕之中。丘陵上的岩石由褐转粉，竭力留住那份光华，直至最后又恢复到原先的瓦蓝，不知道远在天国的妈妈是否也能见到这份奇景。

我回屋前在外面站了一会儿，忆起菲尔少爷，他曾经躺在我脚下这片柔软的草地上。阳光下，他的肌肤泛着金光，双眸闪着最璀璨的夜空之蓝，如果此刻我呼唤他的名字，一定会听到他的回应……

转身进到屋里，我取下围裙把它挂在厨房门上，老爷坐在客厅他的老位置上。我轻轻走到钢琴边，弹起了《月光》，浅粉色的暮光从窗口透射到钢琴上，随着我的手指在琴键上舞动。接下来，我弹了《悲怆》，老爷手里的报纸一点也没有翻动，对此我已经习以为常，夜晚的时光就这样慢慢地流逝。最后，我在黑暗中弹起了肖邦的《夜曲》，老爷也在黑暗中端坐不动，报纸搁在腿上。

"晚安，老爷。"

"谢谢，艾达。晚安。"

洗漱完毕，我穿上了夫人在贝格商店给我买的睡衣，跪在床边为妈妈和菲尔少爷的灵魂祈祷。

"亲爱的主，请让妈妈此刻安息，让菲尔少爷不再受战争的纷扰，获得安宁。"

我正读着《圣经》，忽然听到了老爷的脚步声，不是上楼去而是进了厨房。说不定他想喝口水，或者喝点茶？我穿上拖鞋正要过去帮忙，却听到他走过了厨房，沿着走廊，走到我和我妈住着的小屋门前。打从我六岁起，我们就一直住在这间屋子里。

我静候着。

他的步子停了下来。老爷一定是不舒服，可又害怕吵醒我，我该出去帮忙吗？

我疾步过去将门打开。"老爷。"我开口问，"你要我帮你吗，老爷？"一阵疾风将窗口上挂的帘子吹起。

"艾达。"他回道。

老爷很少正眼看我，可这会儿他定定地盯着我看。我不禁想，自菲尔少爷死后，他变得那么疲惫，头发更加稀疏花白，双眼也愈发无神。他还穿着西服，手指抚弄着背心上的金链。

"艾达？"他又叫了一遍我的名字，目光落在我身后的房间里，仿佛从未见过这地方一般。他伸出另一只手，搭到我的肩上。

“我能为您做些什么，先生？你要些茶吗？”

他仿佛没听见一般，手继续放在我的肩上，我能感觉到它的温度。透过睡衣的衣料，我能感觉到他的手指握紧了我的肩。这和菲尔少爷给我的感觉完全不同。

我朝后退了一步，他的手从我肩上滑落。

老爷和我，我们就这样相互注视着对方。

曾经，在我去给夫人寄信时，阿德勒街那儿有一位年轻人也这样注视着我，那眼神让我觉得自己真的称得上是个美人。他说自己叫贾克波·芬古，还询问我的名字。他衣着整齐、举止有礼；说自己在克莱德克肉店工作，经常看见我路过；他还说如果我的父亲允许，他想过来拜会。我说自己没有父亲，不过他可以和我妈提这事儿，他马上点头说他会照办。我们俩还握了手，他的碰触让人感到炙热，就像此刻老爷的手传来的温度。我满怀希望地盼着他来，可始终不见他的人影。等我鼓足了勇气走进肉店去打听时，老板说他忽然就离开回柴思科的家里去了。

老爷走进屋子，关上了门。他径直朝站在床前的我走来，两手按住了我的肩膀，我感觉炙热更甚。

我开始浑身发颤。他一定是觉察到了，于是对我说道：“我不会伤害你的，艾达。”

他的手滑下来解开了我睡衣的领口，我没想过要反抗。毕竟，我有什么资格去拒绝一直对我和母亲照顾有加的老爷？我又怎么能拒绝一个让我衣食无忧，还让我掌握了音乐才能的人呢？他还慷慨解囊让我的母亲得以安葬。

我又怎能说得出口，我在等一个一去不复返的年轻人，他曾在阿德勒街握过我的手？

我怎能说得出，看着他时，我仿佛看到了夫人的脸？我抬手将睡衣拉过头，赤裸地站在他面前。

上校称他爱上了我，希望能娶我。“别下船，凯丝，”他劝我说，“和我一道去印度，一上岸我们就结婚。”

我也希望自己能答应他。他极富魅力，为人周到细心，并非粗人一个。我敢说，比起爱德华，他更了解我这颗成熟了的心灵。我承认自己对他绝非只是有点动心而已……

可我又能怎样?

我怎能抛下爱德华，他辛勤地工作让我能安居一隅——甚至还为我置办了钢琴？

老爷来找过我三次，我们从不交谈。他的脚步声在走廊响起，朝厨房这边走来，这些就是我得到的唯一信号。

我每晚还是坚持弹琴。我有想过是否应该停下来，可转念一想又觉得这样很怪。在那些夜晚里，黑暗那么快就驱走了夕阳，随之而来的绝望忧伤仿佛束缚了我的手指，让我无法再弹奏自如。不知道老爷晚上还会不会到我房里来，整个人在弥漫的黑暗中坐立不安。

“晚安，老爷。”

“谢谢，艾达。”

听到他的脚步声，我会脱掉睡衣，躺在以前和妈妈一起睡的床上。他轻敲一下门，进来就关掉灯。走到我的床边，他会站一会儿，然后伸出手抚摸我。

第二天我洗床单、拖地，给他做早晚餐，仿佛什么也没有发生。他上班、吃喝、读报，给夫人写信。噢，夫人，请原谅我，上帝请原谅我——你们都在约翰内斯堡，都在惹了麻烦的罗斯小姐身边。

第十六章

我曾很想知道和年轻男人在一起的滋味，那些我去邮局寄信或陪妈妈周四下午去姨妈家拜访时注意过的年轻人。他们胆子大得很，特别是在初尝人事后，都会穿着新衣在镇子里逛荡找老婆。

“别看他！”每回在集市街角，我用情窦初开的女生眼光去打量某个衣着笔挺的帅小伙时，妈妈弥莉安都会这样警告我。

“如果他想，自然会打听出你是谁。”

可那个小伙子并没有来打探情况。待到菲尔少爷从战场上回来后，我的活动范围就仅仅局限于克莱德克公馆了。如果说曾经有那么些年轻人对我感兴趣，这下他们也把眼光转到了别人身上，当然在肉店工作的贾克波·芬古除外。他没那么胆大，可还是很体面。我曾指望他会是我的机会，可我自那以后就再没听说过他的消息。然而，他的手所碰触过的肌肤，却让我感到温暖依旧。

后来的日子里，妈妈病了，除了照顾她，我还得要担起她负责的那部分家务事。什么年轻人、结婚，这些可能性都被置之脑后。

“你不必什么事都揽到自己身上，艾达，”看到我在熨衣板前忙碌时夫人说，“我可以叫隔壁的蒲麦尔太太来帮忙。”

“不用，夫人。”我直起身子回答，一天不到蒲麦尔太太就能把夫人的东西捞个精光。“我很快就能做完。”

菲尔少爷走的时候我还有妈妈，可现在妈妈走了，我身边除了夫人和老爷，再无旁人。夫人去约翰内斯堡看罗斯小姐，于是我身边就只剩下老爷。发生这样的事情让我深觉羞耻，虽然一开始不觉得，可这感觉一直在慢慢发酵，然后一点点地吞噬我的身体，让我余生都背负这耻辱的烙印。

明天我就该上岸了。

明天我会在太布山坡上的教堂里和爱德华举行婚礼。

礼服已经熨烫好平铺在一旁，港口那边的道路坑坑洼洼，所以我把绣花的裙子收了两道边。村里小学给我的结婚礼物——短面纱，挂在一旁的椅子上。

维特斯伯恩太太答应要送我一束粉玫瑰的捧花，虽然我们不清楚这个季节好望角这个地方是否有玫瑰。担任神职的维特斯伯恩先生会身着晨服，将我交给我的丈夫。

我们黎明时刻就起身，看着天边愈来愈近的山峦，我知道自己再无退路。

我拒绝了查尔斯·桑德斯，他亦明白我有自己的义务。

可我会永远向往那番滋味。

与一位让自己心跳加速的人结婚会是怎么一番滋味……

一开始我当然不知道发生了什么事，我的工作服变得紧绷，身子变得软乎乎的，例假也停了。老爷说，约翰内斯堡的罗斯小姐还是有些麻烦。他双眉紧皱，嘴边紧闭，转身进了自己的书房。

所以，夫人还是没回来。

夫人能告诉我，我的身体所发生的变化，可如果她一直待在克莱德克，这事也就不会发生。夫人，我背叛了她，我一辈子也得不到，也不配得到她的宽恕。

我不能去看威尔默特医生，这位把我接生到这世上，为菲尔少爷看病，又为我逝去的母亲合上双眼的医生，他会将一切都告诉老爷和夫人。所以，周四休息那天，我把通行证揣进口袋，过了大鱼河上的铁桥，去了洛克坎普区的姨妈家。

“我有了。”坐在那只有一间房大小的屋子里，我对姨妈说。姨妈很显老，比我妈要苍老得多，她见过我这种情况的姑娘。她俯身把手放在我肚子上。

“哪个愣小子干的好事，赶紧结婚！”她从炉子上拿下热水壶，“你无父无母的，也用不着他付礼金。”

可我告诉她这跟愣小子什么的没干系。

她伸手拍着自己的头巾，然后给了我一巴掌，说我和那些人胡搞，不知羞耻；她还说，我比在约翰内斯堡花天酒地的罗斯小姐好不到哪儿去。我一句话没说让她打。她告诉我，有个人专门处理孩子的事情，然后把我推出了她家。我自己一人穿街走巷，最后找到了那个男人。天色渐晚，街上没有灯，小流氓在路上出没，几条野狗紧紧地跟在我身后。

炊烟笼罩着这片小棚屋，这里的天看起来比克莱德克要黑得早。这让我想起了我安葬母亲的卡瓦扎克勒，我边走边祈祷，想平息黑暗和周围摩肩接踵的粗蛮人给我带来的恐惧。我向妈妈祈祷，希望听到她告诉我该何去何从。可妈妈没有给我回应，就连上帝此时也对我不予理睬，我和老爷一起犯下了不可饶恕的罪孽。

我找到了那个医生，他是个好人。虽然他身上的白袍污渍斑斑，可他身上也挂了个带有圆头的那种管子，和给菲尔少爷看诊的那位医生一样，所以我很放心。狭小的两居室诊室前排满了要找他看病的人。屋子的地板上坐满了人，外头的泥地上也坐了不少：有伤口鲜血淋淋的年轻人，安抚哭闹孩子的母亲，还有咳得撕心裂肺的老人。

看完这些病人天色已经很晚，虽然他已经疲惫不堪，可态度还是很好。他说我怀上了宝宝，得告诉孩子的父亲这件事情。他还说我身体健康，将来能和一个好小伙生出更多的宝宝。

“没有什么好小伙，先生。”

“年纪大点的也没问题，”他疲惫地对我微笑，“能给孩子们更多保障。”

“是我的主人。”

他双肩耷拉着坐到墙边的一条板凳上，我不知道他这是怎么了。

“那，就需要我帮你个忙了。”

“帮我把孩子生下来吗？”

“噢，孩子呀，”他摇摇头，身子向后靠到了墙上，“你不能要这个孩子。”

“可这是为什么呢，先生？”这算什么？难道他是个巫医不成，难道他双眼通天？

“这孩子会因为自己的肤色而遭诅咒。他的皮肤会比你我的白，”他指了指自己黑色的手臂，“可又不是你家主人的那种白。”

“他会是个混血？”我惊叫。

我知道这些混血的人们。他们的生活圈子既不同于夫人老爷他们那样的白人，也不同于黑人，他们游走于我们两个族群之外。只有在战争期间，他们这些人参了军，和白人士兵一起并肩作战，才能赢得些许尊重。可现在，他们又回到了原来的境地。

我对遗传的事情一无所知，不知道混血的人们就是这样来的。黑不黑，白不白，到头来这男孩哪边都不接受。我怎么会认为自己怀的是个男孩，一个对老爷而言能代替菲尔少爷的男孩？可又有谁能取代头生子的位置呢？

再说，这孩子会是个混血儿，既不属于老爷，也不完全属于我自己。我也得告诉他，他父亲在他出生前就离开了，就像我自己遭遇过的那样。说不定这点倒是能拉近我和这混血孩子间的距离。

可相比我那一去不复返的父亲，这孩子的父亲就在河的对岸，跨过铁桥，近在咫尺。我要守住这秘密，确保他永远也不知道自己的父亲是谁。

第十七章

生活中有多事情我开始时都是懵懵懂懂，后来才慢慢有所领悟。就像有些地方，有些人，明明信息通畅、耳聪目明，可他们却闭塞保守。比如金钱也买不到的未来，总是如大海一般远在天边；又如战争，它让我们缺衣少粮，物毁人亡，给年轻人带来旁人无法体察的致命创伤；还有菲尔少爷对我的爱，等我明白过来时，一切已物是人非。

直到长大成人，我才明白这些事情用不同感情色彩的言语就能解释得通。有时，这些令我费解的事情对这个世界来说也是闻所未闻。在五十年代就发生了一件这样的事情：对肤色差异的恐惧在不断蔓延。开始，人们只是私下议论，然后变成公开辩论，等到我怀上一个混血儿时，一切变成了不可逆转的事实。

“种族隔离！”说到这件事情时，蒲麦尔太太恨恨地吐出这么个词，就像吐出一口糖太少的茶水。

对我而言这是个新词，无论是在商店招牌上，还是在报馆旁的公告牌上都未出现过。前些年，公告牌上只有“这是战争”这么一条标语，虽然是新词，我却很清楚它的由来。这就是我和少爷在镇子里散步时感受到的那种情绪，它让那些人都离我远远的，让老爷对儿子如此依恋一个女仆而不安。一个词承载了这些人所有的恐惧。

“这东西会把我们赶到河对岸，赶到布利街监狱那边的街区去，跟那帮酒鬼、混混待在一起。感谢上帝吧，艾达，你母亲活着时没有看到这一天。”

“可我们能怎么办？”我看了一眼公馆问。老爷待在他的书房里，夫人还在约翰内斯堡陪罗斯小姐。

“我要回乌姆塔塔的家乡。”蒲麦尔太太面露一丝心满意足的微笑，“如果我回去，那有个男人愿意娶我。至于你——”她从栅栏那边睃了我一眼，“得赶紧找个丈夫，趁着你现在还算得上是个美妞。没男人保护的姑娘在这世道里没有立足之地。来了，夫人——”她转身应了一句厨房里传来的叫声，“在挖菜了，夫人。”

距离上次去河对岸看医生又过了两周。医生给我说了遗传的事情，他告诉我，即使我现在想堕胎也太晚了。他说我不必付他钱，因为神父给他开了薪水，那位神父也给像我这样的黑人孩子教书。回家时天已经黑了，我尽量快步走在有人生火做饭的地方。黑暗处，不断地有男人对我吆喝，狗也在我脚边嗅来嗅去，星星也害怕地藏身于烟雾之中。在这个心怀恐惧、匆匆疾行的时刻，不知菲尔少爷是否正在给我做出裁定，他能明白我背负的责任吗？我和他父亲的所作所为是否让他感到自己为人所背叛，就像我感觉自己背叛了深爱的夫人。

我从后门溜进克莱德克公馆，打开厨房的门。老爷今天在市政厅有晚餐会，所以不需要我准备吃的。车房还空着，直到上床时，我才听到他的汽车声。我摸着自己的肚子，那里面孕育着一个我渴望去爱，但又深恐他不爱我的孩子。这种感觉的出现不是在孩子意识到自己肤色异于常人之时，也不是在他知道自己低白人一等之时，而是在他不被所有人接受之时，这太可怕了。我们最终会如何？哪里都不是这孩子的去处，还包括我自己。

“艾达，”我给老爷端上他的早餐炒蛋，“夫人下周回来。”

我站在桌子边上，脸上泛起一阵热潮，肚子里的孩子好像也在轻轻鼓动。

“罗斯现在好多了，所以夫人也不必再待在那里。她急着想回来，我们得把家里一切准备好迎接她。”

他抬头很快地看了我一眼，然后又低头去看自己面前已经变凉了的炒蛋。他把手放在膝上。“我希望夫人觉得，家里和她离开时没什么两样。”

他顿了下，伸手拿起我每天烫洗的亚麻餐巾。

“你明白我的意思，对吧，艾达？”他紧接着又说，目光落在他盘子前的那块桌面上。

“是的，先生，”我回答，“我明白。一切都按她的心意，原封不动。”

爱德华也给我带来了玫瑰，我把它们和维特斯伯恩太太送的那些合在一起。看起来，爱德华有了些许变化，我想在他眼里我也肯定有了些改变。他显得更加一丝不苟，薄唇紧抿，不过还是得体如常。那么拘礼，我们无话可说的担心又冒了出来，不过谢天谢地，情况看起来不是那么糟。维特斯伯恩家的那些朋友们，过去在爱尔兰招呼过爱德华的那些爱尔兰老乡们都是让我们彼此轻松惬意的谈资。

我在前往克莱德克的火车上写下这些东西，那里是我们未来的生活所在。玫瑰放在头顶行李架我的大衣旁，依旧散发着清香。

爱德华去餐车定晚餐，让我有时间写下这些文字。

亲爱的爸爸妈妈，亲爱的艾达和埃德蒙，你们会对我眼前的一切作何感想?

父亲会对在这片肥沃的土地上辛勤劳作的成群黑人有何想法？妈妈又会如何评价此地身着绚丽裙装的女士们？那些裙装肯定不比印度的逊色分毫。艾达和埃德蒙呢？他们会不会惊讶得大吸一口气？“带我一起去吧，凯丝，”我离家前她祈求过我，“我一定不给你添麻烦！”

好了，这会儿爱德华回来了……

第十八章

我意识到自己是最后一次做这些事情了。

最后一次洗这里的衣服，最后一次去面包房取面包。身穿蓝色的制服，我独自走在教堂大街上。我朝肉店里张望，希望能在那晃动的腰腿肉之间看到贾克波·芬古的身影，可他不在，我一直都没再见到他。

克莱德克公馆到处明光锃亮。粉玫瑰——夫人的至爱，盛开在壁炉和凹室的花瓶里，弹琴时，她一定能嗅到花的芬芳。铜质的门把被擦得光亮，台阶也重新擦洗过了。屋子里窗明几净，床铺干净整洁，就仿佛小姐和少爷即将大驾光临。可明天只有夫人会乘坐正午的火车回家。

我为夫人和老爷的午餐准备了冷鸡肉和土豆沙拉，晚餐是羊肉，还有一个苹果派做甜点。我甚至于摆出了午茶，用家里最精美的茶具，柠檬味的海绵蛋糕放在餐桌的一个玻璃碗里。我把夫人的日记本放在她的梳妆台上，放在含羞草香水瓶的旁边，上次读夫人的日记时我才知道，那是她从爱尔兰带来的。

今天一早，我们到达了克莱德克公馆。我得承认从好望角来的这一路确实是个考验。车上毫无隐私可言，沿途只有乌蒙蒙的土地和灰沉沉的天。

爱德华专注体贴，按说这会让我心动，可记忆中桑德斯上校的殷勤举止还如此鲜活，我对他的小心谨慎反而觉得有点失望。可拉弓没有回头箭，有个稳定的未来让我充满感激。

我见到了我们的房子，做工牢固，里面的家具简约结实，家里还有个有点羞涩的女管家，名叫弥莉安。爱德华干得不错，我希望能和弥莉安变成朋友，毕竟我们年龄相仿，可爱德华说我无需去结交。

我祈祷自己能尽快建立起自己的家庭，我想家想得心痛。我得承认，围坐在餐桌旁时，看着窗外那条浑浊的河流，我不禁想象那就是班诺克山崖下的溪流，而他们把这条浑黄的河叫做大鱼河。

把其他的那些蓝色工作服洗干净叠好后，我要处理的就是夫人给的那些“白色”衣服：菲尔少爷葬礼上我穿的那件漂亮衬衫和裙子，还有平时不穿工作服时穿的那件海军蓝的连衣裙。我把它们整整齐齐地叠放在床上，留给夫人将来要雇的女仆。我把自己的毛巾、法兰绒睡衣和夫人买给我的睡裙放进了妈妈留下的衣箱里。

我把妈妈床下的鞋盒子拿了出来。我每个月往里面放的钱不多，因为我大部分的薪水都由老爷和夫人帮我存在阿德勒街的银行里。夫人跟我说过，如果我有需要就可以取回来。她给我看过一个银行发的本子，里面记录了我的全部身家，本子里的钱比我想象的要多得多。夫人说，银行还会额外地往我的账户里存些钱当做谢礼，因为我把自己的钱借给了他们。我觉得这有点奇怪，你没有为别人干活却收到别人给的钱。当然，那个银行本子不在我手上，它和家里所有的文件一起被放在老爷的书房里。这就意味着我用不了那笔钱，我只能动用鞋盒里妈妈留下的那所剩无几的工资，还有夫人平时给我的零用钱。

我把自己的身份证明——通行证也放进箱子。我没有在克莱德克公馆工作过的证明，也没有推荐信；我身上没有只言片语可以向一个新雇主描述我在公馆里掸过的每一寸灰尘，擦拭过的每一个物件，洗烫过的每一件衣服；也没有东西说明我是否是一个尽心尽责的仆人。最后一次弹奏钢琴，我选了柔和的奏鸣曲——莫扎特的C大调和贝多芬的《月光》。我把《雨滴前奏曲》的乐谱放进了箱底里，我想夫人不会介意的。

“艾达？”

“什么事，先生？”

今天是夫人到家的日子。老爷站在他的书桌旁，我在走廊处候着。他没有抬眼看我，我趁这会儿看了一眼桌上那些文件中是否有我的银行本子，可惜没看见。前几天，我也在老爷的桌面上找了一遍，可那里也没有。为避免他发现，我小心翼翼地把他的文件按原样放了回去，就像我小心放好夫人的笔记本一样。

“我这就出发去接夫人，火车可能会早到。”

“好的，先生。您和夫人回来时，午饭就做好了。”

“谢谢，艾达。”他穿着夫人喜欢的那件深色外套。他仍然没有看我，头发灰白的脑袋转了过去，拿起钥匙，朝车子走了过去，那辆车的前灯如黑暗中野兽的眼。

他一出门，我又检查了一遍餐厅饭桌上的午餐，确定它们摆放得会如夫人的意。我将妈妈的那件旧礼服穿在自己的制服外，把头发包进蓝色头巾里。然后上楼，最后一次走进菲尔少爷的房间，抚摸少爷睡过的床铺，站在那将战争阻隔在外的窗帘旁，感受太阳透过玻璃窗照在我背上的温暖。下楼后，我关上自己房间的门，少爷去世时我曾静静地待在这里度过那些伤心的时光。拿起箱子，我从厨房门走出去，小心地上了锁，从公馆的后门离开。此刻，我能听到隔壁的蒲麦尔太太在自己的小屋里自言自语。我不想让她看到，不想让任何人看到我，我得动作迅速。沿着树木茂盛的敦德斯大街，我低着头靠边疾走，与那些我曾经拿来做识字练习的招牌擦肩而过。这里有些店员是认识我的，不过我拿着衣箱，还穿着我妈的外套，希望他们认不出我来。我曾站在菲尔少爷的玩具箱上看那些在路上行迹匆匆的女孩们，现在我也成了她们中的一员，只不过背上没有背着孩子。将来，我也会背着自己孩子走在这条街道上吗？大家看到孩子的肤色时，我的耻辱就会大白于天下。可有谁知道我不是个坏人，有谁会知道，这孩子是我尽自己的本分为老爷排解孤独的产物？

夫人会了解这些吗，菲尔少爷呢？

我的所作所为——怎么会好坏参半呢？

教堂大街一如既往的车水马龙。汽车马达轰鸣，狗儿在主人的脚边乱转，堆满木料的驴车在路上蹒跚，菲尔少爷会讨厌这些噪声。阿切特街那边，红色铁皮屋顶的镇长家还要过去一些，大鱼河边的那棵树下，是少爷说他爱我的地方。

这里是我出逃的危险路段。铁桥不仅通往铁路旁姨妈家所在的小街区，这里还是通往火车站的必经之路。如果夫人和老爷此刻驾车经过，他们随时都可能看见我。不过到现在，我还没有听到火车的汽笛声，所以，我应该还有机会过桥，左拐然后前往姨妈住的那个拥挤不堪的街区。

眼下和我一样往铁桥方向去的人很多。他们光着脚板，踩在沥青路面上发出轻微的响声。这些人，三五成群，相互低声交谈。我没有伴，得想办法适应新滋生出来的孤独，不要因此再陷入任何麻烦。一路同行的人中，有的像我一样提着箱子，有的把东西包在鲜艳的毯子里顶在头上，还有人背着孩子。我换了个手提箱子，避开身边穿行而过的汽车，急匆匆地上了桥。跨过那条浑黄的河流，离我原来的家——克莱德克公馆愈行愈远。远离了那棵荆棘树，离开了那些我擦了一辈子的家具，离开了那些我所熟知的人们。

第十九章

艾达不在家，却把午饭摆在了桌面上。我确定这里面一定有什么原因，说不定蒲麦尔太太知道些情况，等我收拾好行李就去找她问问。

爱德华见到我很高兴。

“你凭什么觉得自己能待在这儿？”姨妈的双臂交叉在她宽阔的胸膛前，站在自家门口气冲冲地质问。我站在灰蒙蒙的街道边等她平静下来。

“我这没地儿了，你自己看吧，哪有地方！”她低眉瞥了一眼我隆起的肚子，然后又抬起了头，“我没有多余的钱多喂一张嘴。”说完转身回了房间。

“我只待一小会儿。”我靠在歪歪斜斜的墙边，疾走和离家的紧张让我疲惫不堪，肚子里的孩子也不安生。屋子里的泥地上铺了块薄薄的垫子，姨妈走过去蹲在了上头。“过后，我会找别的地方住。”

“靠什么，你有钱？”黑呼呼的屋子里传来姨妈的声音。她是个精明世故的女人，当然清楚没钱无处可去。她不知道我银行里存了钱。

“要待在这儿就得给钱。”她伸手指了指自己脚边的地方。

直到这会儿，我才开始细细地打量这间小屋子。以前和妈妈一起来的时候，我都没有认真看过这里面的情况。那会儿，我不是还享受着克莱德克公馆的舒适与庇护吗？所以，从来没想过这个只有公共卫生间大小的小屋是一个人住的地方。她说得对，这里确实没地儿可待了。靠墙的地方摆着一张用砖支着的小床，床板中间都有点下陷了，床上铺了一张褪色的毯子；床边摆了个生锈的煤油炉子，一个破了边的搪瓷盆里放了块湿漉漉的绿色香皂；摆在一边的桶和葫芦瓢是用来到路尾公用水龙头接水用的；土墙的钉子上挂着姨妈的罩衫和围裙；堆放在地上的麻袋里放着待洗的衣服。屋子里唯一的空地就是中间铺着垫子的那一块，还没有我的身量长。我以前没睡过地板——这下妖怪不费吹灰之力就能找到我和我的宝宝了。

姨妈这里不适合孩子的成长，可这世上又有什么地方适合我怀着的这个孩子成长呢？世人容不下我这样的女孩与一个白人苟且犯下的罪孽。我突然转过头，远处传来一阵尖锐的汽笛声，那声音意味着夫人的归来。

“我愿意帮你洗衣服，”我强打起精神说，“洗衣服的事我有经验，我还能做饭。”

姨妈一脸狐疑地打量我。

“你干吗不在河对岸那边另寻一份差事？”她不耐烦地朝大鱼河的方向做了个手势。“那里有的是人家想雇你这种做过仆人的女孩。你把你家夫人说得那么好，她会给你写份推荐信的。”她突然停下话头，紧紧地盯着我，“除非你手脚不干净，偷了她的东西？上帝呀，还好你妈再也看不到！”

身后的街道上传来一阵大呼小叫，一个男人拿着根棍子在后面追一个女人，使劲敲她的腿。一小群人围过来看热闹。

“都没有人帮她一把吗？”我大叫。人群中有人回过头看了我一眼，又转回去看他们的热闹。

姨妈压根儿就不理会，自己点起了煤油炉。

我转回头，告诉她自己只不过再也不想做女仆了。我告诉她，自己厌倦了大屋子里那抹不完的家具、烤不完的茶点，现在一心只想在一个我可以有归属感的环境里养大孩子，一个属于像我和她，我们这样一些人的环境。我没有告诉她一个尚未出现、但离现实已经不远的真相：对肤色差异而滋生出的新恐惧让我在河对岸的日子无比难挨。

姨妈耸了耸肩，看了看炉子，然后把一个破旧的水壶放了上去。给我泡了杯茶，塞过来半片隔夜面包，她直言我可以在她这待一小段时间，但必须得付房费。等我告诉她夫人和老爷为我把钱都存银行里了，她只得摇了摇头。但我赶紧又说自己有洗熨衣服的经验，我可以每天跟她到河边去洗衣裳，拿劳动来抵房费。等孩子生下来了，还可以背着他继续干洗衣服的活儿。至于其他花费，就得等我把存在银行里的钱拿出来了。毕竟，能买东西钱才有用嘛。

放在银行里花不着的钱有什么意义。

我得想个法子看看怎么把钱拿到手。

* * *

这世上有两种孤独，一种存在于外表，而另一种深藏在内心。表面上看，我现在和孤独再也沾不上边，这里根本没地儿让我孤独。姨妈的棚屋有我俩就够挤的了，加上我肚子里一天天长大的宝宝，活动空间更加不多，再说还有那些洗衣的活儿。在适合洗衣服的日子里，小屋一边堆着脏衣服，另一边是一堆洗净了没凉晒的，旁边还有洗净晾干了的；今天非得要洗的堆在一起，过几天再洗的堆在另一边，房间乱得简直要爆了。

出了姨妈家的小屋，我也不会落单，周围总是人来人往。我试着去了解这些人姓甚名谁，毕竟都是些常来常往的邻里，我不想自己表现得像个好八卦的外人。在姨妈借我容身的方寸之地里，每当夜晚来临，我耳边总是充斥着邻里的叫嚷声，夜半时分常会被孩子的哭声惊醒。听惯了夫妻间的争吵，慢慢地，我在街上走动时也能听出他们的声音。虽然素未谋面，却也对这些人的恩恩怨怨了然于心。老人们的咳嗽声和医生诊所里的那些病人相仿。我甚至可以听到附近棚屋里人们的鼾声。在克莱德克公馆周围，我能听到的唯一声音就是蒲麦尔太太发出的，她住在隔壁家花园深处那堵结实的栅栏边。在这里，相距咫尺的距离里并排住着的是普皮尔，她的孙子福乐斯和马修斯，他俩晚上总是哭闹。普皮尔人很安静，好心好意地跟我打招呼，比姨妈还要关心我肚子里的宝宝。我还认识了其他一些女人，像苏菲、美妞、普丝，还有林笛薇，她们都是大鱼河边洗衣行当的竞争对手。她们中间有一部分人住在姨妈这边的街区，其他大部分都住在河对岸布里尔街区那头。她们在河那边做生意，有时她们也会从克洛斯街边过河，到这边来洗衣服，因为这边河床上的石头更好用，而且水流大，更适合洗衣服。

现在，我不会有空去体味孤独。每天日出而作，跟在克莱德克公馆时没什么两样，不过这里省了去门口拿牛奶这一茬事。我们在昏暗的小屋里穿戴好——姨妈从不会在早晨浪费蜡烛，就着红茶吃些早餐，有时是面包，有时是隔夜的粥。现在早晨起床对我来说有些难：晚上睡觉地板硌得我的背生疼；另外，肚子里的孩子也要多睡会儿。可时间不等人，第一缕晨光驱走大草原的黑暗之前，我们就要上路。一边扶稳顶在头上或背在肩上的包袱，一边挤在同样早起的人流中。姨妈总是不顾一切向前冲，只为要占到河边最好的洗衣石。

我自认是会洗衣服的，可很快我就意识到，在大鱼河边洗衣服与在克莱德克公馆里完全是两回事。首先，这里没有烫衣这个步骤。可姨妈的那些客户还是会要求衣物床单平整，这一来在河边的矮树丛里晾晒湿衣服就有讲究。这里的灌木林与夫人家花园里的那些会开出五颜六色花朵树木不同，那些树木要软得多，撑不住湿衣服的重量。可此地的树木是长在卡鲁平原上的那种强韧无比的灌木，就像镇子外那一望无际的矮树林，它深深地扎根在地下汲取稀少的水分，让自己长得更加茂盛。这些矮树丛对姨妈她们的生意非常有利。

"客人们都来找我，"看着一个女人满不在乎地抖着刚洗好的东西，姨妈得意地低哼，"那是因为我能把没熨过的衣服整治得跟熨过的一样。你看！"她迎着微风把一个枕套抖落了一下，让它平整地覆上一颗矮树，然后将潮湿的布料拉平，就像在蛋糕抹上了一层糖霜。

"趁着东西干透前收回来，"她冲我晃了下手指确认我在认真听讲，"然后仔细折叠起来，这样等它干透后就很有形了，就这点诀窍。"她抚平枕套，把它放到衣服堆上。"另外，如果你在东西干透前收回来，那些小混混们要浑水摸鱼时，倒霉的也是别人。"

在姨妈那双利眼下，我学会了在最合适的矮树上摊平晾晒衣物。白色的衣物晾在叶子最小的树丛上，这样衣物就不容易弄脏，深色的东西就无所谓了，有地儿就行。河岸边的风向有点不同其他地方，我必须得把每件衣物都牢牢地固定在树枝上。我还学会了驱赶羊群，它们喜欢啃树叶，也喜欢啃晾在矮树上的衣物。

我得对出现在河边的陌生人留个心眼，他们有可能不是去洗衣服而是去偷。一旦衣物被偷，姨妈失去的不仅是顾客，还有银子——她，或者是我都得赔钱。对自己整治出来的那些近乎平整的枕套，姨妈的自豪感不亚于我当初。过去，我对自己烫洗出来的衣服也是深感自豪：夫人的裙装、罗斯小姐的百褶裙，还有菲尔少爷那些很容易皱的白色板球服，所以我能明白这种骄傲，这也让我对她的不耐烦有了些许的体谅。虽然姨妈没教，我还是学会了另一件事。我试着和这些妇人打成一片，即使这意味着我得牺牲出一小片洗衣的地方来。我开始像她们那样包起了头巾，任谁走过河边，我肯定他都不可能认出我来。

我对自己说我长大了。我告诉自己如果专注于洗衣，注意去和别人打成一片，专注于耳边的那些尘世杂音，孤独就不会缠上身。我还发现了一件意想不到的事情，我从来没想过一片嘈杂之中也会有乐声，可如果你用心倾听就能发现。人们的叫喊声、歌唱声，山羊咩咩的叫唤，金属器皿的碰撞声，还有那些神奇的鼓点……无需任何人为的拼凑，它们就自动组成了一曲流畅而富有活力的乐章，我把它命名为《街市巴赫奏鸣曲》。

长长的一天下来，我会靠在小屋的土墙边，放松四肢，歇一会儿。我把自己酸痛的手放在肚皮上，感受孩子在里面踢腿翻身。只要不洗衣服不干事情，我就闭上眼睛，不再理会周围的人来人往。你在这儿吗，菲尔少爷？你是否在看护着我，先生，在这样一个压抑得让人透不过气来的地方？你原谅我了吗？

“卖面包了。”一个小贩在外面叫卖，光着脚在土路上蹒跚而行。他从背上的包袱里拿出一条包在褐色油纸里的面包。

“一块还是两块？”

我很想闭上眼不予理睬，可给姨妈和我自己买面包是份内的事。这笔账得从妈妈留在鞋盒的那份钱里出，里面的钱现在也所剩无几了。

“你是哪儿来的？”他过来蹲在我旁边，身上一股烟酒味儿。

“你问这干吗？”我有点紧张，我不想让夫人老爷知道我待在这个离克莱德克公馆不远的地方。事实上，这里离克莱德克公馆很近，那该死的乌鸦每天下午拍着翅膀飞过仿佛都能将我的声音传回公馆去——假如我声音大点，说不定克莱德克都能听得见。

“你和这里的姑娘看起来不一样，”小贩打量着我身上依旧很整齐的罩衫说，“这身衣裳可得花老大价钱了。”

“我从卡瓦扎科勒过来的，”我飞快地应了一句，“从前在那里干活。我老家在那儿，现在过来陪姨妈。”

他点点头，注意力转到了刚回家的普皮尔和她孙子身上。“买面包吗？”他声音低哑，艰难地站起身来。我注意到他卖给普皮尔的比卖给我的要便宜些。

这样的白天里，孤独感根本没有机会聚拢过来，而夜里我就得努力去抗拒它的侵袭。那是内心隐藏的孤独出来肆虐的时刻，可主对我还算是怜悯的。那些哭闹声、争吵声和邻居的咳嗽声对我的干扰愈来愈少，夜里我会很快入睡，不然自己的心又会回到克莱德克公馆。我是那么地想念妈妈、菲尔少爷和夫人——噢，夫人，原谅我。多么希望公馆还留有我曾经打扫的痕迹，钢琴还记得我曾经的触摸。

今天早晨我站在花园里，心中有种抑制不住的冲动，想要对着卡鲁的天空，对着远处的丘陵大声呼喊艾达的名字，不管她此时身处何方。

我承认自己现在是五内俱焚。

克莱德克公馆是她的家，唯一的家。

我们是她的家人，不是吗?

她人在何方?

第二十章

我腹中的孩子越长越大。原来的制服已经穿不下了，姨妈把她的罩衫借给了我，我可以一直穿到孩子出生。我对将来会怎样，孩子长得如何，会像谁这些事情不再纠结。姨妈也不再追问孩子的父亲，对此，我心里很感激。至少，我还有几个月的时间去准备那些即将到来的问题。等到她或是河边洗衣的那些女人们看到孩子的肤色时，她们一定会不屑地走开，我知道这是必然的结局。就目前而言，我不过和其他惹了麻烦的姑娘一样，有了孩子可男人却不愿待在身边，就像我妈遭遇过的一样。说不定罗斯小姐也是如此？

这当然不是什么光彩的事，可对大部分人来说，这不过是件屡见不鲜的丑事罢了。姑娘为爱痴狂，男人抽身离去。不管男人留不留下来，孩子终归是件礼物。但我的情况却完全不一样。

附近有几户混血儿的人家，可他们一向都独来独往。我观察过他们，发现他们一家人的肤色都是一样的。孩子或父母中没有肤色特别浅或特别深的，大家的肤色都一样。在“隔离”这个词盛行，黑人和白人各自为阵的年代，我怀了个不黑不白、肤色如大鱼河水一般的宝宝的确惊世骇俗。

在一个寻常的工作日里，我又去看了医生。有个孩子正坐在地上哭，他的膝盖痛得厉害。我蹲在旁边安抚他，尽量不让脏东西再落到他伤口上。直到医生有空过来看他，给他清洗并缝合了伤口。这孩子让我想起了小时候的菲尔少爷，他那些掉了的纽扣、膝盖上的划伤。

“你懂看护吗？”他过来给我检查时问。

“懂一些，”我应道，“我看护过一个垂死的病人。”

这是我第一次承认，在看护照顾菲尔少爷那段时间里，他事实上一直是出于垂死状态。那不会流血的伤口比医生能治好的那种要致命得多。内心的伤口往往无法治愈，它们会吞噬血肉和精神，半点残渣也不剩下。如果早知道这些，我会怎么做呢？到底有没有抚平内心创伤的方法？有没有医生手握这样的灵丹妙药？

“那是我家主人的儿子。”医生触探着我的肚子，迅速地瞥了我一眼。“他去打仗了，回来后外伤治好了，可心里的伤却总也好不了。”泪水滑落我的脸颊，检查完后，医生扶我坐了起来。地上坐等看诊的女人们在那里窃窃私语。有个人轻轻地说了句什么，我听不懂，其他人都点头赞同。

“我尽了力，”我在泪花中继续，“我让他笑，给他读书，为他弹琴，我竭尽全力地爱护他，可这还不够。”泪水滴落到姨妈给我穿的那件罩衫上，它们也曾经落在夫人给我在菲尔少爷葬礼上穿的那件漂亮衣裳上。我深吸了口气，肚子里的孩子安静了下来。“到底是什么让人染上这种病，是战场上的亡灵吗？让他们留下那些肉眼无法看到的伤？”

仿佛是顿悟，让我将这些话语倾泄而出。为什么不早点醒悟呢？带来内伤的幽灵。如果战场上，男人们要与幽灵相博，那他们的伤口兴许也不是我们能看见的吧！可菲尔少爷跟我说过，战争和那些没关系。可保不准这事他弄错了，就像我曾误以为他的身体在一天天康复。就连威尔默特医生都觉得是战场上的恶灵缠上了少爷，他说过只有劳心劳力才能将恶魔驱退。

医生把手放在我肩膀上。“这会儿你不该想这些事情，孩子。为了宝宝，你得顾着点自己，爱比悲更能滋养好它。”

“可有医生会治这病吗？”

他点点头。“我相信有。不过要治你家少爷这种当过兵的病人得接受些特别的训练。好了，多喝点牛奶让宝宝和你自己都长得壮实些。等你感觉孩子入盆时再来看诊吧。”他笑了笑，“你会有个健康的宝宝。”

我知道他这么说是一番好意，他很清楚一旦宝宝出生，我面对的将会是什么。他也知道，这孩子何尝不是一道刻在我内心的伤。

“保重，好走。下一位。”

“你会弹钢琴？”回姨妈家前，我坐在医生家门口的地上歇了一会儿，屋里那番有关幽灵、内伤的谈话让我很不好受。其中一个女人拉住了我。我起身抬头看了看她，她也是一番好心，排着长队还过来和我聊。

“哦，是的。”

她是位上了年纪的妇人，穿着件打满补丁的褪色蓝裙。我打量了一下她的双手，手指不直，关节肿大，看起来不像是双能弹琴的手。眼下我正难受着，无心多谈音乐的话题。

“学校里有架钢琴。”她说边说边用变形的手指朝旁边一指，可那方向根本不对。学校是这镇子里唯一的一座楼房，在另一个方向。“可没人会弹。”

她的话让我回过神来，夫人的脸出现在我眼前。一架钢琴！肚子里的孩子这时狠狠地踢了一脚，让我猛抽了口气。

“去看看，”那老妇人鼓励我，手从我肩膀滑到我手臂上，“去那里弹琴。”

“你会弹吗？”

“以前会，”那妇人说着笑了笑，露出一口黑牙，无喜无悲，“我年轻那会儿。”她又朝我这边靠了靠。我这才发现她实际上并没有在看我，视线的焦点不在我脸上。“如果你得天独厚，”那双浑浊的眼紧紧盯着她以为我所在的方向，“那就须得与人分享。”

“我会去的。”我被她那番没头没脑的话吓了一跳，着实也为自己的自私自利感到不安，于是赶忙答应。“我会想法子过去给孩子们弹琴的。”

一个年轻女人从里面出来，拉起她的手把她领进屋里。进门前，那个上了年纪的女人转过身来。

“给我说说你弹些什么？”

“肖邦，”我应道，“《雨滴前奏曲》。”

她闭上那双空洞的眼睛，抬起一只手仿佛在触摸想象中的琴键，脚下摸索着门槛，慢慢地走了进去。

我起身离去。

天越来越黑了——今天做完了一天的活计，姨妈才肯让我出门。暮色将街道变成一个危险重重的地方，它给白天藏匿起来的坏蛋提供了掩护。我得选一条安全些的路，避开那些酒馆，避开里面出来的那些醉醺醺的酒鬼。我现在这样子他们占不了什么便宜。有时警察会去扫荡这些酒馆，手拿警棍追着这些人到处跑。他们把啤酒桶踹翻，让棕黄的酒液流得满街都是。可第二天，酒馆的女人们又重新开始酿酒，因为——就像姨妈操持洗衣的行当一样，那就是她们的谋生之道。

炊烟像一缕丝带轻绕在我疾步走过的街头巷尾。我闻到了煮玉米粥的味道，以前我对这味儿没什么特别的感觉，可因为怀了宝宝的缘故，这香甜的味道让我觉得很不舒服。我转头避过这些炊烟和饭食的味道，也不再想什么街头混混、幽灵和我深爱的菲尔少爷，只是抬头仔细打量身边这些棚屋。远处是横跨大鱼河的铁桥，桥那边天空晴朗，橙色的夕阳挥洒在敦德斯大街和克莱德克公馆的上空。

我想去警察局报告艾达失踪的情况，可爱德华不同意。他说还要再等等看。

他不明白。

他不懂我失去的是什么。

***

我的心渴望音乐，双眼渴望文字，而头脑则渴望阅读。目前我手头只有《雨滴前奏曲》的乐谱，它只能告诉我如何弹奏音符。即便如此，我仍旧每天抚摸放在箱底里的乐谱，享受纸张在指尖下的感觉。

可即便手头有书，我也得千辛万苦地挤出时间来读。白天洗了一天的衣服，晚上累得实在不想动弹。如果要在姨妈那间昏暗的小屋里看书，我还得花额外的钱来买蜡烛。不过，我还是不打算放弃，于是就请卖面包的小贩帮我捡些人们丢弃的报纸。他帮了这个忙，于是我每天都带上一张报纸到河边，把它压在石头下。一有空，我就坐在含羞草草丛旁，把报纸搁在我鼓起的肚子上，细细地品读上面的每个句子。遇到生字，我会很纠结，因为周围没人能帮我认字。姨妈识字不多，其他那些一起干活的女人们都不识字。

读报让我了解了很多河对岸发生的事。奇怪的是，我现在对镇子的了解比我当年身处其中时还要多。报上有镇长选举的事——战前我在市政厅的集会上见过那个带着金链子的人。不知道老爷是否还是去参加那些会议，让夫人晚上独守空房。我还看到了出身布利街区的弗兰·卡拉塔的新闻，他乞求市政委员会继续给镇子里衣食无着落的人群每天施粥一次，可委员会拒绝了。我还读到了一些新规定，说是像我这样黑皮肤的人被禁止到某些地方去。不过，那上面倒没有规定说像我宝宝这样的混血儿要如何如何。

“那上面说些什么，你那张报纸？”一起干活的林笛薇每回看到我读报时，总是会问这么一句。她长得矮小圆润，可力气十足。有时，她会搭把手，帮我把沉重的衣服摞扛到背上。

“今天讲的是羊毛的价钱，”我指指自己正看着的那句，“如果价钱高了，他们就管这叫涨价。”

林笛薇和我一样年轻，可她一直都生活在布利街黑人区。虽然她没上过学，可我觉得她很聪明，自食其力，很懂人情世故。她很喜欢摸清别人对她自己也关心的问题是个什么想法，这点她刚好跟罗斯小姐是两个极端。

“你能不能也教会我像你这样识文断字，艾达？”林笛薇正攒钱买熨斗和熨烫板，她合计着要做点高级些的洗衣生意。那天，她跟我嘀咕了半天，我许诺绝不泄露一个字，因为她的计划会把我姨妈从这个行当里挤出去。

“我得会看这些才行，艾达。等将来赚了钱，我会付给你学费！”她咯咯地笑着，手指做出数钱的动作，“我是个蠢得要命的学生，这样一来你就发达喽！”

于是，我们就开始了教与学。

我打算像夫人教我那样教林笛薇认字母，像菲尔少爷给我讲解的那般教会她字母的意思。

明天我将启程去非洲。

我们开始一天学一个字母。

慢慢地，她也学会了认字母，学会了字母合在一起时的意思，就像曾经的我。于是，我们开始学习造句。我告诉她字词包含着的不同意思，虽然有些词看起来很像，可它们意思不同。我还教会她不同的字词搭配在一起时意思上所发生的变化。

如我一般，林笛薇开始了解这个她一直身处其中，可却从未真正接触过的世界。

这一切让我备感伤心，她让我知道自己亏欠夫人良多，可此生却再没有机会报答她。

第二十一章

我依旧不明白艾达为何会离开。

爱德华也没有头绪，他说她辛辛苦苦把家里收拾好，可转身就消失了。他还说："这就是你绝不能信任他们的原因。你让他们受教育，给他们优渥的薪水，给他们细微的关照，可他们还是说走就走，连句话也不留下。"

可我不这么认为。我想一定是有什么事情发生。我觉得自己和弥莉安一样了解艾达，或许比她还要更了解这个姑娘，因为她在某些方面比弥莉安更胜一筹。至于其他方面，艾达是远不如她妈妈有经验的。她几乎可以说是从未涉足外面的世界，这一点让我忧心忡忡。到底是什么事情逼得她非走不可？病了？我该去哪里找她？我一定得试试吧，新来的女仆不好用。看来，我得让蒲麦尔太太过来帮忙洗烫衣服的活计，剩下的只能靠我自己了。还好家里只有我和爱德华两个人。我还要去找艾达……

"艾达！"

“艾达！”

我一下跳了起来，是姨妈。她正在河边老远的地方和一个朋友八卦。“再去拿一摞衣服来。”

我拧干正在漂洗的床单，赶紧去执行她的命令。肚子里的孩子不安生——他不喜欢这会儿的休息被人打扰，所以拳打脚踢表示抗议。我往回走到姨妈家去拿另一捆衣服到河边去洗。河岸的碎石很容易让人脚步打滑，卵石和矮树丛间的斜坡上有洗衣妇们经年累月踏出的一条小路。太阳正当头，这意味着我们今天至少还得再洗一茬。我现在基本上是用洗衣的摞数来计算一天的长短。

姨妈对我还是不错的。她有时去搞些牛奶来让我喝，就像医生交待过的那样，好让宝宝长得结实些。周日，她也会带我到镇子外的教堂去做礼拜。因为我是她的至亲，所以那里的人们对我还算好。这些人当中有些是我叫得出名字的邻居。他们不会问那些为什么有宝宝，却没有丈夫的问题。姨妈自己却还是为这个状况所困扰。我想这也是她把我带在身边的缘故，她祈祷没有丈夫的我仍能被拯救。

虽然有种种顾虑，我还是很喜欢去教堂。不是为了被上帝拯救，而是为了能享受那里的空间，没有纷扰的人来人往，没有吵闹不堪的狗，也没有缭绕的炊烟和玉米粥的味道。当然，这里是我熟悉的那部分卡鲁草原，虽然现在我只能远远地望着它。我曾站在菲尔少爷玩具箱上眺望脚下这片干涸的土地，它们远远地一直延伸到冬天下雪的山里。此刻，已是夏末，四周金色的干草在轻轻荡漾。站在这耀眼的金黄里，我可以一眼就将那些丘陵纳入眼底，阳光照射在褐色的岩石上，让它们熠熠发光。我在山脚下看到了一棵荆棘树，就像克莱德克公馆里守护着我和妈妈那间小屋的那株一般稀疏。不管去到哪里，我似乎总爱找些让我想起克莱德克公馆的东西，那些我所钟爱的一切。

神父身着长袍站在大讲坛上，比起卡瓦扎科勒那位神父，他这身袍子打理得要平整许多。他滔滔不绝地告诉我们我主圣父要其子民果敢善良、善待彼此，即便不为他人所善待。他也谈到肤色差异和蒲迈尔太太跟我说过的“隔离”。他说我们正置身火海经受考验，终有一天我们亦会与这世间所有自由的人们一样并肩前行。好些人大声吆喝口号，下面做礼拜的人们就跟着叫喊。这里的教会活动比老爷和夫人他们那里气氛要活跃许多。

“这是一场战斗。”他最后大声高呼，“这是一场自由之战！”

“阿门！”众人齐喏。

我得查查字典，以前听过“自由”这个字眼，可我想这与和平的意思是有差别的。我之前就搞不懂和平的意思，还曾经问过罗斯小姐为什么和平年代还有纷争。难道这“自由”也一样难懂？

我看了看周围的人们。奇怪的是，他们都面带微笑热烈鼓掌。我心中一阵纠结，他们应该不会希望来一场我记忆中那样的战争吧。炮火纷飞的战争让老爷棘手，让夫人哭泣；一场幽灵之战让年轻人殒命或是遭受菲尔少爷那样的创伤。那场战争中黑人们并未受到信任而能拿起枪去作战，他们并没有付出代价，他们不知其中的伤和痛。如果有过那样的经历，他们就不会像现在这样笑得这么开心，鼓掌得这样热烈。

宝宝在我肚子里翻了个身，我揉了揉肚子安抚他，倘若真有这么一场战争，我一定得做好应对。硬起心肠、站好队，时刻准备对付那些虎视眈眈的敌人。

大家不停地高呼和鼓掌，姨妈在我旁边晃着身子，双眼紧闭，振臂高呼。身着蓝白色裙子的妇女们高唱圣歌，歌声飘过山坡一直传到远方。一种熟悉的颤栗掠过我的全身，那感觉就像听到了老爷夫人他们教堂里的管风琴声。此刻没有战争，也没有虎视眈眈的敌人。阳光和煦温暖，我们的歌声在空气中律动，我也加入了合唱。那歌声仿佛让我和孩子都精神高涨，如入云端。

* * *

天下起了雨，这是好几个月来的第一场雨，大鱼河恢复了它的活力。浑黄的河水在铁桥下奔涌，夹带着不知从哪里被卷进河里的树木、动物，还有人。我们平时洗衣服所在的岩石都为水浪所吞没。渠道都关闭了，孩子们在桥面上上蹿下跳，往河里扔树枝，看着它们被漩涡吞没；当桥梁因为河水的冲撞而晃动时，孩子们就在上面尖叫。大雨倾盆，镇子里的街道也都被淹了，河水夹带着垃圾，从姨妈家棚屋门口的缝隙渗进了屋子。今天不用再洗衣服了。我头上包了条毛巾，告诉姨妈我去看林笛薇。

街道上几乎空无一人，不过，每间棚屋外地势高点的地方都放了一大溜盆盆罐罐来接雨水。为了不必再到公用水龙头那儿跑一趟，大家都把平时接水用的桶，装酒或酸奶的瓶子都搬了出来。姨妈也把她的东西一整晚地摆在外头接水。

学校很安静，我松了口气。疾步走过学校光秃秃的操场，脚下原来坚实的土地这会儿都变成了稀泥。没人出来要我离开，我敲了敲门，没人应。我又敲了一次，然后推开门走了进去。抖开头巾，在铺了油毡布的地板上抹了抹脚。我还从未进过学校的门。前方是一条长长的走廊，两边都有些门。虽然昏暗，不过我还是能看到那些钉在墙上的图画，和那些随意画在墙壁上的涂鸦。每扇门上都有个小窗，我朝里望了望，教室里空无一人。走廊尽头有个没有窗子的门，我走过去敲门。

“谁呀？”里面传来一个声音。

我推开了门。

“学校今天不上课。”一个黑人抬起头，皱着眉看我，他面前的书桌上堆满了东西。“你明天再来。”这人和老爷年纪相仿，不过有一头卷曲的黑发，身上穿着一件洗得发白的衬衫，领尖打了卷。

“很抱歉打扰您了，先生，我不是学生。”我手里攥着毛巾。他定定看着我，我深吸一口气，努力回忆自己事先想好的那番话。我觉得怀了孩子后自己的记忆大不如前。“我会弹钢琴，也懂些音乐知识。我想找份工作，先生。”

他上下打量我一番，目光停在了我隆起的肚子上。

“我见过一位盲人妇女，她说您这儿有钢琴，可没人会弹，没人教孩子们音乐……”我噼里啪啦说了一串，可没有一个字是我先前练习过的。

“你在哪儿学的？”那男子问。

“是我家夫人教的，我可以弹给您听，先生。这样，你就知道我说的都是真话。”

他微微一笑，“你在哪里教过书吗？”

“这是第一次。”

他眉毛微扬，起身走了过来。他个子很高，比夫人、老爷，甚至菲尔少爷都要高。“那你得证明下自己。”

“请带我去您放钢琴的地方，先生。我会证明给您看。”

我的心砰砰直跳，他一定从我的脖子和跳动的太阳穴看出端倪。或许，他会认为我不知天高地厚，可这是我的机会。这是我能靠做自己喜欢的事来养活自己的机会，这是我摆脱困境获得自由的机会。我能就此摆脱对克莱德克公馆，对那里的人们的渴望，说不定还能摆脱目前和姨妈在一起所面临的困窘。我曾有过一个机会——一个完全不同的机会——那就是肉店的贾克波·芬古，可那次没有任何结果。这次，这个机会我一定不能错过。

“我们就来看看。”他说着出了房门，快步走过走廊。

他穿过一道门进了另一条走廊，又过了一道门，我们进入一个大礼堂。这个礼堂不如集市广场上的市政大厅大，可它是我在河岸这边见过的最大的厅堂。礼堂一边的墙上有一排窗子，它的一端是一个小舞台。这里很暗，因为窗子关着，屋里很热，有股霉味。等眼睛适应了这里的光线，我看到舞台两边悬挂着红色的幕布。帘环掉了的幕布都拖到了地上，边上的缝接处都散了线。

“钢琴就在这儿。”他在昏暗中指了指墙边一个棕色的物件。

我朝它走去，腹中的孩子很安静。打开琴盖，我的手上都是灰，我用毛巾擦了擦手。低头看了看钢琴，脑子里想起了夫人那架美轮美奂的钢琴，细腻的象牙琴键和锃亮的木质。我敲了一个琴键，手感松松的，琴声暗哑。我把琴凳拉出来，端坐在钢琴前。凳子几个腿不平，还摇晃了一下。

我告诉自己，这架琴很旧，有好长时间没人打理没人弹了，所以琴音一定是不着调的。可它还是架钢琴，如果你满怀爱意去弹，它仍旧会奏出你所期待的音乐。音色、破烂的琴键都不是问题，就让我为妈妈，为我的孩子，为夫人，为菲尔少爷，为一份工作去把这架琴弹奏起来吧。

于是，我抬起了手。曲调在我脑海中响起，手指轻抚上琴键。找到了乐曲开头的音符，我开始弹奏。如我所料，琴声暗哑，脚踏不顺，有些琴键都没声了。可我不停地给这架老爷琴鼓劲儿，在这闷热、灰尘轻扬的空寂中一路弹下去，这是我有史以来弹得最美的《雨滴》。

“你叫什么名字？”最后一个和音消失时他问。

“玛丽·海南博。”我编了个名字。没有人会把一个名叫玛丽·海南博，会弹琴，生了个混血孩子的年轻妇人跟克莱德克公馆的艾达联系在一起。可问题是我没有印了这样一个名字的通行证——我的通行证上写的是艾达·马布斯。我把那张证明折得好好的，与《雨滴》的乐谱一起放在箱子底下。我希望他们不会问要我要任何一样。

“你会做些什么呢，玛丽·海南博，在第一节课时？堂上净是些闹哄哄的捣蛋鬼。”

“我会给他们弹一段进行曲，先生，或者是波尔卡舞曲，然后让他们唱唱跳跳，等他们累了我就给他们讲讲写这些曲子的人，告诉他们这些曲子的特别之处。”

“我们可没多少钱请一个音乐老师。”

“您给多少钱都成，先生。”

他看了眼我高高隆起的肚子，点了点头。这事就这么成了。

他让我下周开始上班，他开出的工资比夫人老爷给的少一点，但也够我付姨妈房租了，还会有些结余。姨妈对此肯定会大为光火，毕竟这会影响她的洗衣生意，可我给的房租也一定会平息她的怒火。这样，等到孩子来时，她就会渐渐习惯这样的安排。钱，或许会让她不那么介意孩子的肤色，进而愿意让我留下来。

“你打哪儿来的？”走过那挂满图画的走廊时，那男子问，“你英语说得很好，可以好好教给孩子们。”

“卡瓦扎科勒，”我飞快地应了一句，“可我家就在克莱德克这里。”

他点点头没有再问什么。他没问我是谁教了我钢琴，还教了我英语。他没问我为什么没有继续跟着夫人，也没有问我肚子里的孩子。我心里已经准备好了说辞，不过他没问这些事情，也没问我要推荐信。像我这样的女仆没有封推荐信只会意味着一件事：这个人不可信。不是撒谎就是从主人家偷了东西，并因此被主人辞退。对没有推荐信这事，我只能扯谎说夫人病重，离开前没来得及给我写证明。

“我叫谢福德·达米斯，”他没再问其他问题，“我是这里的校长。能碰到我算你运气好，其他老师说不定对你就没那么有兴趣。”他微笑。打从我弹了琴之后，他和颜悦色多了。我也回报以微笑。

“你刚才弹那首曲子叫什么，玛丽？”

“《雨滴前奏曲》，先生。是肖邦的作品。”

我们走到了学校前门。地板上有块油布地毡卷了起来，达米斯先生用脚把它压平。他要我第一天来早些，这样孩子们集中时，我就可以过来弹一首进行曲。他告诉我说，我是这所学校第一位音乐教师。

“谢谢您，达米斯先生。星期一我一定早到。”

我出了大门，走到操场上。天还在下雨，汹涌的大鱼河河水从铁桥下奔流而过。我高兴得想要狂奔，可这会儿孩子太重了，而且校长还在后面看着我，所以我只得慢步行走在雨中，让雨水抚慰我和孩子。这雨中曲，一如当年那透过荆棘树落到铁皮屋顶上的雨点声那般动听。

“你觉得如何，菲尔少爷？”我压抑着兴奋对天低语，看着黯淡的云层飘过。“你会为我感到骄傲吗？”

第二十三章

“你以为自己可以想来就来，想去就去，是吧！”姨妈的叫骂声盖过了大鱼河的咆哮。“那就自己找个地方待着去！”她转身走进了昏暗的棚屋里。普皮尔的孙子们站在自家门口，吮着手指、吸着鼻涕，愣愣地盯着我看，直到他们的奶奶出来把他们轰走。

“我可以给你房费，”我站在门口，伸手抹去脸上的雨水，“我会给你一大笔钱做房费，不去学校时还和你一块去洗衣服。”

坐在自己床上的姨妈抬头看了我一眼，屋子的地板上堆满了脏衣服。我看得出，她心里正盘算这笔交易。“多少？”她问。

我给她说了个数，心知这样一来自己的荷包也所剩无几了。之前，我已经向林笛薇打听过这样一个地铺得花多少。

“这个数不够。”姨妈又转过身去。

“如果有个床铺，我愿意多付些。”我回答。

姨妈哼了一声，伸手拿起水壶去烧水泡茶。“床铺？我去哪里给你弄床。”

我就这样定定站在门外。街道中间深至脚踝的雨水上飘满垃圾——废纸、瓶瓶罐罐还有其他废物，一对夫妇正蹚水过来。他们很奇怪，我挺着大肚子，为什么不进屋避一避而要站在外面的大雨里。

我一言不发地站在门外。想着菲尔少爷跟我说过，人们就钱的问题商谈就叫“谈判”。他说过谈判有时要谈，有时要沉默。

“我看你就待在这直到孩子出生吧，”过了好一会儿，姨妈咕哝道，“就算是看你妈妈的面子。”

“我现在有机会当个老师，姨妈，你怎么不为我高兴呢？”我竭力让自己的声音保持平稳，“我妈妈一定会开心不已。”

河水的咆哮声达到一个新的高潮，这让我又想起和夫人一起弹奏格莱格协奏曲时的情形。我记得她说过，那乐曲就仿如是爱尔兰她家附近海浪拍打悬崖的声音。可大鱼河的咆哮不是格莱格的音乐，它更像贝多芬，雄浑且令人生畏。

姨妈不屑地轻嗤，伸手去掏茶叶罐。“别站在雨里。”

* * *

我没有一件合身的衣服，每天来往于河岸边那些坑坑洼洼的土路，我从克莱德克公馆穿出来的那双鞋已经开裂了，现在手头也没有鞋油来打理它们。

不过，我还是尽力把一切都收拾好。洗净抻平姨妈给我的那件蓝色外套，头发也梳理平整，我还要问问普皮尔和林笛薇她们有没有鞋油，先向她们借着，等有钱了再买。说不定学校的孩子和老师会喜欢我的音乐，根本就不会注意我的衣着寒酸。

艾达没有带走自己的衣服，她把它们全都烫洗干净平整地放在床上。

公馆收拾得纤尘不染。她给我和爱德华准备了丰盛的午餐，炉子上还炖好了当作晚餐的饭菜。

这是一番精心准备的告别，竭尽全力不给我们——不给我造成一丝一毫的不便。

为何她不愿道一声再见，甚至不给我私下留个条，留在这里，放在我的梳妆台上，我的日记本旁？

到底发生了什么让她如此不安，不愿道个别，却不忘把房子收拾得干干净净？

这一切让我百思不得其解。

姨妈入睡后，我还在黑夜里练习自己计划到校第一天要弹奏的进行曲。我想要弹《军队进行曲》，或者《军队波罗乃兹》！脑子里回忆每个音符，手指在肚皮上舞动。不知道孩子能否感觉到我的手指那样有节奏地落在他身上，不知道孩子能否也在他自己的脑海里拼凑出我所弹奏的乐曲？

我很兴奋。伴着脑海里的音乐，伴着耳边如贝多芬那般雄浑的河水声，我渐渐入睡。

第二十三章

从我开始当老师那天起，有些东西就不复从前。

那天天很冷。大鱼河止住了汹涌澎湃，河面上蒸腾起一层薄雾，萦绕于蓝桉树间，然后慢慢消散于瓦蓝的晴空之中。之前的雨水都干透了。天刚亮，隔壁邻舍就起床到公共水龙头处去打水。煤油炉子点着了火，哭哭啼啼的孩子们吃上了粥。一切都如寻常，但其中又似有不同。姨妈一大早已经背着第一摞衣服去河边洗，离家时什么都没说。她已经有好一阵子不和我说话了。我告诉自己这仍然是谈判的一部分，一定不能示弱。

身上穿着特意整理过的罩衫，我朝学校走去。我就着唾沫用布仔细清理了鞋子。穿过拥挤的街道，一种全新的感觉油然而生，就像第一次感到腹中的孩子轻轻律动一样。人潮之中，我停下了脚步，以全新的眼光环视周围的一切。与期待不同，我并没有发现什么变化。垃圾满地的街道仍然臭气熏天，熙熙攘攘的人群仍旧是面黄肌瘦，玉米饭的味道仍然叫我反胃，街上依旧污水横流。然而，这片污浊与喧嚣中是否有个出口，是否有条出路让我挨过自离开克莱德克公馆后一直横亘于心间的失落？呈现于眼前的新机会，是否就是菲尔少爷曾跟我说过的未来，那在我长大后就会降临的未来？

我加快脚步，耳边《街市巴赫奏鸣曲》的音量愈发强劲。河水在桥下静静地流淌。罗斯小姐曾说除非能去上学，否则我压根没有什么前途未来，现在机会来了。其他白人说如果想有前途，手里就得有钞票。不过我的未来指不定与别人不同，白人那些钱和未来关联的说法也有可能是胡说八道。

“海南博小姐！海南博小姐！玛丽！”

我忽地转过身去。我现在是玛丽·海南博了，我得时刻小心谨慎。闹哄哄的学生让我头昏脑胀，头脑一片空白。我很想逃离这片混乱，找个安静的地方坐下来，可校长此刻就站在远处的走廊里，焦急地等着我。他还穿着我之前见他时穿的那身衣服，衬衣领子还是没烫平整。

“来了，早上好，达米斯先生。”从一群衣衫褴褛的孩子中挤出来，我走到他身边。看来没有必要担心自己的衣服鞋子，我跟这群学生看起来再合称不过。

“我们在礼堂，马上就开始。”他急忙对我说。“你马上进去弹琴。李飞，”他拍了拍旁边一个光脚男孩的肩，“带海南博小姐去礼堂。”那孩子从他伙伴那边走过来，打量了我一番，目光停在我的肚子上，然后拇指往走道方向一指，打头里走了。我紧跟在他身后，教师生涯由此展开。

礼堂里已经挤满了吱吱喳喳的男女学生，我从来没在任何地方见过那么多的孩子。这一刻我心生怯意，可那个叫李飞的男孩已经不知道跑哪里去了，根本没人理我。从孩子群中一路挤过去，我打开琴盖，坐在了那张歪歪斜斜的琴凳上。舞台的幕布边有几个老师正聚在一起聊天，他们也压根没注意到我。高墙上的窗被打开了，屋子里没有了霉味，一阵凉爽的清风拂过脸庞，我一下子感觉好多了。我把手搁在肚子上，安抚了一会儿正在闹腾的孩子，想象夫人双手搭在我肩上，给我鼓励。我开始弹奏。

那首《军队进行曲》。

钢琴的声音还是很暗哑，不过我还记得哪几个琴键坏了，所以这难不倒我，我用踏板来弥补这些缺陷。奇怪的是，琴音响起的那一刻，礼堂即刻安静下来。琴声由四周的高墙回旋而来，萦绕在舞台上的老师们耳边。我飞快地抬头看了一眼，担心他们不喜欢这曲子。可我一直弹下去，从头到尾一口气弹了三遍。弹到第三遍时，我感到不仅是琴凳，整个地板都颤动起来，上百个学生合着音乐在跺脚。最后一个音符消失时，他们开始鼓掌，包括台上的老师们。我感到自己的脸颊发热，心知一切都妥贴了。

校长抬手让大家停下来，接着向大家宣布我是新来的音乐老师，大家再次鼓掌尖叫，校长也加入其中。他紧接着又宣布了一些当天的学校事项，之后就让孩子们回去上第一节课了，我后来才明白这就是开晨会的目的。宣布完所有事项，校长向我点点头，我再次弹奏起来，这次弹的是肖邦的波罗乃兹。孩子们拍着手，一路蹦蹦跳跳地离开了礼堂。老师们走下舞台，围过来看我弹奏。等我弹完整首曲子，他们纷纷走上前来。

“这真是个惊喜！”这是一位身着蓝色裙装的女士，她裙袖高卷着，露出细瘦的胳膊。她和我握手说自己名叫米尔德。

“真棒！”另一位带着厚厚眼镜的男老师也凑过来，他外套两个袖子的手肘处都磨出了洞。“你会弹牛仔舞曲吗？”

没有人注意我寒酸的罩衫、破旧的鞋子，还有我怀着孩子的臃肿体形，他们都祝我好运，还说大多数孩子是第一次听到钢琴演奏。

我真心希望往后一切都顺遂心意，学校礼堂里的那些掌声和尖叫会带来好运，希望自己和孩子能在这里安身立命，为自己的同事所接受，远离是非麻烦。可眼前，我又不得不面对一个棘手的问题——出生证明。校长带着厌倦对教工们宣布，大家很快就要提交相关文件，证明自己在克莱德克工作和生活的合法身份。

“凭什么？”一位名叫西拉斯的男老师质问。他是学校的副校长，教历史的。“我们总得要待在有工作做的地方吧。这又不犯法！”几个坐在矮凳上的老师给他鼓掌。大家集中在礼堂的舞台上，三三两两地围坐在校长周围开会。我们身后的舞台幕布散发出一股霉味，窗外传来草场上比赛的喧闹声。

“在约翰内斯堡，人们还号召烧掉通行证！”那个酷爱牛仔舞曲的男老师咬牙说。厚厚的镜片反射出我们头顶上亮着的唯一一盏灯的灯光。几个年纪大些的教师不安地对视，然后在一起低声议论着什么。他们不时提高音量想要盖过外面吵闹声的干扰。

“那是无稽之谈！”站在台中央的达米斯先生提高音量压住了一片闹哄哄的议论声。“如果保持低调，他们那些人自然就不会来招惹我们。圣詹姆斯学校的列夫·卡拉塔也是这个观点。如果我们去闹事，”他略带警告地瞥了副校长一眼，“那无疑是惹祸上身。”

“照我说，我们根本就不要理会他们那些狗屁规定。”一个名叫迪娜的年轻女老师反驳。

本来围在一起开会的老师们很快分化为不同的阵营，我意识到这是一场辩论。

我一直缄默不语。他们都持有身份和工作证明。到时当局来查收证明时，我该怎么办？无依无靠的一个女孩，没有受过相关培训，没有推荐书，甚至没有一张印着玛丽·海南博名字的通行证。出乎我意料的是，当时达米斯先生没有要求查看我的通行证。可现在，眼看一切都要瞒不过去了。肤色的问题为什么要和规定扯上关系，菲尔少爷又会如何解释肤色与法律的这种关联？

学生们没有给我太多的时间来思考这些。第一次晨会的那份兴奋过去后，他们的表现完全像妈妈和蒲麦尔太太说过的那般野。他们很多是混街道的孩子，无父无母，经常吃了上顿没下顿，所以打架斗殴是家常便饭。他们耳濡目染的是酒吧外那些男人靠拳头来欺行霸市、争风吃醋。拳头和刀子是大街上解决争端的唯一手段，到了学校里也没什么不同。面对他们的横冲直撞，我学会了退避到墙边保护自己和肚子里的孩子。这种狂野、这种火药味十足的气氛我从未经历和体会过。

达米斯先生说学校里有这种不良现象是因为我们这边街道上的孩子相比起列夫·卡拉塔的圣詹姆斯学校要多得多，而河岸这边漏网的恶徒们又给这些孩子带来不良影响。说实话，河岸这边的秩序是不如对岸的街区好。我们缺乏一个像列夫·卡拉塔这样的核心，他是个连白人市长也尊重的人物。也许，我私下里想，那附近有所监狱，这多少也让圣詹姆斯学校的孩子能更守规矩些吧。

至于教学，我想自己比其他同事要幸运得多。毕竟，我的课能让孩子在混乱和不安中获得片刻的喘息。音乐不仅能让他们获得一丝平静，也给他们的心灵插上翅膀，让他们暂时忘掉生活中所有的不和谐。音乐曾让我一窥克莱德克公馆外的世界，我相信音乐也会带着这些孩子们飞越眼前的一切，去到一个没有饥饿、没有流血的新世界。每天他们都蹦蹦跳跳地跑进礼堂，想要忘却自己面对的生活——一堆让人头疼的数字和单词，要求我弹更多的爵士乐给他们听。开始工作的头一周里，我把自己记得的每首乐曲都弹给他们听。“多弹些牛仔舞曲，海老师！”他们一齐大喊，根本不理会我要教的音乐知识。“再来首牛仔舞曲！”他们脱掉自己单薄的衣衫，合着音乐的节奏起舞和跺脚，直到我的手指累得再也无法动弹，肚子里的孩子也精疲力竭，忘记了饥饿和纷争。这感觉太棒了！我对自己说，我现在满足了他们，往后他们还想再听自己想听的东西就必须先听我的话。我想这也算是种协商吧，虽然与钱无关。我相信菲尔少爷也会赞同的，不过礼堂里传出来的吵闹声对附近教室里上课的老师来说应该都是个不小的考验。

“你去当这个什么老师比帮我洗衣服还累。”看到我下午回到棚屋就倒在地铺上，安静了没几天的姨妈火气终于爆发。

“确实如此！”我眼皮打架，再也抵制不住瞌睡袭来。

“你得为孩子着想。”姨妈叨咕着。

我忍住浮到嘴边的微笑。这是姨妈第一次拿孩子来跟我说事儿。上帝呀，我心里暗叹，等她看到了这个自己百般维护的孩子的肤色该有何反应呀！

我陷入甜睡之中。

艾达还会记得我们吗？

每天写日记时我都会想念她。

是不是我们有什么照顾不周让她不得不离开？

是否因为对弥莉安的思念让她不得不回到族人身边生活？这是罗斯的看法，可我并不这样认为。

她去了卡瓦扎科勒？我问了所有朋友的女仆，她们都不知道她的去处。连蒲麦尔太太都不清楚她去了哪里，她说最后一次见艾达的时候她看起来不好。另一方面，艾达不在，蒲麦尔太太切切实实从中获益，她给我家做洗熨赚了不少钱。

爱德华说，我们为艾达母女做了那么多，即便她以后再回来我们也绝不再雇用。关于这一点他非常坚持。他甚至让我打消再去寻找艾达的念头。

在学校，我第一次遇到受过教育的黑人男女。开始时我很紧张，虽然林笛薇安慰我说大可不必如此。我跟她说，他们都是扎扎实实上过学的，我却没有这样的经历。他们受过专门的培训，知道如何在课堂上与孩子们打交道，可我没有。他们也许会质疑校长达米斯先生的决定，他把学校不多的经费花在我身上，而不是用来购买其他一些重要科目的书本。

“不管怎样，”林笛薇扛起刚洗好的一摞衣服做出结论，“他们谁也没像你那样会弹钢琴吧。”如果是罗斯小姐，她还会加那么一句：“这不就结了。”

不过，老师们没什么不满，也没有拿怀疑的眼光看我，相反他们根本不在乎我寒酸的打扮和缺乏专业训练的背景，完完全全地接受了我，大家好像更看重我的钢琴弹奏技能。大家也没有抱怨——至少没有当我面抱怨过——我的到来让学校里的噪音升级。我觉得有点难应对的反倒是他们的好奇心。他们都想知道我从哪来，钢琴怎么弹得这么好。还有——虽然他们没说出口，可我从他们的眼里看得出——孩子的父亲是谁?

“你是怎么学的钢琴？”教算术的老师问。他名叫赛弗·穆拉斯，是个安静带点严肃的年轻人，他在关于克莱德克工作权的辩论中并没有发言。

“你的老师是谁，孩子？”这是维罗妮卡，一位和姨妈一样满脸沧桑的老人家。听到牛仔舞曲男说要烧毁通行证时，她不禁摇头。维罗妮卡教年纪小点的孩子们阅读，有空的时候还会从教室窗口吆喝她养在学校后院的鸡。在河岸边偷衣服的那帮家伙也会趁她不注意时对她那群没多少油水的鸡下手。

“你是什么地方的人？”美女老师——年轻的迪娜从地域角度入手打听我怀孕的事。有天早上我弹完了进行曲，她就过来趴在钢琴边上，打量我罩衫下隆起的肚子。

我犹豫着不知怎么回答。

“你也不用太过理会，玛丽。”她扫了眼我隆起的肚子。“不过大家都好奇……”迪娜是老师里年纪与我最相仿的。今天她又换了条头巾，男孩们的眼睛都盯着她，就像男人们的眼睛总是追着罗斯小姐一般。不过她不像罗斯小姐那般自私，她会时不时地从自己的午餐里给我匀些面包和果酱。

“我家在卡瓦扎科勒。”我合上琴盖，从琴凳上站起身子，匆匆忙忙地应了她一句。“我在伊丽莎白港的一户人家帮工，那家的夫人教会我弹钢琴。”

迪娜愣了一下，看起来就像是音乐里的休止符。

“你不必称呼谁做‘夫人’和‘老爷’，”她声音有点异样，“她教过你，但并不因此就能凌驾于你之上。”她蹲下身子注视着我。我看到了她蓝色头巾下的抬头纹。“我们吸收白人教给我们的东西，让自己进步，但这并不意味着我们会对白人卑躬屈膝。”她目光闪烁。“我们不会卑躬屈膝！”这让我想起了蒲麦尔太太在克莱德克公馆后院的栅栏旁说过的词“隔离”，那时她的语气同样激烈。

“总有一天，玛丽，”我们挽着手一起步出礼堂，“我们也会直呼白人的名字，会的。”我不禁吸了口气，她朝我点点头。“就像他们直呼我们的名字一样。这根本没什么让人觉得羞耻的。”

“我怎么能叫夫人‘凯瑟琳’呢？”我自己嘀咕。

“凯瑟琳？这么说……”迪娜点头。

孩子又踢了我一下，一阵眩晕让我跪倒在地上。一定不能让人知道！一定不能让人查到一位叫凯瑟琳，又会弹钢琴的夫人！希望迪娜没有听到刚才的那些话，不会把它带回到克莱德克公馆。我努力想要站起身，可周围的墙好像都在向我挤压过来。这感觉就像当年身处白人的教堂，菲尔少爷上了天堂，管风琴在低泣，夫人和老爷不再相互扶持，不再相互安慰。

“没事的！”迪娜轻声说。她蹲下身子，伸手搂着我的肩。

“海南博小姐？迪娜？”

“我很抱歉，先生。”我深深地吸气，想要平复自己的恐惧。达米斯先生关切的脸出现在我眼前。“不会再有事了。”

“带玛丽回家去，”达米斯先生低声说道，“让她好好休息，等好了再回来。”说完转身回了自己的办公室。等他关上办公室的门，我便对迪娜说：“我可以自己回去。”我不想她看到姨妈家的糟糕状况，也不想她知道更多的情况。如果姨妈刚好在家，又直呼我的真名艾达，这该怎么办？

迪娜摇了摇她包着头巾的脑袋，牢牢抓着我的手，带我走过草场，走出了学校。大鱼河在静静地流淌，洪水泛滥的余韵仍在持续。

“谢谢你，”走进姨妈家所在的那条街道时，我对迪娜说道，“我从这儿就可以自己回去了。”可迪娜还是置若罔闻，直到我领着她一路走到姨妈棚屋的门口。

“我家没有牛奶，所以没法给你上茶了。”我坐在自己的那张席子上，想把姨妈的小床让给迪娜。她站在门口，眼睛慢慢适应屋子里的黑暗，就像当年我和妈妈来看姨妈时经历过的一样。

“这不是你丈夫的床吧？”

“我没有丈夫。”

她打量了我一眼，然后目光又一一掠过锈迹斑斑的炉子，挂着我和姨妈毛巾的铁钩，堆积如山的脏衣服和破旧的水壶。

“我看能不能给你弄些果酱。为了孩子，你得让自己的身子骨强壮起来。”

第二十四章

“姨妈，”我吸了口气，“醒醒，姨妈，宝宝要来了！”阵痛从腹部蔓延到整个背部，我疼得叫喊起来。

疼痛已经持续了好一会儿，我能感觉到自己的后背已被冷汗湿透。正是深夜，我不大看得清姨妈的动作。她胡乱地套上外衣，伸手去摸放在床边的蜡烛。划了根火柴，把蜡烛点上，姨妈这才转过身对着我。

“我去叫医生！”她声音沙哑，抬腿从我身上跨过去。“把这个放在脸上。”她从一堆湿衣服里扯了了块布出来，把它敷在我额头上。

我侧身躺在地铺上，看着姨妈跌跌撞撞地冲出了棚屋。敞开的大门外，附近的棚屋影影绰绰，天空中繁星点点。这让我想起了克莱德克公馆，晚餐之后出去晾晒餐布时总能看到外面的星空。弥漫着炊烟的黑人城区里是极少能见到星星的，所以，此刻不是深夜，就是凌晨。阵痛又一次袭来，我在地上蜷起了身子，星星变成一片模糊。

“嘘，嘘……”有个声音在耳边低语，有人压了下我额上的湿布，就像我照顾菲尔少爷时那样。

“普皮尔？”

“是我，孩子。医生马上就到！”

“我不过是做了自己觉得该做的，普皮尔。”

“嘘，孩子，抓着我的手。”

“那是我的本分。”我喃喃自语，老爷那张孤独落寞的脸浮现在眼前，黄昏时飘荡的《月光》，琴键上随着手指舞动的紫色夕阳……“我会得到宽恕吗，普皮尔？”

“嘘，嘘，侧身躺着。”

“不能让夫人过来。”我挣扎着坐起身子，普皮尔按着我的双肩，让我重新躺下。

门口来了个人，不是夫人，是那个一直善待我的医生。他跪在我身边，让我平躺过来，伸手摸了摸我的肚子。

“烧水！”他对回到屋子里的姨妈说道。她和普皮尔立刻在煤油炉子前忙活起来。“给我张干净床单，给艾达铺上。”姨妈略一犹豫，即刻就从叠好的干净衣服堆里抽出一条床单来。医生帮我慢慢地侧转到一边，把床单的一边在我身下铺好，然后帮我转回来，把另一边铺平。

阵痛平息了一会儿，烛光下我看到了姨妈和普皮尔那沧桑的脸。普皮尔见我看着她，就又握紧我的手唱起歌来，像河边的洗衣妇女那样。为了驱走疼痛，我试着去抓住她歌声里的调子，那调子，听着像是D小调。我还想听出音符的长短、音符间的停顿……

可不一会儿，疼痛再次袭来，我又一次蜷在地上叫喊起来。

“我会得到宽恕吗？”我气喘嘘嘘地抓住了医生的手。“上帝会明白吗？”

“专心想着孩子。”医生说完把我的手交给普皮尔，不理会她一脸的不解，转身打理热水和布条去了。蜡烛燃尽，只剩轻烟缭绕，棚屋陷入一片黑暗。姨妈从她床底的铁盒子中扒拉出另外一节。

“夫人……”我呻吟着，下身被一种奇怪的力量所控制。我感觉到孩子不断向下挤压，想要来到这个世界。医生移开我的腿，朝姨妈和普皮尔点点头说：“孩子要出来了。”

姨妈在身后抱紧我，抬起我的上身，让我靠在她怀里。普皮尔抓着我的手，嘴里还在哼着歌。医生就跪在我两腿间，忽然一股下压的钝痛穿透我的身体，我哭喊着希望一切能就此结束。夫人的琴声如一阵风从克莱德克公馆一路刮到黑人街区这里，老爷那辆汽车的车灯如野兽的双眼在黑夜里闪烁，一直照进这漆黑的棚屋。

“走开！”我狂叫。

姨妈在我耳边低叱，我听不清医生在说些什么。

“就快出来了。”医生说道。普皮尔给我擦了擦额头上的汗。

疼痛和重压让我呼吸急速，整个身子被撕扯着，仿如着火一般。忽然，医生挪开了他的手，那股重压一下消失了，一股热流冲出身体，他从我腿间抱起了一小团红通通的东西。“一个健康的女孩！”他微笑着把孩子抱过来，用姨妈那些干净的布单将她裹好。疼痛渐渐褪去，夫人那激越的琴声愈飘愈远，潜伏于暗夜中的野兽也消失于门外。

医生将宝宝放到我怀里，我低头细看，那张小脸确实如医生之前所说的那样肤色浅淡，双眸如水样的夜空。她张开小嘴，声音洪亮地大哭起来。我的手指一路划过她的小鼻子和小嘴，那小小的唇瓣想要将它吸住。医生赞许地朝我点点头便起身离去。姨妈和普皮尔都愣在那儿，目瞪口呆地盯着这刚刚降临的小生命。

* * *

孩子出生的那晚有普皮尔和医生在场，所以姨妈什么都没说。医生收拾东西时，她就呆呆地坐在自己那张小床边。普皮尔徘徊在门口，视线不停地在姨妈、我和孩子身上溜来溜去。

“要多喂奶，”医生轻轻拍着我的肩膀交代，“这样你很快就会来奶了。”

“谢谢您，”我两眼含泪，“谢谢您帮了我这么大的忙。”

他点点头，拎起自己的包，躬身走出了门口。姨妈挪了挪身子站起来，跟在他后面走了出去。我听到他们在低语，于是看了普皮尔一眼。她恍惚中笑了一下，目光落到我怀里的孩子身上。

“我会得到宽恕吗，普皮尔？”

她犹豫了一下。医生和姨妈还在门口说话。“只有上帝才有权宽恕，孩子。你得问他。”

包在布单里的孩子扭动着，我把她搂紧了些。她那张小嘴急切地吮吸着，靠着我胸脯的细嫩脸蛋如奶茶般浅褐。我祈祷她无论如何还是要爱我，虽然是我给了她这般尴尬的肤色。

姨妈回到棚屋开始噼里啪啦地收拾医生用过的那些布单，不跟我说一句话。普皮尔嘀咕了句“再见”，就悄悄出去了。

“谁干的？”姨妈转过头来质问。她把那些染了血渍的布单朝我扔过来，像是在拿它们撒气。天渐渐亮了，我此刻能清楚地看到她的脸。目光如刀子般锋利，怒气让她攥着被单的手不住地发抖。

“这已经不重要了。”我清了清嗓子，知道这不过是今后众多征战中的第一役。“孩子的肤色无法改变。”

“你都不知道丑字怎么写？”刚才生孩子哭喊时她也这样对我低叱。说不定在那会儿，她就已经心生疑虑。

“我自觉羞耻不是一天两天了，还有什么比这更糟的吗？”

她哼了一声，把剩下那些布单都收拾到一起。“你还不知道什么是更糟的。但愿圣母玛利亚永远都不会看到有这一天。”把那摞被单扛上肩膀，她弯着腰挤出了房门。

我独自静静地待在棚屋里，听着大街小巷渐渐苏醒，为自己的孤苦无助哭泣。妈妈生我的时候还有夫人陪着，可我，却只能独自面对这孩子的到来。

如果夫人不在时老爷来找你，妈妈，你会怎么做呢？如果他那样站在你的面前，两眼无光，充满失去菲尔少爷的痛苦、夫人离开后的孤单？如果他伸手按住你的肩膀，许诺绝不会给你任何伤害？

你会忍心拒绝吗？

妈妈毫无疑问能明白职责与忠心。可在这件事情上，对老爷尽责与对夫人忠心怎么都不在一条线上。迁就了一方就意味着对另一方的背叛。妈妈最终也得做出选择，就像我一样。可她会选什么？如果她选择回绝老爷，那是否会让她丢了工作，没有了家？

睡在我怀里的孩子就是我的选择，她正抽着鼻子，咂吧着小嘴。过了一会儿，我觉得口很渴，便从地铺上一点一点地挪到炉子那边。壶里还有些水，现在都凉了，我一口气把它们喝光。现在我必须得到公用水龙头那去接点水，把之前接生时姨妈给医生准备的开水补回来。我还得学着用毯子把孩子背在背上，这样明天才能回到学校，面对校长、迪娜、赛弗、维罗妮卡，还有学生们。此外，我还要面对林笛薇和河边的洗衣妇们。我要抬起头来，忘却羞耻，就像自己一直学着埋葬克莱德克公馆的那段岁月，忘掉自己对夫人的亏欠，虽然这恐怕得招人误解，但我无论如何得让达米斯先生发现留下我有用。

我把孩子放在地铺上伸手去拿自己的外套。整个身子感觉无比僵硬，好像刚刚被使劲掰过一样。这会儿我可真想念克莱德克公馆的热水。以前一忙完早间的清洁打扫，就能享受热水流过脸颊和头发的畅快；换好衣服，我就会上楼去给菲尔少爷念书，巴望着他一天天好起来……

打满一桶水，除了烧水、做饭，还可以剩下些简单冲洗一下。我得赶紧动手，要不然姨妈回来就得赶人了。穿上罩衫，我另拿了一块布单把孩子裹好——那张浅肤色的小脸在包布的映衬下是那么显眼，根本无法隐藏。穿上那双破烂不堪的皮鞋，我拿起了水桶，刚刚生产完的身子还在疼痛。

天还早，这是和女儿在一起的第一个清晨。明晃晃的月亮还挂在浅灰色的天空上，缕缕轻烟飘散其间。街道上已经是影影绰绰，一道橙红的霞光缀在天边。我左手抱着孩子，右手提着水桶沿路走去。不是男孩，是个小女孩。

那我就叫她晨曦。

对于找到艾达，我现在几乎不抱任何希望。

六个月过去了，可她还是毫无踪迹。

大家都说，这其中包括爱德华，对女仆有垂爱关注之心愚不可及，尤其还是个背主逃跑了的。可我对她就是有这样的感情，从她出生那一刻，我自弥莉安手里抱起她时，这份感情就一直存在。

经过几番周折，多次书信来往，我才终于得到了亲爱的弥莉安在卡瓦扎科勒安葬的那个教堂确切的名称。那里的神父给我回了封信。他说他记得艾达，可打那之后就没有任何她的消息了。他还提到他为弥莉安竖了块小小的墓碑。

虽然爱德华不会同意，可我还是要去弥莉安的安息之地看一看。我视若己出的艾达呀，让我把这当成一种爱和敬意的表达吧。

我一定要想办法。

第二十五章

天刚蒙蒙亮，我走在那条土路上去打水。不知道此刻天上的菲尔少爷他看到了些什么，对我犯下的罪孽他会怎么想。还有此刻我紧抱在怀里的混血宝宝，他会不会讨厌我，恨自己的父亲？显然这些问题都毫无意义。如果他还活着，即使夫人去了约翰内斯堡，老爷也不会到我房间里来。正是因为菲尔少爷不在了，夫人也离了家，这才将老爷的脚步引向我房间外的走廊，让他敲响了我的房门，让羞耻的烙印与我终身相随。可如果菲尔少爷还活着……

如今当我回首当年的岁月，回望那个一手抱着自己刚出生的女儿，一手提着水桶走在土路上的女孩，我突然意识到自己对所谓肤色的问题一无所知。在克莱德克公馆的高墙之内，我鲜少想过这个问题。可这高墙之外的世界却是黑白分明的，混血儿是其中让人尴尬的存在。我原想自己也算深谙这颜色的等级之分，无论如何也能苟且活在这个蒲麦尔太太唾弃的“种族隔离”的世界里。可住到河对岸之后，我发现自己错得离谱。这里还有更深层面的东西存在，它隐藏在黑、白或混血这肤色之分的表象下，它影响的不仅是我和我的孩子，它隐藏在每个有血液交融的家庭之中，你甚至无法在任何一本字典中找到一个词来描述它。

这股力量悄然繁衍强大。它蔓延到我们周围人的心里，让他们彼此诟病，让知己良朋反目，让家庭分崩离析，让素昧平生之人兵戎相向。无论我如何退让隐忍，它依旧蚕食人心。这母与子间不同的肤色，它的力量令人生畏。

于我而言，这会是一场战斗。它不是夺去菲尔少爷性命的那种真枪实弹，也不是市长大人在市政厅演讲时提到的主义冲突，那是种离散人心的隐秘之战。这是一场注定没有输赢的战争，我对此毫无准备。走在这坑坑洼洼的碎石路上，跌跌撞撞地要去取水之时，我不禁在心中泣问我主圣父：

这场肤色之争中您站在哪一边？

您判定我与老爷之间的罪是源于这黑与白无法匹配的肤色，还是说这场孽始作于我对夫人的背叛？

“艾达！”

“艾达！”

我的视线从晨曦的小脸上抬起。此时天已大亮，清晨寒凉的空气中飘荡着玉米粥的味道。这气味已不像怀孕初期那般让我反胃。离街角那边的水龙头不过只有几步远了，可此时我的两腿僵硬得几乎再也迈不动步子，就像菲尔少爷当初那种无望的挣扎。

“艾达！”林笛薇用力地握住我提着水桶的那只胳膊，把我拉住。她利索地将扛在肩上的那摞衣服换了个方向。“是宝宝呀！”她吸了口气，探过身来看。

我点点头把晨曦递给她看。林笛薇的脸——她那双明锐通透的眼眸，她的额头，无论是平滑还是皱着——总是能让我一眼看清她的想法。我们一起学认字那会儿，她那张脸蛋总能清楚地告诉我她懂了没有，我是否没有把问题解释清楚。林笛薇的脸是我学习做个好老师的第一本指南。

她此刻就站在我身边，双腿微弯着支撑肩膀上的重压。她仔细打量我手里的小人儿，对她的反应我可以说是又期待又害怕。我们周围的街道已经迎来了白天里的第一波声浪，这里无时无刻都充满了争与斗。女人们争先恐后地挤过来排队打水，远处传来火车离站时尖锐的汽笛声。

“噢，艾达！”林笛薇倒吸了一口气，满脸的恐惧与不可置信，就差没有拔腿就跑。“艾达，”她注视着我的脸，“怎么会这样？”

我抬眼看了看四周。一个男人赶着羊群走过，洗衣妇们正往大鱼河边赶——我会耽误了林笛薇，害她占不到好的洗衣石。一群男孩蜷缩在忽明忽暗的火堆旁。这会儿在克莱德克公馆，夫人新雇的女仆该去大门口取牛奶了。

“不过是尽自己的本分。”我回答。

“可谁有权能这样做？”林笛薇的语调突然变得尖锐。

“我不能说。”

她低头看着晨曦，小家伙睡得正安稳，小嘴在自己最初的梦境里咂巴着，她的皮肤是大鱼河水般的颜色。

“你有什么打算？”她喃喃地问。

“我要留下来继续教书。”

林笛薇吸了口气，我知道她心里在想这里面得过多少关卡。“你姨妈不知道你的打算吧？”

“不知道。如果不行我就另找个地方住。”

她摇了摇头，放下了一直紧攥着我胳膊的手，我之前一点没注意到。“一切顺利，艾达。”她最后说了一句，语气带着一丝善意，声音几乎湮没在周围愈发嘈杂的人群中。她将肩上的衣服摞换到另一边肩膀上，继续往河边去了。

“你还会做我朋友吗？”我问。

林笛薇掉转视线，好像马路上有什么东西吸引了她。就像夫人，每每与老爷意见相左时都会看窗外，看向爱尔兰的方向。一个光脚的小子挤了过来，一头撞到我的水桶上。

“小心点！”我喊了一声，把晨曦抱紧。

“我就知道这里面有些事情不对劲，”林笛薇低声说，“你从来都不会谈起那个男人。”

“你还会做我朋友吗？”我又问了一遍。

“我还是你朋友！”她说完转身朝河边走去。不一会儿，那壮实的身影就消失在我的泪眼之中。

我排队接好了水，把晨曦抱紧不让其他人看到她的样子。没人注意我，不少女人背上也背着小孩。等回到姨妈的棚屋，我就试试把她包在毯子里绑在身上，这样我洗起东西来就能自如些。万一姨妈嫌我给的钱不足以让她忽略我孩子的肤色，那我打包走人也方便些。说不定医生认识些人，他们能对我的处境施予怜悯和理解？我并非寡廉鲜耻之人，只不过一心想着尽忠报答。

我得换件干净的外衣，把晨曦背好然后去学校。一天不去都是不行的。可如果达米斯先生不要我继续当老师怎么办？如果想证明自己的努力都落空了呢？如果自己在音乐上的才能都不足以弥补孩子肤色的特别呢？对学生来说，我肯定是个再糟糕不过的榜样。如果真有人这样想，我大概也没什么可辩驳的了。

我提起重重的水桶往回赶，回去的路可真不是一般的艰难。水桶比晨曦还沉，我半边身子向右倾斜。半路上我不得不停下来喘口气，这一路还泼了不少的水出来。

第二十六章

我鼓起勇气敲了敲校长办公室的门，这有点像我第一次到学校来见他时的情景。达米斯先生通常工作到很晚，他应该会在办公室。

“进来。”他从一份摊开的文件中抬起头来。他不是一个人在办公室里，对面坐着手舞足蹈的副校长西拉斯。

“玛丽！”看到身上缠着毯子的我，他们俩都忽地站了起来。

“一定是个男孩吧，”西拉斯激动地大声嚷嚷，“只有小子才扛得住那么些闹哄哄的音乐！”

“不，先生，是个女孩。我叫她晨曦。”

西拉斯拍了拍手，然后过来握着我的手上下摇晃。校长咧嘴笑着从桌子后绕了过来。除了好心的医生，他们是第一批真心实意向我道喜的人。“真是个好听的名字，”他说，“好了，西拉斯！你该回家歇着了，马上。”西拉斯正跑到我身后，一心想好好看看包被里的晨曦。

“学生们还可以等那么几天时间，等你恢复得好一点。”达米斯先生微笑着继续说道。

这时我听到身后的人深吸了一口气，感觉西拉斯的眼光落在了我脖子上，然后对上了我的眼。

“玛丽！”他伸手抓住我的胳膊，“你怎么能这样，背叛自己的种族！”他本来还想嚷嚷些什么，可他飞快地瞥了一眼校长，仿佛被什么烫到般甩开了握着我胳膊的手，一阵风似地冲出办公室，房门“砰”的一声在他身后合上。

达米斯先生一脸疑惑地看着他的背影，然后转过身来盯着我。我对自己说一定要坚强。这就是那一直伺机进攻的敌人，这就是我自己要面对的一场战斗。

“关于这孩子，我有些话想跟您说，先生。”

达米斯先生还没有细看晨曦。他还没有看到她的脸，还没有感觉到她的肤色所彰显的那种疏离。

他略有些犹豫，然后开口说：“没这必要，玛丽。”也许他疑心的只不过是我没有个丈夫。说不准在去过姨妈家的棚屋后，迪娜已经把情况告诉过他。我希望事情能就此了结，希望自己不过就是个遭男友遗弃，不得不带着个私生子的普通女孩，就像妈妈，或者像罗斯小姐那样？

“不是有没有丈夫的问题，先生。是这孩子的肤色。”

他定定地看了我一会儿，有点被我和西拉斯搞糊涂了，于是他不情不愿地走了过来，看了眼晨曦露在毯子外的小脸。我两眼直视前方，不想看他的脸，不愿再看到那种厌恶的表情。

他桌面上的文件叠放得整整齐齐，收拾得就像老爷那张安放在克莱德克公馆的书桌一样。课表贴在座椅后面的墙上，锈迹斑斑的铜质衣帽钩上挂着一件领口已经磨损了的褐色夹克衫。窗外的后院里，维罗妮卡的鸡在草地上闲逛啄食。达米斯先生回到书桌前坐下，双手合十看着眼前的那堆文件。我感觉到晨曦在动，于是摇晃了她一下，让她的脑袋能贴在我背上。在她抽动的小鼻子和达米斯先生低垂的脑袋之间悬着我的未来。

“我知道这是桩罪孽，先生，我祈祷有一天上帝能够宽恕我。可我想请求您……”就像来这里求职的那天一样，乞求的话语就这么倾泄而出。

他抬起头来。

他脸上没有我害怕看到的愤怒——西拉斯和姨妈那样的反应——相反，我看到的只有怜惜。

“你无需乞求，玛丽。”他静静地说，“如果我能说了算，你的工作可以保得住。可身为教师，我们得作表率。有些人不会想让你继续在这里待下去。”

看着我在不断袭来的虚弱中苦苦挣扎，他走过来将我扶到墙边的椅子上坐下。我身子前倾坐在那儿，想要护好身后的那一团脆弱。

“你还有什么需要告诉我的吗？”他的声音轻柔。

我抬起头，有点迷惑不解。这是什么意思，他还想知道父亲是谁？我不敢告诉任何人，害怕万一有人会寻到克莱德克公馆和夫人那儿。

他斜靠在桌子边上。“我的意思是，还有什么——”他皱着眉头，想找到个合适的词，“困难，就孩子的父亲这边？”

“哦，没有，先生。”能给出个没什么漏洞的答复让我松了口气。“孩子的父亲永远都不会知道这件事。”

他看着我，心里有点拿不准。我知道他对这孩子的情况有些疑惑，不知道我是因为情网深陷而不惜逾越“肤色的界限”，还是为人所迫失了贞节。

我用尽气力站起身。光有达米斯先生的同情保不住我的工作，决定权在于其他老师，在于他们怎么看待一个和白人男子犯下罪孽的黑人妇女——不管让她犯下罪孽的情形如何。我一定要回到教室去，我不会给他们任何理由将我辞退。我背上的孩子是无辜的，可即便如此，她还是会暴露我，挑战所有看到她的人。

“我要到我的班上去，就现在，先生。”我双手紧握在一起，掌上尽是在户外洗衣留下的粗糙。我的心也要长出这样一层厚厚的茧子。

“你的身体能行吗？”

“可以的，谢谢您，先生。”我抬眼看向他，看到那洗得泛白的衬衫，看到他那张满是担心的脸。我犹豫了一会儿问道：“这样，其他老师没什么意见吧？”

他摇了摇头，挪动了下桌面上的文件。“我说不准，玛丽。那是场你必须面对的战斗。”

我不知道艾达是否还弹琴？

我记得她弹奏的《雨滴》，还有德彪西。我通常能通过这些乐曲传递快乐，而艾达却能展现它们的光芒。我追寻的是婉转哀思，艾达发掘的是一种心跳……

我很快就要去卡瓦扎科勒一趟。

经过一些私下的斡旋，我让教区神父的妻子安排了一次到伊丽莎白港外的友好教区去参观。我们的妇女参观团将由神父和他所在的教区委员会带领。这次活动的目的是建立本地与友好教区的联系，寻求更多的方法帮助那里的贫困妇女和儿童。

私下拜会过神父后，爱德华勉强同意我去参加这个活动。我并不奢望此行能了解到更多艾达的消息，但能去看看弥莉安的墓地，我会在那里为艾达的平安祈祷。

我坚信她还活着。

我打算在回来之后扩大调查的范围。

第二十七章

“滚！”一回到棚屋，姨妈就朝我挥手咆哮。她包头的布巾歪着，外衣也因为在河边弯腰洗衣而变得皱巴巴的。“收拾好你的东西就滚出去！”

她已经把我的箱子拖到了门口。地铺上的垫子已经被她卷起来，打从几个月前到黑人城区时起，我就一直栖身在那上头。普皮尔在自家棚屋的背阴处看着，不过她没有出来打圆场。

“我会走的，”我回答，“不过先得让我喂了晨曦再说。”

我弯着腰，双手颤颤悠悠地解下背上的孩子。她闭着双眼大声啼哭，嘴巴大张着，像是在抗议姨妈的刻薄。我拉开外衣，把她抱紧到胸前。她的眼睑颤动着，小嘴啜起，舔舐乳头，我感觉到她的吮吸和自己身体的反应。我不清楚是姨妈的暴怒还是我的紧张让她此刻能大快朵颐，不过医生说了要我经常喂奶，这会有助于乳汁的分泌。

“孩子的父亲是谁？”姨妈两手叉腰站在我旁边。

我没吱声。如果告诉她晨曦是我该尽的本分，她肯定猜得出老爷就是孩子的父亲。我和其他白人男性不存在什么义务上的关联，这方面姨妈可精明得很。

“如果是被强迫的，那就得照直说。女孩子被人用了强多少还有人同情。”

我仍旧一言不发。落在我们中间的只有晨曦的吮吸声。还在我肚子里时，她就是我和姨妈之间距离的填充。

“我回来时不想再看到你。”最后姨妈只得大喊一声，扛起一摞洗干净的衣物，出去送货了。

晨曦睡着了，小嘴松开了我的乳头。我把她举起来，拍了拍她的背，然后又把她裹好，绑到背上。把孩子打理好，我这才跪下身子打开衣箱，看看自己的钱和通行证是否还在箱底。我的手抖得厉害，不仅弄皱了那张证件，还弄乱了剩下的钱。我把挂在姨妈面巾旁的毛巾拉下来收进箱子，现在这里再没有一样东西是属于我的了。

“艾达？”是普皮尔！她在暗处看着我。“我给你准备了些尿布。”她递过来一沓有点旧但很干净的布片。

“噢，普皮尔，”我握着她的手低声说，“你太好了，我真的不配。”

“你要去哪里？”

“我有个朋友，”我提起箱子，带着一种从未有过的勇气说道，“我指望着她也像你这般好心肠。”

普皮尔犹豫了一下说：“过一阵子就回来看看你姨妈。她会醒悟过来埋怨自己太莽撞。”

于是，在晨曦出生的这一天，我又一次在镇子里穿街过巷。我的双腿僵硬得几乎迈不动步子，沉重的箱子让我双臂酸痛，我的背也还没有适应孩子的重量。这些都不算什么，因为我知道这还算是简单的部分。艰难的是我要过到河对岸，去投奔住在布里尔街的林笛薇。如果运气好，河水水位不高，我可以在十字街那边蹚水过河。如果不行，那就只好走那条我曾发誓今生不会再过的铁桥。如果自己最终能在布里尔街安顿下来，那我往后每天都得这样往返，因为学校和林笛薇的家分别在河的两岸。如果我和孩子要活下去，这河就非渡不可。

我忽然想起了自己生平第一次的长距离跋涉——手里提着衣箱，肚子里怀着晨曦，除了洗衣谋生，脑子里对将来没有任何打算，当时就这样离开了克莱德克公馆。害怕被发现的恐惧再次袭来，我赶紧扭过头，生怕万一与刚好开车路过的夫人、老爷打了照面。

日渐黄昏，街上人来人往。陌生的人潮已不再像当初那般让我感到惊恐不安，细听那首粗犷的《街市巴赫奏鸣曲》，支撑着疲惫的身躯，我背着孩子，提着衣箱穿过涌动的人群。孩子们滚动着铁线圈，在人群里冒冒失失地蹿来蹿去。晨曦到了这般年纪时会和什么样的人一起玩耍，谁会愿意做她的玩伴？

这天的运气还不错，可以蹚水渡河。我在岸边脱下自己那双已经破裂的鞋，这是我唯一的一双鞋子了，我不想把它们弄湿。土黄色的大鱼河水在脚边静静地流淌，就像克莱德克公馆洗衣房的水龙头里流出的水那般冰冷。

林笛薇不在家，我只好放下箱子，瘫坐在她的棚屋外，总算能歇口气了。她家的棚屋离那所以严格著称的圣詹姆斯学校不远，学校里飘来了唱诗班吟唱《甘露》的歌声。他们后来又唱了一首拍掌应和曲调的非洲歌曲，我应该也编一首合唱的曲子。除了让我班上的那些孩子们随着钢琴曲跳舞，我还应该教会他们唱歌。

林笛薇家的棚屋比姨妈家的要新。茅草屋顶厚实得多，屋子的一边还开了个小窗，虽然边不平整，但那上面嵌了块方形的玻璃，让整个屋子明亮许多。我在迷迷糊糊中想，自己能给林笛薇的不仅是房租，我还可以教她读书写字，这样她也不用想着要给我学费了。等一会儿她回来我就这样跟她说。这是我的计划，也算是个谈判吧，我坐在那儿自言自语。从菲尔少爷那里学到这个字眼后我才明白，生活中原来有那么多的事情需要谈判协商去解决。

几个光着脚的小子跑过我身边时都盯着我看，他们穿着皱巴巴的衬衫和灰色短校裤。他们许是感到奇怪，天变得越来越冷，我怎么还抱着个孩子坐在林笛薇家门外的地板上。一对男女在孩子群中蹒跚而过，不知道在吆喝些什么，声音里满是醉意。我转过头去。唱诗班的歌声已经消失，太阳西下到棚屋的后面，在地面上投下长长的阴影。看着这越来越长的阴影，我想起了菲尔少爷卧房，只有透过窗帘间的缝隙投射到地板上的阳光才能间或驱走那一室的黑暗。有一次我们在读《远大前程》时，阳光透进屋里，落在他的床上。少爷将手指伸到这金色的光芒里说，我应该已经清楚他内心里像皮普的那份东西是什么。那时的我并没有多想他话里的意思，因为深知自己无权去探究。可现在想起来，我真的应该多想一层，那样他也许会因此得救。

“噢，少爷。”我喃喃低语，再也无力去抗拒孤独的深井。“原谅我吧。”要领悟这些东西到底得冒多大的风险？即便是之后经历了那么多的风雨，我还是无法接受他那番话要传递的思想。这太危险，出于本分我和老爷做了那些事，可转到菲尔少爷身上，那会是完全不同的东西。

“艾达？”林笛薇站在我跟前，肩上扛着沉重的包袱，胳膊和脖子上的青筋都冒了出来。

“我只待一小会儿。”我急切地说道，挣扎着想要站起身来。裹在毯子里的晨曦在我背上啼哭了一阵，然后又安静下来。“我会付给你房钱，把自己会的全都教给你，分文不取。”

“噢，艾达。”她卸下肩上的东西，一屁股坐了下来。我也在她身旁蹲下身子。这会儿她不再回避我的眼神，她的眼睛里不再有犹疑，只有疲惫。“我怎么会回绝你呢？”她朝屋子里挥了挥手，“只是这里太小了。”

“谢谢你，”我深吸一口气抓住了她的手，“上帝会保佑你的！我一定不给你添麻烦。”

今天一大早就已经收回去了的眼泪此刻忽然涌了出来。林笛薇依偎过来，靠着我也在低泣。她说她一整天都在恨自己，今天早上居然用那样的态度对待晨曦。

“我不知道自己该不该这样做，”泪水与宽慰交织在一起，“我对自己爱的人犯下罪孽，让我主圣父不安恼怒。”

“嘘，”林笛薇压低了声音，抚摸着我的胳膊，“那些都过去了。如果你能在孩子身上花心思，让她将来更好地侍奉上帝，他会宽恕你的。”她顿了顿，脑门又皱了起来，我知道她这是在绞尽脑汁想着该怎么说这话，平时我们学识字时她也是这般。“上帝和那个白人男子不一样，他不会因为你的所作所为而迁怒于晨曦。”

我沉思了好一会儿，直到夜色笼罩过来，四周变成漆黑一片。我身子开始变得僵硬。这大抵也是我所期待的吧，我这辈子也许都会背负罪孽，可我还能通过晨曦去信奉我主。无论如何，上帝毕竟不会惩罚一个孩子。可夫人那边要怎么办？从晨曦身上我说不定可以获得主的宽恕，可自己无论如何也没法乞求夫人的宽恕。

附近的棚屋里已有烛光在摇曳。一个女人正在给孩子唱《摇篮曲》，仿如妈妈曾在我床边的轻唱，将来有一天我也会唱给晨曦听。布里尔街的另一端，克莱德克公馆里的灯光在前院的树影中若隐若现，夫人此刻该是在客厅和老爷相对而坐吧。灯光照着她戴在领口的胸针，也许是那枚绿色的，说不定——仍旧还是菲尔少爷的那枚军章。

“她真漂亮！”林笛薇拉下毯子，细细地打量晨曦那张熟睡的小脸。“终有一天，你会为她感到骄傲。”

* * *

晨曦出生之前，我已经初步和学生们达成协议。这协议事关我们的课程，与和姨妈达成的那种金钱方面的协议完全不同。除了给孩子们弹些欢快的曲子外，我想有些突破，不过得尝试着一点一点地推进。菲尔少爷曾给我教诲：谈判和协商，尽管不涉及钱，都相当费时。所以我不断地给他们弹奏，期待着有一天，他们能在上课时安静下来，听我讲一讲他们那么热爱的那些舞曲里蕴含有什么样的意境。这就是我们的协议：听一会儿课，然后可以尽情跳舞。

事实是我根本无需费神去获取自己想要的安静。晨曦成了我的终极武器。一看到孩子的肤色，学生们所有的淘气都一扫而空。“大家听说过贝多芬吗？”我对着突如其来的安静向他们提问，接着弹出了《英雄交响曲》的第一段。他们呆呆地望着我，彼此对望，又飞快地瞅了一眼我背上的娃娃，然后收拢心神听起课来。孩子们于是了解到贝多芬失聪，可还是谱写出许多美妙的乐曲。他们还发现原来许多音乐家也像他们出生贫苦，像他们那样曾经挨饿，也和他们一样在音乐中得到快乐。他们当中很多都是社会的弃儿。晨曦的肤色，也会让她成为一个被排斥在外的人——这多少让她成为我那些故事的备注，成为每堂课结束前我弹奏的那些乐曲的和音，那些乐曲总能让整个课堂充满生机。

一直让我担心不已的嘲弄和歧视并没有出现。相反，晨曦的出现给我带来安宁和鞭策，让我的教学提升到一个新的水平。现在我都是先讲课，然后再给这些全神贯注的孩子们弹奏。他们毫无异议地接受了这种新的安排。

这次成功的尝试让我决定继续推进自己的计划。自从听了圣詹姆斯学校的合唱，我开始给孩子们弹些适合演唱的曲子。我在孩子们到教室前把歌词写在黑板上，如果他们愿意就让他们跟着唱。这里面有充满激情的曲子，像《欢乐颂》，也有夫人过去常唱的那些关于爱尔兰的轻快小曲。一开始他们还只是跳舞，到后来他们也开始跟着唱。从开始的毫无章法，到后来带着自己的理解和感情，虽然他们都像我一样，从未到过那些他们在歌曲里传唱的那片土地。

“噢，丹尼小子。”孩子们低声吟唱，在学校的喧闹声中寻觅一丝轻柔。“风琴，风琴在吹响……”仿佛声音能将我们带向远方。

我当然无法自欺欺人，周围还是有不少闲话和私下里的耻笑。不过在教室里，我能赢得自己的学生，音乐的吸引力远胜于某个老师的闲言碎语，即使她不是和自己的族人而是和一个白人男子一起犯下罪孽。只要我能用音乐和故事吸引他们，我孩子的肤色压根就不会有人理会。如果姨妈，还有我的同事们也能这样看问题就好了。

* * *

晨曦降生到这世上的第一年恰好是个少雨干旱的年份。除了飞扬的褐色尘土、蒸腾的热浪、令人作呕的厕所和愈发长的打水队伍外，这样的天气对我而言另有一番重要意义。

这意味着河道一直可以通行。

这意味着从城区布里尔街这端的林笛薇家到学校去时，越过浅浅的河床就可以通过大鱼河。我只需脱下鞋子，从河道中蹚水而过。这意味着虽然我与老爷和夫人同住在河岸的一边，他们却不大有可能会遇到我。这样我就可以安然地站在远离布里尔街的地方，不去靠近直通铁桥的教堂大街，还有坐落在敦德斯大街上的克莱德克公馆。

即便我竭力让自己不现于人前，可我的黑皮肤还是无可遁形。就在晨曦出生的那段时间前后，国家的当权者出台了许多与肤色有关的新法令。有些规定我略知一二，比如黑色人种的地位低于白色人种，还有诸如只有在某地出生，生活了相当长时间，当局才会允许你拥有在当地的居住权。我疑惑的是，还有一条法令说白人男子和黑人女子上床非法。

我对这个规定在上帝眼里是否公正早就心生疑虑，可直到后来我才知道，在这个国家如果这样的事情被发现你就得去坐牢。我不清楚身居克莱德克公馆的老爷，当他站在我的房门外说自己不会伤害我时是否知道有这么一条法律？如果知道，是什么让他甘愿冒如此大的风险？难道那种孤独强烈到让他不惜一切，不管是坐牢还是让自己与夫人的名誉受损？这样看来，我离开对他而言说不定是件好事。

妈妈经常说监狱这东西，即使你是清白的，可也说不准什么时候就会惹上无妄之灾。我小时候还怀疑这话到底有多少是可信的，可现在看来妈妈比我原先想的还要睿智。她很清楚这个国家将要发生什么事情。现在这些新法规一颁布，牢狱之灾就有可能降临到无辜者的头上。用不着作奸犯科、倒行逆施，只要你皮肤颜色不对就会倒霉。那些开着警车在大街小巷游弋的警察对此心知肚明。

这样的新法出台之际，混血的晨曦无疑成了同事们不得不面对的尴尬。黑人们动不动就因一点小事被打这已经够糟的了，现在还突然被禁止出入一些地方，不能在某些长凳上落坐——卡鲁公园里出现了写着“非白人免进”的告示牌。可现在好了，为了一个混血小婴儿，他们还得面对站边的艰难选择。曾经那么令人愉快的教工休息室现在也划分出了阵营。西拉斯通常都到得早，他一般不理会我，只跟那些同意让我离开的老师凑在一起。他们都觉得我没必要天天在这里用自己的混血孩子来显摆自己对黑人同胞的背叛。在我这边的角落里晃荡的是头戴多彩布巾的迪娜，起初的误解解除后她就站在了我这边，还有安静的数学老师赛弗·马拉斯。迪娜坚信我是个受了坏蛋欺负的受害者，没有卑躬屈膝地去求爷爷告奶奶说明我有勇气，因而值得尊重。在这样艰难的时候，我不禁想避免在教工休息室露面是不是会更明智些。最终还是林笛薇开解了我。

“你要抗争！”有天晚上，我们一起在烛光下吃汤菜。“抬起头来，他们自然就会敬重你。”

面对这种困难的局面，达米斯先生走了一条安全的中间路线。他也没什么理由解雇我，我很受学生的欢迎，而且我也从不缺课。

“可看看她给学生树了个什么榜样！”西拉斯反对道。

“你都没有一点同情心吗？”我听见校长轻声说，“她毫无疑问是被奸污了。”

“可是她骗了咱们！”西拉斯激动地说，“来应征那会儿她就该说明白自己怀的是个混血儿。”

第二十八章

今天我又弹了遍《雨滴》，它让我想起艾达。

如我所料，此番卡瓦扎科勒之行没有得到任何艾达的消息。神父那里没有任何线索，亲爱的弥莉安那再简陋不过的坟茔也没留下任何艾达的痕迹。

那个地区的贫穷与匮乏让我回来后就下定决心要做点事情，不是在卡瓦扎科勒，那儿太远，而是在克莱德克本地。我们此刻所在的地方，河对岸的黑人城区里，那里的人们同样困苦。不像卡瓦扎科勒，这里的人们连个教堂都没有。我知道他们的周日弥撒都在山脚的户外举行。

至于艾达，我坚信她仍活着。每次弹琴我都有这种感觉。可时间一点点的消逝，能再见到她的希望也变得越来越渺茫。

布里尔街这边的黑人街区与姨妈家所在的自建棚户区不太一样。这里没有密密麻麻的房子，通道也不会七弯八拐让人摸不着头脑。这里的街区道路笔直，学校和娱乐的地方看起来就是培养身心健康下一代的场所。所谓良好的举止行为应该就是源于身、心两方面的培养。圣詹姆斯学校的孩子们都为自己的那身制服骄傲，他们踢球锻炼、吟唱颂歌——我曾有幸亲耳聆听。这样一个地方当然有它自己的骄傲所在。它的校长列夫·卡拉塔抨击游曳于街头的警察，反对他们拿肤色做文章，动不动就把这里的居民们关进牢房，市长有时也不得不听听他的意见。确实，如列夫·卡拉塔所言，这个街区为什么就不能把自己看成克莱德克的一部分，有同样的法制，也享受同样的福利？反观大鱼河对岸姨妈家所在的那个街区，它几乎就是一个自生自灭的状态，人们从一开始就知道自己被隔离，知道自己低人一等。

可遗憾的是，等我到了圣詹姆斯学校这边的黑人社区，映入眼帘的同样是河那端自己再熟悉不过的疮痍。笔直的街道上污水横流、臭气熏天；原本有人收拾的垃圾现在堆积成山，苍蝇乱飞；周围玩耍的孩子也容易因此染上疾病。圣詹姆斯学校那原本醒目的围墙墙粉剥落，操场内的草皮也因缺水和疏于护理干枯破败。能让穷人果腹的施粥点不再经常布施。我还听说，从小酒吧里缴来的钱都被存到了市政厅的银行账户。这些钱用于白人可享受的福利，而黑人就没份。我很想知道老爷是否知情，他是否也首肯这样的偷窃行径。看得出来，那些原本教养很好的孩子也开始变野了，就像河对岸我教的那群小子们一样。

至于河边的那些洗衣妇们，我原以为她们都是我的朋友，现在都离我远远的。说不定是得了姨妈的旨意，她们现在甚至也不再搭理林笛薇。她们的那些想法，可以说就是目前我在学校所有遭遇的综合体现。有些人像西拉斯那样，觉得我有意欺骗，特别严重的是——欺骗自己的姨妈，对自己所怀孩子的肤色守口如瓶；有些人会像维罗妮卡和米德尔那样不当着我的面苛责，但他们回避我的眼神，把自己的东西拿得远远地去洗；还有些人就从此不再和我说话。我曾那么喜欢她们的歌声，现在只能远远地倾听。林笛薇甚至不得不反复向某些人保证，我一点也不会影响她们的洗衣生意。看得出她为此忧心，每天我都会问她有没有生意做，需不需要我离开。

“留下来！”她躺平在自己床上，疲惫地叹气。在我们简单的晚饭前，她都会在床上眯一会儿。“一切都会过去的。”忠诚的客户和我付的房租让林笛薇最终坚持了下来。我给她的房租不仅高于给姨妈的，而且给得心甘情愿。虽然河边那群人一直对我不友善，但没多久，林笛薇周围的一切就恢复了正常。

洗衣妇们孤立我，其他人也站得远远的。孩子生下来后我再没有收到去户外教堂的邀请。记忆中，那里的歌声在山间萦绕，能一直飘向卡鲁大草原的深处。我现在可以去圣詹姆斯教堂，那里的唱诗班训练有素，圣坛上还有许多雕像。可我还是怀念那些户外礼拜活动——我甚至还很想念那位狂言自由之战的神父，还有教众们热切的回应呼喊。与他们一起高唱赞美诗让我产生融入一个新家庭的归属感。离开克莱德克公馆后我再没有找到这样的感觉，或者说这种遁世感——虽然他们有些言辞让人觉得害怕。

应该说这种归属确实是对现实的逃避。和大家一起高声歌唱时似乎能让我远离城里的喧嚣，翱翔在心中的那片广袤草原。那种感觉就像站在菲尔少爷的玩具箱上，让自己的心尽情驰骋。歌声让我看到土黄的沙漠，飞升到积满冬雪的高山；歌声带我追逐流向大鱼河的一道道银光闪闪的溪流；它甚至带我飞翔到菲尔少爷曾战斗过的另一片沙漠。归属——却仍在那片无垠的天空之下独行——这应该是上帝的礼物吧，用它来取代童年时的大厦与花园，换不同的人给我另一种视野？

每每想要体会这种遗世独行的滋味时，我就会背上晨曦，走出这片城区，去往天地相交的那一线，享受独行的畅快，享受鸟儿与小动物雀跃的相伴。待艳阳高照时，我就蹲在荆棘树那稀稀拉拉的树荫下，给晨曦讲述自己孩童时见过的第一棵荆棘树。空气中的颤动并非源于户外弥撒中传来的赞美诗，而是来自远方蒸腾成烟波的一股股热浪。

“你看呀，晨曦，”我指着远方对孩子低语，“大地融化了。”

布里尔这边的黑人城区教会我一件事：有些时刻你无法逃避，有些时候你得以暴制暴。我从未觉得这个认知值得炫耀，真心希望自己从未受过这样的教诲。至于我主圣父对这种做法的态度，我不得而知；同样地，上帝对那些白人警察在街上巡逻时随意施暴的作为持何种看法，我也不得而知。

男人们与这种事情尤其相关。我也学会要格外小心男人。我得了解清楚那些人混迹出没的地方，因为我和孩子的肤色不同，他们早就认为只要有钱，或者用强我压根儿就不在乎和谁睡，一准儿乐意再来一回。

我跟林笛薇坦白自己的恐惧时，她从自己床底下抽出一条锋利的薄铁片，把它递给我。那是条磨得锋利的自行车轮辐条。

“不要！”我低声说。那瘆人的锋利把我吓坏了。

“像这样，艾达。”林笛薇根本不理我，在漆黑的屋子里演示，“刺进去，朝上往心脏的方向捅。”

“我不行的！”

“你一定行，”她把东西递过来，“拿着。我还有一条。”

一开始我不愿把它带在身上，我根本就没有胆量去碰这么个利器，我深恐上帝不会再宽恕我的第二宗罪过。可有一天，我亲眼看到一名年轻女子就这么被人强拖了去，我立刻转身跑回棚屋，从铺盖下抽出这根藏得好好的铁条。

住在敦德斯大街时的，我无论如何也不会想到用这样的东西来自我防卫，可在这里，身上还背着弱小的晨曦，我知道自己绝不能后退。

* * *

在不需要想着自卫防身的太平日子里，林笛薇在这个城区有不少关系户。我发现她的这些关系真可谓是五花八门。她常光顾的那家面包店跟那个和姨妈、普皮尔做生意的老头可不一样——那家店里还供应牛奶，而且价格实惠，我们俩基本上每周可以买得起一瓶。这就意味着每周一多半的时间里我们能喝上奶茶。还有位在集市广场 N.C. 罗杰斯百货行摆摊的女人，她经常把些卖剩下的玉米面卖给林笛薇，价格比街上的商铺便宜多了。有时她给的玉米粉袋子里还会有些糖，林笛薇给她洗衣服的价钱也格外优惠。

林笛薇解释说过日子不一定非得和钱打交道。你只需找到相关人，然后跟他们以物易物。这中间最难搞的部分就是确定交易双方货品的价值。林笛薇得洗多少摞衣服才能换回一袋五磅重的玉米面和一罐茶叶？那家商店里茶叶看起来存货还蛮多。

林笛薇有个哥哥。开始我还体会不到他的好——当然他很会说话，也从不空手而来。当然，他说的那些东西通常会比他拿来的那些手信要让人印象深刻。这在我们住的这个街区可不常见，因为外头来的东西通常都价格昂贵，比起花言巧语当然有用得多。

“这是杰克。”有天晚上我俩正一起练习阅读，一个矮个子男人静悄悄地进了门。他和林笛薇拥抱，还一起嘀咕了些什么，然后才用非洲人的方式跟我握手。他定定地看了会儿躺在洗衣篮里的晨曦。他比林笛薇年长许多，穿了件破破烂烂的夹克，裤子用根带子系着。和妹妹一样，他也有双明亮、乐于一探究竟的眼眸，他们都一样善于体察人心。

“林笛薇说你是教书的，日子不好过吧？”他看了眼晨曦露在毯子外白皙的脸。

“是啊。”我回答，“有些老师明白我的处境，但有些就希望我离开。”就这么会儿工夫自己居然就跟一个陌生人说起这么重要的事情，这让我觉得有点奇怪。可这就是杰克的作风。有些事情别人会磨磨唧唧，可他绝不会浪费时间。他习惯让人跟上他说话的方式和步调。

“你要如何应对？”他问。仿佛与我相识多年，而非几分钟前才在他妹妹的棚屋里初遇。

“我要在学校待下去。”能坚定有力地说出这番话让我自己如释重负。“只要他们允许。他们喜欢我的课，其他老师有事我也能顶上。我们学校没有圣詹姆斯学校那么大的规模。”

“你靠得住，”他点点头，“我们需要可靠的人。”他看了眼林笛薇，从口袋里掏出个褐色的纸袋递给了她。她迫不及待地打开纸袋，手指的动作迫切得如夫人的双手在钢琴上舞动，菲尔少爷上战场前她常常那样节奏飞快地弹奏。

“这玩意儿你打哪儿弄的？”她吸了口气，把纸袋里的四根香肠递给我看，还吸了吸鼻子。“那么新鲜！”

杰克笑了笑。林笛薇有点怀疑地看了他一眼。

“找到的呀，”他咧嘴一笑，“是肉食店里卖剩下的。”

“教堂大街那个肉食店？”我情不自禁地脱口而出。兄妹俩全都眼光闪烁地看向我。林笛薇一直以为我是卡瓦扎科勒来的，我说过自己对克莱德克这地方不熟。

“我曾经路过那家肉食店，”我送了耸肩说。“从卡瓦扎科勒来的路上。”

我不过是撒了小谎，就跟我姨妈面前编的那些差不多，说什么自己厌倦了在大鱼河那边的工作。跟达米斯先生也没说自己的真名实姓。这不过是我为了保护自己、夫人和老爷编的另一通说辞罢了，尤其是现在，如果被逮到了还得蹲大牢。

“是家不错的肉食店，”她哥哥细细地打量着我，“那位白人老板收费很实在。”

我知道他们也像达米斯先生那样对我孩子父亲的身份很好奇，每个见过我的人都一样。每个白人——即便是个卖肉的——也有嫌疑。我真的很想说：事情根本不是你们想象的那样。我连那个店里那个白种男人是谁都不清楚！我去店里找贾克波·芬古——那个可能愿意和我结婚的男人时，我问的是个黑人，那个白人老板的帮工。我压根儿就记不住那个白人长什么样子。

“亲爱的？”林笛薇伸手握着我的手臂，好像感觉到了我的痛苦，“我们现在就去煮些香肠，趁着杰克人在这儿。”

“好呀。”我赶紧起身去点煤油炉子。“这样，我来煮东西，你和杰克继续聊。”

虽然林笛薇愿意继续做我的朋友，虽然她乐意收容我和晨曦，让我们和她一起生活，可即便是面对她，我也得小心自己的言行。只要不小心说漏了半个字，过去的那些人和事都会随时找上门来。那我背负的耻辱就会公诸于众。

香肠在平底锅里滋滋作响，溅出许多油脂。我把剩下的玉米面粥倒进锅里一起热，让油汁渗到已经变得硬邦邦的粥里，把周围的边炸得香脆。烛光下林笛薇和杰克悄声交谈，不过时不时地两人也有些激动——有好几次我看到林笛薇都对着他摇头。我忽然想起他说的什么我很“靠得住”，还有什么“我们”需要可靠的人。我还是能很好地理解黑人话里的意思，他们不会用那些拐弯抹角的词句。显然杰克说的不是我作为老师的可靠性，他另有所指，那是些和我工作不相干的事情。那些事情只能地下操作，许多像他那样的人秘密聚在一起商讨他们说的“革命”。

我是搬到这边的新区来之后才听人说起这个字眼。我在学校查了字典，知道它与解放相关。解放——按户外教堂神父的说法，只有经历烈火的考验，找到自由，才能实现。我已经意识到这种解放并不总意味着和平。革命，我发现，本身就是件不太能作准的事。革命就是流血的解放斗争，革命没有折中，革命不计后果。

“要多加小心！”哥哥离开时林笛薇叮嘱道。

“好运，艾达。”他以非洲人的方式和我握了个手，“我还会来看你的。”他转身拥抱了自己的妹妹。

“小心！”林笛薇再次叮咛，看着他走出门口，消失在街道的黑暗之中。杰克总是这样行踪隐秘。来时你听不到他的脚步，去时你看不见他的踪影。我不知道是不是他教会了林笛薇使用那锋利的自行车轮辐。

第二十九章

我是个生了混血儿的黑人女子。即使在一个陌生的地方，我的大名也是人尽皆知。可即便如此，我还是觉得孤独。虽然有一个可预期的未来不可预期，而孤独，也似乎一直在我身周徘徊。晨曦出生后，晚上我得起床喂她，满屋子的黑暗中，空虚撕扯着我的心。如果这颗心真的能修复，如果我能跟谁谈谈菲尔少爷——如果我早点意识到他对我的爱并非兄妹之情，我们会变成怎样？

这孤独感褪去的唯一时刻是为学生们弹奏钢琴之时，音乐会让我任意翱翔。可这之后，它还是残忍地等在原地，再将我拖回到记忆的迷城。那首《街市巴赫奏鸣曲》会幻化为菲尔少爷卧室窗外那只猫头鹰的孤鸣，或者是夫人那甜美的女高音，她哼唱出音符，让我在钢琴上准确地找到它们。每回带着晨曦走过卡鲁的灌木丛时，我看到的不是那些低矮灌木，而是夫人梳妆台上那只花瓶里的粉色玫瑰，它们是夫人的至爱。玫瑰的芬芳是那么清新，就像夫人那个特殊本子上的每一页，它们都历历在目。记忆无法消褪，它们不过是躲藏在某个地方，再浮现之时，较之我最初的存储还要更真实和清晰。

我不属于这个地方。外乡人往往会发现他们被这里土生土长的人们所利用。如果离开了自己原本的地盘，如果你对自己的同胞犯下罪孽，那你就得做好成为众矢之的的准备。你得准备好被他人利用去达成他们的目的，去完成他们的事业。就抗议通行证这件事来说，我在克莱德克的街上只被检查过两次，可在约翰内斯堡这已经是家常便饭——也许这是因为那里遍地是黄金的缘故。或许，这一切都是钱在作怪。约翰内斯堡的白人们身上的金子还不够用，所有他们想赶走黑人，自己独霸财富。说不定通行证这事不过是个借口，那些来自地下的财富也许只能为一个属于白人的未来所用。

不管是哪种情形，我对与通行证有关的所有事情都非常紧张。因为我并没有一本印着玛丽·海南博名字的通行证，而另外一本有我真名的通行证自我离开克莱德克公馆后就没有再审批过。新区这边的警察更多，当中不少还牵着凶神恶煞的警犬。如果检查时遇到通行证丢失，或者是没有审批的情况，大部分警察都会把你送进大牢。

西拉斯想要抗议抵制通行证。

“我们的游行从学校出发，过大鱼河，进入教堂大街，最后到达市政厅！”茶歇时，他挥动手臂宣布。“我们人多力量大！圣詹姆士学校的老师们会加入——唱诗班也会到场。”

市政厅！就在卡鲁花园那儿，我曾休憩在芦荟丛旁的长凳上，让太阳温暖我的脚！太遥远的事情了，再说那里人多嘴杂。

“我们到市政厅之后呢？”有人问。

“递交请愿书，表达我们对通行证相关法令的不满，然后原路返回。”西拉斯目光坚定地看向教师们。超级热爱爵士舞曲的那位男教师挥舞着拳头，就像在山脚下做弥撒时那般激动。达米斯先生皱起了眉头。

“你怎么样，玛丽？”西拉斯转向我，带着一种油滑的腔调。“你站在哪一边？”

一屋子的人都转过来看我。

我想说这与其说是要我站边，还不如说是找我寻衅。摆明了是换个花样要大家看清我不属于这个学校，永远也不会成为学校的一分子。他这番举动与抗议通行证游行没有丝毫瓜葛，倒不如说是对我与一个白人男子上床的公开惩罚。

西拉斯静候着，像所有的猎杀者一般，他的嘴角边还挂着微笑。

“教师们必须得自己做选择。”从放茶壶的那个位置传来了达米斯先生平静而清亮的声音。“这纯属个人意愿。”

“那我们就来听听玛丽的个人意愿吧。”西拉斯提高嗓门打断了校长的话。

我敢说有些同事明白西拉斯不过是在纠缠一个与通行证毫无关系的问题。抬起你的头来！想起林笛薇的话，我这样坚定地告诉自己。抬起头，也许他们会因此而尊重你。

“我不会置自己的孩子于任何险境。”我回答，竭力让自己的声音坚定有力。西拉斯愣了一会儿，带着一丝恼怒转过身去，叫大家举手表决。有几个人举了手，不过都有点不情不愿。

“不管怎样，”他煞有介事地拍了拍那几个举手老师的背，桀骜不驯地说，“我们绝不退缩。我们要让圣詹姆斯学校的那些参加游行的教师们看到，我们团结一致！”

我对上了达米斯先生从休息室的另一头看向我的眼神。教堂大街和集市广场是我绝对不能逾越的界线。

会议过后，我的课很快也上完了。穿过拥挤的街道，我朝林笛薇的家走去。我在十字街那里蹚水过了大鱼河，光裸的双脚下是冰凉的河水。

"艾达？"一个矮小的男人突然从金合欢丛旁蹿到我身边。是林笛薇的哥哥，杰克。

"他们决定要怎么做？"他在我耳边轻声问，身上那件破旧的夹克碰到了我手臂。

"你是什么意思？"

"就你们那个教工会议。他们做了什么决定？"听到他的声音，晨曦朝他的方向转过头去。晨曦喜欢杰克，因为他总是跟她玩抛高高的游戏，有时还会给她带些他自己刻的小玩具。晨曦不是他唯一讨好的人，有时他会给我带个苹果，或者最新的报纸。

"你怎么知道开会的事？"我停下脚步问。他退到来来往往的人流中，示意我继续走。"他们决定怎么做？"等我继续向前走时，他又问了一遍。

"没多少人赞成这件事。"我四周打量一番，发现他已经离开，隐没在人流之中。我真希望他能有那么一次停下来和我谈些正常点的事情。我喜欢杰克，我想他也喜欢我。

我继续往家里走，满脑子里想的都是通行证、学校办公室里立场相对的两拨教师，还有杰克这个比任何人都先知先觉的家伙。我一个学生的母亲跟我点点头，我也回了个微笑。渐渐地，有些人愿意更深入地了解我这个人。虽然这些人还不会更进一步到与我交谈，但我也学会去珍惜每个轻微的点头和微笑。

这是个开始。总有一天，他们会了解我是怎样一个人；总有一天，他们将不再把眼光只盯在我和孩子不同的肤色上。如果上帝无法实现这一切，那我就靠自己去将它变成现实。

* * *

晨曦病了，她不愿吃奶。这和菲尔少爷小时候生病的样子可不同，他那是吃了太多杏子。晨曦躺在林笛薇家地上的洗衣篮里咳嗽，还不断地发抖，平常细白的脸颊变得通红。我将她紧抱在怀里，鞋子都没脱就冲过大鱼河下的浅滩，朝那位好心医生的小屋跑去。我听到河的上游有人在喊我的名字，远处隐隐约约地飘来洗衣妇们的歌声。

“求求你！”我一路挤过排队的人群，对着正在给一位老人看病的医生大喊，“求你帮帮我！”

他点点头，指了指地板，让我和几个抱着孩子的妇女坐在一起。我挤进人堆里，晨曦哭闹着，不停地咳嗽，皮肤热得烫手。我的鞋子还渗着水。那些女人看着我和晨曦，对孩子的状况没有半句安慰同情之词。对我来说，如果能有别的地方可去，不用因为她而心怀歉意那该多好。

轮到我时，医生对晨曦态度温和。他用那个圆形的金属物件给晨曦检查，我见过威尔默特医生用它来给菲尔少爷检查。医生看了看孩子的口腔，我想起那场大干旱快结束时的瘟疫，生病的人喉咙变白，然后就此丢掉性命。我不断向上帝祈祷，不要因为我的罪过让晨曦受这样的惩罚。

“你有钱吗？”检查完后他轻轻地拉下孩子的内衣。

“干吗用，先生？”

“她需要些特效药。”他回答，“我手头没有这种药，我可以给你开个处方，你去镇子里的药房拿药。不过这得花些钱。”

“您这里没有药？”

他看了我一眼。“我这里的药不够有效。”

晨曦不断地咳，小胸脯上下起伏，双眼沾着泪水。周围的妇女都摇头低声议论，门外那些病人都在朝里打量。

“给我写方子吧。”我忍着眼泪。“我会想法弄到钱。”

他把晨曦递回给我，然后给我开药。

“我孩子的肤色不一样，他们愿意给我药吗？”

周围的人吸了口气。医生把一只手放在我肩膀上，把写好的药方递给我。“他们会给你的。勇敢些。下一位，请过来。”

我又沿着那些街道奔跑，再次冲过了大鱼河。河水已经干得变成了土黄的涓涓细流，河道上到处是浅浅的水坑。我把晨曦滚烫的身子紧紧抱在怀里，从人群、羊群和一堆像林笛薇那样头顶着东西的女人中冲过去。有些人对我嚷嚷，我无心理会。回到林笛薇的家，我把晨曦放在地上的洗衣篮里。我拖出箱子，打开箱盖，把藏在箱底的钱全都抓在手上。这些是我攒下的工资，希望以后能给晨曦买几双鞋子，或者买件新罩衫；或者如果林笛薇的生意因为我做不下去了，我就拿出这些钱给她。晨曦在尖叫，我的手在发抖，心头掠过恐惧，害怕走进药店时会有人看见我，害怕那个配药的人将我们扫地出门。

我从林笛薇洗的那堆衣物里抽出一块布单，把头发、前额和大半张脸包住，另外拿了块布挡在晨曦脸上。准备妥当，我沿着布里尔街一路跑去，先是经过夫人老爷他们去的教堂，然后到了布里尔街和教堂大街的路口，现在那地方改了名叫敦德斯。到了这里，我和孩子可以说是暴露在众目睽睽之下了。自从我离开克莱德克公馆，晨曦来到人世，前后有一年多的时间。我的左边，金合欢和蓝桉树依旧扎根在河岸，那曾是我和菲尔少爷漫步的地方；再往远处，铁桥依旧在颤动，桥面上奔驰着往来车站的漂亮汽车，脚步小心翼翼的黑人们依旧拖家带口，与一年多前的景象毫无两样。我压低了头，把晨曦抱得更紧些。可她的哭声很大，引得周围的人——无论白人还是黑人都转过头来看我，还低声议论。晨曦的哭声肯定也会传到克莱德克公馆吧，那会暴露我们吗？祈祷吧，我对自己说，祈求没人会看过来，没人会知道你是谁。祈祷老爷和夫人都待在家里，老爷在书房里看文件，夫人在练琴，不会有人看到你。

罗斯小姐去约翰内斯堡——那个让她惹了麻烦的城市前就在这家药

店买的口红。他们现在另开了个门面接待黑人顾客，两个排在前面的妇女听到晨曦的咳嗽声就让我排到她们前面。我意识到，这将我们与白人隔开的门面说不定拯救了我，因为黑人买药的地方在与药店完全隔绝开的一个房间，这里只有个小窗口让人取药。药店宽敞的另一边，那里的白人看不见我。

过了好一会儿才有个人出现在取药的窗口处。他穿着一身白大褂，我记得他，有一次夫人让我来为她取个包裹。我肯定他不认识我。这个男人，他有张硬朗的脸。他的所思所想都完全写在脸上，就像林笛薇的脸会传递她的心思，而菲尔少爷的脸则写满爱和战争的创伤。

“要什么？”

我把药方递进去。他看了眼我怀里咳个不停的晨曦。孩子的脸被我遮住了，他看不出我们的肤色差异。

“有钱买药吗？”

我伸手从罩衫的口袋里掏出自己攒下的所有硬币，把它们全都堆在窗户里面一个的小小柜台上。有些硬币已经被磨得光秃秃的，不知道他是否会嫌这些钱太旧不愿收。

“我想这些应该够了吧，先生。”我竭力让自己的声音和手都稳下来。“这些是我全部的家当。”

他没去数钱，扫了眼这堆硬币，然后又打量了我一番。“应该够了，坐下吧。”他指了指角落里的一张矮凳，“我去给你配药。”

等他重又出现在小窗口后面时，手里拿了一个瓶子和一个小勺。他告诉我每天早、中、晚各喂晨曦一勺药水，直到瓶子里的药水全部喝完。

“如果你不喂完这些药，孩子还会再犯病。”他警告。然后他说他还可以给晨曦另外一种药，在第一种药起效前会帮助她缓解症状。

“就那么多钱吗？”我问。

他点头。“是的，就那些钱。现在你把孩子的包被打开。”他说道。

我愣愣地看着他。打开包被？那岂不是让他能看个一清二楚，我的耻辱将无可遁形，他也许就不会给我们这些药了。

“先生，”我慢慢揭开晨曦脸上的布，将包被解开，露出她滚烫的身子，“孩子是无辜的——”

药剂师站在窗子的一边，我站在另一边，手里抱着我那混血的孩子。晨曦体重已经下降，解开包被后，她无力地蹬着自己那双浅肤色的小腿。药剂师来回看了看我和孩子，然后拿起药勺，从旁边的架子上拿下一个大瓶子，从里面倒出些红药水。

“这个药会让她的体温降下来。”他的声音很平静，一如菲尔少爷在卧室黑暗中的低语。“等她稳定下来，另外一种药也就起效了。”

他俯身向前，我把晨曦递过去给他。他小心地把药一点一点地喂到她嘴里，让她把每滴药都吞进去。我抚着她的小胳膊，对她低语。药勺一靠近小嘴，她的一双蓝眸就紧紧地盯着它看。她的小胸脯因为先前的哭闹不断地起伏。之后，药剂师拿起第一瓶药摇了一下，倒出一勺给她喝下。

“现在，”他说，“听好了。下一次喂药一定要在晚上。”

“我明白，先生。然后是一天三次，直到喝完。”

他拧紧瓶盖，转身在一个水盆里冲洗了勺子。他把勺子和药瓶一起放进一个褐色的纸袋，把袋子递给了我。

“你英语说得很好。”他说。

我调转视线，低头看晨曦。我不想谈关于在哪里学英语这类话题。晨曦和我对视，双眸比之前平静了许多。她的眼睛已经不像刚出生时那样迷蒙，这些日子以来变得愈发明亮蔚蓝，与菲尔少爷的双眼一模一样。而且，我突然意识到，也肖似她父亲年轻时的双眸。

“我非常感激您的帮助，先生。你是不是要把这些钱都收完？”那堆硬币还在柜台上。药剂师用手指将它推平，从里面拿了一些。

“不用，”他清了清喉咙说，“还有些找补。”

我仔细看了看，他留下的都是些面值大的硬币。我抬头看了他一眼，那一刻我意识到他是知情的。知道这孩子一定是他其中一个病人的孩子，而且他还应该认识他。就是在那人的家里，我学会了英语，然后又从那里逃跑。他也清楚，这些钱就是我的全部身家。

“谢谢您，先生。”

“孩子过几天就会康复。”他看着我说。

转身离去时，我感觉得到他的视线一直紧盯着我，就如同当年参加菲尔少爷的葬礼时，我和夫人老爷一起坐在教堂的前排，所有参加仪式的人，他们的目光都盯在我身上。不过药剂师的目光比那些人要善良，他看到了我的罪孽，但没有任何谴责之词。

第三十章

除了药和好运，也许还有些什么更强大的东西存在，让晨曦逃过这次大劫，让我冒险去了趟城里却没有被人发现。户外教堂的那位神父总是说，不管我们如何地让上帝失望，他还是对我们每个人的命运都自有安排。有时我觉得自己仿佛看到了一些，它们就像大草原上正午时分的海市蜃楼一般遥不可及。虽然我犯下罪孽，可仍然得到他的眷顾和保护，特别是在和晨曦有关的事情上。她的生存因此与我的命运紧密关联，这也许就是上帝的安排？晨曦恢复得好些了，我就把她背上，蹚过河水，满怀感恩地回到钢琴边，那是我的救赎所在。我要满足孩子们的要求，把这些天拉下的舞曲和贝多芬给补回来。

日子慢慢地以一种平和但又有点狂野的节奏延续下来。我尽自己所能把美好的东西带给学生，把不好的东西隔绝在外。种族隔离正在城里蔓延，这让两个种族中的人都做出些定然不招上帝喜欢的事，这种冲突正演变成一场战争。所有的战争，它们的共性就是硝烟弥漫、血肉横飞；它们意味着友爱和食物的匮乏，朋友反目相向。有时我觉得自己常看到杰克的身影，他或是出现在那些吼叫着向警察仍石块的年轻人附近；或是在啤酒馆的暗影中；有时他也会在晚上与一些老人围坐在一堆街边的篝火旁。我从来不和他打招呼，他也总好像没看见我。白天，他常在大鱼河附近出现，对着晨曦做鬼脸，逗得她咯咯地笑，河水就在我们的脚下泛着涟漪。这就是我的未来：一成不变地在学校和棚屋间那些危险重重的街道中穿行，碰撞之音做主旋律的《街市巴赫奏鸣曲》如影随形。这个未来看起来一片混乱，却生机勃勃；要实现上帝的旨意，我就得将它紧紧抓住。这就是他赋予我的礼物。还有些埋在心底的东西我没有说出来，那就是每时每刻对晨曦生命的护卫。在这个地方，每踏出一步都会麻烦丛生，避开它们的唯一办法就是及早发现潜在的危险。我常常是一手抱着晨曦，另一只手握紧口袋里的尖锐铁条，两眼时刻提防着周围的异动。我得承认这样一份礼物不是那么好消受。

杰克和西拉斯他们这些人要的不仅是解放，他们追求的是革命，所以，我不再关心他们的所作所为。如果要实践对上帝的信奉，我就必须得保证自己的孩子毫发无损，因此那样一场以革命为目标的战争里不会有我的位子。我重新开始从薪水里拿出一些钱来，打算攒着给晨曦买她的第一双鞋，她快要能走路了。不过我当前最迫切的任务是要让她能安安静静地坐在钢琴边上，好让我完成每天晨会上的弹奏。

晨曦病愈已经好几个月了。有一天的晨会上，达米斯先生大声宣布："今天是个特殊的日子。"舞台上的教师们都相互点头并侧身去看幕布旁的后台。礼堂墙上的窗都大开着，窗外传来街道上熟悉的吵闹声，远处有头牛突然"哞"地叫了一声。镇子里有几头牛，是以前的牧场工人千辛万苦带过来的。它们在条件艰苦的灌木林区存活不易，通常都会死去。

"我们学校经常得到资助者的慷慨解囊，为我们捐资购书。今天就是这样的一个日子。"他抬手示意大家停下热烈的掌声。我在嘴边竖起一根手指哄晨曦安静下来。她非常喜欢和孩子们一起鼓掌。她瞪着大大的蓝眼睛看了我一会儿，然后把拇指伸进了嘴里。

“我们很荣幸今天能请来这次捐助的发起人。”

他转过一边，示意这个人走向前来。达米斯先生这方面很开通，他常常邀请人到学校来参观，不太理会西拉斯那帮人的做派。他们那些人认为，要让我们的需要得到满足，激烈的抗议比平和的劝说要奏效。达米斯先生说他自己的这些做法叫提升“人气”。我查过字典，这是个不错的词语，我想我可以把它加入到林笛薇的词汇学习表中，它正好可以说明同一个词语可以表达不同的意境。

我抬头看了一眼。

第一眼看到的是一件乳白的裙服，然后是纤细的手臂，我再熟悉不过的有力手指和柔软的棕色发髻。夫人高高地站在那儿，在红色幕布的映衬下显得那么庄严。她正对着孩子们微笑。达米斯先生又继续发言，然后台下又是一阵掌声。我赶忙伸手把晨曦塞到琴凳下。

噢，夫人，请看到一边去，拜托不要看我，不要看到孩子！请不要再把克莱德克公馆的一切摆在我面前……

“海南博小姐！海南博小姐，进行曲！”

我呆呆地盯着钢琴，手指僵硬得堪比那些锈迹斑斑的琴键。我们那刚刚开始、努力打拼得来的生活，对未来的卑微期望——甚至是我为生存说下的许多谎言——眼看着都要化成泡影。

可这一切都不能在达米斯先生和众人面前显露出来。

还有夫人。

我得硬起心肠，收拾好自己的情绪，能掩饰多少算多少。我努力找到那些音符，强迫僵硬的手指摁下琴键。钢琴有了回应，音乐声流泻而出。孩子们涌出礼堂，老师们紧跟在他们后面。我继续低着头弹奏肖邦的《军队进行曲》，手指只凭直觉在琴键上舞动，因为我的双眼已经被泪水模糊。我一遍又一遍地反复弹奏，直到礼堂里变得空空荡荡。

“艾达？”音乐声中传来她的叫唤。

我停下来抬头仰望。她站在空空的舞台上，旁边立着达米斯先生。我从钢琴边这个位置可以看得到她那双乳白色的皮鞋。从操场那边过来时鞋上已经沾满了灰尘，它们得好好擦一擦。

她伸出双臂又喊了一声：“亲爱的艾达。”

达米斯先生看看夫人，又看看我。我知道他明白了一切——他脸上还带有些我看不懂的东西——他静静地转身离开了礼堂。

我从琴凳上站起身来，走上舞台。夫人伸出双手紧紧地拥抱我。妈妈去世那会儿，医生合上她的双眼后，夫人也像这样抱紧我。虽然潮湿的幕布散发着霉味，可我还是闻得到夫人身上那熟悉的花香，感受得到她衣裙那熟悉的柔软。

“为什么，艾达，为什么？你为什么要离开我们？”眼泪中她展露出一丝微笑。她还没有看到晨曦。她还没发现他丈夫，还有我犯下的罪孽。“我们是那么想念你！”

此时此刻，夫人那么慈爱地看着我，面对她错放了的关爱，我无言以对。一句话都说不出来。

“妈妈？”

晨曦接上了话。

晨曦告诉了夫人她一直被蒙在鼓里的事实。

晨曦扶着琴凳边自己站了起来，踉踉跄跄地站在那里，细腻的皮肤泛着光彩，和她父亲一样的蓝色大眼睛里满是疑惑。

我定定地看着夫人。

我听到她抽了口气，脸上布满疑惑和震惊。之后，一种了然向这震惊一阵阵地冲刷而去，如大鱼河泛滥时那般汹涌。她白皙的皮肤变得通红。她转向我，看得出她在竭力抗拒，害怕自己的担心和猜测变成事实。

“您得离开。”我终于找回自己的声音，“求您了，您必须离开这儿，什么都别说。”

这是我第一次用一种女人对女人的方式与夫人说话，不是以仆人，也不是以学生的身份。我看得出她听明白了。

“可是艾达——”

“最好这样。”

她站在我面前，那挺拔的身躯仿佛开始弯曲枯萎，就像晨曦出生那天，姨妈将我俩赶出家门，我是那么渴望能弯下身子，将自己抱成一团。我知道那可怕的真相已经扎根到她心里，我祈祷上帝能在此时给予她宽慰，我绝无半点伤害她的心。

噢，上帝呀！请宽恕我吧。

夫人！请您宽恕我，虽然我心知这绝无可能。

如果能有一种合适的方式让她知晓，我的所作所为不过是为了尽自己的本分，那该多好。

我伸手握住夫人的胳膊——以前我从来没有这样碰触她——把她带到舞台上的一张硬椅子前坐下。她坐在那儿，双手交握，指节煞白。她这番情形犹如当年，医生来看了菲尔少爷之后坦言，他已竭尽所能。夫人鬓角处柔软的褐发已有了银丝斑驳，菲尔少爷的那枚军章还在她领口处闪亮。晨曦开始在钢琴旁呜咽。

“您必须得回家去了，夫人。”我着急地俯身对她说道，“您要忘掉今天的事情。”

“那，也是你的家呀。”她抬头看我，垂泪低泣。

“我感谢您教会了我这一切，可我还是待在这里比较好。”我声音颤抖地再次说出谎言。

我转身走下台阶，抱起晨曦，从边门离开了舞台。那是我爱逾母亲的夫人啊！

第三十一章

就在晨曦生病那会儿，他们举行了前往市政厅的游行。有天晚上，杰克出现在棚屋门口，他给孩子带来了一个鸡蛋，还跟我说了这次游行的情况。

“这不过是个开始，”他耸耸肩，“下次我们要组织得更好。”他伸手摸了摸晨曦熟睡的脸，然后握紧我的手，转眼就离开了。

迪娜后来说大概只有一半左右的教工参加了这次示威，游行开始时警报声响彻大鱼河两岸。我在林笛薇的棚屋里也听到了警报声，那会儿晨曦服了药，睡得正酣。我听到圣詹姆斯学校那边也传来吵闹声，游行队伍还没到布里尔街就被警察冲乱了。车胎在碎石路上的摩擦声、警犬的狂吠声、嘹亮的圣歌声消散在卡鲁的空中，整个城市一整天都陷入压抑的沉寂中。

“连圣詹姆斯的唱诗班也不能幸免。”迪娜低声说。“警察堵住他们，还逮捕了唱诗班的老师！”

西拉斯他们那一小队人过河去教堂大街时，好些学校的老师都四散而去。

“那时街上已经空无一人，所以我们走得很快。”迪娜晃了晃她的头巾。“他们都在市政厅那等着我们。”

西拉斯原本计划要发表演讲，然后递交请愿书，不过这些都没有实现。几个牛高马大的白人警察从警车里冲出来，手握着警棍，啪啪啪地在手掌中敲得震天响。西拉斯想进市政厅可被挡了出去。看到这番情形，其他的人都被吓得跑回学校。只有西拉斯和爵士舞男俩人散着步离开，迪娜躲在他俩中间。

迪娜说许多白人围观当天的游行。她还说多亏那些围观的白人，警察才没有对游行的黑人动武。她说话时我都没有看她的眼睛。对我而言，一切都无所谓了。夫人知道了我的落脚之处，她见到了晨曦，她发现了我的卑劣行径。我把她孤零零地扔在礼堂那个满是灰尘的破败舞台上，让她一个人去消化那可怕的真相。我不觉得自己的行为有多光彩，离开的时候我的心在哭泣，可我又能怎样？如果让大家知道她的女仆和她的丈夫发生了关系，还给他生了个浅肤色、蓝眼睛的混血孩子，夫人无疑会更痛苦。如果连姨妈都不愿去面对晨曦，街坊们都对她不屑一顾，那么，对夫人——对夫人的那些朋友们来说这是否是一个更难逾越的障碍——接受一个皮肤不白的孩子？晨曦她不黑也不白，两边都不讨喜，除了我她别无亲人。也许有一天，她甚至会连我也要抗拒。把一个混血的孩子带到这样一个非黑即白的世界，我真是愚不可及。在白人的世界里，她会被人利用来攻击自己的父亲，让他锒铛入狱。夫人会意识到这些吗？

如果她能听得进我的话，乖乖回家，闭口不谈遇见我的事，那就不必蒙羞。她还可以蛊惑自己，把这当成一场梦——一场噩梦。她完全可以假装没见过我，那架钢琴无声，那个浅肤色、蓝眼睛的孩子不存在。她完全可以继续安享克莱德克公馆的舒适生活。这座大厦不会倒塌，它牢不可破；曾带给我阴凉的杏树依旧会繁花盛开、硕果累累；那红色的铁皮屋顶每一两年都会迎接冰雹的洗礼；那架美丽的齐默尔曼钢琴依旧会传出格莱格、德彪西的美妙音乐；夫人和老爷也会如往常般继续他们的人生岁月。也许，只有她的日记本会知晓真相。

我这一生学过不少东西，可自己能真正弄明白的只有其中一些：内心的伤痛；突如其来、却不能用钱去购买的未来；组合在一起时意思就会发生变化的词；以为能摆脱，但换个方式又重新出现的那些麻烦。所有这些事情，在我看来，已知的或是未知的汇集在一起，就形成那些聪明人所说的大智慧。我所领悟的那些智慧告诉我，夫人必须离开这些是非，回到克莱德克公馆去，而我则要老老实实回到林笛薇那里。事情到此为止。

找到艾达有一个月了。

此刻，还有许多真相有待我去接受和掩盖。

这其中有些东西甚至让我觉得难以付诸笔端。

可我还是得把头绪理个清楚，我坚信艾达是个无辜的受害者。爱德华为一己私欲占了一个受自己庇护的年轻女子的便宜。看到她的坚持，我只好不去找她。

他的罪孽报应在一个孩子纯真的眼眸里。菲尔也长了这样一双眼眸。

自那之后，我在公馆里变得漫不经心。

在那些聚会中隐忍自持，对爱德华变得彬彬有礼。

对罗斯近来惹的麻烦，我在给她的信里依旧保持乐观。

弹着自家的钢琴，想起艾达就觉得辛酸。她在那样一架破旧的钢琴上弹奏肖邦，勉力把所有能发音的琴键都即兴用上。

我去了趟图书馆。

我读完了议会法案：《背德法》、《跨族婚姻法》。多年前，我想给艾达找个学校去念书，但因为肤色问题被拒绝了。我发现自己当时担心害怕的事情全都变成了现实。

我们接受了这种隔离的存在。

而克莱德克公馆就处在隔离的裂痕线中。

第三十二章

一个炎热的下午，夫人来到了林笛薇家。

空气中散发着厕所的秽气，成群的苍蝇落在街边的垃圾堆上，灼人的热浪在镇子的上空翻滚。大鱼河边，女人们在争夺地盘洗衣服。我可以想象得出，河对岸的狗狗们都在台阶的阴凉处伸着舌头喘气。

我刚喂过晨曦，这会儿正给她唱《摇篮曲》。从前在克莱德克公馆花园后面，荆棘树下的小屋里，妈妈也像这样给我哼唱。晨曦满身是汗，我拿了块布给她扇了一会儿风，然后把她放在折叠床上让她好好睡一会儿。她现在长个子了，那个洗衣篮已经不合用。晚上，我就让她睡在从学校操场捡来的一个大纸板箱里。

“艾达！”

一个苗条的身影挡住了投射在屋子泥地上的灼热阳光。我一下跳起身来，她居然冒险在这个危机四伏、拥挤不堪的地方穿街过巷，这念头真把我吓坏了。老爷绝对不会允许她这样做。

晨曦指着她，叫嚷道：“楠薇！楠薇！”晨曦发不出林笛薇的名字，所以都是叫她楠薇。

夫人小心翼翼地走进屋子。她穿了条浅绿色的摆裙，头戴一顶宽边草帽，帽檐低垂到脸部挡住了太阳。她在屋子里站了一会儿，窄小的空间让她有点窘迫不安，都不知道该如何跟我打招呼，她当然从没有进过这样的土棚屋。

“你怎么找到这儿来？”我脱口而出，完全不顾什么举止礼貌，心里就像被什么揪了一下，跟那天在学校舞台上看到她时一样。当年老爷的脚步声在走廊中响起，停在我房门外时，我的心也曾像这样纠结不安。“您怎么又回来呢？”

她没有直接回答，而是摘下帽子，给自己扇了一会儿风。趁这当儿，她又打量了一番两铺床之间狭窄的通道，屋角的煤油炉，凹凸不平的窗棂，还有脚下没有任何铺垫的泥土地板，好像在细细考察这狭小的一隅之地。我突然醒悟过来，她是想找张凳子，可这里实在是没有地方放置这么个物件。她最后拢了拢裙摆，坐在了床尾，就像在坐在克莱德克公馆自家的椅子里那般自若。她低头朝晨曦微笑，屋子里光线不佳，孩子好奇地瞪大双眼看着她。晨曦见惯肤色比她黑的人，她见过的唯一一位肤色比自己白的人就是药剂师，他给了她救命的药。

“我来是想让你回家。”

最终还是来了。

我起身站到林笛薇的床边。我真希望这屋子能大些，这么近的距离很难说出口不对心的话来。

“我做不到，夫人。”我回答。晨曦好像感觉到有什么不对，哭着伸手要我抱。我弯腰把她抱起，让她柔软的小身子贴近我。我爱这孩子，即便有一天她发现自己不得不为这身与我不同颜色的皮肤付出代价，我希望她仍旧能爱我。

夫人看着我，看着她丈夫的孩子。她双眼清明，没有了在学校看到我们时的迷蒙与辛酸，没有了罗斯小姐离家和菲尔少爷辞世时的那种悲痛。也许，她的眼泪已经流干。

“我们之间不应有任何误解，艾达。”她静静地说，俯身向前摸了摸晨曦的小脚丫。“只有彼此接受和携手向前的共同需要。”

宽恕呢？我想问。您能宽恕我这尽忠尽责的作为吗？这当然很难，这样的要求肯定很过分吧。“我罪孽深重。”我不敢看她的眼。

“这罪孽不该由你独自背负。”她坚定地说，“看着我，艾达。听我说，爱德华对这件事情责无旁贷。你和孩子不该独自承受。”她环顾我们的窘境，“我绝不允许这样的事情发生。”

长久以来在内心筑起的高墙开始松动，可这不是让自己软弱的时候。除了对夫人犯下的罪孽，还有很多东西让我顾虑。

“这是犯法的事情，”我说，“老爷要去坐牢的。”

一丝讶异从她脸上掠过，夫人没料到我会知道这些事情。她摇了摇头。“不，不会的，只要我们小心行事。那些法令在克莱德克推行得还没那么深入，不像在大城市。”她顿了顿又接着说，“我已经做了些调查，艾达。”

我坐在林笛薇的床上，我们俩都没再出声，晨曦在床上蹬着腿。街上突然传来一阵叫喊声，夫人吓得把手放在脖子上，从床上半直起身子。

“还有些法律之外的考量。”我继续分析，完全不理会外面的吵闹声。以前我从未以这种方式与夫人谈话，可学校的工作和这片街区对我的排斥让我胆子变得大起来。再说，我也没什么可失去的了。“如果您的朋友见到孩子，知道了她的来历怎么办，你会落个众叛亲离的结果。”我停下来吸了口气。“就像我这样，连陌生人都不愿搭理我。”

生平第一次，我看到她不知所措。她抬手抹了下额头，然后挡住自己的双眼。小屋里很闷热，晨曦贴在我的背上汗水淋漓。

“如果他们就此不再搭理我们，”她低声自言自语。“那他们就不值得相交。”

“可这太难。”我大声说，感觉周围的空气都被自己的声音所撼动，我希望她清醒些。“你想象不出这有多难！他们会孤立你，永远也不会原谅你！还有晨曦呢？她哪边的人都不算，可镇子里至少还有些其他的混血儿和她……”

我竭力想止住自己的颤抖。晨曦在我腿上扭来扭去，抬头看我，小脸害怕得皱了起来。“艾达，亲爱的……”

“我怕见老爷。”我小声嘀咕。

这恐惧深埋着，连我自己也不自知。与老爷同在一个屋檐下，我还能安然入睡吗，夫人能吗，如果我夹在她与老爷中间？

“艾达！”门外传来一个欢快的声音，林笛薇肩上扛着摞衣物挤进门来。“哦，对不起，夫人。”夫人站起身来，林笛薇凝视着她。林笛薇扫了我一眼，我知道她已经猜出夫人的身份。

她把衣物卸到自己床上。本该马上给林笛薇做介绍的，可我一下词穷，整个人迷迷糊糊，反应迟钝。

“你愿做艾达的朋友真是太好了。”看到我心不在焉的样子，夫人朝林笛薇伸出了手。“我欠你的永远都无法偿还。还有，”她稍停了会儿，朝我坐的方向看了一眼。“我想让你帮我劝艾达回我那儿去工作。”

“艾达已经有工作了。”林笛薇看了看夫人，又看了看我，“艾达教书的工作很重要，她得把她的聪明才智教给其他人。”

“是呀，”夫人回答，“我同意。艾达要继续教学工作。不过她可以住在克莱德克公馆里，我们会照顾她和孩子，只要她有空的时候给家里帮忙搭把手就行。”

我凝视夫人，林笛薇也看着她。看得出来，林笛薇在为我盘算要到手的好运气。学校的工作、我和晨曦的衣食、书籍、无需担心漏水的大房子、不用排队去取自来水，只需付出一点劳动这一切就唾手可得。

可我脑子里想的不是这些。我怀念的是我那间屋子的一室安静、晾晒衣服时嗅到的沁人花香、夫人的陪伴、妈妈，还有，在公馆这方天地里为我坚强活着的菲尔少爷。我想到的是音乐，是那些等着我的新曲子——它们都静候在齐默尔曼钢琴里，还有那些萦绕在我心中的那些熟悉乐曲。

这一切让我想到了诱惑。归属的渴望是一种那么令人难以抗拒的诱惑。

* * *

夫人离开后，我就一直站在铁桥上，笔直地站在那儿，不再藏着掖着害怕来往的行人或车辆里有人认出我。没必要再躲躲闪闪了。我站在桥中央，桥的一端是白色的克莱德克，另一端是黑色的克莱德克，黄褐色的大鱼河水——如晨曦肤色一般，在我脚下静静流淌。

我该怎么办，菲尔少爷？我低语。如果你此刻在我身旁，你会对我说些什么？菲尔少爷，爱着我却从来只以礼相待。菲尔少爷，在我还懵懂无知时，就深谙肤色差异需要付出的代价。

现在，我终于可以抽身离去，远离摩肩接踵的人流，不再与河边的洗衣妇们有任何瓜葛，回到克莱德克公馆，回归我原本的生活。又或者，我选择另一条道路，将自己和晨曦的所有都押给一个根植于黑人城区的未来。走第一条道路，我会找到自己苦苦寻觅的归属；选择第二条道路，我势必要继续自己争取被这个世界认可的斗争。第一条路会置夫人于羞辱和法律惩罚的危险之中，而第二条路能保她及老爷后世无忧。

如果是菲尔少爷，他会让我写下两边各自的利与弊，然后再做选择。

可这里面有些事情只可心知而不能付诸笔墨；至于有些可以写出来的，如果不去尝试你永远没法做出抉择。我和晨曦的存在会让夫人老爷从此变为路人吗？我们是否会污浊了克莱德克公馆的空气，侵蚀记忆中所有的前尘往事？我们是否会让原本的家园——克莱德克公馆从此颠覆？

老爷在这片混乱中将立足何方？

还有，虽然我尽可以自行描绘克莱德克公馆或黑人城区生活各自的好坏，可对晨曦而言呢？我们在黑人区里的生活对她会不会更好？人们现在的疏离态度最多也就是街上的几句辱骂或推搡罢了。她会想念林笛薇，期盼杰克那些突如其来的造访。我也会想念他们。如果回到克莱德克公馆，晨曦会不会——我自己会不会有被拘禁起来的风险？

林笛薇眼里看到的是实际的一面。隔离政策或许是在黑人和白人间筑起一道高墙，可要考虑到生存的现实问题时，我只有一条道路可走。

“这么好的机会！”夫人一走，林笛薇紧接着就大叫起来。

“你将来还可以继续教书，好好想想吧。”她在狭小的棚屋里挥了挥自己有力的胳膊。“有自己的小屋，自己的地盘呀！”

我点点头。是呀，我会有个自己的地盘。也许不会是原来我在公馆里的那个房间，因为法律禁止白人和黑人住在一起，不过至少是仆人住的小屋。下雨时，晨曦可以站在屋子门口，看雨水在她脚下汇聚；听雨滴穿过树枝，敲打在铁皮的屋顶上。

“有食物！”林笛薇兴致勃勃地说，“万一晨曦有个头疼脑热也不愁医药。”她那双因为洗衣变得粗糙的手抓着我。“艾达，革命呀那些事情只合适像杰克他们那种愤怒的男人去做。你有个孩子要抚养——”

“可老爷是这孩子的父亲！”我脱口而出。这是我第一次向医生以外的人吐露实情。那位好心的医生，他让我了解了遗传这个麻烦。我飞快地扫了晨曦一眼，她在纸板盒里睡得正香。睡前往往是我吐露内心孤苦的时候，即便在那样的时刻，我也没有对她说过这番话。老爷就是我孩子的父亲。我知，夫人知，现在林笛薇也知道了。

“我知道他就是那个父亲。”林笛薇也看了眼晨曦。

“你怎么知道？”恐惧再次在心中涌起。她是怎么知道的，还有谁知情，学校里有谁发现了这个秘密？

“我猜的，”林笛薇拉过我的手，轻轻地按了一下，“我刚才在你的眼里看到了，艾达。”她再次握紧我的手，慢慢地说。“这一次，他不再是你要尽的本分。”

我直直地看着她，感觉泪水就要夺眶而出。

“除非你希望与自己有关？”

“不！”

可这种怀疑还是存在的，即便在林笛薇这里也是如此。怀疑我刻意讨老爷的欢心，勾引他和自己上床。是不是所有被强暴或向自己本分屈服的女子都要背负这种怀疑？妈妈她投向那个不服责任、不理后果的年轻人的怀抱，是不是也饱受指责？人们把一切过错都归到她一个人头上。她怀着我的时候，老爷是否——直接或间接地，也有不满的言辞？

“你害怕他还会再有要求？”林笛薇的声音低沉，这些想法确实难以启齿。

“法律不允许。”我莫名地为有这么条法律舒了一口气，虽然它会给逾越种族差异真心相爱的人们带来痛苦。“这回我要变得勇敢，我会说不。”

这番我早就该说出口的话落在一屋子的静谧中。棚屋里变得凉快了些，只有屋顶的茅草还在静静地散发着热气，这与克莱德克公馆的铁皮屋顶不同，它们总是吱吱咯咯地作响，让人不得安睡，让人说话也听不清。

为什么一开始的时候我没有说不？为什么我坚信尽本分是自己唯

一的选择？虽然本分和忠诚经常两两相对，可这并不意味着需要牺牲一方去成全另一方。如果我所有的本分和忠诚都只为上帝所有——事实本应如此——那我也无需做出这样的牺牲，无需在老爷和夫人之间做出选择。我会走一条上帝指明的道路，他会告诉我说不。可即便没有踏上这条上帝之路，为何经过了那么多的痛苦和磨难我才领悟：我自己也同样有权说不？

虽然说“不”会让我失去工作，失去家园……

我在领悟，慢慢地领悟。

我从炉子上拿起水壶，给林笛薇和自己泡了杯茶。我们还剩有一点点牛奶，我闻了闻味道，觉得还新鲜，就把它们拌到茶里。

“我觉得你家夫人是个聪明人。”过了好一会儿，林笛薇嘀咕了那么一句，在渐浓的暮色中喝着自己杯里的茶。“如果她不能保证你家老爷不再动你，她不会提出让你回去。唯一能让她对此笃定的办法，就是他们俩能否就这个决定达成一致。”

我目瞪口呆地看着她。

林笛薇的洞察力总能让我惊讶。我认识的人当中没有谁能像她这般善于洞悉人心，发现深藏的私欲。只一面而已，她就已经能对夫人的心思有度量。

“难道是个谈判？”我疑惑。“就是跟钱没关系的那种……一种交易，就像用免费洗衣的服务换取面粉和糖。”我向前探了探身子。“可夫人到底用什么来做的交易？”

“唉，艾达。”林笛薇嘴边勾起一抹微笑，把脚搭在一摞脏衣服上，“你自己刚才不是说过了嘛，她一定是拿了法律的事来胁迫他。

我吓得吸了口气，手指颤抖着把茶杯放到地上。“可这么做对夫人来说也不是什么体面的事呀？如果老爷进了监狱，她就会失去一切，家庭、朋友，还有那些茶会……”

“可她能赢得同情，”林笛薇打断我，“相反，你家老爷只会一辈子都抬不起头。”

我起身走到门口。薄云轻烟在月色中缭绕，对面的棚屋里有人正疯狂地拨动吉他琴弦，一个声音荒腔走板地跟着唱。

“如果他们真达成这么个协议，”我转过身，“夫人能得到什么好处？”

“你的回归。”林笛薇直截了当。“带着晨曦。这位夫人是个正直的女人，她有担当，她想给你和晨曦一个更好的未来。还有嘛……”她有点犹豫，我示意她接着说。“也许，她也和你一般，觉得孤独。”林笛薇对我温柔一笑，她总是那么懂我的心。“现在，她和你家老爷之间估计也不再有什么情分。”

我呆呆地看着林笛薇，直想要看清她那副玲珑心肝。她怎么就估摸得出夫人的这番盘算，又怎会猜得到事情的结果，还是在对事情前后一无所知的情况下。

一开始爱德华断然否认。

等到我哭着说那孩子长着和他一样的眼睛，和菲尔一模一样的眼睛时，他才抬起一只手捂住了脸，承认了自己的所作所为。他说如果我要离婚，他可以理解。可我们都已经不再年轻，习惯了克莱德克公馆的一切，很难抛弃一切重来了。爱德华人不坏，不过是像其他男人那样被误导而变得愚蠢。而我也必须承认，我们彼此间的关系只是建立在喜爱而非爱情之上，尽管这不是他可以出轨的理由。结婚前的五年时间里我们天各一方，也许，这也是我们婚姻的失败的原因吧。

试探过他的底线后，我等了一段时间才对他说出我的计划。

他非常不安，可我坚守他——我们——应尽的责任。

他说我们这样庇护一个混血儿风险会很大，我同意我们得避开当局的注意——不用说，还得瞒过所有的朋友才行。可是，我没有再啰嗦，我让他知道，如果他拒绝赡养艾达和她的孩子，或者如果他对那母女俩有任何失礼的地方，我就无法保证会对他的奸情守口如瓶。

明天我和圣彼得教堂的一个年轻人一起去黑人区，他说他知道艾达和她的混血孩子住在哪里。我祈祷她会同意我的计划。

和以往一样，这件事情我对罗斯也只字不提。

现在计划马上就要实施，我希望自己充满信心，可事实并非如此。

爱德华会有什么反应，他能否不把这孩子只当成自己失德的产物?

艾达和晨曦在这里能得到安乐，还是另一种形式的隔离？我还会原谅爱德华吗?

我是否做了一件正确的事情?

第三十三章

我并没有写单子，列出回克莱德克公馆的利与弊。说到克莱德克公馆，晨曦的吃住，音乐和夫人，这些诱惑已经足以压倒一切。与这些好处相比，其他那些弊端显然无足轻重。如果这不是上天的安排，上帝又怎么会让夫人找到我，带我回家?

回去的那天也是个大热天。在大鱼河岸边游泳的那些小家伙们跟洗衣妇们抢地盘，还不时地朝在树荫下打盹的狗扔石头。林笛薇为了送我推迟了出门干活的时间，她用一块湿布给晨曦擦去满脸的汗。我们出门前她还再三许诺，她的棚屋——还有将来她做地主婆后要建的任何一间棚屋，只要我们有需要，她随时都向我们敞开大门。上帝对我是真心眷顾，才会给了我一个像林笛薇那样的朋友。她的力量也会转化成我的力量。道别时我哭得不能自已。

“这么做应该没错。”仔细打量晨曦那张充满信任的脸，那双眼睛肖似老爷。老爷他肯定不希望我回去。我真该听听菲尔少爷在我耳边的低语，我真的应该。

“这么做对晨曦有好处。”林笛薇背起一摞衣服。

“楠薇！”听到自己的名字，晨曦伸出自己的胳膊。林笛薇俯身跟她玩起了顶鼻子的老把戏。

“这是你的机会，”重压下她有点艰难地直起身子，握紧我的胳膊，“那是许多人求都求不来的好运。”

我从未想过要重返克莱德克公馆。晨曦病重的紧急情况下我才不得已进了城。而此刻我又回到这里，怀抱着自己的混血孩子，《街市巴赫奏鸣曲》渐渐消失在耳边。我又回到曾经的家，也许它还会再成为我的家。背着包袱和孩子的女人们从我身边匆忙走过，这些熟悉的身影或许在想，到底是怎样的运气——或者磨难才会让我走上这条道路。踽踽独行之时上帝降临于我的身边，第一天去学校上班时感受到的那种焕然一新此刻盈满心田，它散发到这灼热的暑气之中，它让浑黄的河水闪耀，它在洗衣妇们的歌声中雀跃。满怀炙热的希望，我将晨曦抱得更紧。这一定就是上帝的安排：一个崭新的未来。

夫人穿着乳白色的裙装端坐在克莱德克公馆的门廊下等我。一切都仿佛没有改变。大串的茉莉花从她头顶的藤架上垂下，四溢的芬芳从大开着的窗户飘进房间。浅色的石墙、红色的铁皮屋顶，这座经历了岁月的房子注视着我一步步地走上门口的小道。我一手把晨曦抱在身侧，她现在太重，不好用包被了；另一只手里拖着我的衣箱。不知道这地方是否还记得我，在黑人区里度过的那些漫漫长夜中，我希望它会保存有关我的记忆。门外的杏树是否依旧繁茂？屋里的楼梯和门把是否还记得我曾经精心的擦拭？客厅里的钢琴是否备好了乐曲等我去弹奏？我沿着小道朝夫人走去，此刻妈妈和菲尔少爷的灵魂是否在对我微笑？改变了的，是否只有我一个人？或者——我不禁又打了个寒颤——在脱下睡衣与老爷躺在一起时，自己就已经铸就人生的大错？无论如何，我在黑人区里有了份工作，能和林迪薇住在一起，在那片喧嚣中找到了节奏。

“大！”被我抱在身前的晨曦大喊，“大树，妈妈！”我放下自己的衣箱。

“艾达！”夫人站起身，走向台阶。“这真是太好了！”

她过来拥抱了我，我闻到了她身上的香味。妈妈去世那天，夫人也拥抱了我，那是我第一次闻到这样的香味。她转向晨曦，深吸了口气，仿佛又被孩子那明显的家族相貌特征给吓了一跳。“她会愿意让我抱吗？”

第一次看到夫人把老爷的女儿抱在怀里，我能感觉到她对孩子的爱，还有埋藏在内心深处的无比悲伤，就像士兵们上战场时那样，把哭泣掩藏在笑声里。晨曦那双肖似老爷的双眼看着她，小手伸向她戴在脖子上的那枚军章。

“好看！”她说，“是给晨曦的玩具吗？”

“小心哦。”夫人低声对她说，轻摇了下身子，抓住了晨曦的小手。“不要扎到自己。我们这就去给你找些玩具，好不好？”

我抱着晨曦走过果实累累的杏树，穿过刺桐花环抱的洗衣绳，绕过飞虫嗡嗡乱飞的篱笆，最后把她安置在了花园后面，荆棘树下的仆人小屋里。

小屋是新粉刷过的，夫人还把妈妈的那张床、她的小地毯也搬了进来。屋子里还放了张给晨曦的小床，我在报纸的广告上看到过，价钱贵得吓人。虽然没有热水——但我们可以用主屋楼下的那个浴室，这里有个接了自来水管的洗手盆。这屋子里还配有拉绳冲水的便池，这让晨曦兴奋得瞪大了双眼。房间铺了水泥的地板，打磨得平滑锃亮。夫人实在是用心良苦，房子豪华得超乎我的想象，她甚至还给我们的小屋挂上了窗帘。晨曦跑过去用手摸，小手拍了拍那些垂下的窗帘，然后把自己藏到帘子后。她还从来没见过窗帘。

“谢谢您，夫人！”我坐在柔软的床铺上，往日的温馨盈满心头。我已经许久没有享受过这种安全感，这种不计回报的慈爱。我们的生活不再有刺耳的喧闹、呛喉的烟火味；周围没有盯着晨曦的拥挤人群，没有被抢掠的恐惧，也不再有用上那条锋利钢条的需要。

“不用谢，”夫人的声音有点紧，“这是你和晨曦应得的。现在……”她有点急促地说道：“我想该把‘夫人’这个称呼改一改了。我想你可以用别的方式称呼我。”

菲尔少爷曾让我不要叫他少爷，除了在自己内心深处，我从未称呼他菲尔。迪娜曾说，终有一天，我们也能对白人直呼其名——在一场席卷全国的解放战斗之后。而此刻，克莱德克公馆里正经历这样一场小规模的解放。

我要给夫人找到一个新的称谓。一个介于夫人和凯瑟琳之间的叫法，一个表明尊重，而同时又能体现我和她在学校重逢那一刻出现的新关系———种女性之间的关系。或许我可以称她为凯斯太太？

“为配合上班时间，进出可以随你自己安排。”

那老爷那边该如何，我很想问。虽然林笛薇有过推断，夫人和老爷应该达成了某种协议，可我怎么知道事实如何？如果他还想再碰我，我能反抗吗？

眼下，最让人期待的就是钢琴了。夫人拉着晨曦，我一下跑到偏厅，打开了齐默尔曼钢琴，双手拂过琴键感受它们在手指下的跃动。我在钢琴前稍坐了一会儿，想让它记起我，让音乐再次回归我的指尖。

“来吧，艾达，弹点肖邦！”夫人高兴地说，“《雨滴前奏曲》？”

我开始弹奏。落在克莱德克公馆里的音符一如往日般甜美流畅，我知道夫人很满意。在我看来，去学校求职时弹的那个版本比现在要好得多，因为它表达了一种我从未有过的激情。我忽然领悟过来，音乐，或者应该说生活的好坏并非以乐器或乐手的资质而论，是投入和执着决定它们的品质。

莫扎特欢快的《土耳其回旋曲》、贝多芬的奏鸣曲，然后是德彪西的《阿拉伯舞曲》……

晨曦以她知道的唯一方式来应和音乐，像学校的那些孩子们那样拍着手掌，扭动她的小身子。我有点担心夫人会不高兴，可她捧着晨曦的小脸，看着小东西的舞动，使劲压抑自己的笑声。之后，她抱起晨曦到厨房去喝牛奶，吃了点面包。音乐一直在我快乐的指尖跃动，我一直不停地弹，直到日暮西山，四周没有了飞虫的嗡鸣。

夫人并不希望我像以前那样专门去操持厨房里的事。那天晚上她为我们俩准备了晚餐，还说将来厨房里的活我们俩一起做，我也无需再穿围裙和仆人的制服。所以，老爷回家的时候，我并没有在厨房里忙碌，而是和晨曦一起在花园散步，倾听黄鹂鸟的鸣叫。之前，在林笛薇那间昏暗的棚屋里，晨曦只在故事里听过黄鹂。

“它们在哪儿呀，妈妈？”我握着她兴奋无比的小手。

“你得静下心来听，”我弯腰对她说。“有些东西是眼睛看不到的，你得认真听，这会儿它们肯定都回巢了。”就在这时，那些鸟儿仿佛有灵性一般，就在花园的两端此起彼伏地鸣叫应和起来。

“我们会一直待在这儿吗，妈妈？”

老爷和夫人一道走下厨房的台阶，从杏树下走过来，他的背还是像以往那般僵直。我站在那里等着，紧握着晨曦的手，不让她跑去找那些已经安静了的小鸟，事实上，我是想抓紧她，以防老爷会过来将她夺走。

夫人这时候开腔打了个圆场。“这是你的女儿，晨曦。”她静静地说道。她脸色苍白，今天也许比平时扑了更多的粉。

老爷严峻的眼神略过我，紧紧地落在了晨曦身上。他一动也没动。我注视着他，希望看到我一直背负着耻辱也同样在不久之前落到他身上。这让我有点害怕——我本不是个报复心很强的人，可此时我感觉心中一股怒火在咆哮，就像大鱼河的洪水那般汹涌。或许他压根就没有羞耻之心，或许他对自己给夫人造成的伤害毫不在意，或许他也一点不觉得利用我来排遣妻子不在时的孤独有什么过错。

可接着，我看到了他的羞耻自责。

我看到了他笔直身躯下的溃败，挂着表链的黑色西装包裹着退缩。他两鬓的头发已经完全花白，蓝色的双眸失去了光彩。羞耻感击溃了他的躯体，就像它曾经几乎摧毁了我的内心。这衰老的男人，我突然意识到，剩下的不过是一副躯壳了。他不会再对我有任何要求，我在他那里不会再有任何麻烦。我松开了晨曦的手。

“妈妈？”她抬头看我，不知道我们这些人是怎么了，一言不发地站在花园里，大眼瞪小眼。

“我已经同意要抚养晨曦，艾达。”老爷的声音疏离。他连声音都变得有气无力。“只要不告诉她实情。你的朋友也必须保证不能声张。”

我看了眼夫人，可她一言不发。黄鹂又叫了起来，一只在屋顶，一只在篱笆上。

“妈妈！”晨曦大叫，指着鸟儿，小脑袋跟着它们的叫声转来转去。她还不太熟悉会唱歌的鸟儿，在镇子那边，她只听过噪鹗在晚间的鸣叫，见过乌鸦在满街的垃圾堆里聒噪。

“我会守口如瓶，先生。但我没法藏着晨曦。”

过了一会儿，他说：“可以把她送到教会学校。”

“爱德华，”夫人插进来，朝着他的方向挥了挥手，眼里有些焦虑，“你从来没说过。”

“那就是当年你想让我去的那个学校，”怒气油然而生，我打断了夫人的话，“可那时妈妈不想让我离家那么远。”我紧紧地看着老爷，他的目光却不愿与我对视，他不愿见自己孩子的母亲。“我也不会让晨曦到那么远的地方去，她可以和我一起去镇子里的学校。”

“抱，抱！”晨曦举起她的手臂，我俯身将她抱起。老爷这才开始打量我，好像这会儿才注意到我。这是我第一次跟他顶嘴，也是我第一次用自己的声音说话，而非一个仆人。

“当然了，她可以和你去。”夫人飞快地保证，目光冷冷地扫了老爷一眼，我还从未看到过她这副表情。也许，夫人和我一样，比以前变得强硬。“这是最好的安排。”

“如你们所愿。”他低下头转身离去。

我察觉到晨曦用她的胳膊紧搂紧我的脖子。“睡吧，”她开始低唱，仿佛要应和小鸟们的鸣唱，“睡吧……”

“先生？”我还想说什么，可他已经离去。

你不打算和自己的女儿打个招呼吗，先生？即便她也许永远不会知道你是她的父亲，你也不愿问候一声吗？你不愿看看她是多么好的一个孩子吗？你不愿看到我把她照顾得很好吗？夫人轻触了下我的肩膀，跟着他走进了主屋。

我想自己真是有够愚蠢的。我早该想到他只会尽量地疏离晨曦。毕竟，那些法律条文在那儿摆着，不向晨曦暴露他父亲的身份也合情合理。可老爷身上有些东西让我觉得备受打击。那就隐匿在他紧绷的脸上，对待孩子的那副不情愿里，在那份让他失去了精神的衰败中。过了很久我才明白那究竟是些什么。它让我在晚饭时忧心忡忡——吵吵嚷嚷的晨曦和我在厨房吃，夫人和老爷在隔壁一股不寻常的冷寂中用餐；洗衣时我想着它；在屋外那熟悉的夕阳中晾晒衣服时也没有停止思虑。

晚上躺在小屋里，听着树枝敲打在铁皮屋顶上，看着晨曦渐渐在她漂亮的小床上进入梦乡，静候着刺桐树上猫头鹰的孤鸣，我心里还在考量此番回归是否是个明智的决定。这时我才明白过来，老爷身上的那种情绪我在镇子时已经熟视无睹，可在克莱德克公馆里却从未遭遇过。

那是厌恶。老爷看晨曦时带着厌恶：他对我和他儿子之间的牵扯非常不满，而现在落在晨曦身上的就是那种不满的升级。姨妈有那种厌恶，西拉斯也有，就像街上那些路人，一旦看到罪孽的证据，就不愿再搭理我。夫人没有看到这种情形，她无法从老爷的脸上读出这种厌恶。我为此感到庆幸，因为这对她的伤害会更甚于之前所有的一切。

一个男人怎么会这样看自己的孩子——自己的骨肉，用一种陌生人的眼光？看到自己的亲生女儿，他的内心怎么能没有一丝触动？这让我想起林笛薇在晨曦出生那天对我说过的话。她说上帝和那个白人不一样，他不会因为我的罪孽而憎恨晨曦。

对白人来说，皮肤颜色将人隔离的力量要远远大于血脉亲情。

第三十四章

艾达带着晨曦回来了。和爱德华的第一次见面很尴尬。孩子非常讨喜，而艾达能回来，对我而言，就像是心爱的女儿回到身边。

我们会躲过法律的惩罚、朋友的注意吗？

我须得好好珍惜每天。

我无法将这些事告诉爱尔兰的亲人。

“艾达！艾达！”我刚踏出小屋，蒲麦尔太太就在篱笆那边向我招手。这是我和晨曦回到克莱德克公馆的第一个早晨，我们俩都一夜好睡。柔软的床，没有附近棚屋里传出的让人紧张不安的叫喊，我也无需一大早就背起愈发沉重的晨曦去取水。

“你到哪里去了？你家夫人担心得不得了！”

“我离开了一阵。”我回答。

“妈妈？”晨曦从小屋前的台阶上慢慢挪下来，跑到篱笆这边看是谁在讲话。

我看得到篱笆那头蒲麦尔太太双眼直瞪瞪的，嘴巴也张得老大。看得出她在努力适应眼前看到的这番景象。她吞了吞口水，伸出舌头舔了舔嘴唇。

“这是，”她指了指主屋那边，“是吗？”

“是的。”我回答。

“你……”

“我现在是个老师，蒲麦尔太太。就在黑人区的学校。”

她仔细打量晨曦，从她茶色的皮肤到那双如卡鲁草原清晨的天空那般蔚蓝的眼眸。

“不是楠薇。”晨曦指着篱笆大叫。

“不是。”我俯身把她抱在怀里。“这是蒲麦尔太太。”

“尤麦尔。”晨曦微微一笑，露出了两颗门牙。

像每一个目睹我羞耻烙印的朋友一样，蒲麦尔太太在谴责与同情之间摇摆不定。

“你家夫人要你回来的？”看得出这点让她觉得颇为困惑。一个白人的女主人居然心胸宽阔到能把和丈夫犯下罪孽的黑人女仆迎回自己家中。

“是呀，”我回答，“她希望能给晨曦一个好的未来。”

“你家夫人，”停了一会儿，蒲麦尔太太感慨，“是那些个女主人们的榜样呀。欢迎回来，艾达。”她把手从篱笆那边伸过来抓住我的手。“可千万别让孩子乱走！”她伸头过来低声交代，“种族隔离可不会放过我们。把孩子藏好，别让客人看到了。”

从她家厨房里传来一声叫唤。蒲麦尔太太扶正了头巾，转头应了一声，“来了，夫人。”她转过身来，冲我摇了摇一根手指头，“把她藏好，艾达，藏好。”

可要让晨曦躲过人们的视线是不可能的。我每天都经过教堂大街，过河去学校上班。晨曦每天都跟着我，不是由我抱着，就是在我身边蹒跚而行。可我最害怕的那种后果——被逮捕，因为和白人睡觉，还生下个孩子的罪过，却没有发生。集市广场附近警察局外巡逻的警察没有太过关注晨曦和我之间的肤色差异。虽然晨曦的肤色在黑人区那边的街上招来不少闲言碎语和侮辱谩骂，可在白人区的克莱德克却鲜少听到什么议论。人们看到晨曦时都是飞快地调转视线。这种方式我完全了然：他们宁愿无视晨曦的肤色。如果眼不见，就可以当它不存在。就像他们曾无视菲尔少爷和我一起并肩漫步，驻足树荫下对我倾诉衷肠，这件事情在他们那里是没有发生过的。

教堂大街上的那些店主们，我读过他们商店所有的招牌；邮局里的工作人员，这么多年来我为夫人往他们那儿跑腿寄信；肉食店里的伙计们，我在他们那里买肉，还去找过贾克波·芬古——现如今，他们见到我和孩子，却权当不认识般调转视线。晨曦朝他们微笑或挥手时，没有人给予回应，就像她根本不存在。晨曦非常喜欢引起陌生人的注意，幼小的她心里一定好奇为什么自己会没人搭理。像晨曦这样的孩子根本不知道自己是被排斥的，她这么个小娃娃，哪里懂什么颜色之分。

克莱德克公馆的高墙之内，老爷对晨曦同样漠视。我从不指望他会来拥抱孩子，不过我曾想到底还是应该有些温情，有一点点善意吧。事实是根本没有。晨曦的存在无时无刻不在提醒他自己的失败，是种让他厌恶的鲜活存在。内心的这道伤仿佛要将他吞噬，就像那些关于战争的记忆和幽灵将菲尔少爷侵蚀殆尽。不知道老爷是否清楚自己内心的这道伤，是否知道这伤强大的吞噬能力。

我看得出老爷内心的伤，尽管他在夫人面前掩饰得很好。许多夜晚，她端坐在他对面的椅子上，却无法从他的脸、他的话语中看出端倪，毕竟他们谈的都是些琐事。从门缝里我不时能听到他们讨论晨曦的事情，老爷话里话外都带着疏离，好像他们谈论的不过是菲尔少爷打板球的本事，罗斯小姐死活不愿学钢琴在闹别扭，是多年前送我去上学的那桩麻烦。夫人强压着自己的情绪来回应他的这种态度。她不再哭泣，不再控诉，她甚至不再看向窗外，远眺爱尔兰她的家乡。现在已经无需再哭泣和责怪了，他们之间剩下的只有一片空白。

这片空白比已经离他们远去了的任何东西都要糟糕。这种空白——我相信，即使我还待在黑人区，晨曦也没有每天出现在老爷的眼前——永远无法驱散，这是对背叛的一种回击。

这之后，老爷会重新拿起他的报纸，夫人会走到钢琴边，弹些小夜曲。精致平静的乐曲荡漾在屋子里，但它们没有那种直到第二天还在你心中回响的力量。事实上，克莱德克公馆外的那些事情让我们心事重重，虽然我们从不把它们说出口。

第三十五章

那些黑色浓重的字体宣告了隔离主义的盛行，那些大字让我想起了之前的那场战争。它们充斥《中部新闻报》的版面，占据报社外的告示牌。对我而言，这个主义是列夫·卡拉塔为了人民英勇斗争，是神父在山脚做弥撒时对解放的呐喊，是我颤抖手指下的锋利钢条。对老爷而言，它写在一个混血孩子的脸上，记录在一个违法的事实里，终结于失道者的斗争之中。

蒲麦尔太太英明无比。

种族隔离这东西不会放过我们。我们全都深陷其中，我们所有人，不管愿意与否。过去经历的失败现在可以再拿出来发泄。老爷内心的伤口不仅仅是厌恶，这里面还包含有恐惧。

***

“你运气好，玛丽。”我弹完了早间的进行曲，迪娜靠在在钢琴边上对我说，“能找到个愿意提供食宿人家，还愿意让你出来教书。”

“是的，”我随即把事先想好的应答抛了出来，“这位夫人与我之前的女主人相识。”

除了撒谎我别无选择。终有一天，连晨曦都会看破这样的谎言。终有一天，我得向她坦白一切。我把一只手放到她的头上，她正在我脚边玩菲尔少爷的一个玩偶，那是凯丝夫人——我现在对夫人的称呼，给她找来的。“这位夫人不要求我做多少家务事。

迪娜扬起眉毛，站直了身子。“你好像遇上了这世上唯一一家大方的白人家庭。”她说。

“果酱？”晨曦抓迪娜的裙子。“迪恩有果酱吗？”

“今天没有，小猴子。”迪娜大笑，却带了一丝棱角。“问你的新主人要吧！”

迪娜其实没有刻薄或嫉妒的意思。她不过是心有疑虑，疑惑我怎么会撞上这样的好运。自己的仆人房，一个愿意供养晨曦和我的女主人，还没什么太多的服务要求，可以离开黑人区那种嘈杂的环境。迪娜私下里对这些东西还是颇为看重的，因为她不太瞧得上女主人和仆人间存在的那种卑躬屈膝的关系。

达米斯先生也同样有怀疑。

“你还好吗，玛丽？”有天他在走廊里问我，打量一番我那身簇新的衣裙，那是夫人放在我床上的。深蓝色的裙子，白色的罩衫——她买了两套——除了参加菲尔少爷葬礼时穿的那套，这是我拥有的第一批适合成年人穿的衣服。连罗斯小姐都不会拒绝穿这样的衣服。

“很好，先生。”我回答。“也很幸运。”

他点点头，看了一眼过道，好像要确定那边没有闲杂人等。“你没惹上什么别的麻烦吧？”

我静静地打量了他一会儿，犹豫着是否要向他坦白一切：和太太的关系，为啥叫玛丽而不是艾达。可一个名字能关什么大局呢？比起之前我一直隐瞒晨曦的肤色，这不过是小巫见大巫了。

“我还好，先生，哈林顿太太不过是给了我庇护。”

他看着我，我知道他正在脑子里整理所有关于我的事情：怀着身孕到学校来求职，对自己音乐学习渠道的解释，晨曦的肤色，没有丈夫。这后面他还得加上她在礼堂看见我时的那种震惊。这之后不久，我的状况就有了改善。所有这一切都指向一个可能：她家不仅是我的雇佣者，而且那里还会是晨曦父亲的家。

“庇护？”他重复了一遍。

达米斯先生是个好人。他不过是想确定我不会被迫再次与晨曦的父亲发生任何关系，他想确定这些衣服和房子不会是一种代价。

“你是个好人，先生。”我抬起头，感觉一股热气涌上脸庞。“不过再也没什么东西能让我心生恐惧。”

“那就把握好运气，玛丽。”他静静地说，“好好把握。这种机会不多。”

林笛薇告诉我不要对学校里的老师们提半句自己目前情况的改变。

“他们有什么必要知道？”她耸耸肩问，“因为晨曦他们都不搭理你，他们又有什么权利判断是与非。”

杰克有一天在大鱼河的铁桥上突然出现在我面前，奇怪的是对我的近况他倒没说什么。也许是林笛薇提醒过他不要多嘴，我之前有点担心他会反对。我不想失去杰克。不过他确实有提到，重归克莱德克公馆是对我过往经历的某种“补偿”。

“不过这里边还是有风险。”杰克把晨曦举到他肩膀上，引得孩子高兴地大叫。

“再高点，再高点！”她抓住杰克的头发要求，“晨曦能摸到天空吧？”

路人都对我们呲之以鼻。有个匆匆走过的男人还往地上吐了口唾沫。

“我知道法律的事情。”我很庆幸能有个人说说心里话，不用在一堆谎言中掩饰自己。“我可能得下大牢，老爷也免不了。可凯斯太太说如果我们都不声张就没多大问题。”

我已经考虑过坐牢的可能性。这是我在离开黑人区之前就反复考虑的问题。如果我真的被抓到监狱里，那么对晨曦来说，最好的地方就是和凯斯太太一起待在克莱德克公馆，她会得到妥善的照顾。

他碰了碰我的胳膊。“他坐牢的可能性比你要大。”

我停住脚步，他也停了下来。

“看呀，妈妈！看我多高啊！”晨曦在他肩上晃来晃去，朝周围无视她的人群挥手叫唤。脚下的大鱼河在炎热的夏日里水流平缓，洗衣妇们都哀叹河水在干涸。

“怎么会这样？”我问。

“艾达，亲爱的艾达。”杰克低低地说。“那白种男人的罪过要大得多，他会比你这个黑人女子跌得更惨。”他扮了个鬼脸。“报纸会大谈特谈他的失德行为。”

我可不是这样想的。如果法律要惩罚，那就是双方各打五十大板，我和老爷都应该接受惩罚。凯斯太太会安然无恙。我从来没想过老爷他会是唯一受罚的人，也没想过杰克说的那个补偿。没想过我一旦接受它，老爷反过来就得坐牢，我却可以不受牵连。

凯斯太太清楚这一切吗，在她要我回家的时候？

***

如果想要有一个未来，沉溺于过往当然无济于事。我现在需要做的是把黑人区生活中最好的一切转移到克莱德克公馆这个庇护所来——那些活力四射的学生、我教给他们的音乐、林笛薇，和不多的几个朋友。

音乐一如既往地连接起我这截然不同的两部分生活。学生们欢快地歌舞，一过大鱼河就会扑面而来的《街市巴赫奏鸣曲》，它们与那些高难度的古典音乐并驾齐驱，总在我的脑海里久久回旋，就像各自找到了自己的归属。我于是移除所有的界限，开始在家里弹舞曲。凯斯太太会探身子进来看我弹奏，两眼盈满笑意，随音乐手舞足蹈的晨曦也让她止不住地哈哈大笑。

晨曦对音乐的热爱并没有体现在任何乐器演奏上——她对钢琴没什么兴趣，反倒是善用她舞动的身体和双脚来表达。黑人城区那边成了她表演的舞台。每天我都心怀感激地回到克莱德克公馆，而晨曦则对身后的那片土地恋恋不舍。无论她有多喜欢自己的新家，晨曦依旧喜欢随《街市巴赫奏鸣曲》的节拍起舞，仿佛那就是她自己的本能。凯斯太太在她日记里说这没什么好遗憾的，上帝给我的安排就是保证晨曦的安全成长，直到有一天，种族隔离的阴魂从我们生活中消散。我按自己认为对的方式去做，我从失败的过往里学到的唯一经验是：绝对不要重蹈覆辙。

克莱德克公馆真心实意欢迎我们的回归。早晨清新的空气里有黄鹂鸟在花园的歌唱，炎热渐渐消散的黄昏，噪鹛从我们头顶拍翅而过。在温馨的厨房里，我有妈妈陪伴在身边；曾经给少爷读过的书本里，有他的声音在耳边回响。借由她的日记，凯斯太太和我又恢复了往日的密谈；而楼下钢琴里汇集的各式乐曲仿佛都流淌到我的指尖：诙谐曲、孔雀舞曲、练习曲，还有弥莉安·梅克巴和斯凯拉克斯的非洲爵士乐。我肯定菲尔一定能听到，他会很高兴我能回家——就像我知道，即便他在天国也会一样爱着晨曦。

如果世界不是现在这般光景，如果皮肤的颜色在人们眼里毫无二致，晨曦就会是我和他的孩子。

第三十六章

时至今日，我们的生活还没有受到律令的干扰。

可我的学生们却不能幸免。大鱼河的对岸、布里尔街以外的黑人街区里，许多年轻人都被关进监狱，有些还是我教过的。我了解情况的唯一途径就是看他们是否到校上课。

“他们被抓走了！”班里剩下的孩子们大声说。他们随着音乐狂舞，只是为了要掩饰心中的恐惧。下一次被抓走的也许就是他们自己。

坊间有抵制的传言。在我看来，这就是老爷对我和晨曦的所作所为。可杰克说这是我们黑人对付城里那些商店的一种方法。我们是穷苦，可这国家里黑人比白人要多得多。如果每个黑人都不去买白人商店里的东西，那白人的日子就会变得难过。杰克说我们可以通过多种途径来引起一场变革。

通行证的问题刚好就是变革的导火索。它潜伏在音乐和我生活的新节奏之中，就像童年时的妖怪，又像是一种隐藏的疾病，等你发现它却是为时已晚。通行证说明你的身份，划定你可以出现的区域。这么一张轻轻的纸却宣告一个事实，皮肤的颜色对你至关重要。自从游行失败之后，警察们变得更加粗暴。没有通行证二话不说立刻抓人。整个城区气氛压抑，却无处不散发着人们对这些佩戴警棍、拉着警犬的警察的愤恨，对他们随意抓人的不满。

“会不会爆发一场关于通行证的战斗？”有一天我们在教师休息室里喝茶，我提出了这个问题。维罗妮卡正对着窗外招呼她放在院子里的鸡。

“已经爆发了，”迪娜确信，“你看这个。”她指着一张一周前的旧报纸。那上面有关于焚烧通行证和警察殴打焚烧者的报道，事情发生在约翰内斯堡附近的一个城区，那地方比卡瓦扎科勒要大好几倍。

“会打仗吗，凯斯太太？”有一天，我和夫人一起在厨房里腌杏子，我壮着胆子问她。晨曦把果子核一个一个地丢进铁锅里，嘴里数着“一、二、三”，锅里呱嗒响一声她就会一阵傻笑。“一场通行证之战？”

她正在给瓶子写标签，字体是一贯的挥洒，杏子标签上的那个“A”写得龙飞凤舞，听到我的话她愣了一下。我不太和她谈克莱德克公馆以外的事情，我也一贯小心翼翼不乱说话，以免叫她后悔让我回家，或是后悔在内心宽恕了我。

“我希望不会，”她回答，“政府应该看得到对错，然后取消它们。不过……”

“不过什么，凯斯太太？”

“有人说他们想打一仗，给事情一个正面回应。我不敢想象那些人会这么蠢。不过我也清楚，事实证明男人就喜欢这一套。”她拿起笔，又重新开始写标签。“这对我们不会有什么影响，艾达。在克莱德克不会。”她抬眼看过来，眼神变得温柔。“你在这儿是安全的。”

“不会像上一次的那场战争吧？”

“什么是战争，妈妈？”

“你数完所有的果核了吗？”我问晨曦，把果子舀进写了标签的罐子里。

“我有份吗，我可以去打仗吗？”

“哦，不，亲爱的。”凯斯太太说，给她塞了半个削了皮的杏子。“打仗那是士兵的事儿。”她转过身去，伸手摸了摸自己的领口。她不再天天戴菲尔的那枚军章，可总还是忍不住老用手去摸佩戴军章的那个位置。

“我很抱歉，凯斯太太。”我在她身后低低地说了一句。

她回身去拿我装好了的那个罐子。我看她拧紧了盖子。

“会有炸弹吗？”我问。

隔着一溜锃亮的罐子，凯斯太太看着我微笑，菲尔少爷当年在花园里也是这样对我微笑，他承认自己害怕打仗，不过还是努力掩盖这种恐惧。“没什么可担忧的，艾达。上次那场战争是国家间的冲突，这次的不过是自家内部的一些分歧和争议。根本不一样。”

她伸手碰了碰我的胳膊。“我会护好你和晨曦。”

听到有人说她的名字，晨曦抬起头来，两手都握着杏核，朝我们傻笑。“保护晨曦！”她咯咯笑着，跳着，把果核丢回到锅里。“保护晨曦！保护晨曦！”她开始舞动身子，学着河对岸那些野小子们的样子，用手掌拍着自己的大腿。凯斯太太和我都停下手里的活计，看着她那柔韧性极强的身子，感叹她能那样轻而易举地就完成那些动作。

如果真有这样一场战争，凯斯太太会是站在我们这边的吧？这个我们是只包含我和晨曦呢，还是包含所有的黑人？老爷呢？他是认为黑人该待在他们自己的地盘上，可他不也违反这个国家的规定和我上了床。我知道一场战争中站对位置有多么重要。在上一次的战争中，老爷、凯斯太太、罗斯小姐、菲尔少爷和我是站在同一边的。

可在这场战争中，谁是敌人，谁是朋友，老爷和凯斯太太是否已经各自站在了对立的一边？

* * *

我请凯斯太太带我去银行，我想知道银行是怎么办业务的。如果有一天要用钱，我得知道该怎么把钱从银行里取出来。

凯斯太太去书房找出了那本银行存折——离开克莱德克公馆时我在书房里遍寻不见的那个小本本。我等在门外，恍惚间我好像还能看到老爷端坐在书桌后，穿着那套黑色西装，里面的衬衣是我精心熨过的。他告诉我要提前出门去接太太，因为火车有可能会提前到达。他从头到尾都没抬眼，一次也没有看我的眼睛，和我上床这事儿好像根本没发生过。

我从凯斯太太手里接过这个挺括的小本本，告诉她我会把它收在小屋的床垫下，和通行证一起妥善保管好。现在我每天都会带着通行证，不想因为这个东西再引起不必要的麻烦。

“可为什么，艾达？”凯斯太太从老爷的书桌旁直起身子，那双绿色的眼眸里带着一丝担心。她很清楚这些重要的文件会有人要偷，她也知道小屋那边指不定会遭盗窃。她不知道我在床垫下开了一条不容易被发现的缝。

我伸手进口袋摸到那个本子。

“说不定有一天我会需要用钱，晨曦会生病。”想起她那次的咳嗽，我还是觉得胆战心惊。怕钱不够，买不到药店里的药，这种折磨历历在目。“我没法直接上银行去取钱。”

在这个问题上，姨妈倒是一贯正确的：放在银行里的钱没用，拿在自己手里的才叫钱。我不想再经历为钱走投无路的无奈。如果凯斯太太有什么事，我就得去求老爷，我不想这么做，不想落到去求他的境地。既然这是我的存折，就应该由我来决定放在哪里保管。看到了吗，在外生活的经历让我变得强悍起来。

有天下午放学后，我们一起去了银行，把晨曦托给隔壁的蒲麦尔太太帮忙照看。

“看好她，”我提醒道。“你一不留神，她就会跑到你家主人的房子里。”

“我不会让人看到她的，可怜的孩子。”蒲麦尔太太依旧觉得晨曦的肤色是个麻烦。“帮我问问我表姐，她干吗都把糖自己独吞了。”

我第一次走进银行。一张长长的木制柜台后面坐了一溜男男女女，个个面前都摆着文件。这地方有一股油墨和地板清洗剂的味道。我四处看了看，不见蒲麦尔太太表姐的身影，她在银行里是负责擦地的，可能这会儿她正忙着泡茶。她要推着餐车，把茶和糖分送到各处，银行里显然不缺糖。巨大的吊扇在头顶上慢慢地旋转，站在柜台前排队时，你会觉到凉风习习。黑人区的学校真该装一个这样的电扇。

凯斯太太对柜台后面的一位女士说明我拥有存折里的钱。“我想要取一些出来。”我把自己的通行证也递过去，证明我跟这本子的主人艾达·玛尔布斯是同一个人。

“艾达。”凯斯太太走上前来，和那位女士交换了个眼神。“你的钱存在这里要安全得多，如果你随身带着，说不定会被人抢。”

“可如果晨曦生病，我就需要用钱。”我重复了一遍。“到时我没法拿到钱。”

“明白了。”凯斯太太点点头，一只手轻轻地握着我的胳膊。“可那样的事情不会再发生。”

柜台后面的女士看着我们俩。她穿了件粉色的泡泡袖衬衫，头上还带了个相配的发箍。看得出我说一口英语让她有点意外，而且我和凯斯太太说话的平等方式也让她吃惊。太太碰触我时她简直是目瞪口呆。

“求你了，凯斯太太。”拿出我在黑人区里历练出的勇气。“我手里得有些钱。”

凯斯太太点头微笑。“当然了，你的钱你做主。”她转向粉衣女士。“请问，艾达能取两英镑吗？”

那位女士扬起眉毛，数好钱给我。我把钱包在手帕里，把它收进自己的口袋。等我们回到家，我就把存折、通行证和钱一起好好地藏到床垫底下。妈妈曾把她的钱藏在床下的鞋盒子里，可我知道，窃贼们都会往下看——床垫下、床下。林笛薇给我传授过经验，那些坏蛋不会去看里面。

第三十七章

晨曦如今长得飞快，就像夫人种的百香果。除了长个头，她还养成了两套不同的举止行为方式。

一种是克莱德克公馆版本，她举止得体，学着帮忙打扫收拾。可每天我们一走过水流平缓、飘荡着洗衣妇歌声的大鱼河，她就会变身为一个陌生人。她没有去找镇子里的那些混血孩子玩，相反，她总是跟那些最野的黑人小子们玩在一起，仿佛她更想证明自己生就一个纯粹的黑人。

与此同时，杰克他们那帮人也不再谈什么战争或革命，而是换了个词叫“抗争”。在抗争的过程中，人们焚烧通行证。那些被认为不是那么积极参与的黑人，他们的房子会被烧掉。那个曾为晨曦开药救命的好医生，他家的屋子就被烧掉，这一行动警示所有人，即便是教会来的钱也不干净。杰克不再现身人群中抱起晨曦玩耍；不再神出鬼没地降临林笛薇的棚屋，变戏法似地掏出从肉店弄来的香肠；他也不再和我相遇在河边。

“他是有份的。”林笛薇悄悄告诉我一些情况，“他说得出国去学怎么用枪——是枪呀，艾达！”

“你干吗不找其他孩子玩？”我追问晨曦，努力压住心头的恐惧。“林笛薇的侄子诺姆斯，或者跟我学琴的班佳妮。”

晨曦摇摇脑袋，瞪着那双蓝色的眼眸对我笑，要我不必担心，然后跟着她那帮野孩子又一起去淘气。

“你不明白，妈妈。”每回有什么麻烦，她总是分辩。“在这儿生活你得要狠些。”

“可你也生活在克莱德克公馆呀，晨曦。在这两个地方你怎么像完全变了个人似的？”

“因为我就是个双面人，妈妈！”她乐滋滋地回答。

我无言以对。

现在，达米斯先生的头发开始转白，人还是如以往一般圆滑，对晨曦的那些小打小闹完全当没看见。所有的教员中，只有迪娜还能跟她讲讲道理，因为晨曦为她的魅力所倾倒。晨曦喜欢她的头巾，欣赏她要与白人政府斗争的决心。可就连迪娜也得费尽心力去对付晨曦的任性。

“她打哪儿来的这种个性？”迪娜劝阻晨曦不要去打架的努力又一次宣告失败，她很担心。

“是皮肤颜色的驱使。”

迪娜很痛心，但点头同意。她挽起我的手，和我一起走回了教室。我想起凯斯太太也说过罗斯小姐任性。我不得不感慨遗传的力量，不知道晨曦身上有多少东西遗传自老爷和我。不知道她构建起自我的那个环境对她又产生了多大的影响。

“为什么你一天到晚去打架，晨曦？”长长的一天过去，我俩一起躺在小屋的黑暗中。

“因为我跟你不一样，妈妈。”

我坐起身来看她，她平躺在凯斯太太最近给她新买的床上，她又长高了。

“给了你这身皮肤，让我每时每刻都充满歉意。”

“嘘，妈妈！”她俯身过来亲了一下我的脸。“我不确定是不是肤色的问题，但我热爱那片镇子！”她的双眼在昏暗中闪闪发亮。“我希望自己属于那片土地。”

可这怎么能行，我的心肝宝贝？我真想对着这屋子，对着门外的荆棘树和那棵给你滋养的杏树呐喊。我付出那么大的努力为你在这争取一个未来——一个为你安排好的未来，一个上帝给予我宽恕的未来！我保护你，让你无需靠洗衣度日，远离污秽带来的疾病；我庇护你，让你远离酒馆外那些醉汉和暴力。你那些野蛮的黑人朋友最终会厌倦你，终有一天，他们会因为你的混血肤色与你形同陌路。

“妈妈！”晨曦察觉到我的恐惧，俯身抱着我，她柔滑的皮肤紧贴着我。“我会找到属于自己的道路，就像你一样。”

可代价是什么，我想问。你到底会为此付出怎样的代价？我流下眼泪，就像在菲尔少爷葬礼上那般无助。

“我还是会常回来的，妈妈。”晨曦轻声说。她安抚人的本事跟惹祸的本事一样强大。“我爱你，爱凯斯太太和克莱德克公馆，我会回家来的。”

***

罗斯小姐生了个孩子。蒲麦尔太太说她那么能惹祸，有个孩子没什么好惊讶的，迟早的事。

凯斯太太在孩子出世好一阵之后才得到消息。小姐希望尽可能不声张，就像我缄口不谈自己怀的是个混血孩子一样。不过在肤色的问题上，她比我要幸运得多。她的宝宝血统没问题。

"她说要回来。"有一天，凯斯太太上气不接下气地冲进厨房，手里攥着一封信。她的头发从发髻中散落，垂在肩上，菲尔少爷做噩梦的那些夜晚，她也这样赶到卧室去安抚他。

我正在揉面，于是举起沾满面粉的手问："罗斯小姐知道吗？"

我从来没问过凯斯太太，罗斯小姐是否知道我和老爷的事情；

同样，我也不清楚凯斯太太是否告诉罗斯小姐我已经回到克莱德克公馆。你怎么开口跟自己的女儿说你把和丈夫一起作孽的人领回了家？也许罗斯小姐还不知情，也许这就是凯斯太太如此不安的原因。

"我过一会儿就给她回信。"太太伸手把头发理好，没有看我的眼睛。"她非常，"她犹豫着要怎么表达，就像林笛薇那样。"吃惊。"

我也没抬眼，继续揉我的面。吃惊？这当然不会是罗斯小姐的反应，愤怒才对吧。还有背叛——罗斯小姐一贯把老爷看做是自己的专有财产，把他控于股掌之间——这几乎是可以肯定的。

无所谓，也许吧，如果我运气好的话。

爱德华想要找出父亲是谁，为什么他不履行责任和罗斯结婚。我拒绝去助长他这股怒火。毫无疑问大家会议论纷纷，我们以前又不是没经历过，我从中得到的教训就是抬起头，走自己的路。有趣的是，我的这份领悟来自艾达。

面对孤立和失望，她用只身前行来将自己武装。

所以，我们会张开双臂欢迎自己的孙辈。我只是祈祷，罗斯已经适应为人母的身份，不再如从前一般任性。我对此毫无把握，因为我早就认命，但凡和女儿有关的一切，我既无影响力，也无法理解。要承认这样的失败真不容易，那是我自己的孩子啊！

我最关心的莫过于她对艾达和晨曦的反应。

第三十八章

“这是晨曦。”凯斯太太的双颊苍白，仿如当日她把晨曦介绍给老爷。

“看那头发！”罗斯小姐指着晨曦浓密的卷发大叫，另一只手抚着自己女儿海伦的金色发卷。

“艾达，能给我们上些茶吗？”凯斯太太勉强朝我挤出个微笑，安抚似地拍了拍晨曦。

一家人就坐于门廊里的靠椅上，小时候我渴望去试试坐在那上面的感觉，可被妈妈严令禁止。我端着茶托走进门廊。茶托上有刚出炉的饼干，配着自制的杏子酱。我们花了大力气给小姐办了个特别的欢迎会。炉子里烤着卡鲁羊腿，还准备了浇上焦糖肉桂汁的南瓜，椰枣白兰地挞。

我倒茶时，小海伦在凯斯太太脚边的一张毯子上玩耍。晨曦跑回小屋，拿了个几年前凯斯太太给她织的玩具兔子。

“不要。”罗斯小姐伸手从海伦手里拿回兔子，把它扔回给晨曦。“她自己有玩具。”

一切都跟从前一样。

罗斯小姐每天都穿新衣——不是原先那种大摆裙，而是那种修身的及膝裙。她先坐在门廊里喝茶，然后到城里去买东西。心血来潮时就推上婴儿车把海伦带上，不过大部分时候她都把孩子放在家里给凯斯太太照顾。她还明令禁止晨曦和她的孩子玩。凯斯太太能理解罗斯小姐的愤怒和伤痛，那些都是她自己也曾经受过的。可将我们列为无视对象、禁止我们接近她的外孙女这种做法，还是让她觉得震惊。从太太僵直的背影中，从她强装欢乐的琴声中我能感受得到。那段时间我们弹过许多波尔卡和玛祖卡舞曲，可那些曲子听起来毫无激情可言。

“今天的甜点我们做柠檬酥皮卷好吗，艾达？”她满眼的痛苦，想让自己忙碌起来，避开和罗斯小姐坐在一起、却要把晨曦赶走的尴尬。

“当然没问题，凯斯太太。”我回答。于是我们俩就着手打鸡蛋、榨柠檬汁，但却没有了往日的那种惬意闲聊。

晨曦一开始颇为罗斯小姐那些时装和城市做派着迷，可不久就被她的刻意疏离激怒。和镇子里她那帮朋友在一起才是她最快乐的时光，我知道克莱德克公馆的生活对她而言是一种折磨，虽然她从来不会承认。罗斯小姐尖刻的言辞、伤人的举动，无疑也威胁到了晨曦心中唯一一块安稳之地。

“她恨我！”那天见面之后，晨曦又遭遇另一次冷眼。“她干吗恨我，妈妈？我又没对她做什么。”

“罗斯小姐一贯很自我。”我抬起头对晨曦说。我在弹奏格什温的曲子，晨曦非常喜欢他，经常会和着《狂想曲》的疯狂节奏扭动自己的身体。她也喜欢跳舞给小海伦看。“她不懂得分享善意。”

还有一次，我们待在自己安静的屋子里。“为什么她和凯斯太太如此不同？”

我微笑着看向屋外。金合欢树低垂在草坪上，斑驳的树荫落在翠绿的小草上，菲尔少爷曾在那休憩。多少次我也曾问过自己这样的问题，像凯斯太太那般善解人意的慈母怎么会摊上这么个自私自利的女儿?

“这个只有上帝知道，孩子。我们还是孩子的时候她就这样。不过，”我转身轻抚她的胳膊，“罗斯小姐很得老爷的宠爱。老爷给了我们庇护，所以，对她我们要小心。”

“*Andikhathali*——我才不在乎！”那个市井生活版的晨曦咬牙切齿。“她与我没有半点关系！”

在老爷跟前，罗斯小姐还是一如既往竭尽讨好之能。她很清楚老爷没法拒绝她，不过她也是小心度量每一步。毕竟，老爷现在每个月都还给她生活费，这我很清楚。我偶尔也有听到他和夫人的谈话，他们说起小姐在约翰内斯堡的豪华公寓让他们花费不菲，可到现在，她还没有自己养活自己的能力。

“她该去找份工作。”老爷说，“应该有合适她做的事情吧？”

“什么是合适她做的？”凯斯太太摇着头接过话题。“她没一点儿本事，也不想教书或做护士。我们能指望的唯有婚姻这一条出路。”

谈话通常就只能到此为止。

这趟回家，罗斯小姐对老爷还多了另一方面的周旋。在太太面前她把这一面掩饰得毫无破绽。除了恭维的花招，她还把老爷拉进了自己的阵线，他们成了同病相怜的父女档。

她把他们父女都粉饰成无辜的受害者，两个受无耻之徒利用的善良灵魂。

我怀疑老爷是否认同罗斯小姐的立场，不过相对于处处受制的状况，她的温言软语自然让他觉得如沐春风。她那头美丽的金发、漂亮的打扮，还有揶揄的方式，再加上一个漂亮的金发宝宝，就算没有丈夫，对老爷来说不啻于一道炫目的阳光。我看得出来，却无心去唱对台戏。老爷现在不过是具行尸走肉。他是不愿正眼看晨曦，但他毕竟也遵守承诺给了我们一个家、一个未来。大河的对岸，血腥和恐怖不断升级，连林笛薇也大感失望。她那间新的棚屋还没住就被人放火烧掉。那些发起抗争的人宣称要把这片地区变成一个无政府的地界，他们要摧毁和焚烧一切，还卡鲁大地一片砾土。

罗斯小姐一段时间里实施的都是她那套魅力加受害者的策略。可有一天晚上，他们一家坐在门廊里，凯斯太太在弹琴，我做好了晚饭，噪鹮们拍着翅膀飞过。罗斯小姐采取了新的行动。她跟老爷说，他不必如此大度，不必非得在克莱德克公馆的范围内许我和晨曦一个未来。

“给钱打发她走。”我经过走廊去饭厅时听到她说。“别让她再待在家里。碰到合适她的，她还不是一样得走人。”

我听到呯的一声，一个玻璃杯子被重重地放到托盘上。罗斯小姐刷的一声划亮火柴，点了支香烟。我站在那儿一动不动。又一个敌人，晨曦和我从来就没有安生过，就连在克莱德克公馆里也不能幸免。

“我答应过凯瑟琳。”那是老爷的声音。凯斯太太那边传来欢快的诙谐曲，她希望在晚饭前给大家带来些欢乐。我还是一动不动地站着，手紧紧地攥着蓝色的裙子。

“你又不欠她什么，”罗斯小姐低叱，“你有自己的家庭要顾着，再说这样也不安全。”

两人停下来没再说话。我身后传来晨曦的脚步声。自打罗斯小姐回家后，我就让晨曦多在我们的小屋里待着。我转身在嘴前竖起个指头，晨曦耸耸肩回到厨房，知道自己在这不方便。

“克莱德克没有相关诉讼。”老爷接过话题。

凯斯太太开始弹巴赫的D大调《空气》。我朝房门走近几步。

“你的意思是尚未有诉讼，”罗斯小姐说，“谁知道这还能维持多久？”

* * *

我明白复仇这回事。

复仇是你向曾对自己不公的人发起的进攻，复仇会唤起人血液中的黑色因子。所以此刻我觉得自己能理解罗斯小姐。她在向我实施报复，报复我在钢琴方面比她强，报复我在凯斯太太那里夺去了原本属于她的爱。还有，如她所勾勒的，报复我勾引老爷进了我的房间。

回约翰内斯堡之前，罗斯小姐去了警察局，或者是她挑唆了什么人去警察局报了案。

半夜三更，有人在小屋外砸门，直觉告诉我那是罗斯小姐的报复。我听说过这样的事情，不过没想到它会发生在克莱德克公馆内。我提醒自己要记住，我没有资格住在克莱德克公馆，我不能坐门廊的那些椅子，我也不是这家里的成员，虽然凯斯太太待我如亲人。所以，我和晨曦，在遇到警察半夜搜索时，不受这个公馆保护。

“那个孩子在哪里？”我把门拉开了一点，看到一个手拿黑色警棍的大块头警察。我害怕担心了许久的事情发生了。仿如晴天霹雳一般，坐牢的威胁降临到了我和老爷身上。随之而来的还有凯斯太太不得不面对的羞辱，晨曦不得不独自长大的可能。

他狠狠地将我推到一边，另一个穿着便衣的白人男子跟着他进了屋子。他们用手里的火把照了照屋内，我听得到他们粗重的喘息声，好像他们在狂奔捕猎，而我们就是猎物。

又或者，是一场伏击？菲尔在北非经历过那种枪林弹雨。

“别碰她！”我尖叫，挡在晨曦面前与他们推搡。粗粝的火把光下，晨曦睡眼惺忪，迷迷糊糊。

“看，看看吧。”第一个家伙得意洋洋地叫喊。他把我推到一边，手里的火把凑近了晨曦的脸。“是个混血鬼，没错！”

清醒过来的晨曦眼里闪着被羞辱的怒火。她知道这些警察，我们在镇子里都躲着他们。他们带着狗，开着囚车到处抓没有通行证的黑人。她还是个孩子的时候，我就警告她要提防这些家伙。面对这些人她得压抑自己的情绪，控制好自己的一举一动。这些人和镇子里那些无赖暴徒不一样，他们有警棍，有枪。冷静是唯一能保护我们自己的武器，我曾这样告诫晨曦，我们宁可忍耐，等待合适的机会反击。

“艾达？”

我听到外面有人喊，凯斯太太出现在门外。她的头发还没解开，绣花睡袍下还光着一双脚，她没穿拖鞋就冲了出来。这样一个寒冷的冬夜，她的脚一定冰冷无比。嘈杂声中，我听到厨房门砰地关上了。

“你们这些人在干什么！”她喘着气问。

趁这些人分了神，我扑到晨曦身上，把她护在怀里，在被褥下一阵摸索。如果我还住在黑人区，住在林笛薇家的棚屋，此刻我手里一定握住了那根锋利的钢条。

但此刻不是。

我忘记了那根钢条此刻和我的通行证一起摆在屋子那边的抽屉里，方便自己每天带着出入。我还以为我们在仆人的小屋里是安全的，我还以为自己不需要再枕戈待旦。

我还有机会拿到钢条吗？我能冲得破这两个男人的阻隔吗？此时是要保持冷静还是要伺机反攻？

一股热气升上我的脸颊。我的身体绷紧，做好了反击的准备。

可凯斯太太穿着睡袍，光着脚站在这里，她一点不知道有那根锐利的钢条，还有那些搏命的用途。我不应该让鲜血沾染这个地方，除非到了穷途末路的境地。

第一个男人扭过身去，手里的火把乱晃。“这孩子的父亲是谁？”他质问。

凯斯太太犹豫。

屋外的荆棘树枝刮得小屋的铁皮屋顶咯吱乱响。在房间的暗影中，凯斯太太的眼睛晦暗不明。她打量着我，又看了看晨曦，然后转过去面对那两个男人。第二个进屋的男人笑得难看。

“艾达！”蒲麦尔太太的声音从篱笆那边传了过来。“艾达？”

那两个男人交换了眼神，对这样的节外生枝非常恼火。

“我不知道父亲是谁，警官。”凯斯太太打起精神，镇定自若。“这和我们无关。”她吸了口气冷静地继续说道，“我丈夫是参议会的成员，他这会儿不舒服，否则他会亲自过来。如果你们愿意把名字告诉我，他会与你们的上司交代处理这里的事情。”

那两个警察对视了一会儿。上司这个词显然不是他们想听到的。他们习惯的是服从——即便有不满——而不是这种有上司成分的打岔。第一个家伙，看起来像是领头的。不过他凡事都看同事的眼神，伸出火把在屋子里头又晃了一圈，好像还要再照出几个混血的孩子来。

听着凯斯太太与他们周旋，我的指甲深深地刺进自己的手掌，我还不太清楚女人们的这种本事，她们总能自如地编出谎话来。我突然意识到，这是因为我们生养有孩子，一旦有了孩子，他们的性命比起谎言来说无疑重要得多。

“我们收到报案，”第一个男人有点愤愤然，他放低火把，“说这里有失德的事件发生。”

凯斯太太绕过这两个男人，优雅地伸出一只手臂，做出请他们离开的手势，好像他们是来家里喝茶的客人，有点不识趣，叨扰许久都不愿离开。“这里面一定有什么地方出了错。我保证我丈夫不会追究，你们不过是在履行自己的职责。”

第一个男人耸了耸肩，灭掉了手里的火把。小屋一下陷入黑暗，晨曦那浅色的皮肤和愤怒的眼睛也没入黑夜中。凯斯太太朝门口那边走去，手还是伸着做请出的姿势。第二个男人犹豫了一会儿，冷冷地看着我。

“走吧。”他的搭档招呼。

第二个男人跟着他，走到门口时故意拿警棍用力敲打门框。这一击让木屑四溅，我感到晨曦的身子缩了起来。凯斯太太神色如常，中规中矩地朝我点点头。“晚安，艾达。”

我意识到，凯斯太太那天晚上的谎话不仅赶走了警察，使我们免受牢狱之灾，她还让我们守住了一直没有向晨曦透露的秘密：她的父亲并非一个强暴了我的无名之辈，她的父亲就是老爷。

***

第二天早上晨曦醒得比我早。当晚，那些人走了之后她很快就睡着了——年轻人只活在当下——而我一直在黑夜中睁着双眼。门框被砸坏了，我听着冷风把门吹得山响，不时地伸手去摸晨曦，确定她还在我身边。直到第一缕晨光透过窗帘，我才渐渐入睡。

“我父亲是谁，妈妈？”

我坐起身，晨曦坐在床边，双手抱膝，蓝色的双眼满是控诉。她的话重重地压在我俩身上，就像那个警察手中刺眼的火把。

我父亲是谁？

我想问，我的父亲又是谁？晨曦复制了当年我给妈妈提的问题。我虽然没有刨根问底，但到底是受了伤害。无知是不是比有知更糟糕，晨曦知道了实情会不会多少得到些安慰？接踵而来的还有那些羞辱。至少，我和我那无名氏老爸是一个肤色。

晨曦的双眼，如菲尔少爷的眼睛般蔚蓝，在我面前它们从来不会转移视线。这双眼睛的深处我看到了孩子充满矛盾的方方面面：克莱德克公馆里那个顺从听话的孩子、黑人区街道上的那个野妞。我一直以为是肤色的原因，可看起来自己判断有误。也许第二个晨曦会永远下意识地挣脱那个父亲的阴影。也许是这个秘而不宣的父亲让她与我，还有这个白人的克莱德克愈行愈远，走向那充满野性的街道。

“艾达？”有人在敲门。

我朝晨曦点点头，她起身去开门，昨晚那一警棍留下一地碎木屑，她小心翼翼地跨过去。看得出来，凯斯太太昨晚也没有睡好，她绿眸深陷，头发如云般垂在脸庞，菲尔少爷吃杏子闹肚子疼那会儿，她也这般憔悴。她朝晨曦伸出手，径直把她抱在怀里。看着晨曦枕在太太肩头的那颗黑脑袋，我不禁想起菲尔少爷，无论是生病时的那个男孩，还是备受战争摧残的那个年轻人，他们都曾这样被她搂在怀里。

我该说些什么呢，菲尔？我在心里问，看着凯斯太太对我的女儿软语宽慰。如果晨曦是你的孩子而不是老爷的，我们会对她说些什么？可如果现实如此，我们肯定已经远走他乡，到一个不会在乎我们肤色的地方安家生活了吧？也许是爱尔兰，你曾说过我们要一起去。或者，这世上根本没有这样一片乐土，肤色间的斗争从来都不会停息？

“我很抱歉，艾达。”她的声音粗嘎，搂着晨曦视线与我相对。“我真的很抱歉。”

“他们还会来吗？”晨曦从凯斯太太的怀抱里挣脱出来。她现在个子比我还高，不过还没赶上凯斯太太。过不了几年，她就会长成一个成熟的女子，一个漂亮的褐肤女子。

晨曦站直身子，凯斯太太聚拢心神，小心地措辞：“我想不会的，晨曦。我会让爱德华去处理，确保这样的事情不再发生。”

我开口反对——老爷去警察局只会让事情变得更糟吧？

“他们为什么会到这里来？”晨曦继续追问，看看我，又看看太太。“他们以为会在这找到我的父亲吗？”

“噢，不，孩子。”在她可能从我和凯斯太太的沉默中发现任何蛛丝马迹之前，我霍然将她打断，“不过是个误会，就像太太说的那样。”

我的解释是那么空洞，话里的否认来得那么迅速，谎话几乎是脱口而出。

“你们不想告诉我，是吗？”

我定定地看着她，这可爱、冲动的女孩，我不能告诉她真相，现在不行，也许永远都要保守这个秘密。如果告诉了她，那我们辛辛苦苦为她在克莱德克公馆建立起来的一切就都会化为灰烬。她会恨老爷；因为凯斯太太的缘故，她会觉得受伤；我当年没有勇气说不，她会因此对我有负面的看法。对晨曦来说，责任和忠诚之间根本不会有任何冲突，她会听从自己的意志做出自己的选择。如果她愿意，她会毫不犹豫地当着老爷的面关上房门。虽然还是个孩子，我的女儿却有着一个成年女性的勇气和决心。

“我不能告诉你。”借着在外生活那阵辛苦磨练出来的勇气，我硬起心肠回绝。“有些事情最好永远也别去碰。我做过的事自然要一一向上帝偿还。”

我挺直身子。在晨曦出生那天，我也以这样的姿态把她的小脸给达米斯先生和西拉斯看。

“无所谓。”晨曦耸耸肩。她转身拿起她用来当书包的袋子。

“你是什么意思，晨曦？”凯斯太太问。她双手紧握，指节泛白。

“我可以到黑人区里去住，”她把袋子往肩上一甩，“这样也就不会再有人来查什么混血鬼了。”

第三十九章

上帝恐怕会对我非常不满。我犯下罪孽，他至今没有给予我惩罚，是为了让我好好教导女儿。可如今晨曦要脱离我的保护。她想要去寻求自己的机会，这样一来，我就再也无力去保护她。

我们修好了小屋的门框。凯斯太太说她确信今后不会再有类似的事情发生。老爷什么都没说。那天早餐时他没说，经过厨房看见我时他也没话，后来我在书房门口对面的毛巾柜里放东西，他依旧沉默，看起来像是什么都没发生过，和他上床那事仿佛也是子虚乌有。

我推测那天晚上警察过来时，凯斯太太可能要他待在屋子里，怕如果他在场，那些人说不定会看出些什么破绽来。可他对我们连一点点同情的表示都没有，这让我觉得很不屑。我张嘴想说些什么，可后来还是决定作罢。他给我们提供了栖身之所，我该知足感恩才对，不该再有什么别的指望。

对晨曦来说，警察的这次午夜突袭就是她等了很久的时机。打从警察来过之后，我就明白用不了多久她就会离开。可她离开的理由却与害怕被抓没有半点关联。她要走的原因是她觉得待哪儿都好，只要不是克莱德克公馆。我试着去理解，可女儿想要回到之前那个环境的事实却让我难以接受。对我来说，这世上唯一牢靠的地方就是克莱德克公馆，这世上唯一的快乐都藏在那架钢琴里。

每天下午放学回家时，越走近公馆，晨曦和我就变得越安静，担心会在路边看到警车，有人在草坪那里游荡。可一切看起来是那么平静——所有的一切，只除了我的心，当然，还有凯斯太太的心。我们俩都明白，警察们不过是在等下次进攻的机会。

警察的午夜造访之后，一连几个星期我弹了很多贝多芬的曲子。他的雄浑和坚定——与我钟爱的德彪西不同，他的音乐成了我的定心丸。贝多芬会让人明白自己的方向，即便是副音部也能发出自己的声音。你的手指、你的心都会在他的渐强音中变得坚强。

“这些天你弹了不少贝多芬，艾达！”凯斯太太从花园里采回新鲜的玫瑰，最近的大雨滋润了鲜花，龟裂的沟渠也开始流淌着土黄色的河水。凯斯太太埋头园艺，想驱走这些日子来的焦虑。“你以往喜欢的都是些浪漫的曲风。”

我的手指划过光滑的琴键，遇到学校那架钢琴上弹不出音响的琴键位置时，它们就会略微犹豫。“我喜欢他的曲子，因为它们听起来很干净，凯斯太太，而且是那么的笃定。你非常明确它们要传递的思想。”

她点头，把玫瑰递过来。“闻一闻，它们可真香。音乐带给我们的欢乐不就是缘于我们的理解吗？我们的犹疑，还有我们愿意敞开心胸聆听些什么.”

“她要走，夫人！”过往的称呼就那么自然而然地脱口而出。我竭力想稳住自己的呼吸。

凯斯太太将她温柔的手放在我肩上，俯身看着我的双眼，仿如她当年教我识字时一般。“是呀，终有一天她会走。你要勇敢！”她直起身，像过去那样转向窗外，仿佛在遥望爱尔兰，遥望她在远方的家人，遥望那片她称为家的土地。那里的大地郁郁葱葱，飞流直下的清泉如格莱格的音乐那般悦耳动听。我忽然意识到，太太在自己的这条心路中已兜兜转转不知几许。从起初自己是个离乡人，接着是她的女儿罗斯小姐离家远去，后来还有亲爱的菲尔。我脑海里浮现出她身着灰色衣裙的那些日日夜夜，她不自觉地抚摸戴在领口的军章，她用尺子抽打自己的手指。我知道与分离这个主题有关的一切，我还有很多需要慢慢理解。

我已经见惯分离，而这次的离别让人无比辛酸。

这是在晨曦十三岁的时候。

我已经预见它的到来，我知道我们无力阻拦。亲爱的艾达已经尽了力，可晨曦身上有她父亲那种固执和果敢的个性。她希望在黑人区里创出一条自己的道路。可那是个荒蛮之地，我担心她会吃苦头。可怜的孩子，她为自己身上流淌着的两种血液迷茫，可又有谁敢说自己能更好地面对？即便在我们这些人全都撒手西去之后，爱德华鬼迷心窍种下的恶果还会继续给留下来的人带来痛苦。

远在约翰内斯堡的罗斯说这是无法避免的，而且还建议说艾达也该另寻地方安置。她还说城里对失德的诉讼与日俱增，到头来肯定也会波及我们这样的小地方。

这件事情爱德华从头到尾都不愿出面。他根本无法面对艾达或他自己的女儿。我成了联系目前生活中的两个端点——克莱德克公馆和仆人小屋唯一的桥梁，他把所有的事都甩手让我去做。

我尽力而为，虽然，我自己也不想抛头露面。

家里不再办餐会，朋友们也若即若离。

我转而从那些微不足道的事情中去寻找快乐：晨曦那闪亮的明眸、玫瑰的芬芳，还有艾达指下气势磅礴的贝多芬。

第四十章

我知道林笛薇很孤独，她很想自己的哥哥。我也很想他，可他现在在约翰内斯堡一个叫沙佩维尔的地方。这场肤色间的斗争转入地下。警察枪杀了六十位因没有通行证而拒捕的人。

那天我发现凯斯太太在厨房里垂泪。

“我们都做了些什么呀？”她低语，“有些还是孩子，他们居然从后面开了枪。”

“从后面，凯斯太太？”

“他们那时在逃跑。”

整个镇子沉浸在悲痛和愤怒之中。我的学生们口袋里都揣着石块来学校，随时向在学校操场周围巡逻的警察投掷。双方大大小小的冲突让学校的走廊一次次地染血，警察的警棍随时都向他们挥舞，卡鲁坚硬的土地也不会善待这些小胳膊小腿。课堂上，学生们不再满足于那些平和舒缓的歌曲。他们要求我教些激励斗志的歌曲，他们要歌唱解放、力量和自由——他们还要唱出复仇的欲望。

“力量！”他们的声音响彻礼堂，将达米斯先生让大家保持镇定的请求湮没。“力量！”他们的口号响彻大街小巷，无惧虎视眈眈的警察棍棒相向。

力量属于我们！属于我们！整个城区都被全副武装的士兵围得铁桶一般。他们朝空中施放让人流眼泪的烟雾弹。有一天晨曦眼泪汪汪，踉踉跄跄地回到克莱德克公馆。

“给！”凯斯太太冲进门廊，晨曦正坐在那儿哭。太太放下一盆冷水和几块柔软的绒布。“这会儿要轻点。”我们俩一起给她冲洗了眼睛，擦拭了脸颊。

“我恨他们！”晨曦尖叫，双手抚着肿胀的脸。“我有对他们做过什么吗？”

凯斯太太和我交换了下眼光。老爷在自己的书房里，他能听到晨曦的声音。不过他不会现身。

在布里尔街以外的黑人区，林笛薇的新棚屋——花了洗衣赚来的辛苦钱刚修好，当天就被人付之一炬。泥巴墙和瓦楞板的屋顶被人浇上了汽油，熊熊燃烧。墙体垮塌，精心打平的地面烧得焦烂，屋顶的瓦楞板片和压板石全都散落，房子就这样垮塌掉了。屋子废墟上的火才稍灭，就有人去洗劫残存的物件。林笛薇觉得这不是针对她本人的，因为那帮家伙只是随手放了一把火罢了，不过她一点也不愿谈这件事情。她只叫我看报纸上是否有她哥哥的名字时才会提起杰克，报纸上写的都是些逮捕、抗议的事件，报道中还出现了个新词汇——恐怖主义。

我还记得当年种族隔离也是个新词。

我觉得这些所谓新词并不会凭空出现，它们是由类似隔离这样的词语滋生而来。这个新词——恐怖主义就是源自种族隔离。这些被付之一炬的棚屋，在子弹下毙命的孩子，泪如泉涌的眼睛，无一不是种族隔离的产物。

事实再次证明林笛薇是一个多么忠实的朋友。她有三间幸存下来的棚屋，其中一间还摆得下一铺床。这间屋子，林笛薇是免费留给晨曦的，以备她有一天可以在这片街区落脚。尽管我忧心如焚，尽管我们这里时常有人横死街头，可晨曦还是决定自己出来住。

"到时我把钱给你。"有一天下午我去看林笛薇，坚持要付她房钱。冬天到了，天黑得早，人们都开始生火做饭。我得趁着天还亮赶紧走出这片街区。天黑了不仅要防着劫匪，现在还得防着警察。"还有，晨曦得给你帮忙洗东西——那样她放学后有点事情做。"晨曦得给林笛薇出点力，这点我很坚持，世上没有不劳而获这种便宜。

林笛薇不耐烦地摇摇头。"我已经不做这个了，艾达，我现在就打理那几间屋子！"她朝街道那边挥了挥有力的胳膊，那里现在到处是失业的人。没了工作，这些人就只能闲逛溜达和放火抢劫。食不果腹，头无片瓦，老实人也得被逼上梁山。"那次大火之后，到处都是闯空门偷东西的家伙，我每天得寸步不离地守着我那些屋子。"

我点点头。现实就是如此，在这片街区，除非你严防死守，否则偷盗的人到处下手。绝望时，人往往无所不用其极。

"好了。"林笛薇从煤油炉上拿下水壶，把热水倒进她那支锡制的茶壶里。"到底出了什么事让晨曦非得到这来？你家老爷？"林笛薇直觉只有老爷会在让晨曦和我安居在克莱德克公馆的协议上作梗。

"不是老爷。是晨曦的肤色。"

我之前在学校也和迪娜说过同样的话。晨曦也许是想着要远离她的父亲，可到头来，驱使她采取行动的仍旧是自己的肤色。也许我和老爷躺在一起的那一刻，这一切就已经注定。带着一身只属于自己的肤色，不是黑也不是白，无论是谁都会不予余力去找寻一个真正属于自己的家。

林笛薇握住我的手。"我会好好看着她的，放心。我就当她的后备老妈。”

事情就这样安排妥当。等到晨曦来对我说她要走的那一天，我不会哭，也不会阻止她。我会忍住眼泪，我会告诉她，只要她答应住在我给她安排的地方她就可以走。这不算是个谈判，这更像是个交易。我会让你走，我褐色皮肤的宝贝女儿，只要你待的地方安全。我知道自己无法将你留在克莱德克公馆。它是我的避难之所，可绝非你的安乐之地。你需要在别的地方谱写自己的人生乐章。

“我和林笛薇一起会没事儿的，妈妈。”晨曦盘腿坐在小屋的床上，她的书本都塞进了书包，衣服就装在我那只旧衣箱里。这只箱子曾装着我不多的家当，陪我一路过了大鱼河，伴着我走进一段属于黑人区的未来。

“离那些扔石头的家伙远些，常回来，”我竭力把持住欲碎的心，“来看看凯斯太太，来吃饭……”

“常回来看你，妈妈。”她靠近我，伸出自己年轻的手臂抱着我。我把自己的头枕在她肩上，就像当年在那满屋子的漆黑中，菲尔把他的头枕在我肩上。狂野的外表之下，晨曦有满腔的温柔。有时候，正是这种温柔让我最为心惊胆战。

* * *

搬出去住后，晨曦答应每天早上晨会前与我在学校礼堂碰头。有时她没来，弹琴时我就会止不住想象发生了什么事情。每天晚上，独自一人待在小屋里，看着修补好的门，我禁不住担心，她也许不会再出现了。沙佩维尔那些年轻人的惨剧始终萦绕在我脑海。

“晨曦！总算来了。孩子，看看你这衣裳——这是干什么去了？”

“跳舞，妈妈！”她在我面前打了个转，苗条的褐色长腿在我眼前舞动，双手舒展。“凯斯太太她好吗？我可以借你的铅笔吗，我自己的弄丢了。”

大概花了一年多的时间，我才慢慢习惯她不再与我朝夕相伴的事实。每逢她重新露面，不管是什么缘由，我的心总是提到嗓子眼里，有时回来的原因也不光为了跳舞这么一件事。

“跟男孩子打交道要小心，知道吗？等你长大些才能有亲密行为。”我警告她。从小到大，我一直都苦口婆心告诫她，男孩子可能会带来的麻烦。如今，她身上带着一种狂野的美丽，通身的黑人女性特征上又带有一股浅肤色的妖娆。她不能堕落，不能走我和我妈的老路。她一定要灵醒些，要找到一个愿意和她过日子的男人，一个与她肤色相配的男人。

“我知道，妈，我很小心，知道后果是什么。”就在钢琴前，她伏在我怀里，喜悦化为柔情，和我脸贴着脸。

我从不过问她在做什么或是去了哪里。我不想知道，我想这有点像那些我鄙视的白人：眼不见，耳不闻，就可以当什么也没发生过。

“晨曦怎样呀？”每天我回到家，凯斯太太总会紧张兮兮地询问。她看过有关投石块的那些年轻人的报道，她嗅得出河对岸的火药味，她也曾见过晨曦那张被催泪弹弄得涕泪横流的脸。不过她不会在这些事情上啰嗦，我也不会。如果我们避而不谈，也许那些石头、烟雾和警报声就会远离晨曦。

“她很好，凯斯太太。”太太放心地点点头，然后递给我一块漂亮的手帕或者一瓶自制杏子酱，让我下次见晨曦时给她。我无法告诉她，自己也不是每天都能见到晨曦。

老爷从不过问他的女儿，晨曦住在家里时他从来没看过她一眼，所以她的离开与否对他来说没什么区别。我一直对自己说，我要跟他谈谈这一贯的视而不见；我一直对自己说，我不能听之任之。晨曦和我一起住在小屋时，我想着不能冒险让他把我和女儿都赶出去。可现在女儿走了，我也没什么可顾虑的了。这么些年过去了，积压在心里的那些话并没有被遗忘，反而愈发地不吐不快。它们就像是内心深处的一道伤，吞噬着我，挣扎着要破茧而出。

有一天，我终于鼓足了勇气。那天早上凯斯太太不在家，老爷待在他的书房，房门大开着听我弹琴——埃尔加的《晨曲》。时值初夏，后花园里的昆虫们还在蛰伏。镇子周围的山坡在耀眼的阳光下闪闪发亮。这么美好的一天确实不适合展开一场交锋，可我和老爷单独在家的时候不多。一首曲子没弹完，趁他没关上书房的门之前我走了过去。

“你从来都不关心晨曦的事，先生。催泪弹事件后也是如此。”

他的西装背心上还是挂着表链，也仍旧不看我。

“我相信她过得很好。”他语气冷漠地回答。

他继续埋头在文件中，压根不搭理我。他得要正视自己做过的事情。这时候道歉已经没什么意义，可我需要从一切都是我的错的情结中解脱出来。我经历了漫长的等待，这些话在我心中酝酿已久。我在黑夜中反复练习，只为了不会在流失的岁月中将它们遗忘，为了有朝一日能一字不差地诉说自己的心声。也许上帝不会喜欢我这样，可我就是无法自控，我沉默的时日已太长，太长。

“她是不错，可她的肤色让她不得安宁。这永远也没法改变。”

他没有接话。

“我依着自己的本分行事，可你是清楚遗传这回事的。”

他依旧沉默。

“你是懂法的，我不懂。”

这些话仿如街上那些乱飞的石块一样狠狠地砸在他身上，他在退缩躲闪。我的心在颤抖，那感觉就像当年在菲尔少爷的葬礼上，我承受着白人们如针刺般的眼光。可此时的颤抖并非源于恐惧或悲伤，这颤抖是因为多年的等待，是陈年积怨的爆发。我羞于承认，这是一种报复。我等着他的回应，我们之间的空气变得愈发僵冷。

“我犯了错。”他略一抬头。“你嘛——”那双无神的双眼仿佛有些东西闪过，他即刻又垂下双眼。

“对我和晨曦，你连个招呼都不打。”

“可我有养活你们呀！”他突然间暴怒，双手狠狠地拍在桌面上。我觉得自己后退了一步。

“为了凯瑟琳，我让你们住进家里。万能的上帝呀！警察随时都会再来。”他捧着自己的脑袋，把头发弄得乱糟糟的。“你难道不明白吗，艾达？”他紧紧地盯着我，双手发抖。“如果他们发现她是我女儿，我们都得去坐牢，报纸就会铺天盖地地报道。”

我想起了杰克。

“他们会更多地报道白人男性的堕落。”我自言自语。老爷没听见我说什么。远处的车站传来尖锐的火车汽笛声。当年，菲尔曾在众多白人面前拥抱了我，老爷看见后很生气，可菲尔走后，他自己霸占了我。

“请你离开。”他再次低下头看文件，那股怒火发泄完了。“请不要打搅我。”

看着他我很想发火，可眼下我心里只有怜悯。

“我想她离开克莱德克公馆就是不想让你惹上官司。”我轻轻地说，心里也不确定这就是实情。晨曦从未提过，可说不准她心里有谱，说不定她已经知道真相，也许我才是那个蠢笨的家伙。

“什么？”转身离去时，我听到他吸了一口气。

她离开克莱德克公馆也许是为了让我不受牵连。

第四十一章

我受邀组织一场音乐会。

河对岸的学校里有个年轻老师，大家都知道她钢琴弹得很好。我因为参与了捐资助学的工作，所以与那所学校有联系——当然，还有我懂音乐的缘故——他们委托我联系她，邀请她在音乐会上做钢琴演奏。

这是一次尝试，在这令人忧虑的时候试着去缓解紧张的氛围。

似乎没人知道那个会演奏钢琴的老师就是艾达。

以前为了赢得黑人社区的支持，我总是很勤勉，现在却因为曾经的表现，我感到害怕。

如果告诉大家，艾达就是那个老师，那会有什么结果？

迄今为止，我们和周围的人都有共识，虽然尴尬，却还是对此事保持沉默。没有人提及我们屋檐下住着一个棕色皮肤的孩子。那个恐怖的夜晚之后，连警察都对我们放任不管了。但如果艾达这次在公众面前展露真容，也许会招致恶果——我们将会被彻底摈弃。我去那间狭窄窘迫的小屋见艾达时，她透露出的正是这种担忧和恐惧。

警察也许还会有行动。

然而我却没有选择。

艾达有权参加表演，她有着非凡的演奏水准，她的演奏值得人们聆听。

晨曦离开后不久，我遇到了一件特别的事。我被邀请到凯斯太太的学校演奏钢琴，这样的邀请并不寻常。我小的时候，关于有色人种隔离制度的法律还并不完善，那时我就不能进入这样的学校，何况是现在这样一个非常时期。老爷也曾说，如果我去了这所学校，麻烦将会接踵而来。如今我的经历已经能让我对这样的事一笑置之——现在的麻烦都已经多得不能再多了，我还怕再多几个吗?

无所谓了。

邀请我去学校演奏确实不是件寻常事，特别是现在，种族歧视政策大行其道，沙佩维尔大屠杀这挥之不去的痛苦还横亘在黑人与白人之间。不同肤色的人们被禁止同时待在一个地方，尤其是不能出现在同一娱乐场所内。我不知道凯斯夫人和她的学校是怎样通过审查的，不管怎样，他们还是做到了。

用恰当的话来表达自己对我来说是个难题。语言能表达出你想象不到的含义，语言甚至能左右那些自以为掌握了一切的人。

“艾达！”一天下午，凯斯夫人出现在小屋门口。我和老爷的交锋过后，老爷依旧冷漠，不过凯斯太太对我和蔼的态度从未改变，我想大概那次谈话的内容他对夫人只字未提。“我能进去吗？”

她挨着我坐在床上，一点也没有感到不自在。“我的学校要举办一场音乐会，他们让我邀请你在音乐会上演奏钢琴，音乐会上还有圣彼得学校唱诗班的演唱。”她边说边用手指数着这些节目。“学校的管弦乐队准备演奏施特劳斯的曲目。”

我怔了怔，困惑地问道："他们为什么会邀请我？肯定有钢琴弹得和我一样好的白人啊。"

"噢，艾达，"夫人皱起了眉头，"你这么说多么让人觉得难过啊。"

"我不是个忘恩负义的人，凯丝夫人。但是黑人不能待在你的学校，这些我还是知道的。"

"我告诉你，艾达，虽然我不知道这是怎样办到的。但是，"她靠近我，"看起来他们是希望目前的情势有所突破，而且他们得到了批准。"

我低下头看着自己的双手，这双手曾经弹奏出数百首动人的旋律，不过也只是在克莱德克公馆或是黑人区。哪怕是音乐，也有种族界限，也得遵循种族隔离制度的。凯丝夫人继续劝我，但无论我怎么集中注意力也听不进去。我的大脑似乎对她说的话感到排斥，我只零星地听到些只言片语。

"人们早已听说你……"

"镇上第一个音乐老师……"

"我和达米斯先生说过了……"

"这事你和他说了？"我心中一颤，这感觉多么熟悉。那些名字、通行证什么的，我在河对岸的一切都交织这些谎言中。达米斯先生会说什么？我的教师同事们会说些什么？接受这个邀请是否意味着对种族歧视抗争的背叛？早在和一个白人发生关系之时，我就已经背叛过我的黑人同胞。

凯丝夫人握住我的胳膊。"艾达？"

"我从没尝试过这样的事。"

她那双绿眸变得柔和。"我明白。你不需要马上做决定。但是达米斯先生期盼你能出席音乐会。我将……"她顿了顿，琢磨着更好的说辞。"荣幸之至，对，艾达，如果你愿意出席的话，我将感到荣幸之至。"

从未有人对我说过这样的话，也从未有人认为我配得上这样的词语。只有菲尔——和凯斯太太——他们的评价肯定了我和我所能做的一切。然而，等我泪眼婆娑地站在门边目送凯斯太太回去后，我惊觉这也许是上帝的暗示——我将要被宽恕。我担心因晨曦的离开而落到我头上的怒火也许会就此烟消云散。

我答应了凯斯太太。

我没有来得及询问镇里的任何人，也没有来得及细想一个黑人女子为白人表演的后果就冒冒失失地答应了。当日罗斯小姐的归家让我们这些人的世界为之改变，恐怕我在白人这边的学校演出势必也会带来一场巨变。

* * *

我发现参加这场音乐会的不只我一个黑人，他们还邀请了达米斯先生和镇上几个黑人社区的领导。音乐会主办方很聪明，他们知道如何规避那条禁止白人和黑人同处一地的法令。

这能帮助我顺利地在音乐会上演奏。

虽说答应了凯斯太太的邀请，可我明白在镇上这样的邀请不是那么轻易就能被人接受的。如果我的宿敌西拉斯还在学校，他会千方百计地阻止我参加这场音乐会。可当达米斯先生某天在学校大会上宣布我受邀要到河对岸演出时，我的学生们高兴地欢呼，忘记了他们的愤恨和口袋里的石头。学校里对此有疑虑的教工们倒是保持缄默。我本想迪娜也许会说我们这是在给白人献媚，但我想错了。迪娜有别的事情要忙，她刚结婚，正一心一意想着要小孩。

“好好演！”她下课就冲出教室，回头冲我喊了一句。“让他们看看黑人和白人一样棒！”

遗憾的是，一些黑人社区的领导对此邀请仍持怀疑态度，他们拒绝出席。毕竟在当时那种环境下，黑人和白人间还是界限分明的好。

老爷也不出席，对此我一点都不惊讶。他近来身体抱恙，不出现其实更好。若是他来了，人们看着我和他，事情的真相就会大白于天下。

晨曦也是，无论我多么希望她能在场，她仍不愿意出席。

“他们会盯着你看，妈妈。”她平静地说，往日的开朗不见了踪影。“因为我，而不是你非凡的演奏。”

“很抱歉，孩子！”

“别这样，妈妈，好好弹！”她紧紧地抱着我。“这个夜晚将属于你！”

我走过学校的草坪上，这里曾是罗斯小姐和菲尔少爷读书的地方。学校的教学楼被刷成白色，白墙的周围是整齐的花圃，教学楼的每一扇窗都镶嵌着玻璃。刚入夜，孩子穿着熨帖的校服和锃亮的鞋子，三三两两地站在草坪上。他们在一起闲聊，不像在河对岸那边，孩子们尽玩些追追打打的游戏。一群凤头鹦鼓翅飞过我的头顶，显然，对我出现在这么个地方讶异非常。我穿了件白衬衫，海军蓝的裙子，脚上是一双在卡斯伯特鞋店买的系带高跟鞋。这是我用银行里的存款买的第一双鞋。能买得起这样的鞋我感到很自豪！我从未穿过高跟鞋，所以我穿着它们在克莱德克公馆里练琴，这样在今晚的音乐会上，即使穿着它我也能熟练地踩踏板。

“玛丽？”

我转过身，是达米斯先生。他穿着一件破旧的衬衫，笑眯眯地看着我。这学校里整洁的环境，让他看起来有些怅然若失。他认为只要能保证学校卫生间的畅通，就算得上成功了。绿油油的草坪和完好无损的玻璃窗户可能是他想都没想过的事。

“达米斯先生，我不叫玛丽，至少在大鱼河的这边我不叫这个名字。”

他点点头，我仿佛看到他眼里闪过一道光。“我会试着记住的。不过不论你姓甚名谁，我们都特别为你感到骄傲。”

“希望不会令你失望，先生。”我说，“其他人也弹得和我一样好。”

学校清楚凯斯太太的演奏水准，我比不上她。

“但是你的情感发自肺腑！”说着，达米斯先生用手摸了摸自己的胸膛。“就像你第一次来学校见我时那样弹，今晚就拿出那种水平。”

我点了点头，全身再一次涌起在学校大礼堂时有过的激情，感觉到指尖琴键上覆着的灰，耳边回响着大鱼河汹涌奔腾的洪水声，全身的血液中回荡着晨曦给我的震撼。

为妈妈而奏，为我的孩子而奏。

为工作而奏……

“艾达？达米斯先生，你能来太好了！”是凯斯太太。她穿着一件碧绿缎面的裙子，很多年前在晚宴上她也这么穿过。她看起来比平日里略显白皙，估计是施了粉黛的缘故。

“艾达，来，宝贝，音乐会要开始了。”

* * *

除了银行，这所学校是我见过的最漂亮的建筑了。走廊干净，地面光洁。墙上有完整的图画和地图，墙的一边还有衣帽钩。这才是学校该有的样子。

大厅里，墙上挂着几幅女士的肖像画，她们神情庄重，穿着黑色礼裙，裙上点缀着绸缎和皮草，她们戴着镶有缨子的低顶圆帽。我从没见过这么美丽的女士。学校舞台的幕布没有长得拖到地面上。

我坐在达米斯先生和社区领导们的旁边等着上台演出，这感觉有些像当年与老爷和凯斯太太一起坐在菲尔少爷的葬礼上：人们的眼光再一次齐刷刷地落在我身上。可是，今时不同往日，大部分投向我的眼光里闪烁着好奇，有些甚至透露着些友好，特别是观众群中的孩子们，他们小声议论并伸长脖子来看我。对这些孩子们来说，在学校里见到一个不是清洁工的黑人妇女，这绝对是件新鲜事。

教堂唱诗班的演唱拉开了音乐会的帷幕，他们演唱的曲目来自圣经选集。凯斯太太担任女高音并弹奏钢琴领唱。我在大鱼河黑人区这里从未听到过这样美妙的歌声。

接着学校的管弦乐队准备上台了，人们布置座椅时发出了些许的嘈杂声，调乐器的声响也此起彼伏。准备就绪，在一个大胡子男人的指挥下，孩子们排好队开始演奏，随着《蓝色多瑙河》的旋律，他们晃动着身体。我渴望跟着音乐、和着节拍起舞。一些观众缓缓地随着音乐摇摆，礼貌地鼓掌。和我熟悉的那些听众们相比，大多数时候他们的反应要平淡许多。似乎白人喜欢坐在他们的座位上静静地听音乐，又或许这只是因为他们有座位？在我任教的学校，礼堂中没有一张椅子，这样空旷的环境反而利于大家手舞足蹈，尽情享受音乐带来的欢乐。我偷偷瞥了一眼达米斯先生，不知他是否想起了我们城区里的学生，想起他们疯狂的摇摆舞。我真渴望不同种族的人们能欢聚一堂，一起演奏音乐——音乐应该足以打破种族和肤色的界限吧？

“现在，女士们，先生们，让我们热烈欢迎来自河对岸的尊贵来宾，他们是达米斯校长，社区领导菲利普·思科扎、丹尼尔·马鲁帝和比德斯·斯瓦巴。还有，”台下响起了掌声，女校长顿了顿，抬手示意大家安静。“还有与达米斯先生同校的老师，今晚的钢琴独奏嘉宾——艾达·玛布斯！让我们以热烈的掌声欢迎她的到来！”

我有些紧张，心脏噗通噗通地跳动，我远远望向凯斯太太，她朝我点点头，眼神里充满了信任和鼓励。身边的达米斯先生拍拍我的手臂，小声嘀咕着什么。其中一个社区领导探过身来，示意我上台。我坐在观众席的第一排，离舞台还是有点远。我脚踏新高跟鞋朝舞台走去，竭力让自己走稳。我不敢回头看后面密密麻麻的观众，将注意力集中在台上那架闪亮的钢琴。凯斯太太向我保证这台钢琴的音色和家里那台一样完美。

我坐下来，轻轻地抚摸了它一会儿。每架钢琴都有自己的灵魂，如果你想让它认可你，在你指下流淌出美妙的音乐，那么我们得看到每架钢琴的付出，好好爱护珍惜它们。

我仿佛看到妈妈来到现场，还有菲尔少爷、凯斯太太，还有我的孩子晨曦。如果她能来该有多好！

我抬起双手，开始演奏，旋律从我的指尖流淌而出。

肖邦的《雨滴前奏曲》。

流畅的乐曲四溢开来，不知不觉地，整个礼堂徜徉在轻柔曼妙的旋律中，或低缓起伏，或空灵高亢。我忘记了台下的观众，忘记了自己身处何方，一心只为所爱的人们弹奏。他们在倾听，我的手指在琴键的尽情舞动。

一曲终了，台下一片寂静。我听到了双脚敲打地面的声音。一瞬间我仿佛回到了那一天——我在小镇上的学校当老师的第一天：和着《军队进行曲》的节奏，孩子们使劲跺脚，手舞足蹈，像着了魔似的以不同的方式摆动自己的身体。

但这不是在小镇上，这里是将我拒之门外的白人学校。这里的白人学生和家长们以鼓掌的方式鼓励演奏者弹出更多的乐曲。

我在台上继续演奏。我给他们演奏了贝多芬的宏伟、德彪西的惆怅。他们依旧以掌声欢迎我继续演奏。我朝观众席望去，看到了凯斯太太在抹眼泪。我突然想借此机会为他们弹奏一些特别的乐曲，那些我的学生们喜欢随之起舞的乐曲，那些引得晨曦翩翩起舞的乐曲。乡村舞蹈的音乐，像弥莉安·麦克巴的《嘀嗒曲》，它有着生动的节拍和标新立异的基调。还有帕塔·帕塔，曼哈顿兄弟的非洲爵士乐和休格·马斯克拉的《金号》……

坐在前排的达米斯先生很开心，那些黑人领导惊讶得瞪大了双眼，浑身不自在，尽管如此他们还是鼓掌。在这里，没有烟雾弥漫、人流涌动的街巷，也没有警犬的狂吠。突然，从礼堂后面传来熟悉的声音，那是赤脚踏在地上滑动的声音，我抽空扫了一眼，看到了晨曦。

观众们惊讶地转过身去。

掌声渐渐消退，晨曦的舞蹈愈发热烈。她在最后一排座位后面的空地上起舞，头发绕着脸庞飞舞，纤细的手臂盘旋于头顶。我听到了人们低声议论，他们讶异眼前出现这样一个楚楚可怜、身着短裙的赤脚女孩。她从哪儿来？她为什么出现在这儿？她是谁家的孩子？她的肤色既不黑也不白，眼睛却好像卡鲁清晨的天空一样明亮。

晨曦跳个不停，舞姿优美富有张力，令人心醉神迷。她似乎完全就是为舞蹈而生；似乎今天就是世界末日，她只想以舞蹈结束一切。

她，为我而舞。

* * *

这次警察没有在半夜敲打我的房门。他们在一个慵懒炎热，昆虫嗡鸣的午后敲响了克莱德克公馆的大门。

“艾达！”凯斯太太冲进厨房，绿色的双眼满是恐惧。“快，到你房里去！”她用长期练琴而变得有力的手指抓住我的胳膊。“待在那儿别动！”

我疾步穿过杏树、树篱，穿过木栅栏时，我想起了晨曦为我起舞的画面，双眼充盈着泪水。那天我走下舞台到礼堂后面拥抱晨曦时，眼里同样也饱含泪水。那时，一些学生用脚跺着地面，一些则是站得笔直，伸长脖子盯着我女儿。

“你来了！晨曦，你真的来了！”

“你弹得比谁都好，妈妈！”

“留下来吧，孩子。”我对她说，周围一片喧闹。“喝点茶，晚上回家吧。”

“我不能，妈妈！”因为刚刚跳舞太认真，她纤瘦的胸膛不停喘着气。“我只是为你而来，为你而舞，不为别人。”她指指围观的观众，他们都激动地站了起来，掌声持续不断。为了能看得更清楚，一些孩子还站到自己的座位上。另外一些人离开座位，把晨曦围在一个圈子里，他们被她轻盈的身姿、异域风情的脸庞和狂野不羁的舞蹈着迷。

我们脸颊紧贴，和我道别之后她走了，赤着的脚闪闪发光，礼堂大门在她身后砰的一声关上。她走进漆黑的夜里，回到布里尔街外的黑人城区。

除了肤色，人们从各个方面都觉察出晨曦是我的女儿，这已是无法否认的事实。还有她的眼睛，那双眼睛像极了她的父亲——我女主人的丈夫。

他们要求单独与爱德华见面，但我绝不会同意。于是我们面对面坐在椅子上。我没有给他们提供茶点。他们说他们注意到爱德华和一个黑人妇女生下了个孩子。

“是的。”我要抓住主动权（谈话的每一个字我都记得清清楚楚），因为爱德华表现得畏畏缩缩，没办法回答他们的提问。“我们不否认。但那孩子不住这儿，我的丈夫在相关法律出台以前就有了这个孩子。”

严格意义上说我没说实话，晨曦出生时恰逢《背德法令》开始实施。不过我发现和地方官员打交道时，一副自信满满的样子能把事情的真相掩盖过去。

“我们有些话要询问那个女孩，”领头的那个人说，“还有那位母亲。”他是个高个子男人，比那些闯入艾达房间的蠢人看起来要干练得多。接着他用威胁的口吻说：“政府将会收集资料进行举证。”他们开始说到证人证据、诉讼程序和相关法律条文。

我站起来。

他们看着我，还想要继续，但我决定先发制人，“请你们现在就离开。谢谢你们专程来通知我们。当然了，我们会预约法律顾问做相关咨询。”

他们耸耸肩，仿佛笃定我们无论做何努力都无法改变事实。这些人收拾好文件就离开了。

我在仆人小屋里等着，直到听见他们开车离去。我回到主屋，从门缝里看到凯斯太太和老爷面对面坐在椅子上。挂钟针摆滴答作响，他们沉默无语，看起来凯斯太太期待老爷能说些什么，因为她不时地抬眼看着老爷。我在门外等着，一阵轻风拂来，窗户咯咯作响。他们仍旧那么坐着。眼前的情景让我想到过往许多的日子里，他们也这样静静地待在一起，一声不吭，一动不动。从菲尔少爷生病到罗斯小姐闯祸，他们都是这样无言相对。这和我所向往的婚姻生活正好相反。然而也许这就是漫长婚姻生活的必然结局：丈夫和妻子不再亲密，各自退守在自己的世界里，尤其是他们的世界观各不相同，或是在他们一开始就不够相爱的情况下。

我想这该是我进去的时候了，于是我轻轻拍了拍门。

“进来吧，艾达。”凯斯太太的目光从老爷转向我，朝我点点头，仿佛她知道我早已在那儿。老爷盯着他的手指，报纸杂乱地丢在他的椅子边上。

“他们想做什么，凯斯太太？”

她犹豫了一会儿，肯定地说。“他们想检举爱德华。”夫人第一次在我面前用老爷的名字称呼他。

“也检举我吗？”

“他们想先问晨曦一些问题。”

“晨曦？”我的心一下冷透。

“只是和晨曦谈谈。”凯斯太太迟疑地看了看老爷。“他们为了寻找证据。但是艾达，”看到我脸上的惊恐，她轻柔地加了一句，“晨曦不会因任何罪名而被指控，你不必担心。”

我确实很担心。因为凯斯太太并不知道镇子里发生的事，也不知道晨曦住的地方会发生什么。晨曦有强烈的意愿，她渴望证明她自己，渴望有更黑的肤色，渴望成为地狱的一分子——自由、抗争、革命和战争——直到这一切把我们全部吞噬。

我不介意，什么都可以冲着我来，但不能冲着晨曦，我得保护她。如果他们找到她并且把她带走进行问话，晨曦一定会反抗。我知道她会这么做。哪怕她只是这起事件的证人或受害人，并不会因任何罪名而被起诉，但她也会反抗，会厮打，会尖叫。那么最后，她受到的伤害将永远挥之不去。

“艾达！艾达！”凯斯太太大声叫唤，但我早已夺门而出。我从花园的后院门离开了克莱德克公馆。当年怀着晨曦时，我也循着这条路离开。我气喘吁吁地跑到敦德斯街，穿过教堂大街时已是上气不接下气。到布里尔街时，剧烈的奔跑让我的胃疼痛不已。尽管天已经快黑了，我仍然竭尽全力跑过监狱，奔向黑人区。

第四十二章

“躲开他们的视线，晨曦，如果被他们找到了，你要小心说话！”我央求道。我和林笛薇、晨曦一起在林笛薇的小屋里坐下，屋里只点着一根蜡烛。泥墙上倒映着烛苗跳动的影子，仿佛在颤抖。屋外传来人们去附近酒馆喝酒的嘈杂声。又到了星期五，这些人口袋里都揣着着刚结的工资。我将这些吵闹置于脑后，只时刻留意是否有警笛声，担心警察找到晨曦。

“但是为什么，妈妈，我没做错什么。”

林笛薇同情地挽着我的手，然后对晨曦说：“是的，你没错，但是你遗传了你妈妈的肤色，而且，你的性格……如果你被带到警局——你一定会闹着要回来——这正是你妈妈害怕的。”

“他们没有权利把我带走！”

“孩子，他们想做什么都可以！”我哭喊道，“这根本不是权利的问题。”

林笛薇站起来，从煤油炉上拿下水壶。“我们还是想个万全之策吧。”她淡定地说，“要保证晨曦的安全。”

“我必须要离开这里！”晨曦喃喃地说，她的愤怒消失了，纤细的手臂搂着我，温婉如初。“如果我离开，他们就再也找不到什么证据。不论在哪儿，他们都找不到到棕色皮肤的我。”

“不，孩子。”贴着她黯淡无光的小脸，我哭了。“我们可以商量。也许达米斯先生或者列夫·卡拉塔会帮你说话。”

“妈妈，”晨曦将我推开，悲伤地看着我说，“任何帮助我的人都会受到质疑，就让我来结束这一切吧。”

“但是你要去哪里呢？”林笛薇问，她永远都是这么现实。拿起放在我们面前地板上的杯子，往里面倒上浓茶。

“去约翰内斯堡。”晨曦肯定地说，即使屋子昏暗，她双眸依旧明亮。“那里没人能找到我。”

“约翰内斯堡！”我叹了口气。约翰内斯堡是个动荡不安的地方，罗斯小姐在那里身陷囹圄，沙佩维尔遍布孩子的亡魂。“太远了！”她在那么远的地方我该怎么帮她，如果我入狱了呢？

“我会找份工作。”

“做什么？”

晨曦读书不多，她会做的就是我知道的那些：擦鞋、打扫卫生和熨衣服。我曾教她英语，送她去学校上课，希望除了家务活她还会点别的。

“我会跳舞！”她嘴角微微扬起。“你瞧，那天晚上我的舞蹈多受欢迎！”她起身在烛光中起舞，伴着无声的音乐和她心里的节拍。

“如果你礼貌地回答他们的问题，他们会记录下你的回答然后放你走。”我试着再劝她，绝望地想要抓住在我面前翩飞的双手。“但是如果你抵抗，你和他们吵——”

晨曦突然停下来，摆了一个结束动作，然后瘫倒在地板上，她柔软的手臂交叉在身后，就像一件叠放整齐的衣服。

“你还不明白吗，妈妈？我为了你才会去那个音乐会。”她忧郁地说。“我是为了你舞蹈，妈妈。就算警察不来，我也早就打定主意这几天就离开。”

“晨曦！”

“卡鲁实在太小，妈妈。”她哄着我，试图让我相信她。“我在约翰内斯堡的生活会好起来的，听说那里有很多像我一样棕色皮肤的孩子。”

在约翰内斯堡生活就会好起来，罗斯小姐也说过这样的话。她站在药店的门口，穿着蓝裙子，抹着口红，和我们挥手说再见。我看着晨曦，正向成熟女子过度的年轻女孩，她棕色的皮肤就像大鱼河水的颜色，我知道不论我说什么，她的想法都不会改变。我从那个好心的医生那里知道什么是遗传的那一刻起，我就知道晨曦永远不会属于我。我们第一次遭警察搜家时，她就想过要离开克莱德克公馆，迫在眉睫的危机更是给了她充分的理由，从此离开卡鲁这片尘土飞扬的天地。

我能怨谁呢？就算我去了别的地方，也会回到克莱德克公馆。

她从地上爬起来站在门口，就像凯斯太太初次来林笛薇的小屋子找我时一样。“我去收拾行李，然后回到这里。你会留下来的，是吗，妈妈？”她迅速往后退了一步，俯身来抓住我的肩膀。“今晚住这儿吧，火车明天一早就走了。”

* * *

“我知道是老爷。”黑暗中，晨曦轻声说。“罗斯小姐开始恨我的时候，我就知道了。”

我拿起她的手放在脸上，感受指关节上粗糙的老茧、平滑的手掌和年轻甜美的气息。她的头发柔顺地披散着，夜空中的繁星透过房门将点点星光撒在我们身上。

“我以为那是我应尽的本分。”我突然说，“你能原谅我吗，孩子？”

她看着我，蓝眼睛在黑夜中闪烁。

“我不会原谅老爷，”她语气平静，“我也不会原谅罗斯小姐。”

内心深处寒意袭来，虽然这些怨恨能支撑她活下去，但也终会剥夺她原本的善良。我祈祷命运快点转变，这样我担心的事情也许就不会发生。

* * *

依旧是灰蒙蒙的黎明，与晨曦出生的那个早上一样。太阳从地平线上冉冉升起，朝阳给远处若隐若现的山坡描上紫色的轮廓。路上人们行色匆匆，有些像晨曦这样提着行李，有些则是两手空空。周围一切都安静平和，《街市巴赫奏鸣曲》还没有奏响，惹是生非的人们也还没有开始扔石头捣乱。

“你有我朋友的地址了吗？”我们正准备离开小屋时，林笛薇问道。

“有了。”晨光中，她的小脸苍白而倔强。“谢谢你，楠薇。”

林笛薇拉起她的手紧紧握着。“你要给你妈妈写信。”

“好，我会的。每周都写。”

“也要给我写信哦，这对我的阅读有帮助。”

我知道她们说这些话是为了哄我开心，为了抹去我的沉默和沉重的心情。每向前走一步我们都更接近布里尔街，接近教堂大街，接近大鱼河上的桥，接近火车站。每走一步，我都感到沉重得喘不过气来。等到太阳完全升起，我的孩子就会坐上火车离开，消失在我的世界里。

一群留着圆篷头的年轻人向晨曦招手，等他们看到她手里的箱子和搭在肩上的旧大衣，他们的手垂了下去。她没有像平常那样停下来和他们说话，而是夹在我和林笛薇的中间继续往前走。这天，连监狱那边都出奇的安静。警察的巡逻车停在路边，静静地等着有人驾驶他们去胡作非为。

我们走到教堂大街，晨曦匆匆看了一眼集市广场上的卡鲁花园。以前我常坐的长椅上醒目地标着“白人专用”。晨曦无法体会那种坐在长椅上把脚晒暖的感觉——当她还是个孩子的时候，这些标语就已经贴在了长凳上。

我们走上大桥。桥下河水缓缓地流过，妇女们开始在河边找地方洗衣服，她们将手中的衣物一件件地摊开在水面上。

远处传来轰隆隆的火车声，车已经到站。黑人区这边，第一缕阳光照到的那座小山丘，是姨妈他们常去的户外教堂。有时候我远远地看到姨妈，但她从不会问候我或者晨曦。这方面，她很像老爷，还有其他许多白人，看不见的东西可以假想它们不存在。就像有些人心，他们刻意将自己封闭，哪怕事实就摆在眼前，他们也可以视而不见。

“妈妈？”晨曦拉拉我的手，示意我上台阶，我不自觉地停下了脚步四下张望，仿佛这是个很奇怪的地方。

“嗯，”我把自己拉回现实，“我们得买张车票。”

钱被我藏在被子的缝隙中，因为匆忙地从克莱德克公馆跑出来忘了带，于是林笛薇很大方地掏钱帮晨曦买车票。下次见到林笛薇的时候，我会把钱还给她。

“要一张到约翰内斯堡的，”站在黑人专用的售票窗前，晨曦对售票的大叔说，“单程票。”

大叔看了看她，打量一番她的纸皮箱子、破旧的大衣，还有明亮的脸庞。他舔了舔手指数着晨曦给的钱，完了从窗口推出一张车票来，朝火车的方向指了指。

“火车在德艾尔站停十分钟。”他说。

熙熙攘攘的月台如今物是人非。没有号手吹奏《我们会重逢》，也没有女士挥舞蕾丝手绢，甚至没有用来掩盖泪水的笑声。

火车开始喷出蒸汽。我盯着屋檐上的鸽子，又想起了菲尔，他温暖的拥抱，还有他脸上总忘记刮的胡渣。我想到晨曦，本来应该是菲尔的孩子。将她苗条的身子紧抱在我的怀中，如同当年菲尔将我紧紧拥抱。

“我会回来的，妈妈。”她屏住呼吸，我们都泪流满面。

“好。”我控制住自己的情绪。“也回来看凯斯太太。”在她离开克莱德克公馆的时候，我也说过同样的话。火车响起了尖锐的汽笛声。

“好吧，来。”林笛薇举起晨曦的箱子，打开了三等车厢的车门。“离别的拥抱。”

晨曦松开我搂着她的手，踏上阶梯走进了车厢。她放好箱子和大衣，从窗口探出身来。她激动得哭了，毕竟她如此渴望离开，如此渴望在约翰内斯堡的新生活。林笛薇和我紧紧握住她的手。

晨曦一只手拉着我，一只手拉着林笛薇。

“一路顺风！”车轮开始呜呜地转动起来。“好好工作，记得给你妈妈写信！”

“愿主保佑，愿主保佑！”还没说出口话就哽咽在喉头。

终于，火车向前移动，在蒸汽和雾霾中缓缓驶去。鸽子从房梁上飞下来，我拉着晨曦不放，沿着轨道狂奔，我不想让晨曦离开。林笛薇大声喝止我停下来。到了月台尽头我不得不停下来，无论我怎么努力紧抓，她的手还是从我手中滑走。

“我爱你，妈妈！”她从窗口伸出头来向我挥手告别。“告诉凯斯太太，我很遗憾没能和她说再见。”她用手抹了抹脸上的泪。

火车开始加速。晨曦的车厢从我们的视线中渐渐模糊而去。火车驶出空荡荡的卡鲁，开往德艾尔，接着就会驶向遍地黄金的约翰内斯堡。

愿主保佑她，所有的苦难都会过去。

第四十三章

“来，”林笛薇挽着我的手，“我们回去。”

于是我们一起穿过大桥回到河对岸。林笛薇的一些朋友正在洗衣服，她们蹲在河边岩石上跟她打招呼，林笛薇向她们招手。我不禁回头望去。浩瀚天际下，远去的火车就像一个小烟圈。太阳升起来了，照耀着教堂大街上那些铁皮屋顶，在石墙洒上洒下蜜桃般暖暖的阳光。

“她还会回来吗？”我大声地问。

“她会的。”林笛薇安慰我。“会有那么一天的。”

“就像你曾说过，有那么一天，我会为她骄傲，那一天总会到来的，是吗？”

“就是那样，你现在也是！”

我们在教堂大街和敦德斯街的拐角处停下来。林笛薇家在布里尔街尾。她给了我一个热烈的拥抱，我们约好下次再见。

敦德斯大街胡椒树林荫浓密，街上清凉安静。太阳被山丘整个挡住了，不过就一眨眼的工夫它就会冒出头来，把路烤得都快融化了，那感觉就如打开微波炉时迎面扑来的滚烫热气一般。晨曦曾那么喜欢克莱德克公馆凉爽的清晨，脚趾下清凉的露水，黄鹂鸟的第一声鸣叫，雏菊张开绒绒的花瓣，看她风一样跑过。

路上停了辆车子，这让我起了疑心，访客通常都从砾石路那边进来。再说，谁会一大早，还没到早饭的点就来访呢？

我加快脚步。到了早已枯竭的水渠边上，我禁不住跑了起来，蒲麦尔太太正双手捂着嘴站在路边。这时，刺耳的警笛声响了起来。这声音和那些该死的警车报警声不一样，是另外一种节奏———一辆闪着警灯的白色救护车冲出克莱德克公馆，沿敦德斯街驶去。

"真是大祸临头呀！"蒲麦尔太太双手交握，尖声大叫。"我什么动静都没听到，救护车就来了！你家女主人命苦哟！老爷就躺在担架上。噢，艾达，这真是糟透了，养了那样一个不知天高地厚的罗斯小姐，少爷又早早地离开了人世，如今又摊上这么桩倒霉事儿——来了，夫人！"她家女主人正不耐烦地吆喝，她跌跌撞撞地拐回了自家花园。

克莱德克公馆的后门没锁。

"夫人！凯斯太太！"我大声叫唤。屋子里静悄悄的没有任何回应。我冲到楼上她的卧室，那里也空无一人。床铺好像都没有人睡过。我走过去敲老爷的房门，然后冲了进去。他的床单卷成一团，有些还落到地上。床头柜上放着他常服的药物，我常来打扫擦拭。

眼下能做的就是让自己忙活起来。今天是星期六，不必去学校上课。曾经，这是晨曦回来过周末的日子，免不了要让她大吃大喝一顿，而现在不可能了。我回小屋去换了身衣服，头上包了块头巾，就像我妈当年的那个样子。我清出所有要洗的衣服，试着让自己狂跳不已的心平静下来。如果老爷进了医院，那些人要怎么起诉他？那些法律有疾病情况下的考量吗？病人是否也得入狱？这种情况下他们会不会把关注的焦点转移到我头上？

我又上了一次楼，这次是去菲尔的卧室。踏上那个玩具箱，极目远眺整个城镇和远处的卡鲁大草原，我竭力想找到那辆正在蹒跚北上的火车，可最终什么也看见。眼前只有望不到边的黄色平原，那上面三三两两地点缀着铁石山，过往的车辆卷起滚滚黄沙。

我开始擦拭家具，还是没人回家。

老爷躺下了，晨曦离我远去，而那些个法令还在一旁虎视眈眈。

干了大半个上午，我觉得有点疲惫。可屋子里还是空空荡荡的没有一点声响，我摘下头巾，在钢琴边坐了下来。我弹了一会儿晨曦喜欢的爵士舞曲，在这空旷的家里舞曲声反显得吵，让我觉得有些闹心。于是我换了首肖邦的奏鸣曲，C 小调奏鸣曲在他离世后才得以发表。我个人觉得这是他最优秀的作品，是他特地为自己保留的音乐瑰宝，这其中的每个音阶是否都能触碰到天堂？

“艾达！”

我从钢琴边忽地站起身来。凯斯太太站在厅门的过道上。

“噢，艾达。”她把提包搁在过道的小桌上，整个人倒在了电话桌旁的小椅子上。她灰色的头发散落下来，双眼满是苦楚，这情景就像当年罗斯小姐离家，菲尔少爷去世时一般。她柔软的白裙衣袖边有块污渍，像是没擦干净的血块。

“我看到了救护车。”我跪在她脚边哭诉。

她弯下身子，把脸埋在自己的手中。

“来，夫人，”我站起身来对她说，“我把你扶到沙发那边，然后给你泡杯浓茶，来……”

我拉着她的双手让她站起身子。凯斯太太靠在我身上，和我一路走进客厅，坐到沙发上。我俯身为她脱掉鞋子，把她的双腿抬到沙发上，让她躺平身子，最后，把她放在旁边的红色披肩搭在她身上。

“晨曦呢？”她把手覆在眼睛上，喃喃地问，“那孩子安全吗？”

“安全，凯斯太太。”我回答，“她很安全。我去给你泡杯茶。”

我走进厨房，把水壶放到炉子上，拿出茶托，铺上绣花茶托布，找出太太专用的茶壶。这茶壶是她从爱尔兰带来的，只有自己喝茶时才会用。我切了块自制的黑面包，抹上黄油和杏子酱，然后把面包切成三角形。

“哦，艾达，你太好了，真是太好了。”凯斯太太坐起身子。看到我给她备的一人份茶点，于是又道：“去拿个杯子，和我一起喝杯茶吧。”

我有点犹豫，她笑了笑，朝厨房的方向挥了挥手。我去拿了个杯子，又取了些开水来，倒好了两杯茶。我坐在她对面，看着她慢慢地喝下热茶，勉强吃了几口面包。

我候在一旁。

老爷回来后，谁来伺候他？老爷的脸出现在我眼前，那双淡蓝的眼睛、整齐中分的头发、严厉的双唇，它们只会为夫人和罗斯小姐展现一丝柔和。我不会伤害你的，艾达……

“他走了，艾达。”

我愣愣地盯着凯斯太太。这不可能，绝对不可能。

“心脏病发作。虽然尽力抢救，可他死在了去医院的路上！”她放下杯子，杯托被碰出了声响。

我从椅子上站起身，走到窗户边。屋子外的车已经开走，也许那是医生的车。可能是医生随老爷一起上了救护车，过后又回来取走自己的车子，在老爷死了之后。

我的女儿也走了。说不定就在她父亲倒下的那一刻，她登上了开往约翰内斯堡的火车。在一无所知的情形之下，她只身离去——不知道自己和父亲从此阴阳两隔。老爷走了，对他的指控也就不了了之。警察们对晨曦也就没有了任何兴趣。他们会把手头所有指控老爷的文件都如垃圾一般废弃到一旁，然后转向下一个目标。

可我女儿就这般走了，为了自己的父亲，为了我，也为了寻求一个更好的未来，一个最终能让她发现自我的未来。

可事情也不一定就这样不了了之。他们也许会丢掉针对老爷的那些材料，可也许因为老爷逃过一劫，他们对我会更不留情。

我一阵头晕。

夫人大喊："艾达！"

我之后便不省人事。

* * *

葬礼一直拖到我从昏迷中恢复过来。凯斯太太打电话请威尔默特医生过来给我处理了头上的伤，我昏倒时脑袋撞到了椅子边上。倒下时我还压到了胳膊，所以手臂到现在还痛。凯斯太太请隔壁的蒲麦尔太太来帮忙，因为堆在老爷衣柜里的亚麻织物要浆洗，他留下的衣裳也需要打点，客厅里染了血的地毯也得清理，还有，罗斯小姐要回来，所以还有好多事情要准备。

我此刻人站在教堂前，头上裹了块头巾遮住伤口，脚上穿着参加音乐会那天穿的高跟鞋。说不定有些当天参加音乐会的人也会到场参加葬礼，也许这中间还有些人为我的演奏喝过彩。我曾以为我在钢琴演奏上的造诣能为我的混血女儿开辟一条道路，让姨妈和同事们不再存有偏见，可我失败了。不管演奏有多么的精彩，我都不该指望白人们能因此消除偏见。或者，不管凯斯太太多么大度地原谅了我，我还是犯下了罪孽。即便此刻老爷已经入土为安，在他们的眼里，我还是个罪人。

此时此刻在葬礼的前排，凯斯太太紧紧握着我的手。她很担心我的身体，可我倒不是很在意，因为那些伤终究都会愈合。罗斯小姐对我们不屑一顾，从她回到家那一刻她就一直无视我的存在。她目不斜视，头戴宽边的黑色礼帽，裙子紧紧地裹着双膝。蒲麦尔太太看到罗斯小姐的那条黑裙的长度就禁不住嗤鼻。海伦没有和她一道回来，她待在约翰内斯堡的寄宿学校里。

“请接受吧，仁慈的主啊，爱德华的灵魂，他是罗斯的慈父，凯瑟琳忠诚的丈夫。”

我的内心一阵紧抽。

他们知道真相，他们当然都知道。或许因为晨曦不在场，他们因此也就装作什么都没发生。那个有着爱德华双眸的混血女孩，她曾住在克莱德克公馆，她并不存在。

那位能用双脚画出音符，内心狂野的混血女孩就这样被人忽略。他们不会再见到她，所以她不存在。

第四十四章

市议会显然持同样的态度，不会再出现在人们眼皮底下的人可等同于不存在。所以，他们决定把洛克营和布里尔街区搬迁到一个叫林济莱尔的新区，这个区建在通往伊丽莎白港的公路沿线，在一个很偏远的地方，那里什么没有，只能远远地看到卡尔文教会教堂的尖塔。他们说这样做是为了缓解城里过分拥挤的状况，是出于环境卫生的考虑。他们说得不错——可如果这些是他们的主要考量，为什么不着力改善已有街区的环境?

这个措施意味着大鱼河这边的黑人学校要被拆除，林笛薇苦苦捍卫的那几间棚屋将会化为瓦砾。圣詹姆斯学校是唯一得以幸免的地方，因为他们离布里尔街另一头的白人街区很远，当然，列夫·卡拉塔的声望也起了些作用。

他们说林济莱尔的新房都是砖头建造的，那里还要盖新学校，虽然离市中心很远，但新区的生活条件和卫生环境都要好得多。他们还说，那里的地势要高些，冬天肯定比旧城这边冷。他们说这是法律的规定，拆迁势在必行。

居民们在圣詹姆斯学校的礼堂召开过几次会议，礼堂那里的墙皮都脱落了，人们不禁要问，我们是不是到了连墙灰都缺的地步？这样一来，那些新房子哪有墙灰可刷？还有不少人议论关于拆建房的补偿问题，不管那些房子和人家有多破败贫困。我知道补偿这个词的意思是就损失所做出的偿付。可我清楚，金钱的偿付永远弥补不了内心的缺失。林笛薇那些屋子看着简陋，可它们是她流血流汗一砖一瓦建起来的，它们建在一个祖祖辈辈邻里间彼此相熟的地方，没有任何补偿可将这些东西替代。

“我不想离开我父亲修建起来的屋子。”维罗妮卡，我那位在学校后院养鸡的同事这样说，她也曾对焚烧通行证的事件非常不安。“要不然祖先们都不知道我流落到了何方。”

还有就是租金的问题。

“你们将来住的房子比现在的要好一百倍。”在一个会议上主管强调。他身边时时刻刻都跟着警察护卫。今天的会场里，他们都两脚分立，双手背在身后，警棍握在手中。他的两边各坐着一位市参议员，他们看起来胆战心惊，不时地从公文包里摸出本子来翻阅。

“告诉我们租金是多少。”一个男人大喊。

主管人看了看本子。“两房一套的是3.68兰特，四房一套的是4.39兰特。”

人群中传来一片吸气声，周遭的议论声起。最后礼堂里变得人声鼎沸。

“可我们现在的租金不过1.55兰特，那我们干吗要搬走呀？”一片喧哗中有好些人大声嚷嚷。

“补偿金又怎么付？”另外又有人叫喊。

大伙面面相觑，然后都转过头去看礼堂后面的那些警察。他们会容忍到什么程度？我注意到周围的警卫比刚才多了两人，他们不知什么时候悄悄进了会场。他们没穿制服，拿着相机。他们在拍照，特别注意拍那些出头发言的人。我的头还没好，一紧张就更疼得厉害。

“房子都比你们现在住的好。我们也将会考虑补偿的问题。”

“一定要有补偿。”林笛薇站起身来。她的英语现在说得很溜，她很清楚补偿的意思。照相机闪了一闪，我赶忙低下头。

“不搬！”喊叫声从一群吵闹得厉害的听众中响起，其他人也跟着响应。“不搬，不搬！”人们用力跺地板，不过可不是鼓掌赞同那种情绪。好些年长的居民起身要离开，他们纷纷用手捂着自己的脸。主管人看了眼那两个便衣警察，他们正朝礼堂后面走去，轻轻晃着他们手里的警棍。

现场已经到了混乱的边缘。

如果列夫·卡拉塔在场，他一定有办法平复众人的情绪，让他们以更平和的方式获得自己想要的东西。列夫·卡拉塔是个谈判高手。事实上双方原本也是打算谈的。毕竟，如果市议会想要黑人们滚蛋那就必须得有付出，或者至少要以某种方式给予居民补偿。可列夫·卡拉塔被软禁了，他不能参加公众集会，没有警察的监督他也不能离开自己的家。他的照片都被人从舞台旁的墙上取下来，原本挂着照片的墙上留下一个白印子。所以，目前只有靠林笛薇他们这样的人站出来，维护他们自己的权益。

而我呢？

我环顾了一下四周。有些人认识我，而有些人不屑于认识我，我毕竟是个和白种男人犯下罪孽的女人。我成了众矢之的，尤其是我还不住在黑人城区里。那些有碍种族团结的人往往会被暴打，这就是被称为以黑制黑的暴力行动。他们知道我是谁，知道我的罪孽，他们随时可以逮捕我。要小心，我告诉自己，在这场战争中没有所谓对的一方。

可对自己怯于挺身而出的行为我也不齿，我英语说得好，脑子也不坏，应该可以掌控这样一个谈判。

“他们许诺要补偿。”我们挤出群情激奋的听众，一起回家时林笛薇还是坚持这点。我摸了摸口袋里尖锐的钢条。警笛声刺耳，失去了控制的年轻人们高呼“力量”，纷纷从路边的垃圾堆找东西投掷。砖块嗖嗖地从我们头顶飞过，砸向正驶近人群的警车。人群蜂拥向前，扬起的尘土呛得人透不过气来。我的头被撞了一下，林笛薇紧紧抓着我的手。身后传来警犬的嘶叫，我们开始狂奔。

“我为了我那些房子劳心劳力，”林笛薇气喘吁吁，“拿不到补偿金我不搬！”

整整一个晚上，人群被警察和警犬追着在大街上四处狂奔。我和林笛薇在她的屋子里整夜没合眼，叫喊声、脚步声、狗吠声此起彼伏，追打声一靠近，我们的心就提到嗓子眼，林笛薇的手没离开过她装满水的提桶，自从她的第一间屋子被烧毁后，她家的桶从来都是装满水的。直到天边露出了鱼肚白，闹腾了一晚的疯狂才停息下来。

第二天的黑人城区很安静，就像暴风雨刚刚过境，而新的一场风暴即将到来。我第一次感到欣慰，晨曦离开了这个是非之地。

第四十五章

在内心深处，我每天还是和晨曦生活在一起。天刚泛白就叫她起床，看着她出门找工作，湮没于试图在各类金矿中找到未来的人海之中。夜幕降临，繁星掩映于云雾之间时，我就在一旁静静地守望。也许我们大家都是这种情形。我们都和他人相守，尤其是挚爱的人。我曾与菲尔形影相随，听得到在他头顶呼啸而过的枪林弹雨，感觉得到他指缝里西迪·蓝泽的沙。我常幻想他、晨曦和我，我们是一家。

老爷死后，我开始明白凯斯太太也会有这般强的幻想。我在黑人区那边时，她就会想象我在做什么，把自己幻想成正在上课的我。等我回到家，她就迫切地想知道这一天里都发生了什么。凯斯太太关注着我的生活，特别是不为多少白人所知的那一部分。每逢硝烟燃起、冲突爆发，她就会忧心忡忡，担心我，担心晨曦，那孩子过着怎样的日子我们俩谁也不知道。

“她什么时候会回来，艾达？她待在这儿比约翰内斯堡要安全得多。”她抚摸着厨房墙上挂着的一幅晨曦学步时拍的照片，这些东西现在也不必藏着避开老爷的注意了。

我小心准备了一个能应对过去的回答。

“她希望待在混血人种多一些的地方，凯斯太太。”

我们从来没有谈过老爷去世和晨曦离开这两件事时机上的巧合，我们也从来没有吐露过如果她晚一天离开会如何的想法。如果我多等一天，而不是急匆匆地跑到黑人区去找她，也许，就不会有这样的生离死别。我心知，晨曦早就打定主意要离开，如果不在那时，也会是之后不久的某一天。我无法这样回答凯斯太太，我不能告诉她，晨曦，也和罗斯小姐一样，她们都受了约翰内斯堡的蛊惑，要去那寻一个自己的未来。

我也不敢告诉凯斯太太，晨曦在那边好像经常换地方住，而且还没有找到工作。她信里写的都是城里的光怪陆离，却没提到自己是否找到一份稳定的工作。我不敢和太太说，晨曦看起来也走上了罗斯小姐那条华而不实的道路。如果我们身处另一个世界，罗斯小姐——作为晨曦的姐姐，说不定会帮她找份工作，或者找个住的地方。即便两人都身处南半球的天空下，可小姐和我女儿之间的距离就像海那头的爱尔兰与克莱德克那般遥不可及。

“晨曦会走出自己的路。”一起喝茶时，林笛薇就会这样鼓励我。“给她点时间。”

对晨曦的未来我毫无影响力，可在家里，我鼓励凯斯太太重新去过自己的生活。毕竟，法律部门的注意力已经转到了别处，晨曦也走了，凯斯太太的朋友们也没有理由再回避，混血的证据不复存在了。而事实上她那些朋友们也有所尝试。他们请她去参加茶会、音乐晚会；邀她下午去打桥牌或者逛农场。他们开车来接她，带她到卡鲁草原上去散心。她往往会满载而归，可我看得出来她并不那么开心。他们的陪伴仍让她感到空虚。

“今天过得很棒，艾达。”她把帽子放到一边，坐在钢琴前。“那些藏品都很好。”然后就开始弹莫扎特。她无法专注，往往会跳过一些难演奏的部分，或中途停下另外弹一段曲子。然后，她就会告诉我她累了，明天再弹。

虽说能生活在克莱德克公馆里让人感恩不尽，可我的生活却像个怪圈。

我原想，爱德华不在了，我应该会觉得更自由些。某种意义上说是更自由了，现在我爱去看谁就去看谁，爱怎么表达自己就怎么表达——当然，情理范畴之内。

可这个让我深爱的国度却仿佛将我紧紧钳制。由于种族隔离的关系，出国旅行花费很大，而且很麻烦。我曾梦想能回爱尔兰一趟。自从我最后一次看到班诺克悬崖下的海浪，最后一次听到自悬崖奔涌而下的激流，多少个日日夜夜在身边静静流逝。我渴望拥抱自己的家人——亲爱的艾达妹妹和阿蒙弟弟。

可他们说离开时间长了就不该再回到故土。变化太大！果真如此的话就让我在第二故乡开开心心地过下去吧，不管要经历怎样的痛苦与磨难。值得庆幸的是，我先有了弥莉安的忠心，后来又有了艾达和晨曦的爱戴。诚如多年前我在日记本上写下的心声：她们是我实实在在的家人。

我知道自己正努力想把支离破碎的生活一片一片地重新拾起，一点一点地梳理清楚。老爷去世、晨曦离家、凯斯太太焦虑、学校被强拆、黑人城区分崩离析——这一切都来得太突然。我的脑袋还是疼得厉害，胳膊的伤是好了，至少弹琴没什么大碍。现在觉得脑子有点不够用。

这也许正是我努力要追随心中那个呼唤的原因；那个声音不断地告诉我要行动。晨曦不再需要我的保护，老爷也不再害怕惹上官司，警察也还没有来将我逮捕。此时正是向前迈进的时机。如果横亘在克莱德克白人与黑人之间的障碍不需要任何暴力就能消除——我就该尽自己的责任吧？

菲尔会怎么说？他是否会鼓励我勇敢前行，就像我曾鼓励他那样？

这场战斗当然不同于他经历过的那些，这里没有从天而降的炸弹，也没有能将人碾为沙土的坦克。这里进行的是一场反饥饿、反暴行的战斗，一场摆脱暴政枷锁的战斗，一场慢慢逼近死亡的战斗。

所有的战斗最终都会变成人的挣扎，就这个层面而言，我是有选择的。是该帮助别人，还是该救赎自己？

我去看过了新的黑人城区和那里新建的房子。它们是比原来好许多，可离克莱德克中心很远。即便如此，很多人都愿意搬过去；许多人渴望一个更好的未来，即便这意味着背井离乡，得让祖先们花些工夫才能重觅他们的踪迹。那些发起抗争的人们说，这样的搬迁不过是听令于白人。可这里的房子要更牢固，学校设施也更好——这毕竟是教导年轻一代真理所在的地方，他们也因此每一天能更健康地成长。对大多数人而言，兴许这就足够了。

多年来，我不停地祈愿上帝能告诉我什么是公平，是否所有的肤色都能不受拘束，接受彼此。如果事实如此，种族的隔离无疑是条歧途，那么战斗是否是唯一出路？我们一切的奋斗，即将来临的革命风暴是否能得到上帝的期许？山脚下的那位神父对此信心十足，可我却从未听到过上帝的回应，我也不知道上帝意欲何为。

我不清楚他是否更倾向于战斗之外的那条道路。时至今日，我在圣詹姆斯学校集会上听到的才是他的声音吧？

“你会说英语，艾达。你深谙谈判的策略。这就是我给你的旨意，这就是我施予你救赎的原因。不是通过你的孩子让生命得以延续，她的道路你无法再施予任何影响。不要再避世于克莱德克公馆，只会寄情于你的音乐。走出来，成就改变。”

新的黑人城区名字叫“临济莱尔”，它的意思是“努力”。

毫无疑问我必须得放手去试一试。

第四十六章

我发现自己银行账户的存款比我当老师所得的工资加起来要多。我为此询问了凯斯太太。她说虽然照约定克莱德克公馆只管我的食宿，但她并没有停止付我工资。

“这个嘛，是为了你的将来，艾达。”她正忙着把散发清香的玫瑰摆放到壁炉架上，听到我的问题便抬头看了看我。“有一天我和爱德华不在时，这笔钱就是你的养老金。”

我没想过凯斯太太不在了会是种什么情形，不过我倒是听说过养老金的事。我在报纸上看过相关的报道，白人经常谈论养老金。我暗自思忖那只跟白人的未来相关，就像他们都想存些黄金傍身。

凯斯太太的慷慨让我手头变得宽裕，但我还是尽量把钱都攒起来。除了给晨曦寄钱和时不时为自己添置些新衣，我基本上都不去动用账户里的钱。

“你一定得存些钱，”同事塞弗挥了挥手里的铅笔提醒我道，“要是万一有个病痛，治病可是很花钱的。再说，年纪大了你要何处安身呀？”

这些我都懂。就算建得再牢固，克莱德克公馆也不可能永远不变。也许这房子有一天会转给新的住家，而他们也不一定有兴趣让我继续在这里待下去。这个世界没有任何事是一成不变的。所以我得在银行里存下足够的钱以保自己与晨曦一生安稳，直至蒙主召唤。即使有了这样的安排，我仍有一些担忧。

***

杰克曾经说过，革命可以有许多不同的方式。

那一天，大鱼河干得只剩几道细流。我早晨八点就站在市政厅外，脚上穿着高跟鞋，等着去见一位主任。虽然还早，可停车场里的车子都已经开始被艳阳炙烤，流浪狗都躲到了阴处。街道对面是卡鲁花园，那里的棕榈树叶低垂，纹丝不动。我还是个小女孩时常在那地方坐着歇息，在太阳下晒着双脚取暖，看着鸟儿在橙色的芦荟花丛中叽叽喳喳。可今天那些长椅上空空荡荡，不是因为天太热，而是由于椅子上“白人专座”的告示语被人刮掉，到处溅上了红漆。报社外的告示板上曾经有用黑体大字写的标语“这是战争”，现在取而代之的是一行小些的字“花园之耻。”

黑人妇女很少要求单独与主任见面。她们要不就成群结队地举着标语牌抗议通行证法令或垃圾无人处理的现象，要不就是和男人们一起来，但通常都是男人们出面和市政厅的人打交道。市政厅的负责人极少会露面见这些团体，警察倒总是在一旁严阵以待。

“你就等一会儿吧，”柜台后的女孩漫不经心地说，“但他很可能不会见你。如果你告诉我你找他有什么事——”

“我等等吧。”

“到后面去，”她耸了耸肩，“这是白人专区。”她转向旁边的年轻人，向他使了个眼色。她让我想起了罗斯小姐，虽然没那么漂亮。

后面没有长椅或座位，我过去坐在一棵胡椒树下，庆幸这里还有树荫，我的头经不起太阳的暴晒。这里人来人往，大家都在抱怨天热。没人在意我，不过这当中有个男人过来跟我说这会儿没工作可申请。

“我不是来找工作的，我在等着见主任。”他张了张嘴想说什么，但后来改变主意急匆匆地走开了。时过晌午，那个女人从后门出来向我点头示意。我已经反复练习过要说的话，一字一句全都记得清清楚楚。但这会儿我不确定自己能不能把话说清楚，此时口干舌燥又精神紧张。这和去达米斯先生那里找工作时不同，我不能用音乐代替话语。

“你得简短干脆些。”她转过头来，指了指一扇房门。“已经快到午餐时间了。”

房门虽然开着，可进去前我还是在门敲了一下。

“什么事？”主任正坐在办公桌后不停地写着什么。他没有抬头看我。墙上挂着一幅嵌在木框里的照片，上面是一位脸带微笑的黑发年轻人，他身穿着黑色长袍，手里拿着一卷文书。主任谢了顶的脑袋在灯光下闪闪发亮，他的手在文件上稳稳地移动着。我在圣詹姆斯学校的会议上见过他。这次他是独自一人，没有顾问陪在身边，也没有警卫守在两旁。角落边的一张桌子上有台风扇正嗡嗡地转，吹得一叠文件哗哗作响。墙上有一幅地图，我在那上面辨认出了大鱼河，河岸那个位置上画了不少四方格，那是林济莱尔。

“早上好，先生，我来是想跟您谈搬迁户的补偿款问题。”口干舌燥的我噼里啪啦地说出了来意。

他扔掉手里的笔，伸手抹了一把自己宽大的额头。虽然有风扇，这间屋子仍让人感到窒息。

“我以前就告诉你们，告诉过你们无数次，我们会尽力，但我不能保证——明白吗？”

我舔了舔干涩的嘴唇。记起菲尔说过的话，我告诉自己，要牢记谈判中沉默的功效。

主任这时抬起眼把我打量一番，从我身上的白衬衫到海军裙，然后叹了口气，好像对我的沉默感到失望。“如果你不明白我也无能为力。走吧，我还有好多事要做。”他向我摆摆手，继续看他的文件。我不明白为什么这些个大人物总是没有人替他们好好打理下衣着，主任大人的衣服领子真的需要好好浆洗。

“我有钱，先生。”我说，“我愿意拿出一些来做补偿金。”

他猛地抬起头。

“如果你们用不上我的钱，我会告诉《中部新闻报》，你们已经有足够的钱来偿付搬迁户的补偿金。”

“呃，等一等……等等。”他从椅子上站起身来，满脸又好气又好笑的表情。“你不能到这里来做这种威胁。”他扫了一眼电话，接着看向门口。大楼前有警察站岗，他只需喊一声……

我两腿发抖，双手紧握。我的口袋里没有那根用来自卫的钢条，现在只有言语能救我的命；也许只有那些演练了无数遍句子可以让自己免于锒铛入狱。如果他喊来警卫，或者打电话叫人，保不准我真得会被他们带走。

“我还写了三封信。”我鼓起勇气，开始把自己在市政厅后门外练好的那番话说出口。

“一封写给《中部新闻报》，一封写给住在敦德斯街克莱德克公馆的凯瑟琳·哈林顿夫人。”

主任站在办公桌后面目瞪口呆地盯着我，脸上那副好笑的神情一扫而空。我强迫自己深吸了一口气，唇上开始冒出汗珠。

“如果我被捕，报社就会发表我的信。如果他们不发，哈林顿夫人会把它递交给市议会。哈林顿夫人已故的丈夫是一位议员。”

我几乎要透不过气来，声音有些发颤。

我很清楚一件事情，所有的白人男子都害怕在报纸上曝光。想来，这位主任也不例外。他身子稍微向前晃了晃，用拳头抵着桌子让自己稳住。他接着松开手，活动了下手指，好像它们突然间变得僵硬。

“你英语说得很好。”和我说话时，他刻意盯着办公桌面。以前老爷说话时也是这番做派，他不愿看我。“很漂亮。”他挺直身体打量我和我的衣着，语气变得有些阴戾。“那第三封信呢？”

“我把它寄给了海外的一家报社。”

“你到底是谁？”他几乎要隔着桌子向我扑来，脖子上青筋暴起，双手再一次握成了拳头。

我吞了吞口水，想起了还没说完的话。

“如果你不需要我的钱，《中部新闻报》将报道说市议会足以支付补偿金。”我停了停。“他们还会在报上对您大加褒奖，先生。”

风扇在一片沉寂的屋子中呼呼作响，他大步走过去，啪的一声将风扇关掉。

“你不可能有钱捐给这个项目，绝不可能！”他大喊。一只蜜蜂嗡嗡地撞上纱窗，一下子掉到了地板上。我从口袋拿出一张证明放到了办公桌上。我去了趟银行，他们给我报了个总数。这条子上没写我的名字，只是金额。

“这是我所有的财产。”我说，“如果你们资金不足，我想用这笔钱来帮助那些人。”

他满脸狐疑地盯着那张纸，然后抬头看我。灯光下他的秃头汗水淋漓。银行女雇员在上面盖了印有银行名称和日期的橡皮图章。我坐在外面等待时，图章的印记晕开了一点，但数字仍然清晰，这上面的钱肯定不够用，但也一定比他想的要多。我拿起证明，把它收进口袋。

“谢谢您，先生。”我说道。“我这就离开。”

第四十七章

艾达做了一件蠢事。

她居然跑去威胁城区管委会主任，这是个脾气暴躁的家伙，爱德华对他从来都不怎么感冒。

艾达没有告诉我这件事，我是从那位谨小慎微的市长那里听说的。他到家里来见我，坐在客厅里摆弄着他那顶帽子时，艾达端着茶出来。看见她，他吓了一大跳。

他没有把那件事说成一个实实在在的威胁，反而试图把它描述成一位女子的善举。这个妇人心系民众但却有点鲁莽无知，她担忧镇里不断恶化的局势，以为自己能帮得上忙。那些信件是他竭力模糊淡化的，他并没有意识到艾达是个聪明无比的女子，并不像他想象的那样无知单纯。我保持沉默，没有打算要澄清他这种印象。我希望这种单纯无知的印象可以救她一命。

但我肯定，主任已经领教了她的犀利。

我本以为市长想和艾达谈谈，但我很快就明白过来，他是希望我来跟她谈，得由我来制止这个女仆，毕竟她和我家的关系“这般密切”，他充满歉意地向我强调了这一点。

凯斯太太昨晚到我屋里来，坐在了我的床边。

“不，不用起来。”我准备起身时被她止住了。我还以为她不舒服，或者是想要点什么东西。当年老爷来到我房间时，我也是这种反应。

“亲爱的艾达，”她喃喃低语，抚了抚我放在床边母亲的那条蓝色披肩，“你为什么要这么做？威胁主任大人，这和勒索没什么区别。”

我此前不知道“勒索”这个词。我认为自己不过是和他做了一次谈判。当然谈判通常是双方在某方面都能获利，这次也许算不上是一次谈判，毕竟我一点没想给主任任何便宜。凯斯太太离开后，我在字典里查了“勒索”这个词，它的意思是试图通过威胁获得钱财。我知道那就是我想要的，不过钱不是留给我自己，而是给我想代表的那群人，为了他们，我才会在那天早晨走进了市政厅。

“我给您留了一封信。”我对凯斯太太说。

“我知道。我看了，写得很好。”她笑着应道，可笑容没有并没有映在眼里。“也许，我把你教得太好了。”

“这是我自己做的决定，夫人。”这番老话又顺口而出。“我从没想过要给您带来麻烦。”

“我知道。”她环视整个房间。桌上放着乐谱，旁边是我的《圣经》；晨曦的睡袍挂在门后，仿佛期待着有一天她会回来。“如果晨曦还在，你会这么做吗？”

“不会。”我摇了摇头，突然我意识到了什么。“市长先生因为我而责备您了吗？”市长的权利应该更大，我知道他们要打击我，也极有可能会对我身边的人下手，那些我爱的人——晨曦走了，下一个就会是凯斯太太。

“我会再去一趟市政厅，”我立即说道，“我要告诉他们这和你没有任何关系。我会——”

“不，艾达。”凯斯太太伸出一只手。“不，别去。你干了一件很勇敢的事。如今，很少有人能坚守信念。”她低下头，我在她的脸上看到一丝与菲尔相仿的神情。虽然菲尔长得像老爷，可我经常在凯斯太太的双眸和话语中看到他的影子。“再说，”她继续说道，“爱德华去世了，晨曦也离开了，没什么东西能阻止你去坚守信念。”

她站起身走向桌子，俯身去看一张乐谱。她点了点头，那是她熟悉的乐章。

“你的伤都恢复了吗？”她上下打量了我一番，绿色的眼睛停留在了我脸侧的伤疤上。

“我很好，凯斯太太。”抱怨没有任何作用，身体需要时间去恢复，我已经学着去领悟。

她转过身，长长的手指划过乐谱。现在她的身体一天不如一天，要戴老花镜才能看清琴键。

“谁又能想得到……”

“想得到什么，凯斯太太？”

“我妹妹，艾达，你知道就是在爱尔兰和你同名那位？她也会和你一样，做出类似的事。”

她轻轻地关上门，走了出去。

第四十八章

他们在大鱼河边等我，就在教堂大街直通上大桥那个地方，过了桥就大路就会延伸至车站以及前方广阔的卡鲁高原。他们没有到克莱德克公馆找我，因为凯斯太太可能会进行调停；他们也没有来学校，因为我的学生可能会阻拦。他们选择了河岸边，逍遥自在地在一棵胡椒树的阴凉树荫下候着。附近一群织布工正大声闲聊，树下土黄色的河水缓缓地从岩石间流淌而过。

“通行证！”我经过时听到其中一个人呵令。他的搭档没精打采地靠在面包车边上，嘴里不停地嚼着东西，盯着正从面包车两边散开的人群，然后又低下头。这是每天的例行公事。我自己总是快步走过许多这样的面包车，尽量躲着这些通行证的检查。我在口袋里翻找自己的证件，早晨时我的胳膊总是很僵硬，笨手笨脚。那个人只是扫了一眼我的证件。

“进去！”他把通行证扔回给我，朝另一个家伙点点头让他打开面包车后门。

“为什么？”我鼓起勇气质问，站在原地一动不动。“我的通行证是合法的。我的女主人已为我签字。”

“不是通行证的问题，”他说，“进去。”

这不是一次随机检查。他们摸透了我从学校到克莱德克公馆的路线和活动，在这里盯梢。他们一直在监视我，就等着下手的时机。这是一次伏击，就像菲尔在西迪蓝泽的沙漠中被坦克伏击；就像草原中的豹子，它们匍匐守候，伺机猛扑向它们的猎物。

我是犯了法。我与一个肤色不同的男人上了床；我还踏进了市政厅主任的办公室，并企图用自己写的信件与他做交易，为我的黑人同胞争取应得的补偿金。他们说得对，这些确实与通行证无关。

面包车的后座十分狭窄，我努力抱紧双膝坐在里面。晨曦，我意识到自己在低声呼唤，晨曦……面包车掉了个头晃晃悠悠地驶离教堂大街，沿布里尔街朝监狱那个方向驶去。母亲过去常说即使你是清白的，难保什么时候牢狱之灾就会降临到你头上。那些熟悉的街道房屋在我眼前飞驰而过，紫色九重葛在篱笆上蜿蜒盘绕。不一会儿，圣彼得教堂那乳白色的高墙就映入眼帘，我在那第一次听到庄严的管风琴乐曲。紧接着的就是监狱了，面包车猛地一个急刹停了下来。

他们把我从后门推搡进去，将我领到一个空荡荡的房间。屋里的高墙上只有一扇小窗，那上面焊有铁栏杆。我在屋子中间站了一会儿，还是没有人来，于是我背靠着墙坐在了落满尘埃的地板上，伸直双腿，看着太阳光线在对面墙上缓缓地移动。我的双手还在不停地抖动。我把它们平举到面前，想让它们不再抖动。要不就隔空弹奏贝多芬的乐章，或者一串《雨滴》的音符。菲尔一想起他那些在战场上死去的战友，手就会一直颤抖。

我该马上妥协，说自己是犯了糊涂才写了那些信吗？要申辩自己并没有打算去威胁主任大人，说自己是一个蠢笨的女人，天真到以为这样就可以帮助别人吗？如果幸运，他们不会过多追究，顶多恐吓几句就把我赶出去；或者先把我狠揍一顿，然后把我逐出本地——远离克莱德克公馆和小镇所有我熟悉的地方。他们会把我遣送到一个我从未驻足过的地方，像特兰斯凯。蒲麦尔太太常说要去，不过却从未去过的地方。我或许会被流放，不过人还是活得好好的。如果上帝仁慈，我的女儿也会安然无恙。

或许我只需安静等待，什么也不说？不去理会颤抖的双手和叫嚣着涌上心头的恐惧——他们会到约翰内斯堡去查晨曦。我只需等到《中部新闻报》公开我的信；等到凯斯太太把她手中的那封信呈送到市政厅；等待海外报纸对一个来自卡鲁小镇的黑人女子感兴趣……可这镇子不过是个丘陵环绕、尘土飞扬、雨水匮乏的小地方。

到此时我还幻想有人会注意到我，真是有够蠢的。我居然还幻想议会、《中部新闻报》，甚至海外报纸会对我的故事有丝毫的反应和兴趣。

门猛地被人推开。

“站起来！站起来！”

两个穿着制服的人走了进来，他们腰间别着油光锃亮的手枪皮套。身后跟着两个穿工作服的黑人，抬进一张桌子放在屋子中央，又搬来两把木制椅子小心地摆在桌子的一边。那两个黑人没有看我。穿着制服的人坐在了椅子上。

“你因叛国罪被捕。”其中一人说道，他打开桌面上的一份文件。“别想否认，我们已经掌握了所有的证据。听懂了没有？明白么？”

“我会被审判吗，先生？”

他哗哗地翻着文件找到他想要的那页。另一个警察盯着天花板看。

“你是违禁组织——非国大的一名成员。”

“我不是，警察先生，我不属于任何组织。我是一个教师。我所做的一切皆是个人所为。”

“你企图推翻国家。他们给你命令让你制造事端。”他一直对着桌子和面前的文件自说自话，就像其他人那样，不愿意直视我的眼睛。他们这么做可能是想表达一种蔑视，但对我来说那却是怯懦的表现。

我看着他，心想他的笔挺的制服肯定由黑人的双手熨烫，我感到怒火在心中燃烧。我们竟如此的遭人唾弃厌恶。

“如果你们想要审判我，警察先生，我会为自己辩护。”

他听到这儿抬起头来，他的同伴也从天花板收回视线，充满敌意地看着我。

“你的英语说得很好，”他若有所思，“但我们不需审判。证据确凿，我们可以结案。”

我的头开始嗡嗡作痛，这些天来一直都是如此。不过我还是很清楚他们想干什么。他们想让我招供。可我读过书，我还经常看《中部新闻报》。如果我不认罪，他们不审判就没法一直把我拘押在这里。这我知道得一清二楚。

“那我就只好在你们的监牢里待着了，先生，直到你依法释放我。如果你想给我定罪名，法律规定必须要有审判。”

他手抓着宗卷，起身一把推翻了桌子。桌子哗地垮倒在我面前的地板上。我吓得向后倒在地上，无力的胳膊被压在身下，我的手——噢，上帝呀，请好好保护我这双弹琴的手——被压在水泥地板上。

我没听到他们离开，恍惚间只听到门砰的一声关上，屋子里只剩下我一人。我挪到墙边，倚着墙躺倒在地上。胳膊上的疼痛慢慢褪去，可双腿还在发颤，双手灼痛，因为被压在水泥地上，其中的一个指头还在流血。我的脑袋，却在此刻清醒异常。

他们不想审判，他们只想让我招供。

审判意味着要面向公众，就像之前对非国大一位名叫纳尔逊·曼德拉的成员的审判，他为自己做了辩护，他所做的演说在整个国家和世界其他地区都引起了极大反响。白人们不喜欢将黑人的事情闹得沸沸扬扬，他们也不愿意这类事件见报，搞得家喻户晓。

那天他们没有再来审我。我朝自己灼痛的双手呵气，看着太阳的光影在对面墙上慢慢地西移，强迫自己不去想晨曦，她正要在约翰内斯堡站稳脚跟。我只能想象她一切安好。不断地有警车停靠在墙外，警察们嘎嘎的笑声不断地从高墙上的小窗口传进来。这之后，我感觉菲尔来到我身边，坐在我身旁；晨曦为我舞蹈，头发飞扬，步履轻盈；然后是妈妈，她轻拍我的肩膀，对着我摇头。嘘，孩子，她似乎不太赞同地说着什么，我教过你要认清自己的位置，你到底犯了什么傻，让自己落到这步田地?

随着夜幕降临，我的身子冻得发僵，嗓子干得冒烟，我开始怀疑，自己是否曾真的听到过上帝的声音，我的所作所为是否真的为他所安排。如果他此刻能降临那该多好，告诉我这一切。

可说不定就是他，安排菲尔此时坐在我身边的水泥地板上，让晨曦在渐逝的夕阳中为我起舞，派妈妈来提醒我自己姓甚名谁。也许这就是主与我同在的方式。他不会与我直接交谈，而是借我所爱之人，给我爱和抚慰。

好几个小时后，房门打开了，有人拿了便桶进来，还有一个盛着水的塑料杯子。

* * *

他们接着又把我晾了一整天。我看着墙上太阳的影迹，细数时间分分秒秒地流逝，铁窗之外夜色慢慢降临。他们从门口塞进一个铁盘和一杯子水，盘子里有一丁点儿玉米面粥。我吃了那点粥，然后用裙边的布沾了点杯子里的水来清洗我手上的伤口。伤口上的血迹已经干涸，我把上面的土用布轻轻擦掉。我慢慢喝完了杯子里的水，咽下去之前尽量长时间地把水含在口腔里。

没人出现在牢房里。

这一夜是史无前例的黑暗。在黑人街区的那些夜晚，即便烟雾缭绕，你还是能看到一丝亮光。可在这个只有五步宽的牢房里，窗外的繁星和明月却看不到分毫。

“站起来！”

一阵强光。难道是月光射进我的双眼？我竭力想避开那刺眼的强光，可它一直照在我身上，让我无法脱身。它像老爷那些车灯，将夜间出没的野兽死死笼罩在强光之中。

“谁给你的命令？”

问话的是同一个警察，不过此时没有第二个人在场，屋子里没有桌子也没有椅子。我靠在水泥地板上的脑袋晕乎乎的。我已经不年轻了，这些日子以来，我总是要想很久才能把事情理出个头绪来。也许我人也变得绵软了，因为睡惯了克莱德克公馆里的那张床垫。

“谁？是谁？”

我不知道他想让我说些什么。我只听令于达米斯先生。那些该不是他想要的所谓命令。

“没有什么命令，先生。我不过是个学校老师。”

“你最近一次见杰克·巴步思是什么时候？”

“我不认识杰克·巴步思。”

我希望主能原谅我又说了那么些谎言，可我绝不会让林笛薇身陷任何危险。我绝不会说自己认识杰克，那个逗我女儿开心，给我们带香肠，和我们谈斗争的杰克。他曾和我相约于河边，充满爱怜地对我微笑。我绝不会说出他的计划，他说过要横渡大洋去学习枪支的技术，他要把这些东西带回来发动一场革命。

灯光终于消失了，然后是急匆匆的脚步声，门砰的一声又被关上。我重新爬过去靠在墙边，收紧双腿，把自己肿胀的手护在身前。我很想通过每天来清理便桶的黑人帮工给林笛薇传个话，不过我又不能冒这个险。大家都知道那些叛徒们总是事事以白人为先。在黑人街区里，那些黑人警察对自己的同胞毫无怜悯之心。

早晨，日光射进了牢房里，警察虽然想将星月隔绝于我的世界，可太阳显然比警察们的力量更加强大。

他们给了我一杯水。

“便桶满了。”我舌干唇燥，声音沙哑。那个黑人帮工推门进来，我把便桶递给他。

我慢慢喝着杯中的水，伸出舌头滋润干燥的双唇。如果能伸出头去，享受冰凉的水冲刷在脖颈上的畅快那该多好，就像在克莱德克公馆的浴室里。我开始做关于水的白日梦。他们拿走了我的鞋。我动了动脚趾——想象自己在河道上，土黄的河水流过我的脚丫，背上背着小小的晨曦……

墙上的阳光变得最烈之时，外面传来一阵警报声和叫喊声。我集中精神想听清外面喊些什么，可那些白人叫喊时用的是荷兰语，我听不太懂。于是我转而去看一队蚂蚁，它们好像闻到了食物的味道，从窗口那边一路排队爬过地板，爬向昨天盛粥的那个铁盘。

* * *

我的身体越来越虚弱。

我站起身来，强撑着在牢房里走动，让自己的身体活动活动。

向前五步，转身，向后五步。

我的胳膊又疼了起来，手指还是肿得厉害。

五步前，五步后。

“谁给你的命令？”

“没有人给我命令。我是个学校老师。”

地上有杯水。有时有些粥，有时什么都没有。

“那个混血女孩在哪里？”

“没人给我命令。”

“我们知道她跑了，我们还是可以判你失德。”

“我是个学校老师。”

黑夜时分。

我被聚光灯牢牢地禁锢。

第四十九章

我在布里尔街的监狱里周旋了一个上午，刚开始他们否认牢房里关有这么个人，可后来一位《中部新闻报》的年轻记者也过来采访。报社收到了艾达的信，主编就派他过来打探情况。很明显，艾达投寄的第三封信被一家海外报纸收到了，他们也派人来询问。

聪明的艾达。愚蠢的艾达。

一方面我实在是为她感到自豪，另一方面我也非常担心她掀起的轩然大波。

他们会就此追查到晨曦身上吗？警方正想着抓典型：失德的黑人母亲、混血孩子、非法活动……

“她不过是个头脑简单的女子。”我竭力为艾达的清白辩护。“她出发点是好的。如果你们现在释放她，我愿意做她的担保人。她是个好老师，能让孩子们待在学校里，眼下这样的世道里，这是难能可贵的呀。”

明天再过来吧，他们回答。

我能见见本案的调查人吗？我询问。

补偿金的情况怎么样？记者问道。

明天再过来。

因为用嗓过度，我的喉咙痛极了，身体乏得再没力气弹琴。即使勉强为之，手也抖得厉害。这一切我都无人可以倾诉。

***

他们把我的鞋子扔进牢房。

“站起来！”

“没有人命令我。”

有人从后面推了我一把。我想伸手去拿鞋子，可它们离得太远。有人咒骂了一声，把鞋给我踢了过来。

灯光把牢房外的走廊照得明晃晃的，身后传来沉重的靴子声。有人抓住了我的肩，在我耳边低叱：“再惹麻烦，下次就别想从这里出去。我们会找到那个混血儿的。现在，滚吧！”

我踉踉跄跄地走出牢房门，不清楚这是不是一个圈套，是不是他们要我招供的另一个花招。

“走吧！快滚！”

我跨出门外，转身还想看看他们要搞什么花样，没想到大门砰的一声就关上了。我在水泥台阶上摇摇晃晃地站了好一会儿，视线慢慢地从模糊变得清晰。现在是晚上，远处传来奔流的河水声，一定是才下过雨。风刮得街道两旁的树叶哗哗作响，原本被遮挡的星星此刻在夜空中闪耀。身后的那扇门没有再打开，我坐在台阶上，费力地用肿胀的手指把鞋子套上。一直担心身后的门会打开，里面的人会出来把我再抓进去。我弓起背，准备着脑袋上被人再来一记，然后再一次面对那些叫喊和无止境的训问。

没人出现。

我起身一瘸一拐地走了出去。我的脚也肿得厉害，鞋子硌进肉里，我只好又坐下来，把鞋脱掉。

我记不清自己是怎么沿着布里尔街一路走过教堂大街，然后回到敦德斯街上的克莱德克公馆的。也许是上帝他赶来施救，让我得以幸存。回去的路上，我溜进一栋漂亮房子的花园，那里面有个水龙头。我拧开龙头，张开龟裂的嘴，畅饮甘甜的自来水，让它们沿着我的嘴角一直流到衬衣和腿上。

从监狱要走很长一段路才能回到克莱德克公馆。人行道上的石子硌得我的脚丫生疼，我不时地会打个踉跄。黑暗中树的阴影让人害怕，它们让我想起战场上的士兵、伏击守候的对手，或者那些打算在监狱外干掉我的人，出了监牢他们也就不用担什么责任了。灌溉渠里河水流淌得正欢。我一路跌跌撞撞地走着，不时听到有狗在叫。有一户人家还亮了灯，探头到窗外看是否有夜盗。

滚蛋，他们这样对我吆喝。

走了好像有几小时，我才看到那条砾石车道和克莱德克公馆那坚实的轮廓。掩映在鹤望兰花丛中的小道就像夜色中的枯枝断干。后花园里的刺桐树若隐若现，好像正等着我出来晾晒洗好的衣物，仿佛要再次倾听菲尔谈起战争，谈起战争带来的恐惧。

"凯斯太太，"我声音粗嘎，无力地敲了敲前门，"凯斯太太……"

她很快就出现在门口，穿着蓝色的睡袍，头发如云般披散在脸旁。

"艾达，感谢上帝！老天！"她蹲下身子，把我抱在怀里，我倒在了木制的台阶上，这是我的女仆生涯中常常要擦洗的地方。

"没有人命令我，"我喃喃自语，视线再次变得模糊。"跟晨曦毫无关联。"

第五十章

我从来就没想过要出名。因为和一个白人男子上了床，背负罪孽的我宁愿避人耳目，可这罪孽带来的耻辱却如影随形。眼下我却再不能置身事外，现在大家都想知道我是谁，那些我在街角尽量避着的街头狂人、那些抗争组织的成员、那些地下工作者、那些曼德拉的追随者，他们都把我看成了一面反败为胜的旗帜。

“你可以畅所欲言！”他们留心着周围的动静，激动地低声鼓励我。“你的名字上了报——警察再也不敢动你！因为你，我们才会拿到补偿金！”

可我一点也不喜欢这种情形，我不习惯抛头露面，而且我也不愿老想着布里尔街监狱里发生的事，我想把这一切都忘掉。我听从上帝的旨意，我期待事情有些改观。我想让大家知道，我们可以走另一条道路去实施变革，一条比枪支、焚屋和冲突要平和得多的道路。我说不准自己是否能达到目的，也不知道我的行为有没有让当权者去重新思考，可这么做的直接后果是，我因为恐惧而失眠，没有办法像过去那样自如地控制自己的身体。

很惭愧地说，我的狱中经历成就了一番荣誉的光环，变成了人们继续暴动的理由而不是引起大家的反思。那些认为我成了公众名人就不怕实话实说的人，他们更是大错特错。警察随时可以将我带走。我再次受到他们的监视，我经过的地方都会看到警车，车里的警察都会拿着对讲机通话。

警察紧紧地盯着我，我只有调转视线。我祈祷他们不去找晨曦。我希望能回到课堂，和我那些学生们在一起，为他们弹奏舞曲，让他们知道音乐能让我们挣脱桎梏；我希望能放松自己仍在颤抖的手指和无力的胳膊，弹奏更多纯美的莫扎特；我希望能回归德彪西带来的甜美和慵懒，只有钢琴能将我治愈，只有钢琴能让我忘记。

至于补偿金的问题，我无从得知自己对主任的威胁是否奏效。不过，补偿金的事项得到了批准倒是事实，人们开始陆续搬到临济莱尔的新砖房去了，我不敢说这是自己的功劳。凯斯太太也说报上报道了我的名字，也提到我入狱的原因，他们还派了个记者来调查我是否还活着。不管怎么说，从后续的发展来看，这一页已经翻了过去。在克莱德克公馆卧床休养的那些日子里，凯斯太太总是用冷水为我敷那双仍旧发颤的手，然后在上面抹上厚厚的羊脂膏。雨在不停地下，大鱼河水越涨越高。

蒲麦尔太太从隔壁探过头来，坚持说这是个预兆，不过是什么预兆她没说出口。她有点紧张，这多少是因为我现在的名气，而不是日益高涨的水位。汹涌的河水、沸沸扬扬的革命气氛也让凯斯太太心事重重，不过她只是一心照顾我，什么都没说。其实，她无需说出口，从她的琴声中我也能听得出来。李斯特的《钟》让她弹得拖沓无比，琶音都踩不到拍子上。

透过小屋的门，我能清楚地听到大鱼河水流的变化。

一开始是湍急的漩涡，然后是贝多芬乐曲中那种疯狂的咆哮，这里面还有格莱格的激越，仿如太太的故乡爱尔兰那从悬崖飞流而下的瀑布。眼下的洪水来势无乐曲可比拟，它的咆哮声有高有低，我在钢琴上从未领略过这样的音调。愤怒的水涛卷走一切，在岸边的洗衣石周围形成大大的漩涡。洪水冲来的树木和动物尸体撞击在桥墩上。有时倾盆大雨一下几天没完没了，那些搬家去新区的居民不得不在湍急的水流中跋涉而过。“那是我们的祖先呀。”维罗妮卡满怀恐惧地盯着天空。“他们在哭泣，全都因为我们离乡背祖。”

尽管大雨瓢泼，林笛薇还是过来看我。

“有些关于你的传言。”她甩了甩那把破旧的雨伞，紧张地低声对我说道，“他们想要你在圣詹姆斯学校的集会上讲话。”林笛薇的心事总是写在脸上。我做的那些事让她害怕，担心这对我周围的人有影响。她早就做好准备，警察说不定什么时候就会因为她哥哥的罪行把她抓进牢里。林笛薇绝对不是个怕事的人，不过，她讲求实际。她深知这个时候挺身出去表示立场，与警棍、催泪弹，还有大牢抗衡不过是有勇无谋之举。她早就拿定主意要熬过抗争的阶段，而不是把自己给耗进去。她希望能有一天到达胜利的彼岸。

“这下他们不会让你安生了。”她嘀咕道，“这桩事之后，难呀。”

“你说警察？”

“不是，是那些抵抗——”

“艾达？”门外响起一阵急促的敲门声。我的手又抖了起来，不过这次不是砸门，也不是午夜时分。凯斯太太冲进了屋子，手里拿着太阳伞。她脚穿橡胶雨鞋，手上套着厚厚的园丁手套，双颊泛红。

“噢！”她顿了顿，伸出一只戴了手套的手欢迎林笛薇。“早上好，林笛薇。你怎么过来的？布里尔街已经被水淹了！他们正招呼人去帮忙救急。你一定觉得冷吧？”她看到林笛薇那身湿衣服。“来，披上披肩吧。艾达，”她转身对我说，“没时间了。我去看看能帮什么忙，我把大门锁上，后门留着。”

“要当心，夫人，”林笛薇静静地说。“大河愤怒了。”

凯斯太太看了看她，然后又看向我，她点点头，我们比她更了解大鱼河。我们涉水过滩，在那河水边洗衣谋生，我们领教过，那慵懒浑黄的河水也能掀起滔天的巨浪，一股暗流就能吞噬一众人等。

“艾达，”她有点不安地看了看身后的花园，水已经慢慢淹过草地。“克莱德克公馆——”

“我这就起来，凯斯太太。”我掀开身上的毯子，伸手去拿衣服，不去理会这些天来经常砰砰乱跳的心脏。

“祝好运。”

她嘴边挤出一个微笑，撑开伞走过已经开始浸水的草坪。她的裙边湿嗒嗒地沾在雨鞋上。我目送她离去。凯斯太太已经不年轻了，她不该再去操劳这些重活儿。这些事该我去做，她该待在家里。

“你也得走了，”我边套上衣服边对林笛薇说道，“你赶紧回去看着那些新屋子！”她原本在旧城区起的那些屋子都被市政厅的推土机夷为平地，现在的那些屋子都是她重新在临济莱尔起的，那些屋子的窗户都还没装上玻璃。

第五十一章

他们把这次的洪水叫做大洪灾。

卡鲁一直是个干旱少雨的地方，所以遭遇降雨时，干硬的地质完全无法充分吸收雨水，使之变软利于耕种；相反，雨水只会流于地表，最后汇入大鱼河。在这场大洪灾里，河水不仅暴涨，它们还冲走沿途所有的东西。这些东西越积越多，最终堵塞了河道，形成堰塞湖，河水就因此慢慢地漫上河岸，直至溃坝冲入附近的街道。正是这个原因，这场洪水不同以往，它演变成了一场大洪灾。

灾情很快就调查清楚，克莱德克白人区受灾情况比黑人区要严重得多。这或者是因为白人们拥有的本来就比黑人多？布里尔街上许多房子都被冲垮，有些受损严重也不得不推倒。圣彼得教堂幸存下来，不过这毕竟是少数。市工程处办公室的地图和文件都被洪水卷走。监狱的文件记录也只保住了一部分。我不知道自己的被捕记录是否也被大水冲走，这么新鲜热辣的案件，卷宗说不准就放在文件堆的最上头。如果情况如此，我也许就能重新退出人们的视线，重拾避人耳目的生活。对白人们来说，如果没有文字的记录，那就什么都没发生过。

位于敦德斯街这边的克莱德克公馆某种程度上说是逃过了大洪灾这一劫。棕色的洪水像只饥饿的野兽席卷大街，不过公馆这边基本上没有受到影响。

县长家位于教堂大街和布里尔街之间的拐角处，县长刚去处理了一宗盗窃案，这会儿被困在了河对岸。凯斯太太赶到县长家时，屋子里的水已经到脚踝深了。凯斯太太和县长的妻子玛西亚太太从图书室里搬出了《圣经》等一些珍稀书籍，然后她们又搬出了几张小皮条椅，还有挂在门厅处的贝恩斯的画作。后来，污浊的水流越来越深，余下的那些家具——黄花梨的餐桌、大靠椅——都被淹了。

“真是够惨的，艾达！”凯斯太太回到家时，裙子上沾满了泥，头发湿淋淋地贴在一起。“玛西亚都哭了。水眼看着就一直往上涨，就像涨潮的海岸——满是泥浆的潮水。我们根本救不了房子。哦，上帝呀！”她放声大哭，手按在胸脯上。“这场灾难真是太可怕了。”

“来。”我帮她脱下湿透了的雨鞋。“把茶喝了，吃点枣糕。然后，夫人，你得休息。”

“你对我太好了。我知道自己要做些什么。”

布里尔街尾那边的黑人街区半数都被洪水冲垮，许多还没有推平的棚屋也已经垮塌或者是泡在水里摇摇欲坠。如果市政厅想寻求除了补偿金外的搬迁鼓励手段，老天爷无疑提供了个现成的。大鱼河对岸我工作的学校也被洪水淹没，我永远失去了那架破旧的钢琴，再也寻不回的还有学校的旧座椅、脏兮兮的舞台红幕布、达米斯先生拥挤的办公室、维罗妮卡养鸡的院子、孩子们尽情歌舞的学校礼堂。被洪水吞没的还有低洼地带的那些棚屋，等水退去的时候，它们将被永远埋在卡鲁黑色的泥土里。

大鱼河对岸的街区完全消失了。

所以，现在搬不搬家已经不是个选择。这已经无关白人和他们的法令，也无关对补偿金的诉求。大鱼河发了话，大鱼河决定了我们的未来。

第五十二章

凯斯太太卧病在床。一周之后，我步行到位于市中心的威尔默特医生诊所。街道上仍旧布满乌黑的淤泥，一路走去，我的鞋子沾了厚厚的一层泥巴。街边灯柱上的水痕很清楚地显示出当时洪水的高度。灯柱旁许多胡椒树都被洪水冲倒，露出了根部，看起来脏兮兮的。菲尔当年曾在这里的一棵树下说爱我，我四处搜寻，附近应该还有一株繁茂的九重葛，可它们都不见了，被厚厚的淤泥和残枝枯叶所覆盖。

洪水的破坏力是如此的惊人，那些什么肤色差异和法律法令在这样一个更严重的危机面前都得让步。警车不再四处追赶黑人，而是投入到救灾的工作当中。从黑人街区里招募来的一车车临时工被拉去清理被堵塞的河道。白人和黑人的技工一起并肩作战，修复电话线路。暗淡的天空中终于露出了略带歉意的阳光。

"哈林顿太太不舒服。"我对威尔默特医生诊所柜台后一位身着粉色裙装的女士说。

"哈林顿太太会给我们电话的，我肯定。"她低头把一张白纸夹到打字机上。

“她根本不知道自己得了病。”我对她说。

候诊的几位妇女抬起头相互对视了一下，又低头去看她们手里的杂志。我不应该在这个白人的候诊室出现。医生这里另有一条通道供黑人病患使用，就像我给晨曦买药的那个药房一样。

“请你到非欧裔候诊区等候！”她头也不抬地回了我一句，拧了拧打字机上的滚轴把白纸装上。

于是我便过去等候。我一直等到医生看完他所有的白人病患。

“哦，哪里不舒服？”医生也上了年纪，跟老爷去世时的年龄相仿。“哎哟，这不是哈林顿家的女仆吗，哪里不舒服？”

“是我家女主人。”我说，“她病了，先生，可她自己却没有意识到。”

他抬头看了我一眼，我不知道他是否还记得，他在克莱德克公馆把我接生到这个世界，他也曾为我去世的母亲弥莉安合上双眼。不知他是否心知肚明，我就是诞下了老爷孩子的那个女子。

“洪水来时她出去帮忙，可现在她不愿起床。”

“看起来她是还想多歇息几天。”他转身想回到白人候诊室那边，那里病人又多了起来。“好吧，我病人很多。你知道，洪灾嘛。”

我知道他不相信我说的话，在他眼里，我不过是哈林顿家的女仆。他也不知道，我现在是凯斯太太家仅剩的一员了。电话线通了，广播里也播报了洪水的新闻，可罗斯小姐连一通电话也没有打回家。我不打算就这样让他离开，医生们并非凡事正确。可毕竟，他曾是唯一坚信菲尔身体无恙的医生。

“你一定得去看看她。要不然，我就带她到医院来。”

他直愣愣地瞪着我，满脸通红，双手揪着白大褂上的纽扣，稀疏的头发在头顶上立着，仿佛对我的鲁莽行为和坚持怒不可遏，当然，还有我的罪孽。

“我不许你这么做，”他低叱道，他也曾这样对我亲爱的少爷发火，“马上离开。我下午出诊时会去看哈林顿太太。”

***

“谁呀？”是这副不耐烦的声音没错。我几乎能想象得出来她一手拨弄那头漂亮的金发，浅蓝的眼睛向上瞟的样子。

“我是艾达，罗斯小姐。这里是克莱德克公馆，艾达·玛布斯。”

“你想干什么，你哪来的这个号码？”

我停了一下，我在想自己该说些什么。我还不太习惯在电话里交谈。我基本上用不着电话，因为我认识的人里没谁有这玩意，而我也不需要打电话给谁。

“艾达，有什么事就请快说！”罗斯小姐的声音尖锐冷漠，就像冬天去门口取牛奶时光脚踩着的冰霜。

“是凯斯太太，”我说，“她情况不太好。”

电话那边好一会儿没有声响。

“房子出问题了，是不是洪灾的时候？”

“不是。太太出去忙着救援其他人家，她现在病倒了。”

“威尔默特医生为什么没给我打电话，他干吗让一个女仆来做这事？”

她说“女仆”时那轻蔑的腔调让我禁不住哆嗦了一下。蒲麦尔太太说得对，罗斯小姐身上的那股粗蛮一直去不掉。

“医生觉得她会好起来。”

电话那头又是沉默。

“那你打电话来干吗？你觉得自己知道的比医生还多？”

我停下来不说话，想让这段沉默给罗斯小姐一点空间去想想自己是不是太咄咄逼人。就像姨妈，她不管三七二十一就把我赶出了家门。

“呃，艾达？”

“我想你应该清楚，罗斯小姐。凯斯太太身心俱疲。我以前在其他人身上也见过这种疲惫。这绝对不是睡一下就能缓过来的。”

耳边传来她清浅的呼吸声，她仿佛喘了口气。

“我想办法回去一趟，可现在还真不是时候。”声音里带了丝讨好，好像我有本事能让她妈妈好起来，直到她有了那个所谓合适的回家时间。

你给我烫烫衬裙吧，艾达？我给你买薄荷膏。

“谢谢，罗斯小姐。凯斯太太一定会很开心见到你，还有海伦。”海伦现在应该有十六岁了，虽说凯斯太太去约翰内斯堡看过她，可她也就回过克莱德克两次。

我等了一会儿，耳边响起了咔嗒声。罗斯小姐挂掉了电话。

第五十三章

我一定要为了女儿的归来拼一拼，毕竟，在约翰内斯堡那样的地方，舞蹈只会将她引入歧途。我也得要为凯斯太太去努力。我很清楚比起克莱德克数以千计需要帮助的人们来说，晨曦和凯斯太太不过是区区两个个体，但我这副残躯能身体力行，为之一战，这是一场我仍有胜算的战斗。我这颗被伤痛折磨不已的脑袋须得强撑着才能保持清醒，或许这也不仅仅是我自身的原因，这更是自我获释以来四方的呼声。

到集会来演讲，艾达!

要求加快新学校的建设!

跟报纸反映一下救灾、通行证遗失、食物发放计划、班级大小这些问题，还有，饮用水污染导致婴儿死亡……

这是你的责任。这已经成为你的战斗。你的革命。

“你必须出面。”我回到学校的第一天，迪娜这样敦促我。“你现在出名了！”

临济莱尔的新学校还没有建好，我们都只好转到圣詹姆斯去，那里的年轻教师铁了心要把我拉到他们的队伍中。他们给我讲了一桩叫“黑人意识”的新鲜词，我以前从未见过这两个词连在一起用。他们提到倡导这个理念的史蒂夫·毕克，身陷囹圄的曼德拉的那些支持者都被拉到了他那边。我对这类新词一向谨慎，它们往往得过很长时间才会出现在字典里，正如它们所代表的理念也需时间考验才会深入人心。可年轻老师们不会这样想，他们早已忘记谨慎是为何物。

“警察一直在监视我，我不能冒险再被他们逮捕。”我对那些想利用我来推进革命的人都是这个说法。“我唯一能奉献的就是我的音乐。”

“他们不是把你释放了吗？你挺过来了！你就是我们斗争的一面旗帜！”这些对我而言都太激进，我只一心记挂着晨曦和凯斯太太。

如她之前许诺的那样，晨曦每周都从约翰内斯堡给我来信。

我入了跳舞这一行，妈妈！他们这有许多地方供人们观赏舞蹈，我是这里最棒的！客人们都要求我出场表演！

现在这个老板每晚都付给我薪水，来看跳舞的客人也给小费。

可你的学习怎样，孩子？我给她回信。不跳舞的时候你去学习吗？等你老得跳不动时，只有接受过教育才会让你找到一份体面的工作。

我不需要学习了，妈妈。现在跳舞挣的钱够花。跟我说说洪水的事儿吧，报纸上说布里尔街都毁了——包括监狱在内——这不是个好事儿吗？

林笛薇说她听人讲晨曦不仅给黑人和混血的观众跳舞，她那些观众里还有白人。这可不是什么好事。

我妈妈说得对。你自以为被接受，可以坐在白人的椅子上，事实却远非如此。我的孩子她是无根的浮萍，她不黑也不白，就像大鱼河那浑黄的河水，是白与黑两个世界的界线，直至滔天的洪水来临，将一切摧毁。

凯斯太太还是卧床不起。

“我做了胡桃仁汤。”我舀了一勺喂到嘴边。她靠在枕头上，凝神看着窗外。她最喜欢透过卧室的窗口看花园，成群的小鸟在橙色的凌霄花间轻快地掠过，芦苇在风中摇曳着羽毛般的芦花。

“我们还真是幸运，”她唏嘘道，“玛西亚家的惨状都还历历在目呀。”

“再喝点，凯斯太太。”我劝道，“这样你身体才能好起来，才能去帮玛西亚太太再建一个新花园。”

她又吃了一口，然后就把碗放回托盘里。

“我们爱尔兰那儿有紫丁香我在这里老也种不成。爱德华压根儿不感兴趣，这你是知道的，艾达。他把花园丢给了我。”

她瞟了眼床头柜上的日记本。不是我小时候偷看的那本红色绒面日记，现在的这本很薄，棕色软皮面上有个银质的夹扣。

“来几段肖邦，艾达？”

于是，我开始为凯斯太太弹奏肖邦整套的夜曲，一共二十一首。在我心里，每一首都犹如一件珠宝，是无价璀璨的礼物。我要把这二十一件礼物，赠与病卧在床的夫人。

***

罗斯小姐今天回到家。她从伊丽莎白港租了辆车开回克莱德克。现在人们可以从约翰内斯堡搭飞机飞到伊丽莎白港，然后花钱租辆汽车就可以一路开回克莱德克。我担心，有一天，我们的火车线再没有市场。

罗斯小姐从车里跳出来，大呼小叫地奔进屋子里，让海伦自己把行李卸下了。她还是那么漂亮，长裙裙摆侧开，外面套了件紧身条纹毛衣。一路走进屋里时她没跟我打招呼。海伦下车的动作要慢些，她的个头已经和她妈妈一般高了，一样漂亮的金发，人却没她那么尖酸刻薄。

“你好，艾达。”她略带羞涩地向我伸出手。“我记得你弹的琴。”

“欢迎你，孩子！”我回答。触摸着她那年轻的肌肤，我真希望自己能像拥抱女儿那般抱紧她。“你外婆一定非常高兴见到你。”

“晨曦在家吗？”那孩子四下里打量了一番，迫切地问。

“不在。”我深吸一口气。“她这会儿住在约翰内斯堡，就在索韦托附近。”

“噢！”她朝屋子那头扫了一眼，我们在这儿也能听到她母亲刺耳的声音。“要是我早点收到消息就好了。能见到晨曦真是再好不过，这样我们还可以把她的情况捎回来，对吧？”

看着她那双如凯斯太太般温柔的眼睛，我努力想忍住盈眶的热泪。我在监狱里没有落一滴泪，回到克莱德克公馆我也没哭，可现在却让这位令人惊讶的小姑娘几句话深深地打动了。

“也许吧。”我平复自己激动的心情。“可不是有那些法令规定吗，这可不容易。”

“我知道。”她小声回答，俯身靠近我，有点像晨曦激动时的样子。她对我说道：“我恨那些法令。妈妈她赞同，可我不。”

我愣愣地看着她，我们说不上相熟，也许她从自己母亲那里听说过我的事情，不过应该都是些不堪的事。

她有点别扭地笑了笑，耸耸肩说：“我和我妈看法一致的事情不多。”

“是呀！”我也朝她微笑。“我告诉你个秘密，你妈和凯斯太太之间也是如此。好了，赶紧进屋，孩子。”我朝着屋子那边示意，“进去看看你的外婆吧，她一直在等你。”

那天晚上，我们聚在凯斯太太的卧室用了晚餐。为了庆祝罗斯小姐母女回家，我做了道马铃薯烤羊腿，还配了些卡鲁的蔬菜；我为凯斯太太做了蛋卷，这让她觉得容易入口些。我在厨房把食物分好，托盘铺上夫人从爱尔兰带来的乳白亚麻餐巾，然后把晚餐端上去给她们。

“你的呢，艾达？”凯斯太太问。

“我到楼下去吃，凯斯太太，”我瞟了罗斯小姐一眼。“您很久没有一家团聚了。”

“胡说什么！”她以自己惯有的果断说道。“还是像往常那样把东西拿上来一起吃。”

这顿饭吃得怪怪的，如果我们大家能自个吃自个的会让我觉得更轻松些。那天的羊肉散发着卡鲁野山羊特有的香味，蔬菜很嫩，马铃薯也烤得酥脆，那是夫人很喜欢的口味。我们其实根本无需多言。窗外馥郁的茉莉花香暗浮；花儿在渐渐消散的炎热中竞相开放；黄鹂们你来我往地应和鸣叫，唱着日暮前最后的骊歌；远处是大鱼河潺潺的流水，河水仿佛在向人们述说它的和缓与温柔。

但实际情况是，罗斯小姐一直喋喋不休，尽谈些无关紧要的琐碎事：剧院里新上演的戏，一个叫爱乐福的地方货品如何如何，家里再难找到称心如意的帮手。克莱德克如何，洪灾怎么样，凯斯太太的生活和身体情况好不好，这些问题她压根不在乎。和以往一样，她关注的只有自己，丝毫不在乎别人怎样。她既没在意可口美味的食物，也无心感受馥郁芬芳的暮光美景。

海伦舒服地坐在自己的椅子上，专心致志地用餐。凯斯太太则凝视着窗外渐浓的暮色。

“约翰内斯堡现在人多得不得了，想找个地方停车简直是难上加难。我现在都不愿去市中心了，脏得要命，黑人又多。”

我吃完最后一口羊肉。这时，屋子里安静了一会儿。

“你们一路上有看到洪水造成的损害吗？”凯斯太太转回注意力，

想换一换这些个什么肮脏、黑人的话题，这些东西在罗丝小姐看来都是自成一体的。

“哦，看到了。”海伦很快接过了话题。“布里尔街一带的受灾情况我们都看到了。你害怕吗？”

“有点儿。洪水的声音大得很，你知道吗？巨大的轰鸣声，”凯斯太太回答，“柴可夫斯基的1812序曲——大炮轰隆。”她朝我看一眼。“艾达喜欢用音乐来描述事物。”

“约翰内斯堡没有洪水，我们那里天气好着呢，没什么波动。”

话题就这样被引开。罗斯小姐继续自己的谈话方向，凯斯太太竭力想把话题带回来，克莱德克公馆里上演着一场较量。

一只蝙蝠从窗前掠过。黑人街区里也有蝙蝠，姨妈把刚出生的晨曦和我赶出家门的那天晚上，我等林笛薇时见过它们。有人说蝙蝠是种不祥的动物，它们是地狱的亡灵，飞来偷窥世人的一举一动。

我把甜品端了上来，是自制的百香果冰激凌。海伦吃完了还想再要一碗，这让我想起菲尔也是这般给妈妈做的果酱布丁捧场。凯斯太太靠着她的枕头，双手一动不动地放在盖毯上。她已经不能常下楼去弹琴了，手指应该非常渴望碰触琴键吧。

罗斯小姐总算停下了一个人的夸夸其谈，安静了一会儿。

“谢谢你，艾达。”凯斯太太低声说，“晚餐很可口。”

我收拾好托盘，看得出她累了。每回看到罗斯小姐，她都盼着事情有好的转机，可这希望总是落空。

“我想我得歇着了。”她的目光落在外孙女身上。“明早我们再好好聊。”

* * *

可清晨再次降临时，她们却永远失去了再聊聊的机会。七点整，我给夫人端去茶和黄油面包。她侧身躺在床上，手臂朝窗户的方向伸着，漂亮有力的手指蜷缩在手掌中。入睡前她抹了些香水，密闭的卧室中香气隐隐浮动。

“不！”我大喊一声，手里的茶具重重地落在梳妆台上，碎了一地。“不！还不到时候。”

她没有再醒过来。

我抓起她那双已经僵冷的手，试着用自己的手去温暖它们。我甚至想把她的手指掰开——如果能掰开她的手，或许她就会醒过来，她的生命从来都流淌在那双手中。可它们还是那样紧紧地攥着，我的手、我的眼泪都无法让它们恢复一点温度。

“艾达？”

我愣了一下，赶紧把自己的手缩了回来。让罗斯小姐看到我这个样子是不行的，我没有权利这样碰触她的母亲。还好是海伦，不是罗斯小姐，她站在门口，身穿一套粉色的条纹睡衣。她双眼圆睁，明白了眼前发生的事情。

“她要见你。”我踉踉跄跄地走到女孩呆立着的地方，泪水模糊了视线，心中充满悲痛。“她想要见你，你和你母亲，在上帝来把她带走之前。”

海伦吞了吞口水。“我能看看她吗？”

我拉起她的手，把她引到床边。我们没有靠得很近，除了那紧握的手，她可以清楚地看到她的外婆仿佛熟睡一般安详。我们并肩站在一起，凯斯太太的外孙女和我。晨曦，我在心里大喊，你一直都没跟夫人道过别。海伦的手一直被我紧紧地握着。

“你信上帝吗，艾达？”她的声音有点颤抖。

我松开自己的手，抚摸着她的秀发，它们如仲夏的草原那般金黄。晨曦小时候，我常抱着她在那片金色中走过，我常感慨那是上帝的杰作。

“我尽自己的一切努力去信仰追随他，孩子。”我把她从夫人的床边拉开，我不想她记住这样的情景。“你外婆是我认识的信徒中最虔诚的。”

有人打开了走廊上的一扇门。

“什么事？怎么回事？噢，不——”

罗斯小姐边系着她的丝绸睡衣边冲进了房间。没有了平日里的妆容，她看起来老了许多。海伦放下了我的手。

“出去，海伦。你不要看，你怎么让她进来，艾达？”罗斯小姐转过身来。

“她希望能来道个别，罗斯小姐。”

海伦悲痛地转身离开了房间。我在靠近房门的地方候着。不知道罗斯小姐是否能嗅到属于她母亲的芬芳，那淡淡的爱尔兰野花香，她昨晚入睡前一定给自己撒了一些。那熟悉的香味让人感到安慰！如果我能为她弹奏一曲那该多好。我们的至爱——肖邦的《雨滴》。

罗斯小姐叹了口气，俯身去看她妈妈。我捡起杯子，用纸巾抹去溅在外面的茶水。我试着在她脸上看到一些悲伤，可那表情却踪迹难寻。眼泪不是展现悲伤的唯一方式，这我知道。像我妈，她没有为菲尔少爷哭过一声，但却在心里深深地哀悼。而此刻，罗斯小姐身上让人看不出一丝一毫的哀伤。

“去叫医生吧。快点！还有神父。我不知道现在圣彼得教堂是谁在主持。”

“好的，罗斯小姐。愿上帝与你同在，罗斯小姐。我很难过，你失去了亲人。”

她抬了抬眼，从床的另一边看向我。

“谢谢，艾达。现在，照我说的去做吧。”

* * *

朦胧的晨光中，我沿着布里尔街独行。大洪灾的善后工作还在继续，推土机在房屋的废墟中轰鸣，大推铲把残垣断壁挖起，卸到等在一旁的大卡车上。我右手边的大鱼河波澜不兴，原来河岸边丛生的杂草和小树都已不见踪影。

达米斯先生一定收到了消息，林笛薇也不例外。我得赶紧回家为前来吊唁的人们准备吃的，还有不少洗洗涮涮的活计。还有，晨曦……

罗斯小姐决定马上举行葬礼。“海伦，”她晃了晃脑袋说，“海伦还要上学。”

圣彼得教堂静静地伫立在一堆破砖烂瓦中，它坚固的石墙完好如初，但教堂的墓地满目疮痍，到处是被洪水冲得七歪八倒的墓碑和残垣。神父说他们能举行葬礼仪式，教堂内部没有受到洪水的侵袭。神父还说他们会在墓地泥泞的路面上搭些木板，便于参加葬礼的人们行走。

我从监狱出来后曾路过一栋后院有自来水龙头的房子，那栋屋子也被洪水冲垮，不见了踪影。有狗的那户人家也没逃过厄运，当天那家主人还探出身子看是不是来了夜盗。监狱还在，不过那里四周的墙面上都有一道肮脏的水线，几乎与监狱高墙上的那一溜小窗齐高，那其中的一面窗不久以前曾属于我。两个警察扛着装满文件的纸箱从过道里走了出来。他们朝我看了一眼，不知道我为何在这个随时会把黑人抓起来的地方晃荡。我疾步朝黑人街区那边的圣詹姆斯学校走去，祈祷今天不会再有路障，不再有通行证检查，也不会再有警车停在某个角落等着抓我。

洪灾过后，我们学校的学生与圣詹姆斯学校的学生一起形成了一股势力。现在随便在什么地方，你都会看到成群结队、手拿石块的年轻人。传说索维托的暴动就是一群像他们这样的年轻人发起的，他们展现了这个种族隔离国度里的强大力量。事实上，圣詹姆斯学校已经被隔绝——洪水，还有政府的推土机，这反而给了他们新的机会。

力量！数以百计的人在怒吼。洪水已经发出了咆哮！一股新的洪流正在奔涌！尽管列夫·卡拉塔曾严格约束，尽管达米斯先生曾不懈努力，尽管有警察铁桶般的围堵，圣詹姆斯学校已然失控。

我至爱的凯斯太太去世的那天早晨，我步入了这股漩涡。达米斯先生在学校走廊放了张桌子，专门处理原来我们学校学生的就读问题，我努力朝那个方向挤去。

“哈林顿太太去世了。”在拥挤的走廊里我摇晃着他的胳膊。我的一个学生朝我招了招手。一群女孩正自己拍着手掌起舞。晨曦，我心道，我一定要知道你在什么样的地方跳舞，我得告诉你葬礼的事情。

“什么？”达米斯先生低下他那头发花白的脑袋。铃声响起。没人特别注意到这边的情况。

“哈林顿太太，”我对着他的耳朵大声说道，“她去世了。我得回到葬礼上去帮忙，先生。”

“我很难过，艾达。”他说。

我已经不再用玛丽·海南博这个名字，大家现在都知道我叫艾达。那个假名再也没什么用处，我再没有秘密可隐瞒。

“我们会为你祈祷。哈林顿太太是个好人。”

“是的，先生。”我绷紧脸不让泪水落下。“一忙完那边的事我就赶回来。”

挤在我周围的都是些孩子，他们衣衫褴褛，大部分人都光着脚。与布里尔街的惨状不同，大鱼河没有肆虐黑人城区，但大雨还是把人们来不及转移的财物冲走。这些不得不在潮湿的户外上课的孩子们还因此染上咳嗽。

“老师，老师，我们什么时候上课呀，老师？”

“她一直以你为傲，艾达。”达米斯先生从人群那头对我大声喊。迪娜听到了我们的谈话——她总是对新闻保持高度敏感，她过来抱住了我。

“你一定得回城区这边来，”她对着我的耳朵大声说，“我们这儿需要你。不过我知道她对你很好，我过去从不认为白人有这种善意。”

铃声再次响起，这次响的时间要长些。

孩子们不甘不愿地结束游戏朝教室走去，有些就在户外的空地上上课。那些让人眼花缭乱的非国大演讲、新黑人意识运动、泛非洲主义、最新的抗议词汇，全都一股脑儿如新近刚褪去的洪水般向我涌来。我刚走出学校门口，就看到警车里的警察们正紧紧地盯着。稍远一点的地方还停了一辆大点的黄色车子，他们把这样的车叫做装甲车。装甲车搭载的是士兵不是警察。穿着咔叽军服的士兵带着头盔，端着长枪。菲尔应该能认出这些人，不过见到这些人他会很讶异吧，毕竟，他只熟悉那些在远方参战的士兵。他们不会对自己的人民开枪宣战。

我步行到了林笛薇位于临济莱尔的家。自我上次来过之后，许多新房子拔地而起。孩子们的哭声、叮叮咣咣的敲打声，时断时续的歌声组成了一曲崭新的《街市巴赫奏鸣曲》。这里甚至有几只骨瘦如柴的狗四处溜达。

林笛薇正在自己的小院里和水泥。

“这里的墙上居然都是洞，”她嘀咕。“不知道这房子是怎么起？艾达，怎么了？”她在那身破衣服上抹了抹手，快步过来招呼我。

“是凯斯太太！”我一张嘴泪水就掉了下来。

“噢，艾达！”林笛薇用她那双有力的胳膊紧紧搂住我。

她在自己的新居里给我泡了茶。这里比她之前的屋子要冷得多，而且还没接通自来水，所以每天还得去排队打水。虽然当局有承诺，但到目前为止，电也还没接通。尽管如此，我想林笛薇对她的新居还是很满意的。

热茶让我平静了一些。我们都没怎么说话，相对只是无言。林笛薇会去参加葬礼，她会跟蒲麦尔太太一起站在后面。

“我不信上帝。”她轻轻地说，“可如果他真的存在，我会请求他保佑凯斯太太，为了她给你和晨曦所做的一切。”

***

我努力想联系到晨曦，可她到约翰内斯堡后给我的那个电话根本没人接，传到我耳朵里的只有单调冗长的等待铃音。我最后只好去了趟邮局，按照她最近一封信上的地址给她发了份电报。

凯斯太太去世。周五葬礼，务必归家，爱你的妈妈。

周三和周四都过去了，可晨曦那边没有任何消息。我的胳膊麻木，这麻木一直延伸到左腿。我的头也疼得厉害。

“夫人的葬礼能不能推迟到下周？”我问罗斯小姐。她正在凯斯太太的卧室里整理她留下的珠宝。那里面有菲尔留下的军章胸针，战前她常用来配白色裙装的珍珠项链。

我不是唯一希望葬礼能推迟的人。通知的时间这么短，凯斯太太的许多朋友也无法及时赶到。克里茨夫妇在农庄为剪羊毛的活计忙碌，范·德·沃尔茨夫妇在伊丽莎白港参加一个农机拍卖会。

“我们办葬礼不是只为了考虑你的方便。”罗斯小姐回了一句，手指不耐烦地划过一个绣花的小袋。“我也已经告诉过你，只有这样我才来得及送海伦回约翰内斯堡的学校。一切安排都应以家人的需要为首要考量。”

我站在那里没吭声，直到她抬起头来看我。

“晨曦也是家人，罗斯小姐。”

“你好大的胆。”她怒斥。她从椅子上蹦起，朝我疾走过来。“如果不是你，我父亲的命说不定会长些——”她突然打住话头，脸凑近过来，两眼散发着恶毒的恨意。

“凯斯太太把晨曦当成自己的孩子般疼爱。”

“我不管，”她唾弃道。“我绝不会把家丑拿到葬礼上去现。”她转过身，一屁股坐到梳妆台前。

这番爆发之后，我过了一天才问罗斯小姐葬礼的座位安排。

“你希望我坐在什么地方，罗斯小姐？”我在厨房里做柠檬味蛋糕。家里访客不断，我已经烤了些小点心。海伦出门摘柠檬去了。

罗斯小姐不是唯一希望我在葬礼上不那么显眼的人。尽管我在凯斯太太学校的钢琴表演受到了欢迎，虽然凯斯太太也很看重我，但我入狱的经历还是让夫人的一些朋友不那么舒服。他们觉得我利用了夫人，仗着她的庇护为所欲为。

无论如何，即便是在参加葬礼的人群后面，我也能全心全意地感激凯斯太太，为她的灵魂祈祷。也许这样的地方不会再招致人群的冷眼吧。

“你只能坐在我们后面。”罗斯小姐看着手里的名单，头也不抬地回答，“不要忘了，后面招待客人时我要用上最好的茶具。”

虽然她脾气暴躁，不过我看得出她条理性很好。她是惯于指手画脚的。我很奇怪，她怎么就没有因此找到一份工作来发挥这种特长。

“你会和我们一起坐吗，艾达？”我听到了海伦轻柔的嗓音。我转过身去，看到她手里拿着柠檬，站在厨房门口。

罗斯小姐重重地出了口气，朝我飞了一记眼刀。

我伸手去拿鸡蛋，一颗一颗地把它们敲到和面的碗里。“如果你妈妈愿意。”

罗斯小姐耸了耸肩。“很好。”

于是，我坐在了圣彼得教堂的前排，参加夫人的葬礼。管风琴演奏着我挑选的乐曲——艾达来选首曲子，这是罗斯小姐的命令。我的身后是一众来吊唁的白人。我祈祷着，希望凯斯太太能原谅晨曦没有前来和她道别。

林笛薇也参加了葬礼。她和蒲麦尔太太坐在教堂的后排，圣彼得教堂的神父并不理会那套肤色差异的法令，也不允许教众们在教堂里搞什么种族隔离。林笛薇没什么体面的衣服，那套沾着水泥印的破旧衣服让她看起来略显寒酸，引得不少人侧目。蒲麦尔太太参加过之前的葬礼，对这些人来说是副老面孔。她拿着那只亮闪闪的黑色手包，戴着礼帽，饱含深情地一起吟唱圣歌。

“你家女主人再厚道不过了，从来不小气刻薄，”进教堂前她跟我嘀咕，“不像其他那些我认识的主人家。”

葬礼的仪式我已经很熟悉。但我还是专心倾听每一句话，侧耳聆听风琴里弹奏出的每一个音符，仔细辨认道坛上摆放着的每一朵鲜花。凯斯太太心爱的粉色玫瑰、成排的白色茉莉，微弱的音节、轻柔的乐章……只有这样才能缓解我的悲痛，才能止住盈眶的热泪。

“我们共同经历苦难。”耳边传来神父的声音。他的衣袍烫得非常平整。“我们的家园被摧毁殆尽，可废墟之中仍诞生出希望。”

我曾为亲爱的非尔洒泪哭泣，可现在却不愿这样送别凯斯太太。那时，我的泪为一个过早离逝的生命，为一份尚待采撷的爱而流。而亲爱的凯斯太太，她的生命是这般的风华绚烂，这葬礼应该成为她这一生的庆典。

“凯瑟琳的一生执着于信仰。她一生荣辱不惊、风雨无惧。”

大家都止不住地点头，凯斯太太她确实坚强勇敢。在洪水泛滥的时候，她还勇敢地去帮助别人。神父的对她的赞扬实至名归，他以这样的方式来强调夫人的勇气再明智不过。比起她那些带有争议的举动，这样的提法会更加安全些。

“让我们一起为凯瑟琳祈祷！”他低下头。“她是慈母、良友和忠实的信徒。”

“阿门！”大家一起低呼。

“请赐予罗斯和海伦安宁，赐予她们您永恒的恩典。”

“阿门。”

为了孩子，我握紧双手放在膝上祈祷。我那狂野、漂亮的孩子！

“还有艾达和晨曦，”我忽地抬起头来，“凯瑟琳希望在这里要特别地提到。”

大家都僵住了。居然在这时候，让人措不及防地提到他们苦心积虑回避了多年的事实：凯斯太太对我的宽宏大量，她愿意接纳晨曦和我作为家庭的一分子，还有她对现有法律的应对之道。

后排有两人低低地念了句“阿门”。

罗斯小姐包裹在紧身黑色礼服里的身躯僵直，我感觉得到，她要气爆了。这次，我没有了凯斯太太的庇护。这回，我只能任她处置。柔和的管风琴曲徐徐响起。紧张的气氛慢慢散去，柔和的乐曲声外，归巢的鸟儿在尖声鸣叫。我曾害怕它们知道我犯下的罪孽，我曾担心它们会把这桩丑事传到大河的对岸，让人当作把柄对克莱德克公馆得意洋洋地叫嚣，我好害怕这桩丑事会被公诸于众……

在我身边，海伦紧紧地攥着搁在腿上的双手。

我低头看着自己的手指，它们不再年轻，不再像以前那样柔软灵活。我不禁想起了凯斯太太的手指，它们弹奏的乐曲曾为聆听的人们带来那么多的欢乐。那些缭绕于花园和仆人小屋间的音阶练习曲，给菲尔少爷带来活力的进行曲，余音绕梁的德彪西小调。

我要好好地弹一段肖邦的夜曲，那是我奉献给她的心意。我要在克莱德克公馆的静谧中弹完最后那几段，希望在罗斯小姐将我赶出去之前我还能完成这些心愿。

第五十四章

“律师们也想见见你。”罗斯小姐抚平她身上那条红色的裙子——她向来不爱黑色，然后拿起了手袋。“我不知道原因。我等会儿在车里等。”

我赶紧穿上自己最体面的衣裙，换上高跟鞋，坐到汽车的后座上。罗斯小姐开车——以约翰内斯堡的速度——一路开往位于阿德勒街的律师事务所。昨天整个下午我都忙着为客人端茶倒水、切蛋糕，后来还收拾了一大堆要洗涮的东西，我的手臂到现在还觉得僵痛。海伦帮了不少忙，罗斯小姐就端坐在客厅里等着人伺候。

律师的事务所在一栋大楼的二楼，从那里可以眺望位于集市广场的荷兰卡尔文教会教堂，那所教堂在洪水中得以幸存。

“早上好，哈林顿小姐。请接受我最深切的哀悼，玛布斯小姐。”律师也和我握了我手。“请坐吧，你们俩都请坐。”

他坐回到自己的办公桌后。他身后的墙上挂了一幅他自己的照片，跟市政厅那位主任的办公室里一样。这在我看来有点怪异，那些本来已经是位高权重的人还需要用这种方式来强调自己的重要性。

“正如您所知，多年前哈林顿先生从爱尔兰来到本地时起，我们就一直负责打理这个家庭的相关法律事务。今天由我来宣读哈林顿太太的遗嘱，你们二位都是受益人。”

身边的罗斯小姐深吸一口气，我能感觉到她那股重新升起的怒气。除了向我发号施令，葬礼之后她没跟我说过一句话。

“您这是什么意思，先生？”我强迫自己的注意力集中起来。之前我从未遇到过受益人这个词。

“意思是，玛布斯小姐，”他从眼镜上方打量着我。“你从哈林顿太太那里继承了一些东西。”

继承是多么无常的一件事。它让晨曦的肤色迥异于常人，可却无法让凯斯太太的女儿承接到她的一副好心肠。

“多少？”罗斯小姐的突然插话。对她而言，这不过就是钱的问题。

“请让我把遗嘱完整地给你们说一说。”他低头扫了一眼桌面上的文件。

“哈林顿小姐，你母亲的大部分流动资产都由你继承。这其中，玛布斯小姐可以继承三千兰特，她的女儿晨曦可以继承五千兰特。”

震惊中，我愣愣地盯着律师。这些钱加起来比我存在银行里的还要多！有了这笔钱，晨曦就可以请老师帮助她完成学业！有了这笔钱，她还可以自己买一套砖结构的新屋子！

“不动产方面，海伦小姐继承克莱德克公馆和公馆内的物品，这些财产将由一个信托基金为其管理，直至她二十五岁。”

“可是——”罗斯小姐从座位上半抬起身子。

“租房所得收入也将由这个信托基金管理。”

“可这房子该卖掉，海伦不需要它。”

律师抬起手，“请等等。哈林顿太太在这里还提到说，玛布斯小姐，”他那已经谢顶的脑袋朝我这边示意了一下，“可以继续住在克莱德克公馆的仆人小屋。如果有必要，可以作为公馆的看管人，直到海伦小姐二十五岁。一切照目前的财产分配执行。”

“我们现在不能把房子卖掉吗？”罗斯小姐不安地在椅子边上挪了挪身子，双手紧紧地握着椅子的扶手。

“恐怕不能。”律师嘴角扯了个微笑。“这得等到海伦小姐二十五岁时再做决定。如果她愿意，到那时可以将房子出手。”

一时间，房间里无人说话。恍惚间——我头疼得厉害——我意识到，凯斯太太为她身后的事做出了多么聪明的安排！她在葬礼上要神父点到我和晨曦的名字并非仅仅出自对我们的关爱。相反，她的这个决定可以对那些想要就此打发我们母女的人施加长期的压力；她巧妙地把克莱德克公馆的继承权从罗斯手上转移到海伦那里，这样就保住了自己的遗产；最后，她把荆棘树旁的小屋留给了我，只要海伦留着克莱德克公馆，我就可以一直住在那里。

“我能继续留下来，”我听到了自己的声音，“是这样没错吧，先生？”

“是没错。”罗斯小姐咬牙。“你从一开始不就处心积虑为了这个吗？”

她这话仿佛一下穿透了我们间的空气，就像我在黑人街区里听到的子弹呼啸。一连串的噼啪声，如果靠得近，你会感到一股疾风扑面。

律师摘下眼镜，用领带擦了擦。

“哈林顿小姐，以敌对的态度来处理眼前这些事有点不太明智。”

罗斯小姐猛地拉开自己的手袋，取出一面化妆镜略略地检查了一番自己的妆容，之后把镜子丢回包里，紧绷着脸。

“我母亲近期有改变过遗嘱吗？”

“没有，这份遗嘱是她好些年前定下的。”

“那就没什么可说的了。”她抓起手袋，狠狠地扫了我一眼。“我的银行账户信息你都有。我希望你会做出必要的安排把克莱德克公馆租出去。”

罗斯小姐站起身，我还在那儿端坐不动。律师也跟着站了起来，跟她握了握手。"我们一定全力作好安排。我们还将以你女儿的名义建立起信托基金，我想你会把这些都知会她本人吧？"

"那是自然。你走吗，艾达？"

"我走路回去。谢谢你，罗斯小姐。我还想了解一下凯斯太太需要我做的事情。"

罗斯小姐和律师握了手就疾步走出办公室。律师看了我一会儿，然后把房门关上。

"我想你一定是在这个家里待了很多年，是吧，玛布斯小姐？"

"我出生在克莱德克公馆，先生。除了有那么一两年，我可以说是在那里度过了自己生命中的所有时光。"

"你英语说得很好。现在嘛，"他的双手按在桌面上。"我们还不着急进入下面这个程序。等哈林顿小姐和她的女儿返回约翰内斯堡，我们就要着手拟一份房屋清单。"看到我茫然的表情，他给我做了番解释。"我们需要清点克莱德克公馆里所有的家具和物品，因为现在这些东西都属于海伦了。你明白吗，玛布斯小姐？"

"是的。它们从来也不是我的，先生。我会为海伦小姐照管好一切。"

"是这个意思。等这项工作完成，我们就会着手招租，让租户去布置房子。你在黑人区那边当老师吧？"

"是的，先生。我教钢琴。"

"呃，"他点点头，"我听说过你很有天赋。"

"是哈林顿太太教会了我一切。"

"确实如此。再有，你需要把自己的银行账户和身份信息告诉我们——还有你女儿的——这样我们就按哈林顿太太指定的数目把钱划过去给你们。"

“谢谢，先生。我给您写下来。”

这时我的头脑变得清明了些，也想起了其他的一些事情。集市广场上的那些棕榈树叶没有受到洪水的侵袭，此刻正安详地在窗外摇曳。

“遗嘱里还有一件事，指定由你执行。”他顿了顿，想换个简单点的说法。“这件事只有你可以知道。”

我等在那儿，我想象不出他这话的意思。他把手伸进一个信封里，从里面掏出了一本红色的日记本。“这是给你的。哈林顿太太希望你拿着它。”

我双手颤抖着从他手里接过本子。这是她的第一本日记。我把本子捧到脸颊边，细细地感受那柔软的绒面。那根绸带从本子中滑了出来。夫人老早就换了日记本，我也多年没见到这个本子了。我近来读的都是那本皮面的日记本。

“这里另外还有封信。”

他给我递过来一张纸，那上面是凯斯太太熟悉的笔迹：上挑的笔画纤细，下划的笔画粗重，每句第一个字的首写字母都写得龙飞凤舞。

律师站起身。

“如果你还有什么需要帮忙的，我们随时恭候。”他略有犹豫，然后再次伸出了自己的手。没几个白种男子愿意和一个黑人女子握手。“你的忠心有了应得的回报，玛布斯小姐。”

第五十五章

我亲爱的艾达，虽然我们通过日记本以文字的方式交流多年，但这是我第一次以如此正式的方式给你写信。我一直努力做到坦诚，但事实上还是有些东西我从未付诸笔端，从未吐露真言。现在我要将它们都一一记录下来，也好让真相就此展现在你面前。

初到非洲，我有幸得到你母亲的友谊。然而事实上，我们维持了一生的伙伴关系才是我生命中最至关重要、最宝贵的东西——女儿、良友和知己。

你还是我最亲爱的菲尔至爱之人——事到如今，我肯定你对这份情愫也有了体会。在你对情事还懵懵懂懂之时，我却早已知晓！你那时那么年轻，艾达！那么漂亮……

让我负疚一生的是没有及时地帮助你俩找到一条出路，让你们相伴终生，虽然这会让你们不得不远离南非，去面对那些你现在再了解不过的现实。

我不知道你是否意识到，如今这个世界上大多数国家都认为种族隔离根本是一种不道义的行为？这种信念也许得过相当长一段时间才会传播到这个国度，但平等终有一天会到来。虽然你和菲尔没有赶上这样一个时代，但它也许在我们美丽的晨曦这个时代到来。无论如何请坚持下去！

最后，就是音乐了。

笔墨无法描绘你的音乐给人带来的享受。请你每天为我弹奏，我将甘之如饴。

凯瑟琳

直到凯斯太太葬礼后的那个冬季，晨曦才回到克莱德克。

“孩子！”看着眼前这位从约翰内斯堡来的火车上走下来的美人，我不禁倒吸一口气。她的头发笔直，颜色比离开时变浅了许多。脚上踏了一双连罗斯小姐都会艳羡的高跟鞋，身上是一条豹纹图案的裙子。车上下来的男人们都眼睛直直地看着她。我目不转睛地看着她那一头秀发，它们闪着与菲尔相同的发色。我还清楚地记得，当年就在我晾衣服的花园里，他在晾衣绳旁看着我，额上也覆着这样的浅沙色头发……

“妈妈！”晨曦俯身拥抱我，她的眼泪润湿了我的脸颊。“你看起来气色真不错，妈妈！”她一直是个体贴的孩子，这没错。“我很抱歉过了这么久才回到家。凯斯太太葬礼的时候我有尽量赶回——”

“我知道。”我边说边挽住了她的胳膊，努力恢复平静。“她会明白的。”

晨曦回家那天大鱼河水位不高，狭长的一道水流在洗衣石间涟漪粼粼。过桥时，她那样欢快地对我说，约翰内斯堡没有任何一条河能与大鱼河相比。它可以慵懒平和，但转眼间，又会变得喧嚣愤怒。她的幽默是那样的富有感染力，面对陌生人她亦是浅笑盈盈。她把高跟鞋脱下来拿在手上，引得路人侧目，来往的车子中不断传来口哨声。

晨曦和我们一起的这个星期让人欢畅无比。整整一周，她不是待在克莱德克我的小屋里，就是到林笛薇的家里去。我们见了老朋友，还小心翼翼地不让她那张与众不同的脸招惹了警察的注意。这段时间里，我们不谈她在约翰内斯堡住哪里，是否有一份体面的工作。这整整的一周充满欢笑和爱意，我终于有机会再次为她弹奏，看她起舞。伴随着格什温的《蓝色狂想曲》，她的身体如行云流水般舞动……

“将来有什么打算，不再跳舞的时候？”我的问题终于还是问出了口。她离家前的那一夜，我们的小屋满室的宁静，荆棘树影散落在屋顶，屋内烛光影影绰绰。晨曦就躺在凯斯太太为她买的那张床上，身上穿着我一直挂在门后的那件睡袍。

“别担心，妈妈。”她在忽明忽暗的烛影中低声道，“跳舞能赚不少钱，再说，凯斯太太留下的钱也很稳妥。”

“你给白人跳舞吗？”

她坐起身子，双眼闪着过去常有的那种轻蔑。“他们很喜欢我，没人把我当成混血鬼！”

唉，孩子呀，我真想对她说，我记得你在克莱德克时总是和黑人朋友同出同入，为了让自己为他们所接受，总是尽量让自己表现得比黑人还要黑人。我那时就说过，总有一天，他们会因为你的不同而与你划清界线。那些白人也是如此！即便你的肤色浅到看起来与他们没什么不同。上帝呀，请你不要去尝试报纸上写的那些混血人种做的事；不要试着去越界，不要以为自己能像白人那样生活；尤其不要“为白而白”——这样只会背弃你所有的黑皮肤家人，永远与我们隔绝开来。你只能在白人中小心周旋，寄期望于他们不会将你出卖给警察，终日活在一副面具之后。

可是这些话我不能对她说。为什么面对我们爱的人，有些话总是很难启齿？难道是因为我们太害怕自己可能得到的答案？

“别担心，妈妈。”她挪下了床，过来躺在我身边，想要撒娇服软，就跟她小时候一模一样。“我没事，约翰内斯堡那地方和这里不一样，那是我的家，就跟克莱德克公馆是你的家一样。”

我已经记不太清是多久以前的那个冬天，晨曦来到这个人世；我也记不清我是什么时候丢掉了工作。应该说记不清是何时，新校长对我说，学校没有多余的钱去雇一个音乐老师。

“可先生，”我用自己那只没有受过伤的手握紧自己僵硬的手臂，“我不需要你给我薪水。只要你愿意，我可以一直教下去。”

他有点警觉地看着我。他是新来的校长，达米斯先生退休了，维罗妮卡、米尔德还有无比热爱数字的赛弗也离开了学校。现在剩下的只有迪娜，头巾的花样更多，可对白人的愤恨丝毫没有减退。

“会有一个新方案的。”她咬牙切齿地说，“等到了那时，到了那个时候——”

除了我和迪娜，学校里现在都是些说东不敢往西的新教员。班图人教育法凌驾于课程大纲之上，警察在学校里巡逻，士兵开着装甲车在黑人社区周边监视。只有学生是无畏的。

“解放！”苍天在上，他们高喊。“受教育之前要解放！”

我不介意无薪工作，银行里的存款足够我花了。事实上，因为我不是个正规教员，所以我上的课也被视为不正规。也正是因为如此，我的课对所有愿意来听的人开放。我只奉行一个原则：我的课堂上不允许任何带政治色彩的或与抗议有关的歌曲。这倒不是我对抗争运动失去了同情，主要原因是我已到达底限。

“我曾经被逮捕。”新学期的第一节课上我对着吵吵嚷嚷的教室大喊，“如果我再被抓一次，我就再也不能活着出来。我的这只手臂，”我举起那只无力的胳膊，“还有这只手。”我举起一直颤抖的那只手掌。“都是拜监狱所赐。如果你们还想让我在这儿待下去，为你们弹琴，那么你们就得保护我，不让那些时刻听墙角的警察找茬。”

他们同意了。于是，我们在各种风格的音乐世界里找到庇护。“哈利路亚！”他们唱起欢快的《弥赛亚》。“哈利路亚！哈利路亚！哈——利——路——亚！”

“无法忘怀，”他们如纳·京·高尔那般深情地吟唱。“那就是你的模样……”

我希望凯斯太太也在聆听。

放学时，孩子们会轮流陪着我慢慢走回家，确保我安全无恙。我不让他们和我并排行走，虽然我已是个迟暮老者，但警察仍旧对我保存监视。因此，学生们都是在我身后，或在较远的边上陪我同行。

警察不是唯一的威胁，其他黑人也很危险。临济莱尔这地方也出现了叫“项链”的事物，这在约翰内斯堡已经不是什么新鲜事儿了。晨曦跟我说过它的情况。在这里，项链不再是一串值得珍惜的珠宝，而是一种使人致命的手段。这个所谓的新“项链”就是一个轮胎，他们把这条“项链”套在背叛者的脖子上，往里面灌上汽油，然后划根火柴，把人和轮胎都点着。我见识过这种恐怖景象，听到过受害者凄厉的惨叫。我只能调转视线，不去看那扭曲打滚的火团。看着散发着汽油味的浓烟，朝昔日卡鲁山下教堂的那个方向延绵而去。

你在何方，上帝？看着那漠然俯视众生的铁石山，我流泪哭泣。你怎能容忍这样的人间惨剧？我百思不得其解，你为何这么早就把菲尔带走，可眼前这幕惨剧一定不是你心之所愿！你何时才会现身宣判这场战争中的对与错，将雷霆之剑霹向罪恶之徒？

* * *

凯斯太太去世后，克莱德克公馆里来过好几家租户。大多数租户都很好心，欢迎我到家里去弹琴，或用厨房来做些吃的。有些就不那么好说，我只得买了个煤油炉放在小屋里，而这时，钢琴就只能无声无息地安放偏厅里。

与此同时，卡鲁却迎来了另一番大潮。许多农民卖掉了牲口，离开了辛苦耕作的土地。这里变得越来越干旱，仿佛要印证大洪水这样的事件确实是百年难遇。卡鲁是一片正在不断沙化的土地，终有一天，它会成为另一个撒哈拉。迪娜断言，这是上帝对这片土地上依旧盛行种族隔离而施与的惩罚。毕竟，史蒂夫·比科死了，曼德拉在监狱里待了二十年，可白人们还是冥顽不化。

这样一个大潮引发了大萧条，克莱德克公馆也深受其害。近来公馆都招揽不到租户。于是我每天都去打扫，为凯斯太太弹琴。我都弹些欢快的曲子：波罗乃兹、进行曲，特别是华尔兹，轻柔的勃拉姆斯《降A大调圆舞曲》、肖邦的《降E大调华丽大圆舞曲》，还有韦伯的《邀舞》——欢快的乐曲从钢琴中流泻而出，飘荡在空寂的走廊上，一个和弦接着一个和弦，一段接着一段，直到整个屋子充满生气。我领略过克莱德克公馆里的寂寞，我不愿看到它再次沦陷。为凯斯太太弹琴的同时，我还可以帮帮海伦小姐，让这屋子有些人气。

律师会派人来修剪草坪。看房子的人来了又去，可他们都不愿选这房子。新城区那边有许多更新式的房子可租，那些房子的地势都比集市广场这边要高得多，即便再来一场大洪水也不用担心。公馆旁边的房子也空着，仆人小屋也是静悄悄的，没有了声息。蒲麦尔太太最后还是去了特兰斯凯。我真心希望她认识的那个男人是个长情的，愿意一直等着她过去团聚。

后来，负责克莱德克公馆事务的律师也去世了，接手的律师完全忘了克莱德克公馆，也忘记了我。有一天，我发现公馆的门锁换了，后门的钥匙也开不了。我穿上自己最体面的衣服和高跟鞋，虽然鞋子很难走路——一瘸一拐地走到了那座可以眺望荷兰卡尔文教堂的律师楼。

“早上好，夫人。我是哈林顿太太物业的受益人。”我对前台的那位女士说道。“我为她的外孙女海伦·哈林顿小姐打理克莱德克公馆。可有人换了门锁，我进不了门。”

我挺直腰板坐在沙发等。他们居然让我坐在了同白人一个区域的沙发上，这有点不寻常。

“有什么事吗？”一位头发向后梳得溜光的年轻男子站在我面前。

我把事情又说了一遍，他就坐在我旁边。

“我非常抱歉，”年轻人的额头皱着，“海伦·哈林顿小姐恰好出了国。我们目前无法联系上她，而她母亲去年过世了。所以，为安全起见，我们才决定把屋子给锁起来。毕竟，目前这样的老房子不太有市场。”

“可先生，我理应一直负责照管房子，除非她告诉你要如何处理。这是凯斯太太的遗嘱！”

“房子不需要什么照管。”年轻人坚持道，“如果没有租户，我们还得花钱去管理。所以有解决办法之前，我们只好把它关闭。”

我凝视着窗外。卡鲁花园里的橙色的芦荟花依旧朝天怒放，那里的椅子也依旧只归白人坐。

“这是我的家。”我说。

你不明白吗，年轻人？那里的杏树将我滋养，那里的每个门把都被我擦得锃亮，那里的钢琴赋予我更胜于演奏本身的东西。

年轻人摊开了手说：“我想你从哈林顿太太那里继承了一笔钱，你可以在临济莱尔买所自己的房子。这是目前的最佳解决方案。”

我曾经离开过克莱德克公馆，走过大鱼河，奔向一个建立在黑人城区那端的未来。后来，我又重归克莱德克公馆，过上一种游走于黑和白两端的生活。我珍惜这样的生活。是克莱德克公馆这端的生活让我在面对黑人城区这端的现实时变得更坚强。但这次，说老实话，如果离开了，还有回来的一天吗？那些喧哗、恐惧、暴力和争斗无疑会就此将我吞没——再无逃脱之路。我的生活将会进入这样的模式：清早出门打水，夜晚在叫喊声、狗吠声和枪声中入睡……

我离开律师事务所，从集市广场步行回家。午后灼热的太阳把敦德斯街晒得昏昏欲睡。可怜的罗斯小姐，现在也走了。她一点也不爱克莱德克公馆，压根儿不觉得有必要保护它。我还是像往常一样走后门进的院子，站在小屋门口时停住了脚步，想起了那个年轻人说的话。隔着花园和那棵杏树，屋子四周漆黑，没有一点动静。以前，每当我走进屋子里，就仿佛能听到凯斯太太、菲尔，还有妈妈，他们在召唤我！他们与我欢笑，菲尔拿我打趣，妈妈在厨房里做面包，我还能听到她用手揉面团的声音。而现在我站着的这个地方，耳边就只有合欢树的树叶在秋风中发出的沙沙声。

虽然脑子不如以前好使了，可有些事情我是很清楚。阅读让我有了些知识，而这一生的艰苦磨砺又让自己长了见识，或者说是多了无畏。我知道遗嘱这东西不能更改，我确信自己对凯斯太太的遗嘱理解无误。我有权一直待在克莱德克公馆的仆人小屋里，直到海伦小姐把它卖掉。可这之前，谁也没有权利赶我走。那个油头小子的建议没有任何法律效力。

此外，我还对细节做了了解：我可以继续使用小屋里的自来水。如果用水量不大，就达不到需要付费的水平。所以只要不到主屋那边去，我就有可能继续待在小屋里。

我走进花园，慢慢地走过晾衣绳和繁茂的九重葛，绕到了主屋的前面。草坪上的草长得又长又密，里面还夹杂了些狗尾巴草。以前带晨曦去大草原玩时，我常用手去摸它们。如果不经常修整，草坪上的草就会疯长。杂草会势不可挡地蔓延出来。

这里面当然有我的责任。

我答应过凯斯太太要一直照管好克莱德克公馆，直到海伦小姐不再需要它。即使我进不了屋子，我也得守着我的土地。如果我走了，屋子就会衰败下去，我绝不允许这样的事情发生。我一定要守住克莱德克公馆，用我的生命把它守护好。

我没有和任何人提起我跟那位新律师的谈话。这之后，我开始对自己的一举一动都小心翼翼。虽然我的小屋里有盏电灯，但我现在改用蜡烛，这样律师就不会知道有人正用这片物业上的电；虽然我对那些草没有办法，但我可以用剪刀来修剪那些灌木丛，不让它们长得毫无章法；我还可以时不时地扫一下台阶，甚至可以从外面擦一擦窗户。我要让公馆看起来像是一直有人看护的样子，这样那些闯空门的人或盗贼就不敢乱来。当然，我的动作也不能太大，不能让碰巧开车经过的律师产生怀疑。

第五十六章

最亲爱的妈妈：

约翰内斯堡已经入冬。这里的冬天比克莱德克要冷得多，每天跳完舞回家时，你给我的那件外套已经不足以抵御寒气，所以，有位朋友给我买了一件新的羊毛大衣！还记得吗，我们常聊起贵得吓人，我们一辈子都买不起卡鲁羊毛。唉，现在我终于知道羊毛为什么如此受白人钟爱！那真是暖呀，而且还不会皱。妈妈，你一定得从银行里取点钱（我知道你不缺钱！）出来，到安斯特时装店去逛一下，看看他们的橱窗里有没有羊毛大衣，如果有就买下来，妈妈。买下来！如果你有钱，他们就会卖给你，不管你是不是白人。在约翰内斯堡这是常有的事儿。

一到冬季，大家伙儿都生病。一到做饭时，到处烟雾缭绕，空气变得非常干燥，人就咳嗽得厉害。这里还流行另外一种病，在矿里工作的人容易染上，死于这种病症的都是男人。

请向林笛薇转达我的爱。请你多保重，妈妈。过一阵子我会回去看你。我上次回克莱德克至今已经五年了！如果头疼得厉害一定要去医院。

奉上我所有的爱。

晨曦

有时，夜幕降临，如画的夕阳渐渐消失于地平线，远处丘陵灰黑的轮廓映照在天际之时，我就会溜出自己的小屋，绕到公馆前面，坐在门口的台阶上，身上裹着妈妈的那条蓝色披肩。门廊里那些座椅已经被搬走，自从房子空置下来后，这些东西都被锁到了车库里。我就只能坐在门前的木地板上，背靠着大门。

我会像孩童时那样仔细聆听合欢树那边有没有猫头鹰的鸣叫，有时还真的能听见；我还会看蝙蝠——代表先人的黑夜灵魂；当然，我还会注意有没有闯入者。有时我觉得自己听到些动静，可实际上那只是红色的铁皮屋顶散热时发出的咯吱声，有时是杂草丛里的老鼠闹出的动静。大多数时候，我听到的是克莱德克公馆对我的呼唤。它也需要陪伴。我在腿上舞动手指，想象自己在弹琴——C 小调《即兴幻想曲》。手指充分地舒展开，音符缓缓地在空气中散开，等着被人聆听……

不在台阶上坐时，我就会干些违法的事情。

厨房的门有两部分材质做成，下半部是木头，上面是木格玻璃。我试着用剪刀把其中一块玻璃下面粘合用的玻璃胶刮掉。我选中的就是门把手旁的那块玻璃。

每天回到家，我先四处看看有没有人，等天黑下来，我就会拿上剪刀去刮玻璃。有月光的晚上干起来要容易些，可即便如此，我还得很小心不让剪刀伤了自己的手指。

我每天晚上都去刮门。

于是，门上那道沾胶水的槽也就一天天地变深。

* * *

林笛薇说黑人城区里出现了一道曙光。一群由列夫·卡拉塔培养的年轻人正在迅速崛起，他们声称要改善黑人居民的生活。这群人当中有个年轻有为的教师名叫马修·高奈夫，我见过他；另一位就是列夫·卡拉塔的孙子。马修·高奈夫想把我吸收到他们的组织里。他握起我肿胀的手，用充满善意的双眼看着我，说这仍是我的战斗。他说得对，可我知道，自己的头脑和身体已不再适合做这样的工作。我只能远远地看着，向上帝祈祷，他们以自己的方式进行的这场革命能获得成功，就像我曾尝试过的那样。每每遇到这样一些和平方式的努力，我都希望杰克会出现在人群中，把他的暴力革命理念转过来。可他也和菲尔一样，永远地离开了我。

就像我的那些学生们，他们也经常消失不见。

那些伤心欲狂的父母们涌到监狱门外，在那里一等就是好几个小时，希望能听到些消息，哪怕是只言片语。他们怀抱一线希望，也许能跟那些黑人帮工说上话。有时，父母们不眠不休的等待会有回报，孩子们最后还是回了家。可大多数时候，那些孩子永远地离开了他们的家人。我们对这样的失踪已经习以为常。这真是太可怕了，这就跟那个什么项链的手段一样，这种惨剧如何能叫人习以为常。我常向上帝祈祷，可他却不再聆听，我想他是否已经将我们遗忘。

林笛薇向我倾诉她对杰克的种种担忧。她说我不该老是一个人待着，老胳膊老腿的也不应该走那么远的路。“过来和我住吧。”每天我那非正规的课程结束后，两人一起喝茶时她都会跟我说。“这样出入方便些，不用走那么远去学校。我们还可以一起读书。”

“不行呀，”我回答，“我还得照管克莱德克公馆。”

“那也用不着天天都看着！”

“要的。”我坚持。“就非得天天看着不可。很多房子空置的时候就被人破门而入了。”

我很爱林笛薇，可我无法告诉她不能接受她好意的真正原因。那屋子需要我的陪伴，而且，每天在黑人城区里亲历了那些暴力，看着那些鲜活的生命从我眼前消失，我需要那间小屋的安静。

我也没有告诉她，我正打算自己闯进克莱德克公馆。

***

我跟爱德华谈了艾达的事，可他一点也不关心。那说明他不想考虑送艾达去上学。我怀疑他认为我不过是想找点寄托，修复失去菲尔的伤痛——那是我们的至爱呀，我几乎无法落笔写下这种痛。这也许有些道理，可我见过那些天赋条件不如艾达的人，他们都获得了成功，得以去追求更远大的目标。那么艾达无疑更值得去尝试。我已经在想其他办法周旋，这件事情我绝不妥协。

我一方面想马上把她带到开普敦去，在那里她可以去参加考试获得培训的资格；可另一方面，我又想把她留在身边时间长一点。痛失至爱之后，我们都需要她的青春和娇美来修复悲痛；克莱德克公馆需要她弹奏出的美妙音乐。再说还有罗斯的问题，我马上就要启程去约翰内斯堡看她，看看能不能将她领回到一条靠谱些的道路上。这也得花些时间。

可艾达二十岁了。如果她将来想做个钢琴家，或者是个教师，现在就得有行动。等我从约堡回来，我即刻着手办这件事。

这不仅是为了她的音乐前程，还为了她那份心。我知道，直到此刻，她才开始意识到自己失去了什么。

第五十七章

我唯一一次感觉需要一部电话是凯斯太太去世后，我急于要联系上晨曦。现在克莱德克公馆我进不去了，里面的电话线也被律师事务所切掉。这就意味着如果我不打电话给别人，别人也没法找到我。

因为这样，有一天上课时我被叫了出去。

“玛布斯小姐！玛布斯小姐！”校长在礼堂那头冲我叫唤。“你有电话。”

“苏菲。”我朝一个跟我学琴的学生做了个手势，恐惧一下涌上心头。除了晨曦没人会给我打电话。除了晨曦，不会再有别人出状况。“你来伴奏。你们大家都听苏菲的，”我提高音量朝着班里的学生们喊了一句，“她现在弹得可比我好。”

“艾达，”校长的嘴噘得老高，“这里的电话是不供私人使用的。”

“我明白，先生。下次不会了。”

晨曦，我在心里低呼。晨曦……

校长指了指桌面的电话，关上门出去了。他和晨曦在电话里交谈过，应该知道些我不知道的。

“你好？”

“妈妈？是你吗？妈妈！”

“是我，孩子。你好吗？”

“我打电话的钱不多了。妈妈，我不好——”电话那头传来她的一阵咳嗽声。

“晨曦！回家来，孩子！”我对着电话大喊。“我会让你好起来的！”

“妈妈，”咳嗽声平伏下来。“我会写信告诉你——等到我需要你知道情况时。”

“要有信念，孩子。一切都会好起来的。晨曦？晨曦？”

耳边只有一串刺耳的“嘟——”声。

* * *

门上的一小块玻璃已经松动。好几天前我已经把固定玻璃的那些东西都清走了，现在玻璃很松，所以我得小心。

我选了个月黑风高之夜。时值冬季，卡鲁迎来寒霜。合欢花树在风中瑟瑟，杏树也在哗哗作响，我站在厨房门前，打量黑黢黢的四周。没有声息，仆人小屋漆黑一片。我刮擦玻璃或者玻璃落下的声响应该不会有人听见。可我还是得保护好玻璃，尽量不让它碰碎了。我还需要它来掩盖我动过手脚的痕迹。所以，我要完好地把它取下来。

我用那只没受过伤的胳膊来操作，把剪刀插入好不容易才刮出来的那道槽里。玻璃已经松了，我抽出剪刀把它插到左边的木框上，然后又换到右边。这样玻璃的两边就都松动开来，现在只有上下还紧紧地粘在木框槽里。

我边搓着肿胀的手边寻思，如果能把其中一边完全弄松……

我继续刮开那些粘胶，玻璃终于松开。我把剪刀换到那只受过伤的手上，用手指压住松开的那边。玻璃稍微滑出木槽一点点，我用指甲抠住玻璃边把它往外拉，不让它落到厨房里面。之后我又去弄另外一边，不断地刮，直到这边也变松，最后把这部分也抽出来。虽然割手，但我还是继续往外拉。慢慢地，玻璃周围都松了，整块玻璃被我从固定的木框中抽了出来。颤抖的手拿着那方玻璃，我整个人滑坐到了台阶上。天虽然很冷，可我额头上冒的汗都滑落到眼里。漆黑的四周没有人迹，没有兽眼般的车灯，没有狗叫的声音。我很快就又可以好好打理克莱德克公馆了。整个屋子都需要好好地清扫擦拭。为了海伦小姐，我要让它保持干净整洁，这就是我所作所为的原因。也许——如果我动作轻些——说不定还可以给这黑漆漆的地方来点音乐。

等晨曦回到家，我就可以把她安置到以前我们那个屋子里。我知道凯斯太太不会介意，海伦也不会。那个屋子比仆人小屋要暖和些，她很快就能恢复好。她是好几周前打来的电话，可我到现在还没收到她的信……

我小心放下玻璃，把手伸过门上的那个洞，摸到了厨房里面的锁。拧开锁，我拉开了门把。因为好久不用，木门都有些发胀了，我使劲推了几下才把门打开。克莱德克公馆出现在我眼前，黑漆漆的，还有一股子霉味，可它重又属于我。

我只在夜里进去。

开始黑暗还让我有点害怕。那些曾经把菲尔搅得夜不能寐的鬼魂仿佛就在四周，他们在凉凉的黑暗中掠过，让人毛骨悚然。窗户虽然紧闭着，可窗帘却不知被谁拉起。妈妈、凯斯太太，还有菲尔，他们不会在此时出现，他们都是在白天来到我身边。他们沉默无声，却使人安心无限。夜晚属于那些孤魂和恶灵；夜晚充满被暴露的可能，它属于那些伺机捕猎者，他们就守在当年我从监狱踉跄回家的路上……

橱柜的吱呀声，屋顶的响动，都会让我心惊肉跳。

去了好几次后我才开始明白，这屋子对我没有恶意，它不过是想让我了解它现在的风貌而已。楼梯的台阶也和我捉迷藏，不是在上面多了一级，就是在下面少了一段，让我不时绊个踉跄。白天里我可以随意穿行其中的家具，到了夜里好像也变了形状。窗外透进来的亮光让客厅变得忽明忽暗，那不是监狱里那种让我吃尽苦头的强光，而是月光下云卷云舒的变换。

等我着手开始打扫，一开始让我害怕的那些形和影都变成了往日我所熟悉的物象：桌椅和楼梯扶手。我的清扫让每一件家具重新散发出我所熟悉的味道。

可晨曦还是不见人影。

* * *

电报寄到了我的学校。我用颤抖的手指撕开那个橙色的信封。迪娜站在一旁，想着要安慰我，但这没有必要。

“看！”我吸了口气，把那张薄薄的纸塞到她手里。

“接晨曦，周五火车！”迪娜读完便张开手抱住了我。“她很好——她要回来了！噢，艾达！”

林笛薇也很高兴。她最清楚我刚听到孩子生病的消息时是多么绝望。我强迫自己每天都去学校，钢琴可以驱走我心中的恐惧：晨曦的孤单无助，晨曦病魔缠身，晨曦没法给我打电话……

“她可以和我住一起，”林笛薇说。“如果你安排不过来。”她知道我的问题，她了解现在我有时大脑指挥不了自己的身体。可不知道为什么我还是可以弹琴，钢琴能给我这双胳膊和手以力量。

“谢谢。”我拉起她的手，把它贴近自己的脸颊。“就让我先看看她是什么情况吧。”

许多年前，凯斯太太也是搭乘这趟早上的火车回到克莱德克。老爷那次早早就出发去接她。我今天也一样，早早地就到车站去了。车站没有了过往的繁忙，人们现在多喜欢乘飞机到伊丽莎白港，然后开车到克莱德克。现在好像只有穷人才坐火车了。

车站也没有其他人等候这趟从约翰内斯堡出发，经德艾尔过来的火车。我还记得晨曦上次回家的情景；她手提着自己的鞋子，那般骄傲地一路走来，抓住了路上所有行人的视线。也许她这回身体很虚弱，我得有心理准备。说不定她患上了那个遍地黄金的地方特有的疾病，只要离开了那个污浊之地，她就一定会好起来。

我听到汽笛声，火车绕过了丘陵。快了，她很快就到了！说不定她这次就不再离开。

检票处的那个男人从门口探出身子。正在驶近的火车卷起阵阵烟尘，然后慢慢消散在卡鲁微弱的晨光中。屋梁上的鸽子似乎在期待以往的蒸汽和轰隆声，可现在的火车机车都是电力发动，靠站时火车发出的不过是一声叹息。一个男人和一个女子下车后匆匆离去。车尾那端一个列车员跳下车，伸伸手脚，然后从货物车厢里卸下一个个箱子。检票员朝车头那边一路巡视过去，然后站在那与坐在驾驶室里的火车司机聊了起来。再没有别的车厢门打开。

难道她搭的是明天的火车？

列车员朝站台这个方向走来，手里拿着一张纸。

“你在等人吗？”

“是的。”我清了清嗓子回答，“我女儿晨曦，她病了……”

他看了我一眼，“这边来。”转身朝站台那端走去。

不，我的脚步迟缓，暗自思忖，不会的，不可能。不会像妈妈那般的……

我停住脚步。

他转过身对我说：“他很好，过来吧。”

他？

我一瘸一拐地跟在他身后。那堆箱子中间坐着一个小男孩。他脖子上挂了个牌子，脸色苍白。他穿了条破旧的短裤，身上的衬衫还算干净，可宽大得根本不合身。他一只手紧抓着自己的大腿，另一只手紧紧地拉着一只行李箱。那是妈妈用过的，我用过的行李箱，也是后来我给晨曦带走的那只行李箱。

"这儿，"列车员伸手从口袋里掏出一个信封递过来。"他们要我把这封信交给你。还叫我一路照顾这个小混血儿，说是你会来接走。不过我看着他很像白人。"他耸耸肩。"我去给你取其他东西。"说完他转身又爬上了行李车厢。

我目不转睛地看着那个男孩。

我走近屈膝蹲在他面前，他往后退了退。

"你叫什么名字，孩子？"

他用那双如晨空般湛蓝的眼睛看着我，额头上垂着金色的刘海。

"德波。"他怯怯地回答。

"你妈妈呢，德波？"

他的眼眶溢满泪水，松开攥着箱子的那只手，转身朝车厢那里指了指。"在那里。"

列车员把一只简朴的棕色棺木卸到站台上。那孩子放开箱子，站起身迈开两条细长的腿跑了过去，他张开手臂抱住了那个棺木。

"在这儿签个字吧。"列车员说，"这是在约翰内斯堡那边付费了的。"

第五十八章

我们把晨曦葬在河对岸火车站附近，那里有一个混血人种的小型公墓。林笛薇、迪娜、达米斯先生和一些还记得她的人来参加了葬礼。我的学生们组成了一个唱诗团，他们的歌声“你永远不会孤身独行”带着悲伤，在四周的山间飘散回荡。我从凯斯太太留给我的遗产里拿出钱为晨曦买了一块墓碑，上面铭刻着她的名字和生卒年月。墓碑的第一行刻着“我们的至爱晨曦”。

我想她在此长眠会觉得快乐，因为墓地四周没有围栏，而且面向着卡鲁大草原。矮树丛和金黄丰茂的野草环抱着她，四周有群山的环绕，大鱼河日夜为她低吟，那开往繁华之地的火车亦从她身边穿行而过。

德波和我常去那看她。

我带他去附近的石山看阳光下开得绚烂的雏菊。他会跟着地上爬行的蚂蚁一路探寻它们的踪迹。我把一棵荆棘树指给他看，它长得如守护在我们小屋旁的那棵一般茁壮。他在草地上奔跑，小草挠得他的小腿发痒，让他发出咯咯的欢笑。

德波现在成了个快乐的孩子，他也带给我无比的欢乐。我没有问过他以前的生活，我不敢说自己想知道那些真相。也许有一天他会告诉我，不过那些事情也许也会被慢慢地淡忘，这样就再好不过。他的肤色比晨曦要白得多，我对这很是不安，虽然晨曦给他起了个黑人的名字，可他的父亲很有可能是个白人。我还牢记着蒲麦尔太太的话："别带着这孩子到处走……"

列车员给我的那封信里没有提他父亲的事。

最亲爱的妈妈：

这是德波。他是我的心肝宝贝，今年三岁。我就快不行了，我得的是不治之症。我把这封信给一个朋友，她会将信转给你。别为我哭泣，妈妈。舞蹈是我唯一的人生目标，可现在德波成了我生活中最重要的一部分。请接受他，替我好好爱他。

晨曦

信里笔迹尖瘦飘忽，而且，我也没有收到过晨曦在约翰内斯堡的朋友捎来的只言片语。

***

我从 N.C. 罗杰斯百货行买了些稀奇古怪的材料回来，把玻璃轻轻地粘回到厨房门上。如果有人过来巡视，他们也不会发现这扇门被人动过手脚，而我想进去的时候又可以轻而易举地把玻璃抽出来。

我们现在白天也冒险进到克莱德克公馆里，敢这样做是因为现在花园里的灌木丛已经长得齐人高，完全挡住了从路上往屋子里看的视线。凯斯太太看到这番景象一定会震惊不已，可这恰好给了我们掩护，它也阻隔了我每天弹钢琴的声音。

“再弹一首！”听完《军队进行曲》，德波大喊。他还会说：“教我，外婆！”

于是，我们就这样开始了。

从那本钢琴琴键图画册上，他一次学会一个音符；接着，他自己把这些音符串在一起，音符变成了音节；最后，他把音节变成了一首曲子，让你情不自禁地想跟着一遍又一遍地吟唱。

“真神呀，外婆！”他从琴凳上蹦起来大叫。

这过程就像学习阅读。字母组成字，字组合在一起变成句子。到时我还会教他，这些字的组合、音符的组合能传递出与它们个体本意很不一样的意思和情感。

他很快就学会弹一些像《侏儒之舞》和《绿树荫下》这类的简单曲段。我那双肿胀的、黑皮肤的手伴在他那双洁白的小手旁，他的一双小脚丫在琴凳下来回摇晃，细腻的额头紧皱着，神情专注。

我现在每周在学校上一次课。上课那天，林笛薇就会从临济莱尔赶到这里来帮忙照看德波。

“我们要到花园去探险，”林笛薇说，“去那里找蜗牛。”

我对与德波相关的一切都小心翼翼。带晨曦那会儿我不以为然，可现在我谨遵蒲麦尔太太的教诲：绝不带他出去招摇过市。我让他远离黑人城区，听到警报，有人喊口号，或者看到有燃烧腾起的烟雾就绝对不带他出门。

近来，这样的混乱屡见不鲜。后来被称为“克莱德克四杰”的几个年轻黑人被谋杀了，他们发起建立了代表黑人同胞利益的民权组织。如果这次谋杀的动机只是抢劫，这案子看起来未免也太过残忍。听到这个事件时，我吓得把德波紧紧地搂在了怀里。

约翰内斯堡有他们的沙佩维尔烈士，现在我们这里也有了自己的英雄。白色的克莱德克漠然转身，不愿正视事实；可黑色的克莱德克却坚信，这些年轻人是被人蓄意谋杀。那些愤怒的年轻人用棍棒驱赶包围了临济莱尔的防爆部队。只要再有一次挑衅，再多一块击中目标的石块，事态就会全然失控，因为白人士兵已经调低他们的视线，原本只在我们耳边呼啸的子弹现在对准的是血肉之躯。

“力量！”黑人们奋力高呼，用力跺向地面的脚掀起阵阵尘土。“力量属于我们！”

他们时刻准备献身。

我躲着子弹、避开喧嚣，艰难地回家，周遭入耳的已不再是单纯的《街市巴赫奏鸣曲》。我随时都握着那根钢条，虽然我的胳膊无力，再也无法实践林笛薇曾教过的方法：用力将钢条插进身体，捅向心脏。为了不惹祸上身，我发现最好是避开那些年轻人，甚至是那些想要保护我的年轻人，尽量和老年人走在一起。年纪大的人们口袋里不会装着石块，也不太会成为士兵进攻的目标。

过了几天，《中部新闻报》上说在靠海的沙丘上发现了“四杰”的遗体。那地方在伊丽莎白港城外，离火车站不远。当年我把妈妈安葬之后，就在那个地方等了一夜的火车返回克莱德克。大量的民众聚在一起参加四杰的葬礼。一位白人的主教在葬礼上讲话，海外媒体对此做了报道，他们告诉了世界我们这个贫穷且尘土飞扬的国度里发生的惨剧。绿、黑、黄三色组成的非国大旗帜在卡鲁的清风中飒飒作响，非国大的口号标语飘扬在空中，无惧政府的禁令。葬礼时，警察们就守在黑人区的外围，不见往日里的催泪弹、枪支和警棍。他们当然不希望镜头都对准他们。媒体、主教和达官显贵们一离开，警察和士兵就显出原形。世界的关注，像火炬划过的一道强光，从克莱德克忽闪而去。有人希望这道火焰能有些持续效应，可这不过是妄想。克莱德克又回复了原样，还是卡鲁高原上那个尘土飞扬的小镇，这里有岩石堆垒成的高山、浑黄的河水，顺带一提——这里还有野蛮的种族镇压。

谋杀事件后，我曾考虑完全放弃教学的工作，可迪娜和林笛薇劝我打消了这个念头。

“如果说孩子们还愿来学校，他们来的目的也就是音乐而已了。”迪娜热切地说，“不是为了我的课，也不是为了其他课程，就仅仅是音乐课。”

“他们需要你。”林笛薇在一旁补充。

她们说得有道理。这些年轻人的生活已经没了欢乐。如果他们还坚持来学校，那么就该让他们在音乐中寻求到解脱。我以前会带着晨曦过大鱼河到学校来，而现在我不会带德波和我一起去学校，这太危险。我绝不会冒这个风险，他长得太白。即便是一个孩子，这般白的肤色也会成为导火索。

我立下了遗嘱。我的钱将用来送德波去上一所接受黑人的私立学校，或者一所不介意他是何种肤色的私立学校。四季更迭，我的头疼病搅得我不得安生。脑子里那些原本非常鲜活的记忆现在很难再重现，它们差不多到了消失的边缘——像车水马龙中集市广场前的柏油路。就在我竭力要抓住过去时，有人却说现在我们没有未来。我对那个正在成型的新气象还尚无感觉——我对它应该并不陌生，可其他人确信它的存在。它是那么脆弱，如晚秋中的杏花般易逝，不过它最终还是出现了。

也许凯斯太太估计有误，说不定我还能活着看到这个国家的种族隔离制度被废除的那一天？

等到德波在他妈妈那张床上安睡时，我就开始读那本红色封面的日记本。凯斯太太去世时，我读过她卧室里那本棕色封面的。最近我又找到了这本日记，它被人塞到了梳妆台的抽屉里，也许是罗斯小姐丢进去的。

海伦长得那么高挑！

虽然对她妈妈的看法有些尖锐，但看到她多少是个有主见的人，我很激动。我又一次怀抱希望，罗斯能变得成熟起来，可这不过是奢望。

最近我觉得非常疲惫。艾达把罗斯和海伦叫了回来，我肯定是她叫的。我如何能让艾达明白她对我的意义？我深知因为和爱德华的瓜葛让她背负深重的耻辱，我真希望自己能有个办法让她明白，她根本就是无辜的。我知道，如果这话从我嘴里说出来她绝不会相信。我因此想了别的办法，一个面向公众的办法，只要神父愿意让我如愿。

我得休息了，就像我刚才亲口对她们所说。先滴上几滴我心爱的香氛，然后躺下来，想着明天还能再见到我可爱的外孙女。如果晨曦也在该多好……

第五十九章

有人把钥匙插进了大门的门锁，门上的合页发出咯吱的声响。这扇门已经很久没有开过了。我拉住德波，用我那只还有力气的胳膊把他抱起来，我们悄悄退回到厨房里。虽然那扇门不好开，可我的动作还是不够快，他们要是发现我，那我们就得被扫地出门——

“谁在那儿？”一个女性的声音，脚步声正往这边过来。

我愣住了。大脑嗡嗡直响，仿佛被什么东西挤压着，两眼刺痛。

“有人吗？”

我把德波放下，在嘴边竖起手指示意他不要说话。我步履蹒跚地走过去，透过门缝往外看。一名年轻妇女手拿着钥匙站在屋子里。她一头金发，看起来比晨曦的年纪要小些。我觉得自己好像在哪儿见过她，可还在嗡嗡作响的脑袋此刻什么都想不起来。我打开门走了出去。

“艾达？”她皱了皱眉，然后脸上泛起一丝略带羞涩的微笑。“艾达！”

“海伦小姐！”我倒吸了一口气。“噢，海伦小姐，你终于回来了！”

一阵头晕目眩，我赶紧扶住一张椅子，重重地倒在了上面。我不能像之前那样再跌倒——那是什么时候的事了？

她四下里打量了一番，打开的钢琴上放着乐谱，家具光洁明亮，室内的整洁和室外的荒芜形成了鲜明的对比。这时厨房那边传来一阵脚步声。

“你好。”我听到德波的声音。“你也会弹钢琴吗？”

“不会。”海伦回答。她在德波面前蹲下了身子。“不像艾达那么会弹。”

“你的头发和我的一样。”那孩子说着伸出手去摸海伦娜金色的发卷。“你认识我妈妈吗？她叫晨曦，可她这会儿去了天堂。”

“我认识。”海伦瞥了我一眼，温柔地回答。她轻轻抚着孩子的胳膊。“我认识她，她舞跳得可棒了。我像你这么大的时候，她就跳舞给我看了。”

人们谈论的新希望就这样扑面而来，这是上帝的新计划。它带不回杰克、史蒂夫·毕克，也带不回克莱德克四杰，可全国各地风起云涌，这股希望的力量废除了种族差异的法律，也把维护这些政策法律的人赶下了台。卡鲁公园板凳上那些隔离的标语被彻底清除；黑人的城区里通了电也安装了电话；林笛薇家有了电灯；不同肤色的人们——像菲尔和我，有了相爱和婚姻的自由。这股力量打开了曼德拉牢房的枷锁，让他在阳光下熠熠生辉。它还改变了我原来的想法：只要人们还能看到黑与白的差别，种族歧视就不会消失。事实证明新希望的力量比我的这种思想更为强大。

它终结了战争。

它结束了我的战争梦魇，它驱走了虎视眈眈的敌人，愈合了内心的伤口，洗刷了我背负多年的耻辱。

它还打开了克莱德克公馆的大门。

它把海伦带回了家，清除了丛生的野草，燃起炉火，转动起洗衣机，让德波有了他自己的房间，还让我回到从前和妈妈一起共用的那个房间。它将我迎回自己的家。

海伦打算在此常驻。等完成了克莱德克公馆的修复，她还打算着手附近一些旧房的改造，这是她的领域。海伦还计划做德波的监护人，一旦我离世，他还会有个家。她帮德波在学校报了名，就是当年将我拒之门外的那所学校，我曾在那里做过表演，晨曦当时就在后排翩然起舞，凯斯太太在这所学校里教过书。校方二话不说就接受了德波。

我如今最大的乐趣就是教德波弹钢琴。不知道为什么，这方面我的脑袋却还好使，受过伤的手指依旧熟悉每一个琴键。我们一起坐在那台老旧的齐默尔曼钢琴前弹奏，乐曲声从我们的指间流淌而出。我们会弹些古典乐曲——《月光奏鸣曲》，德波负责主旋律，我弹难度大些的副曲部分；我们还会弹些爵士乐，一些非洲牛仔舞曲，比如他母亲的最爱——《滴答歌》。

晨曦终于回到我们身边。我看到她飞扬的发丝，修长的双腿跃起，双手在头顶舞动。海伦也在一旁看着，拍着自己的手。拍手的，又或者是德波吧……

夜幕降临，绚烂的晚霞透窗而入。绣球花丛里的昆虫都已偃旗息鼓，我开始弹奏德彪西，那绕梁的余音会让你一直慢慢回味。

我还会看到菲尔。他款步而来，立在钢琴边，双手抚着我的肩膀，微笑的双眸如卡鲁的晨空那般明净。

凯斯太太也走进房中，或许她从来就不曾离去？我知道她会对我说些什么。

“来段肖邦的，《雨滴前奏曲》？拜托了，艾达。”

致谢

本书在创作的过程中得到许多帮助，有些帮助值得在此特别鸣谢。我非常感谢迈克尔·泰利曼给予的支持，他让我参阅了他本人精心撰写的关于1948–1985年间克莱德克黑人政治斗争的学术论文。这些资料帮助我勾勒出艾达这个故事所需的背景。

格雷厄姆斯敦城罗德斯大学科里图书馆的工作人员则帮助我查找到了迈克尔的论文和其他相关历史文献。我感谢他们为此付出的时间和热忱慷慨。

我衷心感谢桑德拉和迈克尔·安托巴斯在克莱德克对我的盛情款待，他们为我提供了宝贵的意见和建议。我还要感谢邓肯·弗格森，他是克莱德克本地的档案管理员。他不仅有问必答，还让我翻阅他保管的照片和众多档案记录。

最后，我还要对给予我不懈支持和耐心的家人致以最诚挚的谢意。